डागडर बाबू

चिकित्सा शास्त्र के अन्तस् को स्पर्श करतीं चुनिन्दा कहानियाँ

डागडर बाबू

संकलन-सम्पादन

डॉ. यतीश अग्रवाल

राजकमल प्रकाशन

ISBN : 978-81-267-2185-6

मूल्य : ₹ 995

पहला संस्करण : 2012
पहली आवृत्ति : 2024

प्रकाशक : राजकमल प्रकाशन प्रा.लि.
1-बी, नेताजी सुभाष मार्ग, दरियागंज
नई दिल्ली-110 0002
शाखाएँ : अशोक राजपथ, साइंस कॉलेज के सामने, पटना-800 006
पहली मंजिल, दरबारी बिल्डिंग, महात्मा गांधी मार्ग, प्रयागराज-211 001
1, अनमोल सोराबजी संतुक लेन, धोबी तलाव, मरीन लाइंस, मुम्बई-400 002
वेबसाइट : www.rajkamalprakashan.com
ई-मेल : info@rajkamalprakashan.com

आवरण एवं रूप-सज्जा : हेमन्त भटनागर
कलात्मक सहयोग : तापस सरकार

मुद्रक : बी.के. ऑफसेट
नवीन शाहदरा, दिल्ली-110 032

DAGDAR BABU
An Anthology of Doctors' Stories by Dr. Yatish AgarwaL
ईमेल : dryatish@yahoo.com

पिता
सतप्रकाश
की
स्मृति
को

उसमें बसी है उन अनगिनत किताबों की खुशबू जो वे
मेरे बचपन से मेरे लिए दुनिया के कोने-कोने से लाए

उसमें गुँथी है उनकी वह जादू की झप्पी जिससे
जीवन के हर मोड़ पर मुझे सम्बल मिला

उसमें बँधी हैं न जाने कितनी अधूरी ख़्वाहिशें जिन्हें
समय की तेज धारा ने मुझे पूरा न करने दिया

उसमें खिली है उनकी वह सरल मुस्कान जिसने मुझे
सदा है ऊर्जित किया

अनुक्रम

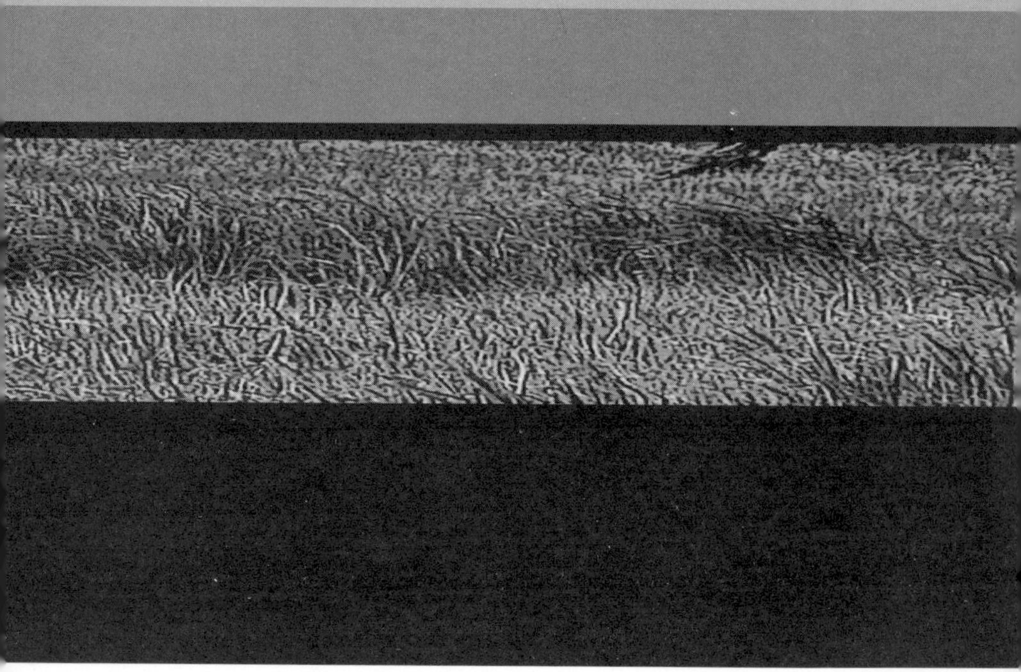

धन्वन्तरि की सन्तानें

यह सन् 1764 की बात है। समूची दुनिया मध्यकाल की घनी काली रात में डूबी हुई थी। लेकिन ज्ञान के नन्हे-नन्हे सूरज कहीं-कहीं खिलने लगे थे। फ्रांसीसी दर्शनशास्त्री फ्रैंसुआ मारी अरूए ड वोल्तियर इसी युग की देन थे। डॉक्टरों के प्रति अपने भाव प्रकट करते हुए इस प्रबुद्ध विचारक ने लिखा था–

"ऐसे लोग जो अपनी निपुणता और सहृदयता से
ऊर्जित होकर जीवन-पर्यन्त दूसरे लोगों के स्वास्थ्य को
पुनः प्रतिष्ठित करने में जुटे रहते हैं, उनका स्थान इस

धरती पर जन्म लेनेवाली महान हस्तियों से भी अधिक विशाल है। सच्चे मायने में उनका दर्जा तो ईश्वरीय है, चूँकि किसी की रक्षा करना, नया जीवन देना उतना ही उत्कृष्ट कृत्य है जितना कि उसकी रचना करना।"

धरती पर जब से आदमी ने सभ्यता के पहले बीज रोपे, कुटुम्ब और कबीलों की रचना हुई, समाज के नीति शास्त्र के पहले नियम रचे गए, सामाजिक जटिलताओं, नैतिकता एवं सदाचार की व्याख्या हुई और जीवन को बेहतर बनाने की दिशा में मनुष्य अग्रसर हुआ, तभी से कुछ लोगों ने यह दायित्व अपने सिर ले लिया कि कबीले में दूसरों के बीमार होने पर वे उसकी जीवन-रक्षा में जुट जाते। ओझा-सयाने, वैद्य-हकीम, डॉक्टर या व्यापक स्तर पर कहा जाए, चिकित्सक समुदाय की स्थापना इसी पुण्य सोच के तहत हुई। समाज ने उन्हें सदा आदर और मान-सम्मान का दर्जा दिया, लेकिन साथ ही साथ उन पर कड़ी आलोचनात्मक दृष्टि रखी। उन्हें एक ओर देवतुल्य माना, भगवान के तुरन्त

बाद की पंक्ति में रखा, तो दूसरी ओर उनकी छोटी-से-छोटी कमी, भूल और बुराई के लिए उन्हें न बख्शने की नीति अपनाई। नतीजतन अपने दायित्व में अव्वल आने और सामाजिक कसौटियों पर खरा उतरने के लिए उन्हें न सिर्फ दिन-रात अनुशासन और समर्पण के साथ उद्यम करने की आवश्यकता रही, बल्कि ज्ञान और प्रवीणता की बढ़ोतरी के प्रति जीवन-पर्यन्त संकल्पबद्ध होने की भी जरूरत रही। उनके लिए जो आचार-संहिता रची गई उसके नियम बहुत कठोर थे। शासक वर्ग और राजनीतिज्ञों जैसी क्रूरता और निष्ठुरता, ब्राह्मणों के अहंकार और दूसरों का दोहन करने का शास्त्र, व्यापारी समुदाय की धनलिप्सा की इस संहिता में किंचित्‌मात्र भी गुंजाइश न छोड़ी गई। उनकी सद्‌गुण साधना कड़ी मेहनत, कर्तव्यनिष्ठा, विवेक, विनय, मानवतावाद और परोपकार के अतुल्य गुणों से सजी थी।

सत्य की खोज में जुटे चिकित्सक समुदाय ने अपने दिनोदिन होनेवाले अनुभवों, विवेक और सर्वे भवन्तु सुखिनः सर्वे सन्तु निरामयाः सर्वे भद्राणि पश्यन्तु मा कश्चित् दुःखभाग् भवेत् की पवित्र भावना से प्रेरित होकर चिकित्सा शास्त्र की प्रथम संहिताओं की रचना की। उनमें कला-विज्ञान का अपूर्व संगम था।

धरती पर जिस समय ज्ञान के प्रथम बीज अंकुरित हुए, बुद्धिमत्ता और प्रज्ञा के वृक्षों ने जड़ें पकड़ीं, दुनिया में उसी समय चिकित्सा शास्त्र के पहले उपवन अस्तित्व में आए। सत्य की गवेषणा में जुटे प्रथम चिकित्सक समुदाय ने अपने दिनोदिन होनेवाले अनुभवों, जिज्ञासा, विवेक और सर्वे भवन्तु सुखिनः सर्वे सन्तु निरामयाः, सर्वे भद्राणि पश्यन्तु मा कश्चित् दुःखभाग् भवेत् की पवित्र भावना से प्रेरित होकर चिकित्सा शास्त्र की प्रथम संहिताओं की रचना की। उनमें इस कला-विज्ञान के अपूर्व संगम का ज्ञान-विज्ञान तो था ही, वह आचार-संहिता भी सम्मिलित थी जिसके अनुशासन में रहकर ही कोई चिकित्सक देवतुल्य होने का, धन्वन्तरि की सच्ची सन्तान कहलाने का हकदार हो सकता था।

समय की तेज धारा ने इस तपोभूमि पर तरह-तरह के प्रहार किए। नतीजतन चिकित्सा शास्त्र के कोमल उपवन में जहाँ कुछ कालजयी वृक्ष सुदृढ़ तने खड़े रहे, वहीं कुछ नई नस्ल की अभिजात वनस्पतियों ने भी जड़ें मजबूत कर लीं। कुछ नए-पुराने दरख्तों से जीवन का अमृत स्रवित

होता रहा, किन्तु कुछ वृक्षों ने तरह-तरह की नई उलझनें खड़ी कर दीं।

नए ज्ञान-विज्ञान, नई प्रौद्योगिकी, नए अणुओं और नई खोजों से बीज पाकर यह उपवन भाँति-भाँति की नई वनस्पतियों से घिर गया। चिकित्सा शास्त्र की आत्मा, आधारभूत सिद्धान्त, नीतिवाक्य समय के साथ जटिल होते गए और सभ्यता के शुरू में रोपित वनस्पतियाँ कई लुभावने जंगली फूलों से घिर गईं। नतीजतन जैसे-जैसे समय बीता, युग बीते, चिकित्सा शास्त्रियों के लिए कर्तव्य और धर्म की रक्षा कर पाना पहले से कहीं अधिक पेचीदा, दुरूह और कष्टसाध्य होता गया।

कठोर वैज्ञानिक साधना और उद्यम के फलस्वरूप चिकित्सा शास्त्र में दिनोदिन जो विकास हुआ और जो परिवर्तन आए उसके जीवनदायी फलों का मानव समुदाय ने भरपूर उपभोग किया। नतीजा यह है कि बीते सौ सालों में धरती पर मनुष्य की औसत उम्र में दिन दुगुनी-रात चौगुनी वृद्धि दर्ज की गई। चिकित्सा-वैज्ञानिक और डॉक्टर रोगों और मृत्यु पर विजय-बिगुल बजाने के लिए नित्य नए-नए जतन कर रहे हैं।

चिकित्सा शास्त्र की आत्मा, सिद्धान्त और व्यवहार समय के साथ जटिल होते गए। सभ्यता के शुरू में रोपित वनस्पतियाँ कई लुभावने जंगली फूलों से घिर गईं। जैसे-जैसे समय बीता, युग बीते, चिकित्सा शास्त्रियों के लिए कर्तव्य और धर्म की रक्षा कर पाना दुरूह होता गया।

आदमी के जीनोम के ईश्वरीय नक्शे की कामयाब खोज के उपरान्त अब वैज्ञानिक मानव जेनेटिक कोड में सुधार लाने के प्रयास कर रहे हैं। मानव कोशिकाओं में सिरे के क्रोमोसोम–टेलोमियर–की लम्बाई में वृद्धि लाकर चिकित्सा-वैज्ञानिक मनुष्य की औसत उम्र डेढ़ गुना बढ़ाने के लिए आतुर हैं। लेकिन इन नए वैज्ञानिक चमत्कारों के बीच चिकित्सा शास्त्र के सद्‌गुण प्रायः या तो नष्ट या कहीं लुप्त होते गए हैं। नए सामाजिक-आर्थिक गठबन्धन, व्यापार और वाणिज्य का प्रलोभी गणित, मानव-समाज, चिकित्सा-वैज्ञानिकों और डॉक्टरों पर नित्य हावी हो रहे दबाव और चिकित्सा शास्त्र के उपवन में जन्म ले रहे नए जीवनदायी फल समाज के अभिजात वर्ग में सीमित होकर रह गए हैं। ये परिस्थितियाँ जिन विरोधाभासों को न्योता दे रही हैं, उनसे कोई भी निष्ठावान डॉक्टर अछूता नहीं बच सकता।

विडम्बना यह भी है कि वर्तमान मानव समाज इस आधुनिक काल में भी चिकित्सक समुदाय को उन्हीं पुरानी कसौटियों पर परखना चाहता है जिनकी रचना ईसा से 600 साल पहले धन्वन्तरि-अवतार काशी-निवासी सुश्रुत जैसे वैद्य-ऋषियों ने की थी, जिन्हें महात्मा बुद्ध के वैद्य मगध-वासी जीवक और कॉस महाद्वीप पर जन्मे आधुनिक चिकित्सा शास्त्र के जनक हिप्पोक्रेटिज सरीखी अनन्य आत्माओं ने रचा और सींचा था। इन पुरानी पवित्र कसौटियों और जो कुछ नया है उसके बीच न सिर्फ सहस्राब्दियों का बहुत बड़ा उपसागर जन्म ले चुका है, बल्कि मानव समाज स्वयं भी नए तेवर, नए तौर-तरीकों और नैतिकता के नए मानदंडों में ढल चुका है।

यह संकलन हाल के सौ सालों में हिन्दी कथा-साहित्य में रची गई उन दुर्लभ रचनाओं का लघु सागर है जिनमें चिकित्सा शास्त्र के विविध पहलुओं का मार्मिकता के साथ चित्रण किया गया है। पहली कहानी 'मंत्र' में जिस सरलता से मुंशी प्रेमचन्द ने डॉ. चड्ढा को बूढ़े भगत के माध्यम से कर्तव्यबोध का बीजमंत्र दिया है, वह हर वैद्य, हकीम और डॉक्टर के अन्तस् में उजियारा करनेवाला है। दूसरी कहानी

'डागडर बाबू' में फणीश्वरनाथ रेणु का नायक डॉ. प्रशान्त जिस तत्परता से दूर-दराज के अंचल पूर्णिया में अपने प्रेम और संकल्प के बल पर तरह-तरह के अन्धविश्वासों, बीमारियों और महामारी पर विजय हासिल करता है और लोगों के बीच खुशी के दीप प्रज्चलित करता है, इससे प्रेरणा पाकर नई पीढ़ी के मुट्ठीभर नौजवान डॉक्टर भी प्रशान्त के पदचिह्नों पर चल दें तो ग्रामीण भारत में रहनेवाले 80 करोड़ से अधिक लोगों के जीवन में एक साथ हजारों-लाखों दीप जल उठेंगे। तीसरी कहानी 'वन्दे मातरम्' उदय प्रकाश के लघु उपन्यास 'और अन्त में प्रार्थना' से ली गई है, जिसमें भ्रष्ट नौकरशाही और पतित सामाजिक स्तम्भों की परवाह न करते हुए और

ात्मक रूप-सज्जा का श्रेय मेरे अभिन्न मित्र हेमन्त भट
होंने बहुत मन और लगन से घड़ी की सूइयों को नजरअन्
ह सुन्दर रूप दिया है। हिन्दी साहित्यिक जगत में कहानि
प्रस्तुतीकरण नई पहल है। मेरा सोचना है कि इस प्रकार का
ओं की सृजनात्मकता में श्रीवृद्धि करता है। इसे वर्तमान युग
ए प्रयोगों की एक कड़ी के रूप में भी देखा जा सकता है।
ॉकिंग नॉवल्स और पिक्चर नॉवल्स का होनेवाला है, हिन्दी
प्रकार के नए प्रयोग आजमाने की जरूरत है।
बात इस प्रार्थना गीत के साथ समाप्त करना चाहूँगा; मेरी ये
पहले 'समकालीन भारतीय साहित्य' में छप चुकी हैं...

त्सक का प्रार्थना गीत

रहूँ

ार विज्ञान है
ला कहीं बढ़कर।

का घर
र।

उसकी
है

कैसा?
बीमारी में भी

यह स्थिति कलयुग की ही देन नहीं है। पौराणिक कथाओं में उल्लेखित नियोग पद्धति इस सत्य को उकेरती है। राजा-महाराजाओं के वीर्य में सन्तान-बीज की कमी होने पर राजवंश को जीवित रखने के लिए राज-ऋषि से रानी मां के गर्भवती होने की घटनाओं से पुराकथालोक अटा पड़ा है।

विषम प्रतिकूल परिस्थितियों से जूझते हुए डॉ. दिनेश मनोहर वकाणकर इलाके के लोगों की जान बचाने में अपना जी-जान लगा देता है। अगली कहानी 'नृशंस' उस बिगड़ी हुई वर्तमान व्यवस्था और उदासीन प्रशासन की चीर-फाड़ करती है जिससे अधिकांश सरकारी अस्पताल और उच्च चिकित्सा संस्थान आज संतप्त हैं। कथाकार अवधेश प्रीत की यह कहानी इस दुर्दशा को बिलकुल क्लीनिकल ढंग से अनावृत करती है। आज जब हमारी आर्थिक स्थितियाँ पहले की तुलना में कहीं अधिक मजबूत हो चली हैं, तब जनस्वास्थ्य सेवाओं के प्रति शासकीय दृष्टिकोण में बिलकुल नई सोच पिरोने की जरूरत है जिसका नायक कोई और नहीं बल्कि आम आदमी ही हो सकता है। संचयन का पाँचवाँ पड़ाव फणीश्वरनाथ रेणु का मर्मस्पर्शी स्केच 'स्टिल लाइफ' है, जिसमें अस्पतालों के वार्डों की संवेदनशून्यता का सजीव वर्णन है, जिसे बोले तो फिल्म मुन्नाभाई एम.बी.बी.एस. के नायक मुन्ना (संजय दत्त) जैसी सेंसिटिविटी, मानव-प्रेम और परकल्याण भावना से रँगने की जरूरत है। छठी कहानी 'स्पन्दन' में कथाकार रमेश उपाध्याय ने उस आदर्श मानवतावादी चिकित्सा प्रणाली की संकल्पना प्रस्तुत की है जिसमें एलोपैथी की अद्यतन कार्य प्रणाली और वैज्ञानिक विधाओं का आयुर्वेद की कल्याणकारी सोच के साथ अपूर्व मिलन होता दिखाया गया है। अगर ऐसी होलिस्टिक चिकित्सा प्रणाली का सपना हकीकत में बदल जाए और चिकित्सा शास्त्र व्यापार और वाणिज्य के अर्थलोभी गणित से मुक्ति पा ले तो धन्वन्तरि की वर्तमान सन्तानें अपने ओजस्वी पूर्वजों द्वारा शुरू किए गए संकल्प-यज्ञ में निर्विघ्न होकर आहुति देने की हकदार हो सकेंगी। अगली कहानी 'उसके चेहरे के बीच' है। इसमें जीवविज्ञानी-कथाकार डॉ. रेखा अग्रवाल ने एक ही तीर के साथ दो निशाने साधे हैं : एक ओर आयुर्विज्ञान टेक्नोलॉजी में हुई प्रगति के साथ उपजी नई मनोवैज्ञानिक उलझनों का खूबसूरत खाका है, तो दूसरी ओर भारतीय समाज में स्त्री के साथ होनेवाली नाइनसाफी का मार्मिक चित्रण। कठोर सच यह है कि

तकरीबन हर
सुख नसीब न
प्रतिशत मामल
मामलों में क
समाज इस
खास बात य
पौराणिक व
सत्य को
सन्तान-बी
सच पर प
होने की
चिकित्सा
इस मनों
रिश्तों व
संकलन
है जिस
मात्र
संघर्ष
के ब
मसर
ला
के
जी

क
स
स

कृति की सृज
को जाता है। उ
करते हुए इसे य
का यह कलात्मक
सिनरजिज्म रचना
में हो रहे नित्य न
आनेवाला समय
साहित्य में भी इस
अन्त में अपनी
पंक्तियाँ कई बरस

एक चिकि

प्रभु!
जीवन-पर्यन्त
मनुष्यता क
जवाबदेही।
चिकित्सा अ
तो जीवन-क
समझ
विवेक
और मानवता
ज्ञान से बढ़क

प्रभु!
याद आती रहे
जो बीमार माँ
या पिता,
बेटी है या बेटा
सिर्फ एक केस
आम या साध्य
मन की कोई
दवा क्यों नहीं?

प्रभु!
उस अबूझ
मर्ज पर
एक शोध-पत्र की मुस्कराहट कैसी?
रुदन में नहाई
और राख में बुझी देह पर
तालियों का असाध्य सुख कैसा?

दयामय!
न दो शाप
कि भद्रजन की दवा-दारू में
रहूँ मैं समर्पित।
दो यह वरदान
कि द्रव्य-प्रतिष्ठा के
विज्ञान की करूँ चीर-फाड़!
समय के गर्भ की
आखिर यह कैसी
भ्रूण-हत्या, प्रभु!

डॉ. यतीश अग्रवाल (एम.बी.बी.एस., एम.डी., डी.एस.सी.)
वरिष्ठ चिकित्सक, लेखक, कॉलमनिस्ट, कवि, पटकथा लेखक एवं प्रोफेसर। सन् 1980 से देश के प्रमुख हिन्दी-अंग्रेजी पत्र-पत्रिकाओं में लेख, रचनाएँ और स्तम्भ प्रकाशित। जनस्वास्थ्य, आयुर्विज्ञान और कथा-साहित्य पर अब तक 47 पुस्तकें जो हिन्दी, अंग्रेजी और दूसरी कई भाषाओं में उपलब्ध हैं तथा जिनकी 15 लाख से अधिक प्रतियाँ पाठकों के बीच पहुँच चुकी हैं।

आयुर्विज्ञान की शिक्षा यूनिवर्सिटी कॉलेज ऑफ मेडिकल साइंसेज दिल्ली और देश-विदेश के कई प्रमुख चिकित्सा संस्थानों से। दिल्ली विश्वविद्यालय से डॉक्टर ऑफ मेडिसिन। विज्ञान परिषद् इलाहाबाद से विज्ञान वाचस्पति। फाउंडेशन फॉर डिटेक्शन ऑफ अर्ली गैस्ट्रिक कार्सिनोमा जापान की अन्तर्राष्ट्रीय फेलोशिप और नेशनल कैंसर सेंटर हॉस्पिटल टोक्यो में प्रशिक्षण। डब्ल्यू.एच.ओ. फेलो होने के नाते महीडोल विश्वविद्यालय थाइलैंड के इंस्टीट्यूट फॉर पोप्यूलेशन एंड सोशल रिसर्च की फेलोशिप।

सम्प्रति : केन्द्रीय स्वास्थ्य सेवा भारत सरकार के तहत नई दिल्ली के सफदरजंग अस्पताल और वर्धमान महावीर मेडिकल कॉलेज में वरिष्ठ चिकित्सक एवं प्रोफेसर।

मुंशी प्रेमचन्द

मंत्र

सन्ध्या का समय था। डॉक्टर चड्ढा गोल्फ खेलने के लिए तैयार हो रहे थे। मोटर द्वार के सामने खड़ी थी कि दो कहार एक डोली लिये आते दिखाई दिए। डोली के पीछे एक बूढ़ा लाठी टेकता चला आता था। डोली औषधालय के सामने आकर रुक गई।

बूढ़े ने धीरे-धीरे आकर द्वार पर पड़ी हुई चिक से झाँका। ऐसी साफ-सुथरी जमीन पर पैर रखते हुए भय हो रहा था कि कोई घुड़क न बैठे। डॉक्टर साहब को सामने खड़े देखकर भी उसे कुछ कहने का साहस न हुआ।

डॉक्टर साहब ने चिक के अन्दर से गरजकर कहा, “कौन है? क्या चाहता है?”

बूढ़े ने हाथ जोड़कर कहा, “हुजूर, बड़ा गरीब आदमी हूँ। मेरा लड़का कई दिन से...”

डॉक्टर साहब ने सिगार जलाकर कहा, “कल सबेरे आओ, कल सबेरे, हम इस वक्त मरीजों को नहीं देखते।”

बूढ़े ने घुटने टेककर जमीन पर सिर रख दिया और बोला, “दुहाई है सरकार की, लड़का मर जाएगा! हुजूर, चार दिन से आँखें नहीं...”

डॉक्टर चड्ढा ने कलाई पर नजर डाली। केवल दस मिनट समय और बाकी

था। गोल्फ-स्टिक बैग खूँटी से उतारते हुए बोले, "कल सबेरे आओ, कल सबेरे; यह हमारे खेलने का समय है।"

बूढ़े ने पगड़ी उतारकर चौखट पर रख दी और रोकर बोला, "हुज़ूर, एक निगाह देख लें। बस, एक निगाह! लड़का हाथ से चला जाएगा हुज़ूर, सात लड़कों में यही एक बच रहा है, हुज़ूर। हम दोनों आदमी रो-रोकर मर जाएँगे, सरकार! आपकी बढ़ती होय, दीनबन्धु!"

ऐसे उजड्ड देहाती यहाँ प्रायः रोज आया करते थे। डॉक्टर साहब उनके स्वभाव से खूब परिचित थे। कोई कितना ही कुछ कहे; पर वे अपनी ही रट लगाते जाएँगे। किसी की सुनेंगे नहीं। धीरे से चिक उठाई और बाहर निकलकर मोटर की तरफ चले। बूढ़ा यह कहता हुआ उनके पीछे दौड़ा, "सरकार, बड़ा धरम होगा। हुज़ूर, दया कीजिए, बड़ा दीन-दुखी हूँ; संसार में कोई और नहीं है, बाबूजी!"

मगर डॉक्टर साहब ने उसकी ओर मुँह फेरकर देखा तक नहीं। मोटर पर बैठकर बोले, "कल सबेरे आना।"

मोटर चली गई। बूढ़ा कई मिनट तक मूर्ति की भाँति निश्चल खड़ा रहा। संसार में ऐसे मनुष्य भी होते हैं, जो अपने आमोद-प्रमोद के आगे किसी की जान की भी परवाह नहीं करते, शायद इसका उसे अब भी विश्वास न आता था। सभ्य संसार इतना निर्मम, इतना कठोर है, इसका ऐसा मर्मभेदी अनुभव अब तक न हुआ था। वह उन पुराने जमाने के जीवों में था, जो लगी हुई आग को बुझाने, मुर्दे को कन्धा देने, किसी के छप्पर को उठाने और किसी कलह को शान्त करने के लिए सदैव तैयार रहते थे।

जब तक बूढ़े को मोटर दिखाई दी, वह खड़ा टकटकी लगाए उस ओर ताकता रहा। शायद उसे अब भी डॉक्टर साहब के लौट आने की आशा थी। फिर उसने कहारों से डोली उठाने को कहा। डोली जिधर से आई थी, उधर ही चली गई। चारों ओर से निराश होकर वह डॉक्टर चड्ढा के पास आया था। इनकी बड़ी तारीफ सुनी थी। यहाँ से निराश होकर फिर वह किसी दूसरे डॉक्टर के पास न गया। किस्मत ठोक ली।

उसी रात उसका हँसता-खेलता सात साल का बालक अपनी बाल-लीला समाप्त करके इस संसार से सिधार गया। बूढ़े माँ-बाप के जीवन का यही एक आधार था। इसी का मुँह देखकर जीते थे। इस दीपक के बुझते ही जीवन की अँधेरी रात भायँ-भायँ करने लगी। बुढ़ापे की विशाल ममता टूटे हुए हृदय से निकलकर अन्धकार में आर्त-स्वर से रोने लगी।

2

कई साल गुजर गए। डॉक्टर चड्ढा ने खूब यश और धन कमाया; लेकिन इसके साथ ही अपने स्वास्थ्य की रक्षा भी की, जो एक असाधारण बात थी। यह उनके नियमित जीवन का आशीर्वाद था कि पचास वर्ष की अवस्था में उनकी चुस्ती और फुर्ती युवकों को भी लज्जित करती थी। उनके हर एक काम का समय नियत था, इस नियम से वह जौ-भर न टलते थे। बहुधा लोग स्वास्थ्य के नियमों का पालन उसी समय करते हैं, जब रोगी हो जाते हैं। डॉक्टर चड्ढा उपचार और संयम का रहस्य खूब समझते थे, उनकी सन्तान-संख्या भी इसी नियम के अधीन थी। उनके केवल दो बच्चे हुए, एक लड़का और एक लड़की। तीसरी सन्तान न हुई, इसीलिए श्रीमती चड्ढा भी अभी जवान मालूम होती थीं। लड़की का तो विवाह हो चुका था। लड़का कॉलेज में पढ़ता था। वही माता-पिता के जीवन का आधार था। शील और विनय का पुतला, बड़ा ही रसिक, बड़ा ही उदार, विद्यालय का गौरव, युवक-समाज की शोभा। मुखमंडल से तेज की छटा-सी निकलती थी। आज उसकी बीसवीं सालगिरह थी।

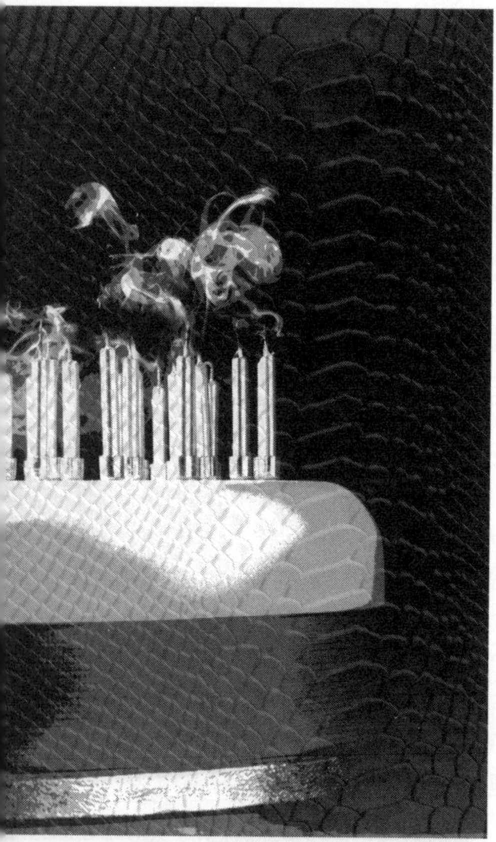

सन्ध्या का समय था। हरी-हरी घास पर कुर्सियाँ बिछी थीं। शहर के रईस और हुक्काम एक तरफ कॉलेज के छात्र दूसरी तरफ बैठे भोजन कर रहे थे। बिजली के प्रकाश से सारा मैदान जगमगा रहा था। आमोद-प्रमोद का सामान भी जमा था। छोटा-सा प्रहसन खेलने की तैयारी थी। प्रहसन स्वयं कैलाशनाथ ने लिखा था। वही मुख्य एक्टर भी था। इस समय वह

एक रेशमी कमीज पहने, नंगे सिर, नंगे पाँव, इधर से उधर मित्रों की आवभगत में लगा हुआ था। कोई पुकारता–कैलाश, जरा इधर आना; कोई उधर से बुलाता–कैलाश, क्या उधर ही रहोगे? सभी उसे छेड़ते थे, चुहलें करते थे, बेचारे को जरा दम मारने का अवकाश न मिलता था। सहसा एक रमणी ने उसके पास आकर कहा, "क्यों कैलाश, तुम्हारे साँप कहाँ हैं? जरा मुझे दिखा दो।"

कैलाश ने उससे हाथ मिलाकर कहा, "मृणालिनी, इस वक्त क्षमा करो, कल दिखा दूँगा।"

मृणालिनी ने आग्रह किया, "जी नहीं, तुम्हें दिखाना पड़ेगा, मैं आज नहीं मानने की। तुम रोज 'कल-कल' करते हो।"

मृणालिनी और कैलाश दोनों सहपाठी थे और एक-दूसरे के प्रेम में पगे हुए। कैलाश को साँपों के पालने, खेलाने और नचाने का शौक था। उसने तरह-तरह के साँप पाल रखे थे। उनके स्वभाव और चरित्र की परीक्षा करता रहता था। थोड़े दिन हुए, उसने विद्यालय में 'साँपों' पर मार्के का व्याख्यान दिया था। साँपों को नचाकर दिखाया भी था। प्राणिशास्त्र के बड़े-बड़े पंडित भी यह व्याख्यान सुनकर दंग रह गए थे। यह विद्या उसने एक बड़े सँपेरे से सीखी थी। साँपों की जड़ी-बूटियाँ जमा करने का उसे मरज था। इतना पता भर मिल जाए कि किसी व्यक्ति के पास कोई अच्छी जड़ी है, फिर उसे चैन न आता था। उसे लेकर ही छोड़ता था। यही व्यसन था। इस पर हजारों रुपए फूँक चुका था। मृणालिनी कई बार आ चुकी थी; पर कभी साँपों को देखने के लिए इतनी उत्सुक न हुई थी। कह नहीं सकते, आज उसकी उत्सुकता सचमुच जाग गई थी, या वह कैलाश पर अपने अधिकार का प्रदर्शन करना चाहती थी; पर उसका आग्रह बेमौका था। उस कोठरी में कितनी भीड़ लग जाएगी, भीड़ को देखकर साँप कितने चौंकेंगे और रात के समय उन्हें छेड़ा जाना कितना बुरा लगेगा, इन बातों का उसे जरा भी ध्यान न आया।

कैलाश ने कहा, "नहीं, कल जरूर दिखा दूँगा। इस वक्त अच्छी तरह दिखा भी तो न सकूँगा, कमरे में तिल रखने की भी जगह न मिलेगी।"

एक महाशय ने छेड़कर कहा, "दिखा क्यों नहीं देते, जरा-सी बात के लिए इतना टाल-मटोल क्यों कर रहे हो? मिस गोविन्द, हरगिज न मानना। देखें, कैसे नहीं दिखाते!"

दूसरे महाशय ने और चिढ़ाया, "मिस गोविन्द इतनी सीधी और भोली हैं, तभी आप इतना मिजाज करते हैं; दूसरी सुन्दरी होती, तो इसी बात पर बिगड़ खड़ी होती।"

तीसरे साहब ने मजाक उड़ाया, "अजी, बोलना छोड़ देती। भला, कोई बात है! इस पर आपका दावा है कि मृणालिनी के लिए जान हाजिर है।"

मृणालिनी ने देखा कि ये शोहदे उसे रंग पर चढ़ा रहे हैं, तो बोली, "आप लोग मेरी वकालत न करें, मैं खुद अपनी वकालत कर लूँगी। मैं इस वक्त साँपों का तमाशा नहीं देखना चाहती। चलो, छुट्टी हुई।"

इस पर मित्रों ने ठट्ठा लगाया। एक साहब बोले, "देखना तो आप सब कुछ चाहें, पर कोई दिखाए भी तो?"

कैलाश को मृणालिनी की झेंपी हुई सूरत देखकर मालूम हुआ कि इस वक्त उसका इनकार वास्तव में उसे बुरा लगा है। ज्योंही प्रीति-भोज समाप्त हुआ और गाना शुरू हुआ, उसने मृणालिनी और अन्य मित्रों को साँपों के दरबे के सामने ले जाकर महुअर बजाना शुरू किया। फिर एक-एक खाना खोलकर एक-एक साँप को निकालने लगा। वाह! क्या कमाल था! ऐसा जान पड़ता था कि वे कीड़े उसकी एक-एक बात, उसके मन का एक-एक भाव समझते हैं। किसी को उठा लिया, किसी को गर्दन में डाल लिया, किसी को हाथ में लपेट लिया। मृणालिनी बार-बार मना करती कि इन्हें गर्दन में न डालो, दूर ही से दिखा दो। बस, जरा नचा दो। कैलाश की गर्दन में साँपों को लिपटते देखकर उसकी जान निकली जाती थी। पछता रही थी कि मैंने व्यर्थ ही साँप दिखाने को कहा ; मगर कैलाश एक न सुनता था। प्रेमिका के सम्मुख अपने सर्प-कला प्रदर्शन का ऐसा अवसर पाकर वह कब चूकता! एक मित्र ने टीका की, "दाँत तोड़ डाले होंगे।"

कैलाश हँसकर बोला, "दाँत तोड़ डालना मदारियों का काम है। किसी के दाँत नहीं तोड़े गए। कहिए तो दिखा दूँ?" कहकर उसने एक काले साँप को पकड़ लिया। और बोला, "मेरे पास इससे ज्यादा जहरीला साँप दूसरा नहीं है, अगर किसी को काट ले, तो आदमी आनन-फानन में मर ज़ाए। लहर भी न आए। इसके काटे का मंत्र नहीं, इसके दाँत दिखा दूँ?"

मृणालिनी ने उसका हाथ पकड़कर कहा, "नहीं-नहीं, कैलाश, ईश्वर के लिए इसे छोड़ दो। तुम्हारे पैर पड़ती हूँ।"

इस पर एक दूसरे मित्र बोले, "मुझे तो विश्वास नहीं आता, लेकिन तुम कहते हो तो मान लूँगा।"

कैलाश ने साँप की गर्दन पकड़कर कहा, "नहीं साहब, आप आँखों से देखकर मानिए। दाँत तोड़कर वश में किया, तो क्या किया! साँप बड़ा समझदार होता है! अगर उसे विश्वास हो जाए कि इस आदमी से मुझे कोई हानि न पहुँचेगी, तो वह उसे हरगिज न काटेगा।"

मृणालिनी ने जब देखा कि कैलाश पर इस वक्त भूत सवार है, तो उसने यह तमाशा न करने के विचार से कहा, "अच्छा भाई, अब यहाँ से चलो। देखो गाना शुरू हो गया है। आज मैं भी कोई चीज सुनाऊँगी।" यह कहते हुए उसने कैलाश का कन्धा पकड़कर चलने का इशारा किया और कमरे से निकल गई; मगर कैलाश विरोधियों का शंका-समाधान करके ही दम लेना चाहता था। उसने साँप की गर्दन पकड़कर जोर से दबाई, इतनी जोर से दबाई कि उसका मुँह लाल हो गया, देह की सारी नसें तन गईं। साँप ने अब तक उसके हाथों ऐसा व्यवहार न देखा था। उसकी समझ में न आता था कि यह मुझसे क्या चाहता है। उसे शायद भ्रम हुआ कि मुझे मार डालना चाहते हैं, अतएव वह आत्मरक्षा के लिए तैयार हो गया।

कैलाश ने उसकी गर्दन खूब दबाकर मुँह खोल दिया और उसके जहरीले दाँत दिखाते हुए बोला, "जिन सज्जनों को शक हो, आकर देख लें। आया विश्वास या अब भी कुछ शक है?"

मित्रों ने आकर उसके दाँत देखे, और चकित हो गए। प्रत्यक्ष प्रमाण के सामने सन्देह को स्थान कहाँ! मित्रों का शंका-निवारण करके कैलाश ने साँप की गर्दन ढीली कर दी और उसे जमीन पर रखना चाहा, पर वह काला गेहुँअन क्रोध से पागल हो रहा था। गर्दन नरम पड़ते ही उसने सिर उठाकर कैलाश की उँगली में जोर से काटा और वहाँ से भागा। कैलाश की उँगली से टप-टप खून टपकने लगा। उसने जोर से उँगली दबा ली और अपने कमरे की तरफ दौड़ा। वहाँ मेज की दराज में एक जड़ी रखी हुई थी, जिसे पीसकर लगा देने से घातक विष भी रफू हो जाता था। मित्रों में हलचल पड़ गई। बाहर महफिल में भी खबर हुई। डॉक्टर साहब घबराकर दौड़े। फौरन उँगली की जड़ कसकर बाँधी गई और जड़ी पीसने के लिए दी गई। डॉक्टर साहब जड़ी के कायल न थे। उँगली का डसा भाग नश्तर से काट देना चाहते थे, मगर कैलाश को जड़ी पर पूर्ण विश्वास था। मृणालिनी पियानो पर बैठी हुई थी। यह खबर सुनते ही दौड़ी और कैलाश की उँगली से टपकते हुए खून को रूमाल से पोंछने लगी। जड़ी पीसी जाने लगी; पर उसी एक मिनट में कैलाश की आँखें झपकने लगीं, ओठों पर पीलापन दौड़ने लगा। यहाँ तक कि वह खड़ा न रह सका। फर्श पर बैठ गया। सारे मेहमान कमरे में जमा हो गए। कोई कुछ कहता था, कोई कुछ। इतने में जड़ी पीसकर आ गई। मृणालिनी ने उँगली पर लेप किया। एक मिनट और बीता। कैलाश की आँखें बन्द हो गईं। वह लेट गया और हाथ से पंखा झलने का इशारा किया। माँ ने दौड़कर उसका सिर गोद में रख लिया और बिजली का टेबल-फैन लगा दिया।

डॉक्टर साहब ने झुककर पूछा, "कैलाश, कैसी तबीयत है?" कैलाश ने धीरे से हाथ उठा दिया; पर कुछ बोल न सका। मृणालनी ने करुण स्वर में कहा, "क्या जड़ी कुछ असर न करेगी?" डॉक्टर साहब ने सिर पकड़कर कहा, "क्या बतलाऊँ, मैं इसकी बातों में आ गया। अब तो नश्तर से भी कुछ फायदा न होगा।"

आध घंटे तक यही हाल रहा। कैलाश की दशा प्रतिक्षण बिगड़ती जाती थी। यहाँ तक कि उसकी आँखें पथरा गईं, हाथ-पाँव ठंडे हो गए, मुख की कान्ति मलिन पड़ गई, नाड़ी का कहीं पता नहीं। मौत के सारे लक्षण दिखाई देने लगे। घर में कुहराम मच गया। मृणालिनी सिर पीटने लगी; माँ अलग पछाड़ें खाने लगी।

डॉक्टर चड्ढा को मित्रों ने पकड़ लिया, नहीं तो वह नश्तर अपनी गर्दन पर मार लेते।

एक महाशय बोले, "कोई मंत्र झाड़नेवाला मिले तो सम्भव है, अब भी जान बच जाए।"

एक मुसलमान सज्जन ने इसका समर्थन किया, "अरे साहब! कब्र में पड़ी हुई लाशें जिन्दा हो गई हैं। ऐसे-ऐसे बाकमाल पड़े हुए हैं।"

डॉक्टर चड्ढा बोले, "मेरी अक्ल पर पत्थर पड़ गया था कि इसकी बातों में आ गया। नश्तर लगा देता, तो यह नौबत ही न आती। बार-बार समझाता रहा कि बेटा, साँप न पालो, मगर कौन सुनता था! बुलाइए, किसी झाड़-फूँक करनेवाले ही को बुलाइए। मेरा सब कुछ ले ले, मैं अपनी सारी जायदाद उसके पैरों पर रख दूँगा। लँगोटी बाँधकर घर से निकल जाऊँगा; मगर मेरा कैलाश, मेरा प्यारा कैलाश उठ बैठे। ईश्वर के लिए किसी को बुलवाइए।"

एक महाशय का किसी झाड़नेवाले से परिचय था। वह दौड़कर उसे बुला लाए, मगर कैलाश की सूरत देखकर उसे मंत्र चलाने की हिम्मत न पड़ी। बोला, "अब क्या हो सकता है, सरकार? जो कुछ होना था, हो चुका!"

"अरे मूर्ख, यह क्यों नहीं कहता कि जो कुछ न होना था, हो चुका। जो कुछ होना था, वह कहाँ हुआ? माँ-बाप ने बेटे का सेहरा कहाँ देखा? मृणालिनी का कामना-तरु क्या पल्लव और पुष्प से रंजित हो उठा? मन के वह स्वर्ण-स्वप्न जिनसे जीवन आनन्द का स्रोत बना हुआ था, क्या पूरे हो गए? जीवन के नृत्यमय तारिका-मंडित सागर में आमोद की बहार लूटते हुए क्या उनकी नौका जलमग्न नहीं हो गई? जो न होना था, वह हो गया।"

वही हरा-भरा मैदान था, वही सुनहरी चाँदनी एक निःशब्द संगीत की भाँति प्रकृति पर छाई हुई थी; वही मित्र-समाज था। वही मनोरंजन के सामान थे। मगर जहाँ हास्य की ध्वनि थी, वहाँ करुण क्रन्दन और अश्रु-प्रवाह था।

3

शहर से कई मील दूर एक छोटे-से घर में एक बूढ़ा और बुढ़िया अँगीठी के सामने बैठे जाड़े की रात काट रहे थे। बूढ़ा नारियल पीता था और बीच-बीच में खाँसता था। बुढ़िया दोनों घुटनियों में सिर डाले आग की ओर ताक रही थी। एक मिट्टी के तेल की कुप्पी ताक पर जल रही थी। घर में न चारपाई थी, न बिछौना। एक किनारे थोड़ी-सी पुआल पड़ी हुई थी। इसी कोठरी में एक चूल्हा

था। बुढ़िया दिन-भर उपले और सूखी लकड़ियाँ बटोरती थी। बूढ़ा रस्सी बटकर बाजार में बेच आता था। यही उनकी जीविका थी। उन्हें न किसी ने रोते देखा, न हँसते। उनका सारा समय जीवित रहने में कट जाता था। मौत द्वार पर खड़ी थी, रोने या हँसने की कहाँ फुर्सत! बुढ़िया ने पूछा, “कल के लिए सन तो है नहीं, काम क्या करोगे?”

“जाकर झगड़ू साह से दस सेर सन उधार लाऊँगा।”

“उसके पहले के पैसे तो दिए ही नहीं, और उधार कैसे देगा?”

“न देगा न सही। घास तो कहीं नहीं गई है। दोपहर तक क्या दो आने की भी नहीं काटूँगा?”

इतने में एक आदमी ने द्वार पर आवाज दी, “भगत-भगत, क्या सो गए? जरा किवाड़ खोलो।”

भगत ने उठकर किवाड़ खोल दिए। एक आदमी ने अन्दर आकर कहा, “कुछ सुना, डॉक्टर चड्ढा बाबू के लड़के को साँप ने काट लिया।”

भगत ने चौंककर कहा, “चड्ढा बाबू के लड़के को! वही चड्ढा बाबू हैं न, जो छावनी में बँगले में रहते हैं?”

“हाँ-हाँ, वही। शहर में हल्ला मचा हुआ है। जाते हो तो जाओ, आदमी बन जाओगे।”

बूढ़े ने कठोर भाव से सिर हिलाकर कहा, “मैं नहीं जाता! मेरी बला जाए! वही चड्ढा है। खूब जानता हूँ। भैया को लेकर उन्हीं के पास गया था। खेलने जा रहे थे। पैरों पर गिर पड़ा कि एक नजर देख लीजिए; मगर सीधे मुँह से बात तक न की। भगवान बैठे सुन रहे थे। अब जान पड़ेगा कि बेटे का गम कैसा होता है! कई लड़के हैं?”

“नहीं जी, यही तो लड़का था। सुना है, सबने जवाब दे दिया है।”

“भगवान बड़ा कारसाज है। उस बखत मेरी आँखों से आँसू निकल पड़े थे, पर उन्हें तनिक भी दया न आई थी। मैं तो उनके द्वार पर होता, तो भी बात न पूछता।”

“तो न जाओगे? हमने जो सुना था, सो कह दिया।”

“अच्छा किया, अच्छा किया। कलेजा ठंडा हो गया, आँखें ठंडी हो गईं। लड़का भी ठंडा हो गया होगा! तुम जाओ। आज चैन की नींद सोऊँगा। (बुढ़िया से) जरा तमाखू ले ले! एक चिलम और पीऊँगा। अब मालूम होगा लाला को! सारी साहबी निकल जाएगी, हमारा क्या बिगड़ा! लड़के के मर जाने से कुछ राज तो नहीं चला गया! जहाँ छः बच्चे गए थे, वहाँ एक और चला गया, तुम्हारा तो राज सूना हो

जाएगा। उसी के वास्ते सबका गला दबा-दबाकर जोड़ा था न। अब क्या करोगे? एक बार देखने जाऊँगा; पर कुछ दिन बाद। मिजाज का हाल पूछूँगा।”

आदमी चला गया। भगत ने किवाड़ बन्द कर लिये, तब चिलम पर तम्बाकू रखकर पीने लगा।

बुढ़िया ने कहा, “इतनी रात गए जाड़े-पाले में कौन जाएगा?”

“अरे, दोपहर ही होता तो मैं न जाता। सवारी दरवाजे पर लेने आती, तो भी न जाता। भूल नहीं गया हूँ। पन्ना की सूरत आज भी आँखों में फिर रही है। इस निर्दयी ने उसे एक नजर देखा तक नहीं। क्या मैं न जानता था कि वह न बचेगा? खूब जानता था। चड्ढा भगवान नहीं थे कि उनके एक निगाह देख लेने से अमृत बरस जाता। नहीं, खाली मन की दौड़ थी। जरा तसल्ली हो जाती। बस, इसीलिए उनके पास गया था। अब किसी दिन जाऊँगा और कहूँगा—‘क्यों साहब, कहिए, क्या रंग हैं?’ दुनिया बुरा कहेगी, कहे; कोई परवाह नहीं। छोटे आदमियों में तो सब ऐब हैं। बड़ों में कोई ऐब नहीं होता, देवता होते हैं।”

भगत के लिए यह जीवन में पहला अवसर था कि ऐसा समाचार पाकर वह बैठा रह गया हो। अस्सी वर्ष के जीवन में ऐसा कभी न हुआ था कि साँप की खबर पाकर दौड़ न गया हो। माघ-पूस की अँधेरी रात, चैत-बैसाख की धूप और लू, सावन-भादों की चढ़ी हुई नदी और नाले, किसी की उसने कभी परवाह न की। वह तुरन्त घर से निकल पड़ता था—निःस्वार्थ, निष्काम! लेन-देन का विचार कभी दिल में आया नहीं। यह ऐसा काम ही न था। जान का मूल्य कौन दे सकता है? यह एक पुण्य-कार्य था। सैकड़ों निराशों को उसके मंत्रों ने जीवन-दान दे दिया था; पर आज वह घर से कदम नहीं निकाल सका। यह खबर सुनकर सोने जा रहा है।

बुढ़िया ने कहा, “तमाखू अँगीठी के पास रखी हुई है। उसके भी आज ढाई पैसे हो गए, देती ही न थी।”

बुढ़िया यह कहकर लेटी। बूढ़े ने कुप्पी बुझाई, कुछ देर खड़ा रहा, फिर बैठ गया। अन्त में लेट गया; पर यह खबर उसके हृदय पर बोझे की भाँति रखी हुई थी। उसे मालूम हो रहा था कि उसकी कोई चीज खो गई है, जैसे सारे कपड़े गीले हो गए हैं या पैरों में कीचड़ लगा हुआ है, जैसे कोई उसके मन में बैठा हुआ उसे घर से निकलने के लिए कुरेद रहा है। बुढ़िया जरा देर में खर्राटे लेने लगी। बूढ़े बातें करते-करते सोते हैं और जरा-सा खटका होते ही जागते हैं। तब भगत उठा, अपनी लकड़ी उठा ली, और धीरे से किवाड़ खोले।

बुढ़िया ने पूछा, “कहाँ जाते हो?”

"कहीं नहीं, देखता था कि कितनी रात है।"

"अभी बहुत रात है, सो जाओ।"

"नींद नहीं आती।"

"नींद काहे को आवेगी? मन तो चड्ढा के घर पर लगा हुआ है!"

"चड्ढा ने मेरे साथ कौन-सी नेकी कर दी है, जो वहाँ जाऊँ? वह आकर पैरों पड़े तो भी न जाऊँ!"

"उठे तो तुम इसी इरादे से हो!"

"नहीं री, ऐसा पागल नहीं हूँ कि जो मुझे काँटे बोए उसके लिए फूल बोते फिरूँ।"

बुढ़िया फिर सो गई। भगत ने किवाड़ लगा दिए और फिर आकर बैठा। पर उसके मन की कुछ ऐसी दशा थी, जो बाजे की आवाज कान में पड़ते ही उपदेश सुननेवालों की होती है। आँखें चाहे उपदेशक की ओर हों; पर कान बाजे की ही ओर होते हैं। दिल में भी बाजे की ध्वनि गूँजती रहती है। शर्म के मारे जगह से नहीं उठता। निर्दयी प्रतिघात का भाव भगत के लिए उपदेशक था, पर हृदय उस अभागे युवक की ओर था, जो इस समय मर रहा था, जिसके लिए एक-एक पल का विलम्ब घातक था।

उसने फिर किवाड़ खोले, इतने धीरे से कि बुढ़िया को खबर भी न हुई। बाहर निकल आया। उसी वक्त गाँव का चौकीदार गश्त लगा रहा था, बोला, "कैसे उठे भगत? आज तो बड़ी सर्दी है! कहीं जा रहे हो क्या?"

भगत ने कहा, "नहीं जी, जाऊँगा कहाँ! देखता था अभी कितनी रात है। भला, कै बजे होंगे?"

चौकीदार बोला, "एक बजा होगा और क्या, अभी थाने से आ रहा था, तो डॉक्टर चड्ढा बाबू के बँगले पर बड़ी भीड़ लगी हुई थी। उनके लड़के का हाल तो तुमने सुना होगा, कीड़े ने छू लिया। चाहे मर भी गया हो। तुम चले जाओ, तो साइत बच जाए! सुना है दस हजार तक देने को तैयार हैं।"

भगत—"मैं तो न जाऊँ, चाहे वह दस लाख भी दे। मुझे दस हजार या दस लाख लेकर करना क्या है? कल मर जाऊँगा, फिर कौन भोगनेवाला बैठा हुआ है।"

चौकीदार चला गया। भगत ने आगे पैर बढ़ाया। जैसे नशे में आदमी की देह अपने काबू में नहीं रहती, पैर कहीं रखता है, पड़ता कहीं है, कहता कुछ है, जबान से निकलता कुछ है, वही हाल इस समय भगत का था। मन में प्रतिकार था; पर कर्म मन के अधीन न था। जिसने कभी तलवार नहीं चलाई, वह इरादा करने पर भी तलवार नहीं चला सकता। उसके हाथ काँपते हैं, उठते ही नहीं।

भगत लाठी खट-खट करता लपका चला जाता था। चेतना रोकती थी पर उपचेतना ठेलती थी। सेवक स्वामी पर हावी था।

आधी राह निकल जाने के बाद सहसा भगत रुक गया। हिंसा ने क्रिया पर विजय पाई—मैं यों ही इतनी दूर चला आया! इस जाड़े-पाले में मरने की मुझे क्या

पड़ी थी? आराम से सोया क्यों नहीं? नींद न आती, न सही; दो-चार भजन ही गाता। खाली इतनी दूर दौड़ा आया। चड्ढा का लड़का रहे या मरे, मेरी बला से! मेरे साथ उन्होंने ऐसा कौन-सा सलूक किया था कि मैं उनके लिए मरूँ? दुनिया में हजारों मरते हैं, हजारों जीते हैं। मुझे किसी के मरने-जीने से मतलब!

मगर उपचेतना ने अब एक दूसरा रूप धारण किया, जो हिंसा से बहुत-कुछ मिलता-जुलता था—वह झाड़-फूँक करने नहीं जा रहा है; वह देखेगा, कि लोग क्या कर रहे हैं! डॉक्टर साहब का रोना-पीटना देखेगा, किस तरह सिर पीटते हैं, किस तरह पछाड़ें खाते हैं! वह देखेगा कि बड़े लोग भी छोटों ही की भाँति रोते हैं, या सबर कर जाते हैं! वे लोग तो विद्वान होते हैं, सबर कर जाते होंगे! हिंसा-भाव को यों धीरज देता हुआ वह फिर आगे बढ़ा।

इतने में दो आदमी आते दिखाई दिए। दोनों बातें करते चले आ रहे थे—चड्ढा बाबू का घर उजड़ गया, वही तो एक लड़का था। भगत के कान में यह आवाज पड़ी। उसकी चाल और भी तेज हो गई। थकान के मारे पाँव न उठते थे। शिरोभाग इतना बढ़ा जाता था, मानो अब मुँह के बल गिर पड़ेगा। इस तरह वह कोई दस मिनट चला होगा कि डॉक्टर साहब का बँगला नजर आया। बिजली की बत्तियाँ जल रही थीं; मगर सन्नाटा छाया हुआ था। रोने-पीटने की आवाज भी न आती थी। भगत का कलेजा धक-धक करने लगा। कहीं मुझे बहुत देर तो नहीं हो गई। वह दौड़ने लगा। अपनी उम्र में वह इतना तेज कभी न दौड़ा था। बस यही मालूम होता था मानो उसके पीछे मौत दौड़ी आ रही है।

4

दो बज गए थे। मेहमान विदा हो गए। रोनेवालों में केवल आकाश के तारे रह गए थे। और सभी रो-रोकर थक गए थे। बड़ी उत्सुकता के साथ लोग रह-रहकर आकाश की ओर देखते थे कि किसी तरह सुबह हो और लाश गंगा की गोद में दी जाए।

सहसा भगत ने द्वार पर पहुँचकर आवाज दी। डॉक्टर साहब समझे, कोई मरीज आया होगा। किसी और दिन उन्होंने उस आदमी को दुत्कार दिया होता; मगर आज बाहर निकल आए। देखा एक बूढ़ा आदमी खड़ा है—कमर झुकी हुई, पोपला मुँह, भौंहें तक सफेद हो गई थीं। लकड़ी के सहारे काँप रहा था। बड़ी नम्रता से बोले, “क्या है भई, आज तो हमारे ऊपर ऐसी मुसीबत पड़ गई है कि

कुछ कहते नहीं बनता, फिर कभी आना। इधर एक महीना तक तो शायद मैं किसी भी मरीज को न देख सकूँगा।"

भगत ने कहा, "सुन चुका हूँ बाबूजी, इसीलिए आया हूँ। भैया कहाँ है? जरा मुझे दिखा दीजिए। भगवान बड़ा कारसाज है, मुरदे को भी जिला सकता है। कौन जाने, अब भी उसे दया आ जाए।"

चड्ढा ने व्यथित स्वर से कहा, "चलो, देख लो; मगर तीन-चार घंटे हो गए। जो कुछ होना था, हो चुका है। बहुतेरे झाड़ने-फूँकनेवाले देख-देखकर चले गए।"

डॉक्टर साहब को आशा तो क्या होती। हाँ, बूढ़े पर दया आ गई। अन्दर ले गए। भगत ने लाश को एक मिनट तक देखा। तब मुस्कराकर बोला, "अभी कुछ नहीं बिगड़ा है, बाबूजी! वह नारायण चाहेंगे तो आध घंटे में भैया उठ बैठेंगे। आप नाहक दिल छोटा कर रहे हैं। जरा कहारों से कहिए, पानी तो भरें।"

कहारों ने पानी भर-भरकर कैलाश को नहलाना शुरू किया। पाइप बन्द हो गया था। कहारों की संख्या अधिक न थी, इसलिए मेहमानों ने अहाते के बाहर के कुएँ से पानी भर-भरकर कहारों को दिया, मृणालिनी कैलाश के लिए पानी ला रही थी। बूढ़ा भगत खड़ा मुस्करा-मुस्कराकर मंत्र पढ़ रहा था, मानो विजय उसके सामने खड़ी है। जब एक बार मंत्र समाप्त हो जाता, तब वह एक जड़ी कैलाश को सुँघा देता। इस तरह न जाने कितने घड़े कैलाश के सिर पर डाले गए और न जाने कितनी बार भगत ने मंत्र फूँका। आखिर जब उषा ने अपनी लाल-लाल आँखें खोलीं तो कैलाश की भी लाल-लाल आँखें खुल गईं। एक क्षण में उसने अँगड़ाई ली और पानी पीने को माँगा। डॉक्टर चड्ढा ने दौड़कर नारायणी को गले लगा लिया। नारायणी दौड़कर भगत के पैरों पर गिर पड़ी और मृणालिनी कैलाश के सामने आँखों में आँसू-भरे पूछने लगी, "अब कैसी तबीयत है!"

एक क्षण में चारों तरफ खबर फैल गई। मित्रगण मुबारकबाद देने आने लगे। डॉक्टर साहब बड़े श्रद्धा-भाव से हर एक के सामने भगत का यश गाते फिरते थे। सभी लोग भगत के दर्शनों के लिए उत्सुक हो उठे; मगर अन्दर जाकर देखा, तो भगत का कहीं पता न था। नौकरों ने कहा, "अभी तो यहीं बैठे चिलम पी रहे थे। हम लोग तमाखू देने लगे, तो नहीं ली, अपने पास से तमाखू निकालकर भरी।"

यहाँ तो भगत की चारों ओर तलाश होने लगी, और भगत लपका हुआ घर चला आ रहा था कि बुढ़िया के उठने से पहले पहुँच जाऊँ!

जब मेहमान लोग चले गए तो डॉक्टर साहब ने नारायणी से कहा, "बुड्ढा न जाने कहाँ चला गया? एक चिलम तमाखू का भी रवादार न हुआ।"

नारायणी—"मैंने तो सोचा था, इसे कोई बड़ी रकम दूँगी।"

चड्ढा—"रात को तो मैंने नहीं पहचाना, पर जरा साफ हो जाने पर पहचान गया। एक बार यह एक मरीज को लेकर आया था। मुझे अब याद आता है कि मैं खेलने जा रहा था और मरीज को देखने से इनकार कर दिया था। आज उस दिन की बात याद करके मुझे जितनी ग्लानि हो रही है, उसे प्रकट नहीं कर सकता। मैं उसे अब खोज निकालूँगा और उसके पैरों पर गिरकर अपना अपराध क्षमा कराऊँगा। वह कुछ लेगा नहीं, यह जानता हूँ, उसका जन्म यश की वर्षा करने के लिए हुआ है। उसकी सज्जनता ने मुझे ऐसा आदर्श दिखा दिया है, जो अब से जीवन-पर्यन्त मेरे सामने रहेगा।

मंत्र का प्रकाशन हिन्दी में पहली बार **विशाल भारत** के मार्च 1930 अंक में हुआ। उर्दू में यह कहानी **जमाना** के फरवरी 1928 अंक में मन्तर शीर्षक से प्रकाशित हुई। हिन्दी में रचना पहले हुई थी।

मुंशी प्रेमचन्द (31 जुलाई, 1880–8 अक्तूबर, 1936)

आधुनिक भारत के कालजयी साहित्यकार। 20वीं सदी के शीर्ष कथाकारों में उनका स्थान न सिर्फ भारत, बल्कि सम्पूर्ण विश्व में अग्रिम पंक्ति में प्रतिष्ठित है। माता-पिता ने उन्हें धनपत राय का नाम दिया किन्तु उनकी सृजनात्मकता ने उन्हें प्रेमचन्द के नाम से अजर-अमर कर दिया।

प्रेमचन्द की रचना-दृष्टि विविध साहित्यिक आयामों में दृष्टिगत होती है। उनका रचना-संसार उपन्यास, कहानी, नाटक, समीक्षा, लेख, सम्पादकीय, संस्मरण सहित अनेक विधाओं में उपलब्ध है, किन्तु प्रमुख रूप से वे कथाकार थे। उनके जीवन-काल में ही उन्हें साहित्यिक दुनिया ने 'उपन्यास-सम्राट' की पदवी से नवाज दिया था।

प्रेमचन्द अपनी पीढ़ी के अग्रणी विचारक तो थे ही, उन्होंने सामाजिक कुरीतियों, अन्धविश्वासों, कुप्रशासन, भ्रष्टाचार, जमींदारी, सम्प्रदायवाद और विदेशी हुकूमत के विरुद्ध भी खुलकर लिखा और हजारों-लाखों भारतीयों के प्रेरणास्रोत बने। उनकी रचनाओं में मानवीय संवदेनाओं, नैतिक मूल्यों और सामाजिक बुराइयों पर दिल को छूनेवाले सीधे-सरल ईमानदारी भरे जीवट कथानक मिलते हैं।

प्रेमचन्द का रचना-संसार आज देश-विदेश की अनेक भाषाओं में उपलब्ध है। उनके पन्द्रह उपन्यास, 300 से कुछ अधिक कहानियाँ, तीन नाटक, दस अनुवाद, सात बाल पुस्तकें तथा हजारों पृष्ठों के लेख, सम्पादकीय, भाषण, भूमिका, पत्र उनकी बहुमुखी प्रतिभा के जीते-जागते दस्तावेज हैं। उनका उपन्यास 'गोदान' दुनिया के महानतम उपन्यासों में गिना जाता है। उनके दो उपन्यासों 'शतरंज के खिलाड़ी' तथा 'सेवा सदन' पर भारतीय सिनेमा के सरताज सत्यजित रे ने फीचर फिल्में भी बनाईं।

साहित्य का स्वरूप कैसा हो, उसकी कसौटी क्या हो, इस बाबत प्रेमचन्द ने लिखा है–

> "हमारी कसौटी पर वही साहित्य खरा उतरेगा जिसमें उच्च चिन्तन हो, स्वाधीनता का भाव हो, सौन्दर्य का सार हो, सृजन की आत्मा हो, जीवन की सच्चाइयों का प्रकाशन हो–जो हममें गति, संघर्ष और बेचैनी पैदा करे...।"

फणीश्वरनाथ रेणु

डागडर बाबू

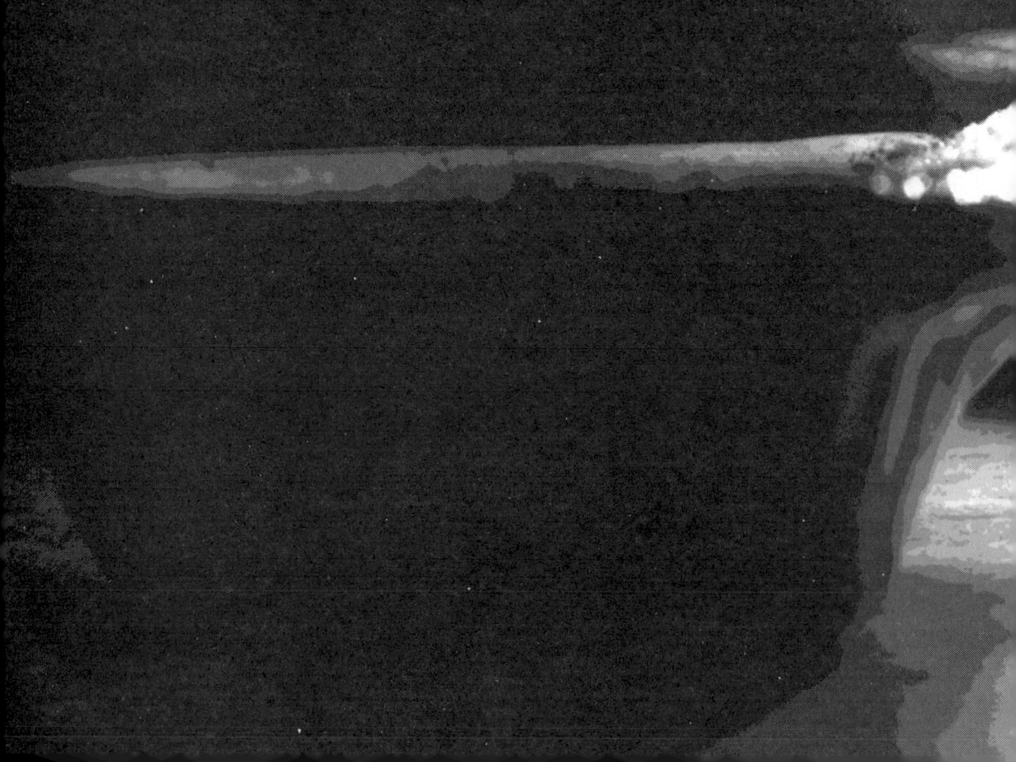

डॉक्टर प्रशान्त कुमार!

जात?...

नाम पूछने के बाद ही लोग यहाँ पूछते हैं—जात? जीवन में बहुत कम लोगों ने प्रशान्त से उसकी जाति के बारे में पूछा है। लेकिन यहाँ तो हर आदमी जाति पूछता है। प्रशान्त हँसकर कभी कहता है—"जाति? डॉक्टर!"

"डॉक्टर! जाति डॉक्टर! बंगाली है या बिहारी?"

"हिन्दुस्तानी," डॉक्टर जवाब देता है।

जाति बहुत बड़ी चीज है। जात-पाँत नहीं माननेवालों की भी जाति होती है। सिर्फ हिन्दू कहने से ही पिंड नहीं छूट सकता। ब्राह्मण हैं?...कौन ब्राह्मण! गोत्र क्या है? मूल कौन है?...शहर में कोई किसी से जात नहीं पूछता। शहर के लोगों की जाति का क्या ठिकाना! लेकिन गाँव में तो बिना जाति के आपका पानी नहीं चल सकता।

प्रशान्त अपनी जाति छिपाता है। सच्ची बात यह है कि वह अपनी जाति के बारे में खुद नहीं जानता। यदि उसे अपनी जाति का पता होता तो शायद उसे बताने में झिझक नहीं होती। तब शायद जाति-पाँति के भेद-भाव पर से उसका भी पूर्ण विश्वास नहीं हटता। तब शायद ब्राह्मण कहने में वह गर्व महसूस करता।

हिन्दू विश्वविद्यालय में नाम लिखाने के दिन भी प्रशान्त को कुछ ऐसी ही समस्याओं का सामना करना पड़ा था। रात-भर वह जगा रह गया था।...प्रशान्त कुमार, पिता का नाम अनिल कुमार बनर्जी, हिन्दू, ब्राह्मण। सब झूठ! बेचारा डॉ. अनिल कुमार बनर्जी, नेपाल की तराई के किसी गाँव में अपने परिवार के साथ सुख की नींद सो रहा होगा। प्रशान्त कुमार नामक उसका कोई पुत्र हिन्दू विश्वविद्यालय में नाम लिखा रहा है, ऐसा वह सपना भी नहीं देख सकता। ...लेकिन प्रशान्त अपने तथाकथित पिता डॉ. अनिल कुमार को जानता है। मैट्रिक परीक्षा के लिए फॉर्म भरने के दिन डॉ. अनिल उसके पिता के रिक्तकोष्ठ में आकर बैठ गए थे।

बचपन से ही वह अपने जन्म की कहानी सुन रहा है। घर की नौकरानी, बाग का माली और पड़ोस का हलवाई भी उसके जन्म की कहानी जानता था। लोग बरबस उसकी ओर उँगली उठाकर कहने लगते थे—"उस लड़के को देखते हो न? उसे उपाध्यायजी ने कोसी नदी में पाया था। बंगालिन डॉक्टरनी ने पाल-पोसकर बड़ा किया है।" फिर लोगों के चेहरों पर जो आश्चर्य की रेखा खिंच जाती थी

और आँखों में जो करुणा की हल्की छाया उतर आती थी, उसे प्रशान्त ने सैकड़ों बार देखा है।...एक लावारिस लाश को भी लोग वैसी ही दृष्टि से देखते हैं।

प्रशान्त अज्ञात कुलशील है। उसकी माँ ने एक मिट्टी की हाँड़ी में डालकर बाढ़ से उमड़ती हुई कोसी मैया की गोद में उसे सौंप दिया था। नेपाल के प्रसिद्ध उपाध्याय-परिवार ने, नेपाल सरकार द्वारा निष्कासित होकर, उन दिनों सहरसा अंचल में आदर्श आश्रम की स्थापना की थी। एक दिन उपाध्यायजी बाढ़-पीड़ितों की सहायता के लिए रिलीफ की नाव लेकर निकले, झाऊ की झाड़ी के पास मिट्टी की एक हाँड़ी देखी—नई हाँड़ी। उनकी स्त्री को कौतूहल हुआ, "जरा देखो न, उस हाँड़ी में क्या है?" नाव झाड़ी के पास पहुँची, पानी के हिलोर से हाँड़ी हिली और उससे एक ढोढ़ा साँप गर्दन निकालकर फों-फों करने लगा। साँप धीरे-धीरे पानी में उतर गया और हाँड़ी से नवजात शिशु के रोने की आवाज आई, मानो माँ ने थपकी देना बन्द कर दिया।...बस, यही उसके जन्म की कथा है, जिसे हर आदमी अपने-अपने ढंग से सुनाता है।

आदर्श आश्रम में एक दुखिया युवती थी—स्नेहमयी। स्नेहमयी को उसके पति डॉ. अनिल कुमार बनर्जी ने त्यागकर एक नेपालिन से शादी कर ली थी। उपाध्यायजी के आदर्श आश्रम में रहकर वह हिरण, खरगोश, मयूर और बन्दर के बच्चों पर अपना स्नेह बरसाती रहती थी। तरह-तरह के पिंजड़ों को लेकर वह दिन काट लेती थी। जब उस दिन उपाध्याय-दम्पती ने उसकी गोद में सोया हुआ शिशु दिया, तो वह आनन्द-विभोर होकर चीख उठी थी—"प्रशान्त!...आमार प्रशान्त!" उस दिन से प्रशान्त स्नेहमयी का एकलौता बेटा हो गया। कुछ दिनों के बाद नेपाल सरकार ने निष्कासन की आज्ञा रद्द करके उपाध्याय-परिवार को नेपाल बुला लिया—आदर्श आश्रम के पशु-पक्षियों के साथ। स्नेहमयी और प्रशान्त भी उपाध्याय-परिवार के ही सदस्य थे। उपाध्यायजी ने नेपाल की तराई के विराटनगर में आदर्श-विद्यालय की स्थापना की। स्नेहमयी उसी स्कूल में सिलाई-कटाई की मास्टरनी नियुक्त हुई।

स्नेहमयी के स्नेहांचल में पलते हुए किशोर प्रशान्त पर कर्मठ उपाध्याय-परिवार की रोशनी नहीं पड़ती तो वह सितार के झनकार और रवीन्द्र-संगीत के बसन्त-बहार के दायरे से बाहर नहीं जा सकता था। उपाध्यायजी का ज्येष्ठ पुत्र बिहार विद्यापीठ का स्नातक था और मँझला देहरादून के एक प्रसिद्ध अंग्रेजी स्कूल का विद्यार्थी। पुत्री शान्तिनिकेतन में शिक्षा पा रही थी। छुट्टियों में जब वे एक जगह इकट्ठे होते तो शान्तिनिकेतन में शिक्षा पानेवाली बहन चरखा चलाना सीखती, विद्यापीठ के स्नातक आश्रम-भजनावली की पंक्तियों पर राविन्द्रिक सुर

चढ़ाते और अंग्रेजी स्कूल का स्टूडेंट सेवादल के कवायदों के हिन्दी कमांड के वैज्ञानिक पहलू पर बहस करता–'अटेंशन' में जो फोर्स है वह 'सावधान' में नहीं! अटेंशन सुनते ही लगता है कि दर्जनों जोड़े बूट चटख उठे।

ऐसे ही वातावरण में प्रशान्त के व्यक्तित्व का विकास हुआ।

हिन्दू विश्वविद्यालय से आई.एस-सी. पास करने के बाद वह पटना मेडिकल कॉलेज में दाखिल हुआ। माँ की इच्छा थी कि वह डॉक्टर बने। लेकिन अपने प्रशान्त को वह डॉक्टर के रूप में नहीं देख पाई। काशीवास करते-करते काशी की किसी गली में वह हमेशा के लिए खो गई!...एक बार लाहौर से प्रशान्त के नाम पर एक मनीऑर्डर आया था–विजयादशमी का आशीर्वाद लेकर। भेजनेवाली थी–श्रीमती स्नेहमयी चोपड़ा।...एक माँ ने जन्म लेते ही कोसी मैया की गोद में सौंप दिया और दूसरी ने जनसमुद्र की लहर को समर्पित कर दिया।

डॉक्टरी पास करने के बाद जब वह हाउस सर्जन का काम कर रहा था, 1942 का देशव्यापी आन्दोलन छिड़ा। नेपाल में उपाध्याय-परिवार का बच्चा-बच्चा गिरफ्तार किया जा चुका था। अंग्रेजी सरकार को पूरा पता था कि उपाध्याय-परिवार हिन्दुस्तान के फरार नेताओं की सिर्फ मदद ही नहीं करता है, गुप्त आन्दोलन को सक्रिय रूप से चला भी रहा है। मँझला पुत्र बिहार की सोशलिस्ट पार्टी का कार्यकर्ता था, वह पहले ही नजरबन्द हो गया था। प्रशान्त भी तो उपाध्याय-परिवार का था, वह कैसे बच सकता था, उसे भी नजरबन्द कर लिया गया। जेल में विभिन्न राजनीतिक दलों के नेताओं और कार्यकर्ताओं के निकट सम्पर्क में रहने का मौका मिला...सभी दल के लोग उसे प्यार करते थे।

1946 में जब कांग्रेसी मन्त्रिमंडल का गठन हुआ तो एक दिन वह हेल्थ मिनिस्टर के बँगले पर हाजिर हुआ। वह पूर्णिया के किसी गाँव में रहकर मलेरिया और काला-आजार के सम्बन्ध में रिसर्च करना चाहता है। उसे सरकारी सहायता दी जाए। मिनिस्टर साहब ने कहा था, "लेकिन सरकार तुमको विदेश भेज रही है। स्कॉलरशिप..."

"जी, मैं विदेश नहीं जाऊँगा," पूर्णिया और सहरसा के नक्शे को फैलाते हुए उसने कहा था, "मैं इसी नक्शे के किसी हिस्से में रहना चाहता हूँ। यह देखिए, यह है सहरसा का वह हिस्सा, जहाँ हर साल कोसी का तांडव नृत्य होता है। और यह पूर्णिया का पूर्वी अंचल जहाँ मलेरिया और काला-आजार हर साल मृत्यु की बाढ़ ले आते हैं।"

मिनिस्टर साहब प्रशान्त को अच्छी तरह जानते थे। इस विषय पर प्रशान्त से

तर्क में जीतना मुश्किल है। "लेकिन सवाल यह है कि..."

"सवाल-जवाब कुछ नहीं। मुझे किसी मलेरिया सेंटर में ही भेज दीजिए।"

"मलेरिया सेंटर में? लेकिन तुम एम.बी.बी.एस. हो और मलेरिया काला-आजार सेंटरों में एल.एम.पी. डॉक्टर लिये जाते हैं।"

"जब तक मैं यह रिसर्च पूरा नहीं कर लेता, मैं कुछ भी नहीं हूँ। मेरी डिग्री किस काम की?"

बहुत मेहनत से नई और पुरानी फाइलों को उलटकर और पूर्णिया डिस्ट्रिक्ट बोर्ड के चेयरमैन से लिखा-पढ़ी करके मिनिस्टर साहब ने मि. मार्टिन की दी हुई जमीन के बारे में पता लगाया। बीस-बाईस वर्ष पहले मिनिस्टर साहब पूर्णिया में ही वकालत करते थे। पगले मार्टिन को उन्होंने देखा था।

अन्त में केन्द्रीय सरकार से सलाह-परामर्श के बाद एक दिन प्रेस-नोट में यह खबर प्रकाशित हुई कि पूर्णिया जिले के मेरीगंज नामक गाँव में मलेरिया स्टेशन खोला गया है (...दि स्टेशन विल अंडरटेक मलेरिया ऐंड काला-आजार

इन्वेस्टिगेशन इन ऑल ऐस्पेक्ट्स—प्रिवेन्टिव, क्यूरेटिव ऐंड इकोनॉमिक)।

प्रशान्त के इस फैसले को सुनकर मेडिकल कॉलेज के अधिकारियों, अध्यापकों और विद्यार्थियों पर तरह-तरह की प्रतिक्रिया हुई। मशहूर सर्जन डॉ. पटवर्धन ने कहा, "बेवकूफ है!"

ई.एन.टी. के प्रधान डॉ. नायक बोले, "पीछे आँखें खुलेंगी।"

मेडिसन के डॉ. तरफदार की राय थी, "भावुकता का दौरा भी एक खतरनाक रोग है। मालूम?"

लेकिन प्रिंसिपल साहब खुश थे, "तुमसे यही उम्मीद थी। मैं तुम्हारी सफलता की कामना करता हूँ! जब कभी तुम्हें किसी सहायता की आवश्यकता हो, हमें लिखना।"

प्रशान्त का गला भर आया था।

मद्रास के मेडिकल गजट ने सम्पादकीय लिखकर डॉ. प्रशान्त का अभिनन्दन किया।

...और जिस दिन वह पूर्णिया आ रहा था, स्टीमर खुलने में सिर्फ पाँच मिनट की देरी थी, उसने देखा, एक युवती सीढ़ी से जल्दी-जल्दी उतर रही है। कौन है? ममता! हाँ, ममता ही थी।

आते ही बोली, "आखिर, तुम्हारा भी माथा खराब हो गया। तुमने तो कभी बताया नहीं। बलिहारी है तुम्हारा!...ओह, प्रशान्त, तुम कितने बड़े हो, कितने महान!...मैं तो अभी आ रही हूँ बनारस से। आते ही चुन्नी ने तुम्हारी चिट्ठी दी।"

रूमाल से फूल और बेलपत्र निकालकर प्रशान्त के सिर से छुलाते हुए ममता ने कहा था, "बाबा विश्वनाथजी का प्रसाद है। बाबा विश्वनाथ तुम्हारा मंगल करें। पहुँचते ही पत्र देना।"

2

डॉक्टर पत्र लिख रहा है—

"ममता,

तुमने कहा था, पहुँचते ही पत्र देना। पहुँचने के एक सप्ताह बाद पत्र दे रहा हूँ। तुम्हारे बाबा विश्वनाथ ने मेरे आने से पहले ही अपने एक दूत को भेज दिया है। प्यारू सचमुच देवदूत है। इसलिए तुमको चिन्ता करने की आवश्यकता नहीं। सात ही दिनों में वह दो बार रूठ चुका है—'कहने को तो डॉक्टर हैं, मगर समय

पर नहीं खाने-पीने से देह पर कितना खराब असर होता है, नहीं जानते?' इसी से प्यारू का पूरा परिचय तुम्हें मिल गया होगा।

यह एक नई दुनिया है। इसे वज्र देहात कह सकती हो। गाँव का चौकीदार सप्ताह में एक बार हाजिरी देने थाने पर जाता है; वह मेरी डाक लाएगा और ले जाएगा।

काम शुरू कर दिया है। सुबह सात बजे से ही रोगियों की भीड़ लग जाती है। अभी जनरल सर्वे कर रहा हूँ; खून लेकर परीक्षा कर रहा हूँ। प्यारू कहता है 'यहाँ कौआ को भी मलेरिया होता है।'

यहाँ गड्ढों और तालाबों में कमल के पत्ते भरे रहते हैं। कहते हैं, फूलों के मौसम में छोटी-छोटी गड़हियाँ भी किस्म-किस्म के कमल और कमलिनी से भर जाती हैं।...लेकिन यहाँ के लोगों को तुम लोटस ईटर्स नहीं कह सकती हो! गड्ढों की परीक्षा कर रहा हूँ।...यहाँ की धरती बारहों महीने भीगी रहती है शायद!

गाँव के लोग बड़े सीधे दीखते हैं; सीधे का अर्थ यदि अपढ़, अज्ञानी और अन्धविश्वासी हो तो वास्तव में सीधे हैं वे। जहाँ तक सांसारिक बुद्धि का सवाल है, वे हमारे और तुम्हारे जैसे लोगों को दिन में पाँच बार ठग लेंगे। और तारीफ यह है कि तुम ठगी जाकर भी उनकी सरलता पर मुग्ध होने के लिए मजबूर हो जाओगी। यह मेरा सिर्फ सात दिन का अनुभव है। सम्भव है, पीछे चलकर मेरी धारणा गलत साबित हो। मिथिला और बंगाल के बीच का यह हिस्सा वास्तव में मनोहर है। औरतें साधारणतः सुन्दर होती हैं, उनके स्वास्थ्य भी बुरे नहीं...!"

"डॉक्टर साहब!"

"कौन?"

"विश्वनाथप्रसाद।"

"आइए। कहिए, क्या है?"

"डॉक्टर साहब, जरा एक बार मेरे यहाँ चलिए। मेरी लड़की बेहोश हो गई है।"

"बेहोश! क्या उम्र है? इससे पहले भी कभी बेहोश हुई थी?"

"जी! दो-तीन बार और ऐसा ही हुआ था। उम्र? यही सोलह-सत्रह साल धर लीजिए। जरा जल्दी...।"

"चलिए।"

बन्द कमरे में एक चारपाई पर नीली रजाई में लिपटी हुई युवती का गोरा मुखड़ा बाहर है। बाल खुले और बिखरे हुए हैं। आँखें बन्द हैं। कोठरी में लालटेन की मद्धिम रोशनी हो रही है—रोशनी कम और धुआँ ज्यादा।

डॉक्टर खिड़कियाँ खोलने के लिए कहता है और जेब से टॉर्च निकालकर युवती के चेहरे पर रोशनी देता है।...चेहरा ठीक है। साँस? ठीक है। नाड़ी भी दुरुस्त है।

डॉक्टर आँखों की पलकों को उलटता है, मानो कमल की पँखुड़ियाँ हों—

"ब्राइट!...पेट? कब्ज तो नहीं?"

कोई जवाब नहीं देता है। घूँघट काढ़े खड़ी औरतों के घूँघट आपस में मिलते हैं। एक अधेड़ स्त्री आगे बढ़ जाती है। युवती की माँ है। "जी, कब्जियत नहीं है।"

घर की नौकरानी पर्दा नहीं करती है। कहती है, "डागडर बाबू, लर लगाकर देखिए न!"

लर, अर्थात् स्टेथस्कोप। यहाँ के लोगों का विश्वास है कि इससे डॉक्टर रोगी के अन्दर की सारी बातों को जान लेता है—क्या खाया है, पेट में पचा है या नहीं, सब।

"सूई दीजिएगा?"

"हूँ!"

डॉक्टर सिरिंज ठीक करता है। युवती आँखें खोल देती है—"सूई?...नहीं, सूई नहीं। माँ! अरे बाप...!"

"अच्छा सूई नहीं देंगे। कैसी तबीयत है? अच्छी बात है। हूँ! क्यों बेहोश हो गईं। हाँ, बेहोशी कैसे हुई? डर लगा था। हूँ! काहे का डर लगा था?...तब? इसके बाद? देह घूमने लगी। ठीक है। अब कैसी हैं? डर तो नहीं लगता? दवा भेज दूँगा, अब डर नहीं लगे।..."

"दवा?...दवा नहीं। माँ, मैं दवा नहीं पियूँगी।"

"वाह, सूई भी नहीं और दवा भी नहीं?...मीठी दवा?"

सभी हँस पड़ते हैं। युवती के मुरझाए हुए लाल होंठों पर मुस्कराहट दौड़ जाती है। आँखों की पलकें जरा उठकर मानो डॉक्टर को डाँट देती हैं—"हट! दवा भी

कहीं मीठी होती है!"

बाहर आकर डॉक्टर तहसीलदार से कहता है, "घबराने की बात नहीं, दवा भेज देता हूँ। इसके पहले कितनी देर तक बेहोश रहती थीं?"

"करीब एक घंटा। जोतखीजी से एक बार जन्तर बनवाके दिया। झाड़-फूँक भी करवाकर देखा। डॉक्टर साहब, बस यही मेरा बेटा, यही मेरी बेटी...सबकुछ यही है।"

"ठीक हो जाएँगी।"

सेंटर में आकर डॉक्टर सोचता है—क्या दिया जाए! मीठी दवा! कार्मिनेटिव मिक्स्चर या ब्रोमाइड!..."अजी, तुम्हारा क्या नाम है?"

"मेरा नाम? जी, नाम रनजीत।"

"तहसीलदार साहब के यहाँ कितने दिनों से नौकरी करते हो?"

"बहुत दिन से। लड़कैयाँ से।...एक ठो बीड़ी है तो दीजिए दागदरबाबू।"

"प्यारू, रनजीत को बीड़ी पिलाओ।"

प्यारू बीड़ी दियासलाई दे जाता है। बीड़ी सुलगाकर रनजीत अपने आप कहता है, "दागदरबाबू! तहसीलदार को दीन-दुनियाँ में बस यही एक बेटी है। कितनी मान-मनौती के बाद कमला मैया ने निहारा भी तो बेटी ही हुई। मगर...!"

रनजीत बीड़ी की राख झाड़कर चुप हो जाता है। डॉक्टर ने लक्ष्य किया है, रनजीत ने 'मगर' पर आकर पूर्ण विराम दे दिया है।

"मगर क्या?"

"यही देखिए न! तीन जगह बातचीत चली, मगर...पहली जगह से तो पान देने की बात भी पक्की हो गई थी। ठीक तिलक-पान के दिन लड़के की माँ मर गई। दूसरी जगह बातचीत ठीक हुई तो उसके घर में आग लग गई। तीसरे लड़के को 'मैया' हो गया, इन्तकाल हो गया। अब कोई लड़केवाला तैयार ही नहीं होता है। हजार, दो हजार, पाँच हजार रुपैया भी कबूलते हैं, मगर...। आखिर में एक 'पछवरिया कैथ' को घर-जमैया रखने के लिए लाए, बस उसी दिन से कमली को मिरगी आने लगी। लोग तो कहते हैं कि कमला मैया नहीं चाहती हैं कि कमली की सादी हो। कमला मैया भी कुमारी ही थीं न! अब आप लगे हैं। किसी तरह कमली दैया को आराम कर दीजिए दागदरबाबू! जो बक्सीस माँगिएगा, तहसीलदार दे देंगे।"

"देखो रनजीत, तीन खुराक दवा है। मीठी दवा है। तुम्हारी कमली दैया आराम हो जाएँगी। कल सुबह फिर एक बार खबर देना। समझे!"

"तीन खोराक! खाएगी क्या?"

"अभी? अभी रोटी-दूध।"

"रनजीत!" एक आदमी दौड़ा हुआ आता है।

"कौन रामदेल, क्या है?"

"कमली दैया फिर बेहोश हो गईं। तहसीलदार साहेब कहिन हैं कि दागदरबाबू फिर एक बार जरा तकलीफ करें।"

डॉक्टर घड़ी देखता है।...नौ बजकर दस मिनट। कुछ ही देर में समाचार होंगे। डॉक्टर कुछ सोचकर कहता है, "रनजीत! वह बक्सा उठाओ!...ले चलो।"

"बेतार का खबर?"

"हाँ, तुम्हारी कमली दैया का इलाज बेतार से ही होगा।"

कमला फिर पहले की तरह बेहोश पड़ी हुई है। उसकी आँखें बन्द हैं! बाल बिखरे हुए हैं। डॉक्टर को रोग का निदान मिल गया है। वह अपने बैग से शीशी, सिरिंज वगैरह निकालता है।

"सूई? सूई नहीं।" कमला फिर होश में आती है।

"बगैर सूई के आपका रोग आराम नहीं होगा।" डॉक्टर सिरिंज ठीक करता है।

"दवा दीजिए डॉक्टर साहब! मैं सूई नहीं लूँगी।"

"फिर डर लगा था?"

"हाँ।"

"रनजीत, दवा की शीशी कहाँ है? लाओ, बक्सा यहाँ लाकर रखो।...हाँ, पी लीजिए।...ठीक है। कैसी है दवा? मीठी है न?"

डॉक्टर पोर्टेबल रेडियो को खोलकर मीटर ठीक करता है—"यह ऑल इंडिया रेडियो है। रात के सवा नौ बजे हैं। अब आप हिन्दी में समाचार सुनिए...।"

"डर लगता है। माँ...!"

"देखिए, डर की कोई बात नहीं। सुनिए...।"

"मुझे उठा दो माँ!"

"उठिए मत। लेटी रहिए।"

3

"क्या नाम?"

"सनिच्चर महतो।"

"कितने दिनों से खाँसी होती है? कोई दवा खाते थे या नहीं?...क्या, थूक से खून आता है? कब से?...कभी-कभी? हूँ!...एक साफ डिब्बा में रात-भर का थूक

जमा करके ले आना।...इधर आओ।...जोर से साँस लो।...एक-दो-तीन बोलो। ...जोर से। हाँ, ठीक है।"

"क्या नाम?"

"दासू गोप।"

"पेट देखें?...हूँ!..पिल्ही है। सूई लगेगी। सूई के दिन पुरजी लेकर आना। कल खून देने के लिए सुबह ही आ जाना। समझे!"

"क्या नाम?"

"निरमला।"

"डागडर बाबू!" एक बूढ़ा हाथ जोड़कर आगे बढ़ आता है। गिड़गिड़ाता है—"हमारी बेटी है। आज से करीब एक साल पहले भोंमरा ने एक आँख में झाँटा मारा। इसके बाद दोनों आँखें आ गईं। बहुत किस्म की जंगली दवा करवाए, लेकिन कोई फायदा नहीं हुआ। अब तो एकदम नहीं सूझता।"

बला की खूबसूरत है यह निरमला। दूध की तरह रंग है चेहरे का।...विशुद्ध मिथिला की सुन्दरता। भौंरे ने गलती नहीं की थी। आँखें देखें!...और आगे बढ़ आइए।...आह!...एक बूँद आईड्रॉप के बगैर दो सुन्दर आँखें सदा के लिए ज्योतिहीन हो गईं।...अब तो इलाज से परे हैं।...

डॉक्टर ने आँखों की पपनियाँ उलटकर रोशनी की हल्की रेखा भी खोजने की चेष्टा की।...ऊँहूँ! पुतलियाँ कफन की तरह सफेद हो गई हैं। वह सोचता है, यदि तूलिका से इन पुतलियों में रंग भरा जा सकता! हाँ, कोई चित्रकार ही अब इन आँखों को सुन्दर बना सकता है, ज्योति दे सकता है।

"डागडर बाबू!" रोगिणी कहती है। आवाज में कितनी मिठास है! "बहुत नाम सुनकर आई हूँ। बहुत उम्मीद लेकर आई हूँ, बाईस कोस से। भगवान आपको जस दें!"

प्रकाश दो! प्रकाश दो! अँधेरे में घुटता हुआ प्राणी छटपटा रहा है, आत्मा विकल है—रोशनी दो! डॉक्टर क्या करे?...डॉक्टर को भावुक नहीं होना चाहिए।

"घबराइए नहीं, दवा दे रहा हूँ। यहाँ ठीक नहीं होगा तो पटना जाना पड़ेगा।"

"हाँ, दूसरा रोगी!...क्या नाम है?"

"रामचलित्तर साह।"

“क्या होता है?”

“जी! कुछ खाते ही कै हो जाता है। पानी भी...”

“कब से?”

“सात दिन से।”

“अरे! सात दिन से!...जरा इधर आओ।”

“जी? बेमारी तो घर पर है।”

“घर कहाँ?”

“जी, सरसौनी बिजलिया। यहाँ से कोस दसेक है।”

हठात् सभी रोगी एक ओर हट जाते हैं, खूँखार जानवर को देखकर जिस तरह गाय-बैलों का झुंड भड़क उठता है; सभी के चेहरे का रंग उतर जाता है। औरतें अपने बच्चे को आँचल में छिपा लेती हैं। सबकी डरी हुई निगाहें एक ही ओर लगी हुई हैं।

डॉक्टर उलटकर देखता है—एक अधेड़ स्त्री।...भद्र महिला!

“कहिए, क्या है?”

“डागडर बाबू! यह मेरा नाती है, बस यही एक नाती! मेरी आँखों का जोत है यह। एक साल से पाखाने के साथ खून आता है। इसको बचा दीजिए डागडर बाबू!...यह नहीं बचेगा।”

“घबराइए नहीं।...इधर आओ तो बाबू! क्या नाम है?...गनेश! वाह! जरा पेट दिखलाइए तो गनेशजी!”

गनेश की नानी दवा लेकर चली जाती है। रोगियों का झुंड फिर डॉक्टर के टेबल को घेर लेता है।

चिचाय की माँ कहती है, “पारबती की माँ थी। डाइन है! तीन कुल में एक को भी नहीं छोड़ा। सबको खा गई। पहले भतार को, इसके बाद देबर-देबरानी, बेटा-बेटी, सबको खा गई। अब एक नाती है, उसको भी चबा रही है।”

चिचाय की माँ ने ऐसा मुँह बनाया मानो वह भी कुछ चबा रही हो।...डॉक्टर चिचाय की माँ को देखता है।...काली, मोटी, गन्दी और झगड़ालू यह बुढ़िया चिचाय की माँ, जो बेवजह बकती रहती है, चिल्लाती रहती है।...यह डाइन नहीं? सुमरितदास उस दिन कहता था “चिचाय की माये तो जनाना डागडर है। पाँच महीने के पेट को भी इस सफाई से गिरा देती है कि किसी को कुछ मालूम भी नहीं होता। यह डाइन नहीं और गनेश की नानी डाइन है? आश्चर्य!

...गनेश की नानी! बुढ़ापे में भी जिसकी सुन्दरता नष्ट नहीं हुई, जिसके चेहरे

की झुर्रियों ने एक नई खूबसूरती ला दी है। सिर के सफेद बालों के घुँघराले लट! होंठों की लाली ज्यों-की-त्यों है। ठुड्डी में एक छोटा-सा गड्ढा है और नाक के बगल से एक रेखा निकल नीचे ठुड्डी को छू रही है। सुन्दर दन्तपंक्तियाँ! ...जवानी की सुन्दरता आग लगाती है, और बुढ़ापे की सुन्दरता स्नेह बरसाती है। लेकिन लोग इसे डाइन कहते हैं। आश्चर्य!

"कहाँ रहती है?"

"इसी गाँव में! कालीचरन का घर देखा है न! उसी के पास। बैस बनियाँ है। ...कितना ओझा-गुनी थक गया, इसको बस नहीं कर सका। जितिया परब (जीताष्टमी) की रात में कितनी बार लोगों ने इसको कोठी के जंगल के पास गोदी में बच्चा लेकर, नंगा नाचते देखा है। गैनू भैंसवार ने एक बार पकड़ने की कोशिश की थी। ऐसा झरका बान (अग्निबाण) मारा कि गैनू के सारे देह में फफोले निकल आए। दूसरे ही दिन गैनू मर गया।..."

रोज रात में डॉक्टर केस-हिस्टरी लिखने बैठता है।...अभी उसके हाथ में काला-आजार के पचास ऐसे रोगी हैं, जिनके लक्षण काला-आजार के निदान को भटकानेवाले साबित हो सकते हैं।

पहला केस

सेबी मंडल, उम्र 35, हिन्दू, मर्द, गाँव मेरीगंज, पोलियाटोली।

तकलीफ : दाँत और मसूड़े में दर्द। दतुअन करने के समय खून निकलना, मुँह महकना, देह में खुजली, भूख की कमी। बुखार : नहीं।

निदान : पायोरिया।

दवा : कारबोलिक की कुल्ली। विटामिन सी का इंजेक्शन।

पन्द्रह दिन के बाद : शाम को सरदर्द की शिकायत। बुखार 99.5^0 फारेनहाइट, रात में पसीना। कैल्सियम पाउडर।

पाँच दिन के बाद : पेट खराब हो गया है। बुखार 100^0 फारेनहाइट, कार्मिनेटिव मिक्स्चर। काला-आजार के लिए खून लिया गया।

अल्डेहाइट टेस्ट का फल : *(+ +)* काला-आजार!

चिकित्सा : नियोस्टिबोसन का इंजेक्शन।

दूसरा केस

तेतरी, उम्र 17, हिन्दू, औरत, गाँव पासवानटोली, मेरीगंज।

तकलीफ : हड्डियों के हर जोड़ में दर्द। कभी-कभी नाक से खून गिरता है। बुखार : नहीं (थर्मामीटर से देखा 99.5^0 फारेनहाइट), भूख : नहीं।

रोग अनुमान : गठिया, वात।

दवा : विटामिन बी का इंजेक्शन। मालिश का तेल। डब्ल्यू.आर. के लिए खून लिया।

डब्ल्यू. आर. (गरमी) : (–) गरमी नहीं।

एक सप्ताह बाद : नाक से खून गिरा।...पेट खराब हुआ। काला-आजार के लिए खून लिया।

अल्डेहाइड टेस्ट का फल : सन्देहात्मक। फिर खून लिया।

ब्रह्मचारी टेस्ट का फल : (+)

चिकित्सा : युरिया स्टिबामाइन (ब्रह्मचारी)।

तीसरा केस

रामेसर का बच्चा, उम्र 2 महीने।

तकलीफ : नाभि में घाव। रात में रोता है, दूध फेंकता है। माँ को कैल्सियम पाउडर।

एक सप्ताह के बाद : सारी देह में चकत्ते।

रोग अनुमान : एलर्जिक।

चार दिन के बाद : चकत्तों में पानी भर गया है। डब्ल्यू. आर. के लिए माँ का खून लिया। फल : (–) गरमी नहीं।

काला-आजार के लिए माँ का खून लिया। फल : (–) नहीं।

काला-आजार के लिए बच्चे का खून लिया। फल : (+++) काला-आजार।

और इस बच्चे की यदि मृत्यु हुई तो जरूर किसी डाइन के मत्थे दोष मढ़ा जाएगा। देह में फफोले! गनेश की नानी पर ही सन्देह किया जाएगा। गनेश की नानी! न जाने क्यों वह गनेश की नानी से कोई प्यारा-सा सम्बन्ध जोड़ने के लिए बेचैन हो गया है।

कमली कहती है, "मौसी! मौसी में बहुत गुन हैं। सींकों से बड़ी अच्छी चीजें बनाती है—फूलदानी, डाली, पंखे। कशीदा कितना सुन्दर काढ़ती है! पर्व-त्योहार और शादी-ब्याह में दीवार पर कितना सुन्दर चित्र बनाती है—कमल के फूल, पत्ते और मयूर! चौक कितना सुन्दर पूरती है!"...वह भी उसे मौसी कहेगा!

"मौसी!"

"कौन?"

"मैं हूँ। डॉक्टर। गनेश कहाँ है?"

"डागडर बाबू! आप? आइए, बैठिए। गनेश सो रहा है।...मैं तो अकचका गई, किसने मौसी कहकर पुकारा!" बूढ़ी की आँखें छलछला आती हैं।

"मौसी! सुना है तुम एक खास किस्म का हलवा बनाती हो?" मौसी हँस पड़ती है, "अरे दुर! किसने कहा तुमसे? पगली कमली ने कहा होगा जरूर।...कमली कैसी है अब? इधर तो बहुत दिन से आई ही नहीं। पहले तो रोज आती थी।"

"अच्छी है। ...अच्छी हो जाएगी। मौसी! एक बात पूछूँ?...तुम्हारी कोई बहन, माँ, बेटी या और कोई...सहरसा इलाके में, हनुमानगंज के पास कभी रहती थी?" डॉक्टर अपने बेतुके सवाल पर खुद हँसता है।

"सहरसा इलाके में हनुमानगंज के पास?...रहो, याद करने दो।...नहीं तो? क्यों, क्या बात है?"

"यों ही पूछता हूँ। ठीक तुम्हारे ही जैसी एक मौसी वहाँ भी है।" बात को बदलते हुए डॉक्टर कहता है, "मुझे एक फूल की डाली दो न, मौसी!"

उफ!...सचमुच डाइन है यह बुढ़िया। इसकी मुस्कराहट में जादू है। स्नेह की बरसा करती है। ऐसी आकर्षक मुस्कराहट?

गनेश बड़ा भोला-भाला लड़का है! बड़ा खूबसूरत! गोरा रंग, लाल ओठ और घुँघराले बाल उसे नानी के पक्ष से ही मिले हैं।...बड़ा अकेला लड़का मालूम होता है। मौसी कहती है, "किसके साथ खेले! गाँव के बच्चे अपने साथ खेलने नहीं देते।...मेरे ही साथ खेलता है।"

"गनेशजी, जरा पेट दिखाइए तो!...मौसी! कल इसे सुबह ले आना तो! खून लूँगा। होंठ मुरझाए रहते हैं।"

गनेश को अब एक मामा मिल गया।

"सचमुच ऐसा हलवा कभी नहीं खाया मौसी!...विश्वास करो।...गनेश को भी दो! कोई हरज नहीं।"

"मामा देखो!" गनेश गले में स्टेथस्कोप लटकाकर हँसता है।

"वाह! मेरा भानजा डॉक्टर बनेगा।"

डॉक्टर जब मौसी के घर से निकला तो उसने लक्ष्य किया, कालीचरन के कुएँ पर पानी भरनेवाली स्त्रियों की भीड़ लग गई है। सभी आँखें फाड़े, मुँह बाए, आश्चर्य से डॉक्टर को देखती हैं—"इस डॉक्टर को काल ने घेरा है सायद।"

"लाल सलाम!" कालीचरन मुट्ठी बाँधकर सलाम करता है, और डॉक्टर को एक लाल परचा देते हुए कहता है, "कामरेड मंत्रीजी आपको पहचानते हैं डॉक्टर साहब!...हाँ, कृष्णकान्त मिश्रजी!"

आइए! आइए! जरूर आइए!

कमानेवाला खाएगा, इसके चलते जो कुछ हो!

किसान राज : कायम हो।

मजदूर राज : कायम हो।

प्यारे भाइयो! 10 मई को मेरीगंज कोठी के बगीचे में किसानों की एक विशाल सभा होगी। सोशलिस्ट पार्टी पूर्णिया के सहायक मंत्री साथी गंगाप्रसाद सिंह यादव सैनिकजी...।

"परसों सभा है! आइएगा।...लाल सलाम!"

4

कमली डॉक्टर को पत्र लिखती है—

"प्राणनाथ!...तुम कल नहीं आए। क्यों नहीं आए? सुना कि रात में...।"

कमली डॉक्टर को रोज पत्र लिखती है। लिखकर पाँच-सात बार पढ़ती है, फिर फाड़ डालती है। उसकी अलमारी के एक कोने में फाड़ी हुई चिट्ठियों का ढेर लग गया है। पत्र लिखने और लिखकर पढ़ने के बाद उसको बड़ी शान्ति मिलती है। जी बड़ा हल्का मालूम होता है, और नींद भी अच्छी आती है।

"सुना कि रात में तुम गेहुँअन साँप से बाल-बाल बच गए। भगवान को इसके

लिए लाख-लाख धन्यवाद!"

रात में डॉक्टर गेहुँअन साँप से बाल-बाल बच गए। गेहुँअन नहीं, घोड़-करैत। गेहुँअन और करैत का दोगला। घोड़े से ज्यादा तेज भाग सकता है। घोड़-करैत का काटा हुआ आदमी ओझा-गुनी का मुँह नहीं देख सकता। आधी रात को खरगोश और चूहे अपने-अपने पिंजड़ों में घबराकर दौड़-भाग करने लगे। डॉक्टर साहब ने प्यारू को पुकारा, लेकिन प्यारू की नींद नहीं टूटी। जानवरों के कमरे का दरवाजा खोलकर टॉर्च देते ही डॉक्टर तड़पकर पीछे हट गए—साँप ठीक किवाड़ के पास ही अपनी पूँछ पर सारे धड़ को खड़ा किए फुफकार रहा था। तब तक प्यारू भी जग चुका था। उठते ही उसने बाएँ हाथ से ही ऐसी लाठी चलाई कि साँप वहीं ढेर हो गया। अढ़ाई हाथ का साँप! डाइन का मन्तर अढ़ाई अक्षरों का होता है और डाइन का भेजा हुआ साँप अढ़ाई हाथ का!

सुबह को जिसने यह बात सुनी, बस एक ही राय कायम की—यह तो पहले से ही मालूम था। डॉक्टरबाबू को इतना समझाया-बुझाया कि पारबती की माँ से इतना हेल-मेल नहीं बढ़ावें। नहीं माने, अब समझें। वह राच्छसनी किसी को छोड़ेगी? जिसको प्यार किया, उसको जरूर खाएगी। डॉक्टर बेचारा भी क्या करे! वह अपने मन से तो कुछ नहीं करता। उस पर तो पारबती की माँ ने जादू कर दिया है; वह अपने बस में नहीं। मुफ्त में बेचारे की जान चली जाएगी एक दिन। चूः-चूः।

कमली को डाइन, भूत और डाकिन पर विश्वास नहीं। तहसीलदार साहब भी इसे मूर्खता समझते हैं। कालीचरन तो आदमी से बढ़कर बलवान किसी देवता को भी नहीं समझता, फिर डाइन-भूत, ओझा-गुनी किस खेत की मूली हैं। इन्हें छोड़कर गाँव के बाकी सभी लोग डाइन के बारे में एकमत हैं। बालदेवजी ने तो बहुत बार भूत को अपनी आँखों देखा है। भैंस के पीछे-पीछे खैनी-तम्बाकू माँगता है भूत! डाकिन का पाँव उलटा होता है और वह पेड़ की डाल से लटककर झूलती है। भूत-प्रेत झूठ है? तब कमला किनारे, कोठी के जंगल के पास में रात को जो भक्क-से राकस जल उठता है, दौड़ता है और देखते-ही-देखते एक से दस हो जाता है सो क्या है?

"डॉक्टर साहब अब रोज मौसी के यहाँ जाते हैं। मौसी के यहाँ एक बार बिना गए उनको चैन नहीं।" प्यारू कहता है। कमली सुनती है और हँसती है।

"डॉक्टर साहब गनेश को देखने जाते हैं, प्यारू!"

"वह लड़का तो आराम हो गया है। मुटाकर कोल्हू होता जा रहा है। उसको क्या देखने जाते हैं!"

"अच्छा प्यारू, डॉक्टर साहब तो मेरे यहाँ भी रोज आते हैं।"

"तुम्हारे यहाँ की बात दूसरी है दीदी!"

"क्यों? दूसरी बात क्या है?"

डॉक्टर साहब हँसते हुए आते हैं, "अच्छा! तो प्यारूजी यहाँ दरबार कर रहे हैं। वह बुखारवाला खरगोश कैसे भाग गया?"

"जी, हम दोपहर का दाना देने गए तो देखा कि पिंजड़ा खाली।"

"सुबह सूई देने के बाद तो मैंने पिंजड़ा बन्द कर दिया था। तुमने पानी पिलाने के बाद पिंजड़ा बन्द नहीं किया होगा। महीने-भर की मेहनत बेकार गई।"

प्यारू को इन चूहों और खरगोशों से बेहद नफरत है।...आदमी के इलाज से जी नहीं भरता है तो जानवरों का इलाज करते हैं! दिन-भर पिंजड़ों को लेकर पड़े रहते हैं। बुखार देखते हैं, सूई देते हैं और खून लेते हैं। जब से ये जानवर आए हैं, डॉक्टर साहब को प्यारू से बात करने की भी छुट्टी नहीं मिलती।...अब भाँगड़टोली के लोगों से कह रहे हैं—"दो-तीन सियार के बच्चों की जरूरत है। उस दिन मदारी से बन्दर माँग रहे थे। अजीब सौख है!"

प्यारू चुपचाप चला जाता है। माँ हँसती हुई आती है, "डॉक्टर साहब! मैंने विषहरी माई को एक जोड़ी कबूतर और दूध-लावा कबूला है!"

"और मैंने भी विषहरी दवा के लिए लिख दिया है।"

"विषहरी दवा?"

"हाँ, ऐंटिवेनम एक दवा है, साँप के काटे हुए का इलाज होता है! मैं ऐंटिवेनम से भी ज्यादा प्रभावशाली और सस्ती दवा की खोज करना चाहता हूँ। सुनते हैं, रौतहट स्टेशन के पास सँपेरों का टोला है। साँप पकड़वाकर रखना होगा।"

"तब माटी के महादेव नहीं, असली महादेव हो जाइएगा।" कमली व्यंग्य करना जानती है।

डॉक्टर साहब हँस पड़ते हैं और माँ हँसी को रोकते हुए कमली को डाँटती है, "जो मुँह में आया बोल दिया। जरा भी लाज-लिहाज नहीं। इसके बाप ने तो इसे और भी बतक्कड़ बना दिया है। तुम यहाँ आकर चुप बैठो तो जरा, मैं चाय बना लाऊँ।"

"तहसीलदार साहब कहाँ गए हैं?" डॉक्टर पूछता है।

"कटिहार। सर्किल मैनेजर के कैम्प में गए हैं," कमली जवाब देती है। आज पहली बार कमली ने डॉक्टर को अपने पास अकेला पाया है। वह अपने चेहरे को देख नहीं सकती, लेकिन ऐसा लगता है कि उसका चेहरा धीरे-धीरे लाल होता जा रहा है। आँखों की पलकों पर भारी बोझ लद गए हैं, कान की ईयररिंग थरथरा

रही है। सारी देह में गुदगुदी लग रही है। देह हलकी लग रही है।...बेहोशी? वह बेहोश होना नहीं चाहती। नहीं, नहीं! डॉ...क्टर!

"कमला!"

"जी!"

"कमला! इधर देखो कमला!"

"डॉक्टर, मुझे बचाओ!"

"कमला, आँखें खोलो!"

कमला ने आँखें खोल दीं। उसका सिर डॉक्टर की गोद में है। माँ हाथ में चम्मच लिये खड़ी है, भय से माँ का मुँह पीला हो गया है, लेकिन डॉक्टर साहब मुस्करा रहे हैं।

"डॉक्टर साहब, इसकी बीमारी का तो टेर-पता ही नहीं चलता है।"

"लेकिन रोग तो धीरे-धीरे घट रहा है। बेहोश हुई, पर पाँच मिनट में ही स्वस्थ भी हो गई। इसी तरह एक दिन जड़ से यह रोग दूर हो जाएगा।...कमला को ही चाय बनाने दीजिए। जाओ कमला!"

कमला उठकर इस तरह दौड़ी मानो कुछ हुआ ही नहीं था। डॉक्टर कमला की किताब हाथ में लेकर उलटता है—नल-दमयन्ती! अस्याधिकारिणी कुमारी कमलादेवी।...दूसरी जगह कुमारी को काट दिया गया है और नाम के अन्त में बनर्जी जोड़ दिया गया है—कमलादेवी बनर्जी। डॉक्टर जल्दी से पृष्ठ उलटता है—आर्ट पेपर पर नल-दमयन्ती की तस्वीर। नल के नीचे नीली पेंसिल से लिखा है 'प्रशान्त' और दमयन्ती के नीचे लाल पेंसिल से 'कमला'। डॉक्टर के ललाट पर पसीने की छोटी-छोटी बूँदें चमक उठती हैं। उसे याद आता है, एक बार ममता के साथ बाँकीपुर स्टेशन से लौट रहा था। रिक्शा पर बैठने के समय एक भिखारी ने घेर लिया था—"जुगल जोड़ी कायम रहे, सुहाग अचल रहे माँ का, बाल-बच्चा बनल रहे!" ममता ने बैग से इकन्नी निकालकर दी थी और डॉक्टर की ओर देखकर खिलखिलाकर हँस पड़ी थी; और डॉक्टर के ललाट पर इसी तरह पसीने की बूँदें चमक उठी थीं।

"डॉक्टर साहब, कमली के लिए एक अच्छा-सा वर ढूँढ़िए न! आपके देश में... आपके साथी-संगी..." माँ कहते-कहते सिर पर घूँघट सरकाकर चुप हो जाती है। तहसीलदार साहब आ गए। रनजीत के हाथ में एक बड़ी रोहू मछली है।

"यह नजराना कहाँ मिला?" डॉक्टर साहब हँसते हैं।

"पकरिया घाट पर मछुआ लोग आज मछली मार रहे थे।" तहसीलदार साहब ने मोढ़े पर बैठते हुए कहा।

कमला चाय ले आई।

"डॉक्टर साहब, आज पाप की गठरी फेंक आया हूँ।" तहसीलदार साहब ने चाय की चुस्की लेते हुए कहा।

"मतलब?"

"यह तहसीलदारी पाप की गठरी ही तो थी। यह नया सर्किल मैनेजर आते ही 'आग पेशाब' करने लगा। 'लाल पताका' अखबार ने ठीक ही लिखा था, 'राज पारबंगा के मीरापुर सर्किल का नया मैनेजर नादिरशाह का भतीजा है।' अब आप ही बताइए डॉक्टर साहब, कि जिन रैयतों के यहाँ सिर्फ एक ही साल का बकाया है, उन पर नालिश कैसे किया जाए? फिर चुपचाप डिग्री जारी करवाकर नीलाम करो और जमीन खास कर लो। इतना बड़ा अन्याय मुझसे तो अब नहीं होगा। जमाना कितना नाजुक है, सो तो समझते हैं नहीं। मैंने साफ इनकार कर दिया तो कड़ककर बोले, 'नहीं कर सकते तो इस्तीफा दे दो।' गंगा-स्नान से भी बढ़कर ऐसे पुण्य का अवसर बार-बार नहीं मिलता। तुरन्त इस्तीफा दे दिया। सारी जिन्दगी तो गुलामी करते ही बीत गई।...कमला की माँ, आज मत्य भगवान आए हैं। कमला से कहो, डॉक्टर साहब को निमंत्रण दे दे।"

तहसीलदार साहब की रसिकता ने डॉक्टर को एक बार फिर नल-दमयन्ती की याद दिला दी। कमली मुस्करा रही है। माँ कहती है, 'बगैर मिर्च-मसाला की मछली कमली ही बना सकती है।'

डॉक्टर महसूस करता है, कमला के निमंत्रण को अस्वीकार करने की हिम्मत उसमें नहीं।...कमला बनर्जी।...कमला की आँखें!

चाँद बयरि भेल बादल, मछली बयरि महाजाल
तिरिया बयरि दुहु लोचन...

5

डॉक्टर की जिन्दगी का एक नया अध्याय शुरू हुआ है। उसने प्रेम, प्यार और स्नेह को बायोलॉजी के सिद्धान्तों से ही हमेशा मापने की कोशिश की थी। वह हँसकर कहा करता, 'दिल नाम की कोई चीज आदमी के शरीर में है, हमें नहीं मालूम। पता नहीं आदमी लंग्स को दिल कहता है या हार्ट को। जो भी हो, हार्ट, लंग्स या लीवर का प्रेम से कोई सम्बन्ध नहीं है।'

अब वह यह मानने को तैयार है कि आदमी का दिल होता है, शरीर को

चीर-फाड़कर जिसे हम नहीं पा सकते हैं। वह हार्ट नहीं वह अगम अगोचर जैसी चीज है, जिसमें दर्द होता है, लेकिन जिसकी दवा एड्रिनलिन नहीं। उस दर्द को मिटा दो, आदमी जानवर हो जाएगा।...दिल वह मन्दिर है जिसमें आदमी के अन्दर का देवता वास करता है।

बचपन से ही वह अपने जन्म की कहानी को कभी भूल नहीं सका। प्रत्येक इतिहास पर गौरव करनेवाले युग में पले हुए हर व्यक्ति को अपने खानदान की ऐसी कहानी चाहिए जिसके उजाले से वह दुनिया में चकाचौंध पैदा कर दे। लेकिन डॉक्टर के वंश-इतिहास पर काली रोशनाई पुती हुई है—जेल की सेंसर की हुई चिट्ठियों की तरह। काली रोशनाई से किसी हिस्से को इस तरह पोत दिया जाता है कि कोई कल्पना भी नहीं कर सकता कि उस हिस्से में कभी कुछ लिखा हुआ था।...जन्म देनेवाली माँ ने भी जिसे दूर कर दिया।...अँधेरे में एक अभागिन माँ, दिल का दर्द और भयावनी छाया आकर हाथ बढ़ाती है। माँ अन्तिम बार अपने कलेजे के टुकड़े को, रक्त के पिंड को, एक पलक निहारती है, चूमती है। भयावनी छाया उसके हाथ से शिशु को छीन लेती है। माँ दाँतों से ओठ दबाए खड़ी रह जाती है।

डॉक्टर ने अपनी माँ के स्नेह को, अँधेरे में खड़ी सिल्हुटिड तस्वीर-सी माँ के दुलार की कीमत को, समझने की चेष्टा की है। वह गला टीपकर मार भी तो सकती थी। खटमल को मसलने के लिए अँगुलियों पर जितना जोर डालना पड़ता है, उस पाँच घंटे की उम्र के शिशु की जीवन-लीला समाप्त करने के लिए उतने से जोर की ही आवश्यकता थी। माँ ऐसा नहीं कर सकी।...शायद उसने चेष्टा की होगी। गले पर एक-दो बार अँगुलियाँ गई होंगी। सोया हुआ शिशु मुस्करा पड़ा होगा और वह उसे सहलाने लगी होगी।...उसने अपनी बेबस, लाचार और अभागिनी माँ के मन में उठनेवाले तूफान के झकोरे की कल्पना की है।...वह अपनी माँ के पवित्र स्नेह का; अपराजित प्यार का जीता-जागता प्रमाण है!

किसी भी अभागिन माँ की कहानी सुनते ही वह मन-ही-मन उसकी भक्ति करने लगता है। पतिता, निर्वासित और समाज की दृष्टि में सबसे नीच माँ की गोद में वह क्षण-भर के लिए अपना सिर रखने के लिए व्याकुल हो जाता है।...किसी स्त्री को प्रेमिका के रूप में कभी देखने की चेष्टा उसने नहीं की। वह मन-ही-मन बीमार हो गया था। एक जवान आदमी को शारीरिक भूख नहीं लगे तो वह निश्चय ही बीमार है, अथवा एब्नॉर्मल है।

डॉक्टर ने एक नए मोड़ पर मुड़कर देखा, दुनिया कितनी सुन्दर है!

वह लोक-कल्याण करना चाहता है। मनुष्य के जीवन को क्षय करनेवाले रोगों के मूल का पता लगाकर नई दवा का आविष्कार करेगा। रोग के कीड़े नष्ट हो जाएँगे, इनसान स्वस्थ हो जाएगा। दुनिया-भर के मेडिकल कॉलेजों में उसके नाम की चर्चा होगी। प्रशान्त मेथड, प्रशान्त रिऐक्शन। डब्ल्यू.आर. की तरह पी.आर. कहेंगे लोग। इसके बाद!...टेस्ट ट्यूब बेबी किसे माँ कहेगा? तब शायद माँ एक हास्यास्पद शब्द बनकर रह जाएगा।...जानते हो, पहले माँ हुआ करती थीं?...एक अर्धनग्न से भी कुछ आगे लड़की, टेली-कैफे के द्वारा अमेरिकन पेस्ट्री का घर बैठे स्वाद लेती हुई मुड़कर कहेगी—प्री टेस्ट ट्यूब एज? सि-सि!...म्वाँ! ट्यूब म्वाँ!

...माँ! माँ वसुन्धरा, धरती माता! माँ अपने पुत्र को नहीं मार सकी, लेकिन पुत्र अपनी माँ को गला टीपकर मार देगा।

शस्य श्यामला!..
भारतमाता ग्रामवासिनी!
खेतों में फैला है श्यामल,
धूल भरा मैला-सा आँचल!

मैला आँचल! लेकिन धरती माता अभी स्वर्णांचला है! गेहूँ की सुनहली बालियों से भरे हुए खेतों में पुरवैया हवा लहरें पैदा करती है। सारे गाँव के लोग खेतों में हैं। मानो सोने की नदी में, कमर-भर सुनहले पानी में सारे गाँव के लोग क्रीड़ा कर रहे हैं। सुनहली लहरें! ताड़ के पेड़ों की पंक्तियाँ झरबेरी का जंगल, कोठी का बाग, कमल के पत्तों से भरे हुए कमला नदी के गड्ढे! डॉक्टर को सभी चीजें नई लगती हैं। कोयल की कूक ने डॉक्टर के दिल में कभी हूक पैदा नहीं की। किन्तु खेतों में गेहूँ काटते हुए मजदूरों की चैती में आधी रात को कूकनेवाली कोयल के गले की मिठास का अनुभव वह करने लगा है।

सब दिन बोले कोयली भोर भिनसरवा...वा...वा
बैरिन कोयलिया, आजु बोलय आधी रतिया हो रामा...आँ...आँ
सूतल पिया के जगावे हो रामा...आँ...आँ

किसी के पिया की नींद न टूट जाए! गहरी नींद में सोए हुए पिया के सिरहाने पंखा झलती हुई धानी को डर है, पिया की नींद न खुल जाए; सपना न टूट जाए!

डॉक्टर भी किसी की दुलार-भरी मीठी थपकियों के सहारे सो जाना चाहता है, गहरी नींद में खो जाना चाहता है। जिन्दगी की जिस डगर पर बेतहाशा दौड़ रहा था, उसके अगल-बगल, आस-पास, कहीं क्षण-भर सुस्ताने के लिए कोई

छाँव नहीं मिली। उसने किसी पेड़ की डाली की शीतल छाया की कल्पना भी नहीं की थी। जीवन की इस नई पगडंडी पर पाँव रखते ही उसे बड़े जोरों की थकावट मालूम हो रही है। वह राह की खूबसूरती पर मुग्ध होकर छाँह में पड़ा नहीं रह सकेगा। मंजिल तक पहुँचने का यह कितना जबर्दस्त रास्ता है जो राही को मंजिल तक पहुँचाने की प्रेरणा देता है!...वह क्षण-भर सुस्ताने के लिए उदार छाया चाहता है। प्यार!...

सूतल पिया के जगावे हो रामा!

पिया जग गए, धानी ने पिया को बिदाई दी। पिया को जाना है। हिमालय की चोटी को उषा की प्रथम किरण ने छूकर स्वर्णिम कर दिया। आम के बागों में कोयल-कोयली, दहियल और बुलबुल ने सम्मिलित सुर में मंगल-गीत गाए! खेतों से गीत की कड़ियाँ पुरवैया के सहारे उड़ती आती हैं और डॉक्टर के दिल में हलचल मचा जाती हैं।...गेहूँ की कटनी हो रही है। झुनाई हुई रबी की फसल की सोंधी सुगन्ध चारों ओर फैल रही है।

"डॉक्टर साहब!"

"क्या है?"

"जरा चलिए। मेरी बहन को कै हो रही है।"

"पेट भी चलता है?"

"जी!"

डॉक्टर तुरन्त तैयार होकर चल देता है। पास के ही गाँव में जाना है।... डॉयरिया होगा। लेकिन 'सेलाइन ऐपरेटस' भी ले लेना अच्छा होगा।

"तीस बार पेट चला है?"

बिछावन पर पड़ी हुई युवती पीली पड़ गई है। उसके हाथ-पाँव अकड़ रहे हैं। पेशाब बन्द है। हैजा ही है। डॉक्टर 'सेलाइन ऐपरेटस' ठीक करता है। स्पिरिट स्टोव जलाता है, नार्मल-सेलाइन की बोतल निकालता है।

बूढ़ा बाप हाथ जोड़कर कुछ कहना चाहता है, और आखिर कह ही डालता है, "डॉक्टर साहब, यह जो जकसैन दे रहे हैं इसका कितना होगा?"

छोटे जकसैन का फीस तो दो रुपया है। इतने बड़े जकसैन का तो जरूर पचास रुपया होगा। बूढ़ा मन ही मन सोचता है।

"क्यों? पचास रुपया," डॉक्टर मुस्कराता है।

"तो रहने दीजिए। कोई दवा ही दे दीजिए।"

"दवा से कोई फायदा नहीं होगा।"

"लेकिन मेरे पास इतने रुपए कहाँ हैं?"

"बैल बेच डालो," डॉक्टर पहले की तरह मुस्कराते हुए सेलाइन देने की तैयारी कर रहा है।

"डॉक्टरबाबू, बैल बेच दूँगा तो खेती कैसे करूँगा? बाल-बच्चे भूखों मर जाएँगे।...लड़की की बीमारी है।"

"क्या मतलब?"

"हुजूर, लड़की की जात बिना दवा-दारू के ही आराम हो जाती है!"

...लड़की की जाति बिना दवा-दारू के ही आराम हो जाती है! लेकिन बेचारे बूढ़े का इसमें कोई दोष नहीं। सभ्य कहलानेवाले समाज में भी लड़कियाँ बला की पैदाइश समझी जाती हैं। जंगल-झार!

डिग-डिग, डिडिग-डिडिग!

"...कल सुबह को इसपिताल में हैजा की सूई दी जाएगी। सभी लोग—बाल-बच्चे, बूढ़े-जवान, औरत-मर्द—आकर सूई ले लें।"...*डिग-डिग डिडिग!* गाँव का चौकीदार ढोलहा दे रहा है।

हैजा के पहले रोगी को बचा लिया गया, लेकिन गाँव को नहीं बचाया जा सकता। डॉक्टर ने ढोल दिलवाकर लोगों को सूई लेने की खबर दी, लेकिन कोई नहीं आया। कुआँ में दवा डालने के समय लोगों ने दल बाँधकर विरोध

किया—"चालाकी रहने दो! डॉक्टर कूपों में दवा डालकर सारे गाँव में हैजा फैलाना चाहता है। खूब समझते हैं!"

डॉक्टर ने बालदेवजी, कालीचरन और चरखा-सेंटर के लोगों को खबर देकर बुलवाया। सहायता माँगी, "यदि लोगों ने सूई नहीं लगवाई और कुओं में दवा नहीं डालने दी तो एक भी गाँव को बचाना मुश्किल होगा।"

दोपहर को बालदेवजी, कालीचरन और चरखा-सेंटर के मास्टर-मास्टरनीजी डॉक्टर साहब के साथ दल बाँधकर निकले और कुओं में दवा डाल दी गई। सूई देने की समस्या जटिल थी।

कालीचरन ने कहा, "एक बात! आज कोठी का हाट है। हाट लगते ही चारों ओर घेर लिया जाए और सबों को जबर्दस्ती सूई दी जाए! जो लोग बाकी बचे रहेंगे, उन्हें घर पर पकड़कर दी जाए।"

डॉक्टर को यह सुझाव अच्छा लगा, लेकिन बालदेवजी ने एतराज किया, "किसी की इच्छा के खिलाफ जोर-जबर्दस्ती करना... ।"

"क्या बेमतलब की बात बोलते हैं," चरखा-सेंटर की मास्टरनीजी बालदेवजी की बात काटते हुए बोली, "कालीचरनजी ठीक कहते हैं।"

बालदेवजी की कनपट्टी गर्म हो जाती है।...यह औरत बोलने का ढंग भी नहीं जानती! नारी का सुभाव करकस नहीं होना चाहिए। कोठारिनजी कितनी मीठी बोली बोलती हैं। और यह तो मर्दाना औरत है। चरखा-सेंटर की मास्टरनी! हूँ! बहुत महिला कांग्रेसी को देखा है—मायेजी, तारावती देवी, सरस्सती, उखादेवी, सरधादेवी। लेकिन कोई तो इतना करकस नहीं बोलती थी।...हुँ! कालीचरनजी ठीक कहते हैं!...जबर्दस्ती करना हिंसाबाद नहीं तो और क्या है?

कालीचरन के दलवालों ने हाट को घेर लिया है। डॉक्टर साहब आम के पेड़ के नीचे टेबल पर अपना पूरा सामान रखकर तैयार हैं। कालीचरन एक-एक आदमी को पकड़कर लाता है, मास्टरनीजी स्पिरिट में भिगोई हुई रुई बाँह पर मल देती हैं और डॉक्टर साहब सूई गड़ा देते हैं। तहसीलदार साहब नाम लिखते जाते हैं। हाट में भगदड़ मची हुई है। लेकिन भगकर किधर जाओगे? चारों ओर सुर्स्लिग पाटी का सिपाही खड़ा है।

"माई गे! माई गे! हे बेटा काली!"

"क्यों, रोती क्यों है?"

"हे बेटा!"

"सारी देह में गोदना गोदाने के समय देह में सूई नहीं गड़ी थी। चलो!"

सात सौ पचास लोगों को सूई दे दी गई है। अब जो लोग घर में रह गए हैं, उन्हें कल सुबह ही सूरज उगने के पहले ही दे देनी होगी।

डॉक्टर साहब कहते हैं, “बीमारों की सेवा के लिए स्वयंसेवक चाहिए।”

कालीचरन अपने दल के साठ स्वयंसेवकों के साथ रात को अस्पताल में दाखिल हो जाएगा।

चरखा-सेंटर की मास्टरनीजी बड़ी निडर हैं। वह भी सेवा करने के लिए अपना नाम लिखाती हैं।

बावनदास हँसकर कहता है, “मुझे देखकर तो रोगी लोग डर जाएँगे डॉक्टर साहब, मुझे और कोई काम दीजिए!”

बालदेवजी चुप हैं। उनको हैजा का बहुत डर है।

6

डॉक्टर आदमी नहीं, देवता है देवता!

तन्त्रिमाटोली, पोलियाटोली, कुर्मछत्रीटोली और रैदासटोली में सब मिलाकर सिर्फ पाँच आदमी नुकसान हुए। घर-घर में एक-दो आदमी बीमार थे, लेकिन डॉक्टर देवता है। दिन-रात, कभी एक पल चैन से नहीं बैठा। मास्टरनीजी भी देवी हैं। कालीचरन भी बहादुर है। कै और दस्त से भरे बिछावन पर लेटे हुए रोगी की सेवा करना, कपड़े धोना, दवा डालकर गन्दगी जलाना आदमी का काम नहीं, देवता ही कर सकते हैं। एक पैसा भी फीस नहीं लिया और मुफ्त में रात-रात भर जगकर लोगों का इलाज करते रहे। रेसमलाल कोयरी के इकलौते बेटे को जम के मुँह से छुड़ा लिया। रेसम ने डॉक्टर को खुशी-खुशी एक गाय बक्सीस दी, लेकिन डॉक्टर साहब ने कहा, “अपने लड़के को इस गाय का दूध पिलाओ। दूध बिक्री मत करो। यही हमारी बक्सीस है।”

बावनदास भी अवतारी आदमी हैं। रात-भर नीम के पेड़ के नीचे बैठकर खँजरी बजाकर गाते रहते थे...‘मालिक सीताराम सोच मन काहे करो! सेत्ताराम! सेत्ताराम! बन्दे महातरम्!...मालिक सीताराम!’

भयावनी रात में, जबकि आदमी अपनी छाया से डरते थे, बावन का गीत डरे हुए लोगों को बल देता था...‘मालिक सीताराम सोच मन काह करो।...निर्बल के बल राम!’

ब्राह्मणटोली में तीन आदमी मरे। और जोतखीजी की स्त्री तो दूसरी बीमारी से

मरी। बच्चा अटक गया।...कायस्थटोली, संथालटोली और यादवटोली में एक भी आदमी बीमार नहीं हुआ। राजपूतटोली में पाँच-सात आदमी को रोग ने पकड़ा, लेकिन डॉक्टर साहब ने सबों को बचा लिया। पन्द्रह दिनों के बाद कमली ने डॉक्टर की सूरत देखी है।

कमली ने मन-ही-मन कितनी बातें गढ़ रखी थीं। वह रूठी रहेगी, बोलेगी नहीं।...पन्द्रह दिनों में एक बार भी तो आते! रहने दीजिए, यही होता न कि रोग का छूत मुझे लग जाता। मैं मर जाती। आपका क्या बिगड़ता? चरखा-सेंटर की मास्टरनीजी जो थीं!...रात-भर खूब चाय बनाकर पिलाती थीं न?

लेकिन डॉक्टर को देखते ही वह सबकुछ भूल गई। डॉक्टर का चेहरा एकदम काला हो गया है। आँखें धँस गई हैं। प्यारू ठीक ही कहता था, 'डॉक्टर साहब दुनिया-भर को आराम कर रहे हैं, लेकिन खुद बीमार होते जा रहे हैं। खाना-पीना तो एकदम कम हो गया है।'...कमली चाहती है कि माँ थोड़ी देर के लिए डॉक्टर को अकेला छोड़ दे। आज वह डॉक्टर से लिपट जाएगी।

"कहिए, हैजा डॉक्टर साहब!" कमली हँसते हुए डॉक्टर के पास जाती है।

"हैजा डॉक्टर? सुनिए लड़की की बात जरा! मैं पूछती हूँ तुमसे कि तुम दिन-दिन क्या होती जा रही हो?" माँ डाँटते हुए कहती है।

"वाह रे! रामपुर के बटैयादार लोग उस दिन आकर बाबूजी से पूछ रहे थे कि हैजा डॉक्टर कहाँ रहता है। सुना था नहीं। लोग इन्हें हैजा डॉक्टर ही कहते हैं।" कमला खिलखिलाकर हँसती है।

माँ हँसते हुए चली जाती है। डॉक्टर मुस्कराते हुए कहता है, "लोग हैजा डॉक्टर कहते हैं, लेकिन तुमको तो कहना चाहिए बेहोशी डॉक्टर!"

"अहा-हा! बेहोशी डॉक्टर की सूरत तो आज पन्द्रह दिनों बाद दूज के चाँद की तरह देखने को मिली है और बात बनाते हैं!" कमली मुँह फुलाती है।

"नहीं कमली, इस बीच मुझे बराबर यही डर लगा रहता था कि यदि तुमने कुछ गड़बड़ी पैदा की तो क्या होगा!"

"तो मैं जान-बूझकर बेहोश होती हूँ, क्यों?"

"हाँ, जान-बूझकर।"

"क्यों?"

"क्योंकि बेहोश होने से ही बेहोशी डॉक्टर आता है।"

"ऊँ! डॉक्टर आवे न आवे मेरी बला से!"

"अच्छी बात है, तो मैं चला।"

"ऊँ!"

"डॉक्टर साहब इतने दिनों बाद आए हैं, चाय बना देगी, सो तो नहीं, बैठकर झगड़ा कर रही है।" माँ अन्दर से ही कहती है।

कमली दाँत से जीभ को दबाते हुए उठ भागती है—माँ सब सुन रही थी शायद।

डॉक्टर ने इस बार आस-पास के पन्द्रह गाँवों का परिचय प्राप्त किया है; भयातुर इनसानों को देखा है, बीमार और निराश लोगों की आँखों की भाषा को समझने की चेष्टा की है। उसे मध्यवित्त किसानों की हवेली और बेजमीन मजदूरों की झोंपड़ियों में आने का सौभाग्य या दुर्भाग्य प्राप्त हुआ है। रोगियों को देखकर उठते समय, छीके पर टँगी हुई खाली मिट्टी की हाँड़ियों से उसका सिर टकराया है। सात महीने के बच्चे को बथुआ और पाट के साग पर पलते देखा है। उसने देखा है...गरीबी, गन्दगी और जहालत से भरी हुई दुनिया में भी सुन्दरता जन्म लेती है। किशोर-किशोरियों और युवतियों के चेहरे पर एक विशेषता देखी है उसने। कमला नदी के गड्ढों में खिले हुए कमल के फूलों की तरह जिन्दगी के भोर में वे बड़े लुभावने, बड़े मनोहर और सुन्दर दिखाई पड़ते हैं, किन्तु ज्यों ही सूरज की गर्मी तेज हुई, वे कुम्हला जाते हैं। शाम होने से पहले ही पपड़ियाँ झड़ जाती हैं!...कश्मीर के कमल और पूर्णिया के कमल में शायद यही फर्क है।...और

कमली तो राजकमल!

"मैं तुम्हें राजकमल कहूँगा।"

"और मैं तुम्हें प्रशान्त महासागर कहूँगी।" कमला ने आज अनजाने ही 'तुम' कह दिया।

"प्रशान्त महासागर में राजकमल नहीं खिलता, मैं कमला नदी का गड्ढा ही होना पसन्द करूँगा।" डॉक्टर हँसता है।

कमली की बड़ी-बड़ी आँखों की पलकें एक बार ऊपर उठकर झुक गईं।

"तुमने मुझे आज तक अपना अस्पताल क्यों नहीं दिखलाया? तुम्हारे चूहे, खरगोश, सियार और नेवले..."

"माँ और बाबूजी तुम्हें अस्पताल जाने देंगे?"

"क्यों नहीं?"

"तो आज ही चलो, अभी।"

कमली डॉक्टर के साथ अस्पताल की ओर जा रही है। चैत का सूरज पच्छिम की ओर निष्प्राण-सा, पूर्णिमा के उगते हुए चाँद का-सा मालूम हो रहा है। दिन-भर धू-धूकर चलनेवाली पछिया हवा गिर गई है।

गाँव के पनघट पर स्त्रियों की भीड़ आँखें फाड़कर इन दोनों को देखती है, झगड़े बन्द हो जाते हैं, पानी भरना रुक जाता है। नजर से ओझल होने के बाद फिर सबों के मुँह से अपनी-अपनी राय निकलती है।...कमली अब आराम हो गई। डॉक्टर साहब ने इसको बचा लिया।...दोनों की जोड़ी कैसी अच्छी है! सतलैरना बैसकोप का एक किताब लाया है, उसमें ऐसी ही एक जोड़ी की छापी है, ठीक ऐसी ही! ...डॉक्टर भी कायस्थ है क्या? कौन जात है? क्या जाने बाबा, इलाज करते-करते कहीं...! क्या बकती है—सिर की गर्मी शाम को मैदान की हवा में ठंडी होती है, जानती नहीं? मौसी ने जब जुगलजोड़ी देखी तो उसके हाथ स्वयं ही आँचल के खूँट पर चले गए। आँचल पसारकर मन-ही-मन बोली, "दुहाई कमला मैया!"

गनेश पास ही गुल्ली खेल रहा था। वह जोर-जोर से चिल्लाया—

पूलव से छाहेब आया
पच्छिम छे मेम
छाहेब बोले गिटिल-पिटिल
खिल-खिल हँछे मेम!

कमला और डॉक्टर ने उलटकर देखा। गनेश ताली बजाकर हँस रहा था,

"देखो नानी, छाहेब-मेम।"

दोनों ने हँसते हुए मौसी को प्रणाम किया। गनेश भागकर मामी के आँचल में छिप जाता है। कमली चिल्लाकर कहती है, "अच्छा, ठहरिए गोबर गनेशजी! अभी लौटती हूँ तो कान पकड़कर चाँद दिखाऊँगी।"

तहसीलदार साहेब रास्ते में ही मिले। हँसते हुए बोले, "आज शायद यही पागलपन सवार हुआ था!...अच्छी बात है, सुबह-शाम की हवा में बहुत गुण हैं।"

सभी एक ही साथ हँस पड़े।

कोठी के बाग में गुलमुहर की बड़ी-बड़ी डालियाँ, लाल-लाल फूलों से जलती हुई, हवा के हल्के झोंकों में हिल-डुल रही थीं। अमलतास के पीले फूल नववधू की पीली ओढ़नी की याद दिला रहे थे। योजन-गन्धा शाम की हवा में पागलपन बिखेर रही थी। शिरीष के फूलों की पँखुड़ियाँ मंगल-आशीष की तरह झड़ रही थीं।...मार्टिन ने बड़े जतन से फूल लगाए थे। बाग लगाते समय उसने ऐसी ही शामों की कल्पना की होगी—बाँहों में पड़ी हुई मेरी के लाल होंठों की ताजगी को और भी प्राणमय बनाने के लिए। पानी पटानेवाले मालियों पर वह कड़कते हुए बोला होगा, "डेको! एक भी गाछ सूखने पर पचास बेंट डेगा।'

चैत की गोधूली में अपनी सारी तेजी खोकर सूरज ने श्याम-सलोनी सन्ध्या

के आँचल में अपना मुँह छिपा लिया था। दूर तक फैली हुई ताड़ों की पंक्तियाँ, कुछ मटमैली, कुछ सिन्दूरी-सी पृष्ठभू मि में गर्दन ऊँची करके सूरज को अतल गहराई में डूबते हुए देख रही थीं। गाय और बैलों के साथ घर लौटते हुए चरवाहे सावित्री-नाच का गीत गा रहे थे—

आहे सखी चलू फुलवारी देखे हे
देखिबो सुन्दर रूप
नाना रसना फूल अनूप, चलू फुलवारी देखे हे!

गुलमुहर के लाल-लाल फूल बुझ गए और अमलतास की पीली ओढ़नी न जाने कब सरककर गिर पड़ी। किन्तु योजन-गन्धा अब भी पागल बना रही है।...डॉक्टर देवता नहीं, आदमी बनना चाहता है!

एक जोड़ी निर्मल आँखों की पलकें जरा ऊपर की ओर उठीं और फिर झुक गईं।

7

अखिल भारतीय मेडिकल गजट में डॉक्टर प्रशान्त, मलेरियोलॉजिस्ट के रिसर्च की छमाही रिपोर्ट प्रकाशित हुई है। गजट के सम्पादक-मंडल में भारत के पाँच डॉक्टर हैं। इस रिपोर्ट पर उन लोगों ने अपना-अपना नाम नोट दिया है।...मद्रास के डॉक्टर टी. रामास्वामी एम. एस-सी., डी.टी.एम. (कैल.), पी.एच-डी. (एडिन.), एफ.आर.एस.जे. (एडिन.) ने लिखा है : "हमें विश्वास हो गया है कि डॉक्टर प्रशान्त मलेरिया और काला-आजार के बारे में ऐसे तथ्यों का उद्घाटन करेंगे जिनसे हम अब तक अनभिज्ञ थे।...नई दवा तथा नए उपचार की सम्भावनाओं

के लिए सारा मेडिकल-संसार उनकी ओर निगाहें लगाए बैठा है।"

प्रशान्त की विस्तृत रिपोर्ट में मलेरिया और काला-आजार से सम्बन्धित मिट्टी, हवा-पानी तथा इसमें पलनेवाले प्राणियों पर नई रोशनी डाली गई है। अपनी रिपोर्ट में डॉक्टर ने एक जगह लिखा है—

"यहाँ के लोग सुबह को बासी भात खाकर, पाट धोने के लिए गन्दे गड्ढों में घुसते हैं और करीब सात घंटे तक पानी में रहते हैं। गन्दे गड्ढों को देखने से ऐसा लगता है कि पानी के आध इंच धरातल की जाँच करने पर एक लाख से ज्यादा मच्छड़ के अंडे जरूर पाए जाएँगे। किन्तु यहाँ के मच्छड़ गन्दे गड्ढों में बहुत कम अंडे देते पाए गए हैं। इनका कोई-कोई ग्रुप तो इतना सफाई-पसन्द होता है कि निर्मल और स्वच्छ तालाबों को छोड़कर और कहीं अंडे देता ही नहीं।...बेचारे खरगोशों को क्या पता कि उनकी जीभ में जो दाने निकल आते हैं, कानों के अन्दर जो खुजलाहट होती है, कोमल-से-कोमल घास की पत्तियाँ भी खाने में अच्छी नहीं मालूम होती हैं, ये काला-आजार के लक्षण हैं।"

मनुष्य के शत्रु, कीड़े-मकोड़ों के बारे में डॉक्टर ने लिखा है—"मच्छड़ों को नष्ट करने के उपाय जो हमें बहुत पहले बता दिए गए हैं, हम उन्हीं को आज भी आँख मूँदकर दुहरा रहे हैं। जिन कीड़ों को हम नष्ट करना चाहते हैं, उनके बारे में हमारी जानकारी बहुत थोड़ी होती है। हमें उनकी आदत, स्वभाव और व्यवहार के ढंगों के बारे में जानना होगा।...एनोफिलीज के भी कई ग्रुप हैं, हर ग्रुप के अलग-अलग ढंग हैं। किन्तु किसी ग्रुप में भी तरह-तरह के छोटे-छोटे सब-ग्रुप होते हैं जिनकी आदतों और प्रजनन-ऋतु में विभिन्नता पाई गई है।...उनके लुकने-छिपने, पसन्दगी और नापसन्दगी में भी फर्क है।...मैंने एक ही ग्रुप के मच्छड़ों को तीन किस्म से अंडे छोड़ते पाया है और हर ग्रुप में कुछ दल-विशेष हैं जो हवा में अंडे छोड़ते हैं।...इनकी चालाकी और बुद्धिमानी का सबसे दिलचस्प उदाहरण यह है कि एक ही मौसम में एक ही ग्रुप के मच्छड़ हमले के लिए पन्द्रह तरह के तरीके व्यवहार करते हैं।...कुछ तो एकदम डाइव फ्लाइंग करके ही हमला करते हैं।"

इसके अलावा डॉक्टर ने मलेरिया और काला-आजार में रक्त-परिवर्तन पर भी कुछ नई बातें कही हैं।

ममता की चिट्ठी आई है..."पटना मेडिकल कॉलेज को इस बात पर गर्व है कि बिहार का एकमात्र मलेरियोलॉजिस्ट डॉक्टर प्रशान्त उसी की देन है।" ममता ने और भी बहुत-सी बातें लिखी हैं। बहुत-सी बातें; जिसे प्रशान्त करीब-करीब भूल गया है या भूल जाना चाहता है। "...पटना क्लब का नाम पाटलिपुत्र क्लब

हो गया है। मिस रेवा सरकार ने बैडमिंटन में रोमेश पाल को हरा दिया।...” इन बातों में प्रशान्त को अब कोई दिलचस्पी नहीं, लेकिन ममता जब पत्र लिखती है तो वह कुछ भी बाद नहीं देती, छोटी-से-छोटी बात का जिक्र करती है...“पटना मार्केट के सामने जो चाय की दुकान थी, उसका बूढ़ा मालिक मर गया। तुम्हें याद है! वही जो तुमको रोज सलाम करके चाय के लिए निमन्त्रित करता था...कश्मीरी चाय?...” प्रशान्त को हँसी आती है। बेचारी ममता! उसे क्या मालूम कि मछली को लेकर पालतू नेवले से झगड़ा करने में जो आनन्द आता है, वह किसी खेल में नहीं। प्रशान्त कभी स्पोर्ट्समैन नहीं रहा। वह किसी भी खेल का खिलाड़ी नहीं रहा। फिर भी उसे खेलों में बड़ी दिलचस्पी रहती थी। उसने ताश के पत्तों को कभी हाथ से स्पर्श नहीं किया, लेकिन साप्ताहिक ब्रिज नोट्स को वह गम्भीरता से पढ़ जाता था। चर्चिल का भाषण पढ़ना भले ही भूल जाए, कलकत्ता के आई.एफ.ए. के मैचों की रिपोर्ट वह सबसे पहले पढ़ लेता था।...लेकिन अब तो वह खुद खिलाड़ी है। नेवले का गुर्राना, चिल्लाना, पूँछ के रोओं को खड़ा कर हमला करना और हमला करते हुए इसका खयाल रखना कि चोट नहीं लग जाए, नाखून नहीं गड़ जाए। स्पोर्ट्समेंस स्पिरिट और किसको कहते हैं?

डॉक्टर ममता श्रीवास्तव! दरभंगा के प्रसिद्ध डॉक्टर कालीप्रसाद श्रीवास्तव की सुपुत्री ममता ने डॉक्टरी पास करने के बाद हेल्थयूनिट की स्थापना की है। शहर के गरीब मुहल्लों में यूनिट ने अपने सेवा-कार्य का जो परिचय दिया है, वह प्रशंसनीय है। पटना की महिला-समाज-सेविकाओं में ममता का नाम सबसे पहले लिया जाता है। गरीब की झोंपड़ी से लेकर गवर्नमेंट हाउस तक उसकी पहुँच है। जो उसके निकट सम्पर्क में रह चुके हैं, उनका कहना है कि ममता दीदी दिन-रात मिलाकर सिर्फ चार घंटे ही आराम करती हैं।

डॉक्टर प्रशान्त ममता का ऋणी है। ममता से उसे प्रेरणा मिली है।

8

डॉक्टर पर यहाँ की मिट्टी का मोह सवार हो गया। उसे लगता है, मानो वह युग-युग से इस धरती को पहचानता है। यह अपनी मिट्टी है। नदी-तालाब, पेड़-पौधे, जंगल-मैदान, जीव-जानवर, कीड़े-मकोड़े सभी में वह एक विशेषता देखता है। बनारस और पटना में भी गुलमुहर की डालियाँ लाल फूलों से लद जाती

थीं। नेपाल की तराई में पहाड़ियों पर पलास और अमलतास को भी गले मिलकर फूलते देखा है, लेकिन इन फूलों के रंगों ने उस पर पहली बार जादू डाला है!

गोल्डमोहर—गुलमुहर—कृष्णचूड़ा!...गुलमुहर का कृष्णचूड़ा नाम यहाँ कितना मौजूँ लगता है! काले कृष्ण के मुकुट में लाल फूल कितने सुन्दर लगते होंगे!

आम से लदे हुए पेड़ों को देखने के पहले उसकी आँखें इनसान के उन टिकोलों पर पड़ती हैं, जिन्हें आमों की गुठलियों के सूखे गूदे की रोटी पर जिन्दा रहना है...और ऐसे इनसान? भूखे, अतृप्त इनसानों की आत्मा कभी भ्रष्ट नहीं हो या कभी विद्रोह नहीं करे, ऐसी आशा करनी ही बेवकूफी है।...डॉक्टर यहाँ की गरीबी और बेबसी को देखकर आश्चर्यित होता है। वह सन्तोष कितना महान है जिसके सहारे यह वर्ग जी रहा है? आखिर वह कौन-सा कठोर विधान है, जिसने हजारो-हजार क्षुधितों को अनुशासन में बाँध रखा है?

...कफ से जकड़े हुए दोनों फेफड़े, ओढ़ने को वस्त्र नहीं, सोने को चटाई नहीं, पुआल भी नहीं! भीगी हुई धरती पर लेटा न्यूमोनिया का रोगी मरता नहीं है, जी जाता है!...कैसे?

...यहाँ विटामिनों की किस्में, उनके अलग-अलग गुण और आवश्यकता पर लम्बी और चौड़ी फेहरिस्त बनाकर बँटवानेवालों की बुद्धि पर तरस खाने से क्या फायदा!...मच्छरों की तस्वीरें, इससे बचने के उपायों को पोस्टरों पर चित्रित करके अथवा मैजिक लालटेन से तस्वीरें दिखाकर मलेरिया की विभीषिका को रोकनेवाले किस देश के लोग थे?...यहाँ तो उन मच्छरों की तस्वीरें देखते ही लोग कहते हैं—"पुरैनियाँ जिला को लोग मच्छर के लिए बेकार बदनाम करते हैं, देखिए पच्छिम का मच्छर कितना बड़ा है, एक हाथ लम्बा देह, चार हाथ मूँड़। बाप रे!"

डी.डी.टी. और मसहरी की बात तो बहुत बड़ी हुई, देह में कड़वा तेल लगाना भी स्वर्गीय भोग-विलास में गण्य है।...तेल-फुलेल तो जमींदार लोग लगाते हैं। स्वर्ग की परियाँ तेल-फुलेल लेकर पुण्य करनेवालों की सेवा करती हैं...।

खेतों में फैली हुई काली मिट्टी की संजीवनी इन्हें जिलाए रहती है। शस्य-श्यामला, सुजला-सुफला...इनकी माँ नहीं? अब तो शायद धरती पर पैर रखने का भी अधिकार नहीं रहेगा। कानून बनने के पहले ही कानून को बेकार करने के तरीके गढ़ लिये जाते हैं। सूई के छेद से हाथी निकाल लेने की बुद्धि ही आज सही बुद्धि है।...और लोग तो बकवास करते हैं, बुद्धि-विभ्रम रोग से पीड़ित हैं। जिसके पास हजारों बीघे जमीन है, वह पाँच बीघे जमीन की भूख से छटपटा रहा है।...बेजमीन आदमी आदमी नहीं, वह तो जानवर है!

डॉक्टर ममता को लिखता है—

"तुम जो भाषा बोलती हो, उसे ये नहीं समझ सकते। तुम इनकी भाषा नहीं समझ सकतीं। तुम जो खाती हो, ये नहीं खा सकते। तुम जो पहनती हो, ये नहीं पहन सकते। तुम जैसे सोती हो, बैठती हो, हँसती हो, बोलती हो ये वैसा कुछ नहीं कर सकते। फिर तुम इन्हें आदमी कैसे कहती हो।"

...वह आदमी का डॉक्टर है, जानवर का नहीं।...टेस्ट ट्यूबों में आदमी और जानवर के खून अलग-अलग रखे हुए हैं। दोनों के सिरम की अलग-अलग जरूरतें हैं। डॉक्टर आदमी के खूनवाले ट्यूब को हाथ में लेकर, जरा और ऊपर उठाकर, गौर से देखता है। वह जानना चाहता है, देखना चाहता है कि इन इनसानों और जानवरों की रक्तकणिका में कितना विभेद है, कितना सामंजस्य है।...

खून से भरे हुए टेस्ट ट्यूबों में अब कोई आकर्षण नहीं!...

क्या करेगा वह संजीवनी बूटी खोजकर? उसे नहीं चाहिए संजीवनी। भूख और बेबसी से छटपटाकर मरने से अच्छा है मैलिगनेंट मलेरिया से बेहोश होकर मर जाना। तिल-तिलकर घुल-घुलकर मरने के लिए उन्हें जिलाना बहुत बड़ी क्रूरता होगी...सुनते हैं, महात्मा गांधी ने कष्ट से तड़पते हुए बछड़े को गोली से मारने की सलाह दी थी। वह नए संसार के लिए इनसान को स्वच्छ और सुन्दर बनाना चाहता था। यहाँ इनसान हैं कहाँ?...अभी पहला काम है, जानवर को इनसान बनाना!

उसने ममता को लिखा है—

"यहाँ की मिट्टी में बिखरे, लाखो-लाख इनसानों की जिन्दगी के सुनहरे सपनों को बटोरकर, अधूरे अरमानों को बटोरकर, यहाँ के प्राणी के जीवकोष में भर देने की कल्पना मैंने की थी। मैंने कल्पना की थी, हजारों स्वस्थ इनसान हिमालय की कन्दराओं में, त्रिवेणी के संगम पर, अरुण, तिमुर और सुणकोशी के संगम पर एक विशाल डैम बनाने के लिए पर्वततोड़ परिश्रम कर रहे हैं। लाखों एकड़

बन्ध्या धरती, कोशी-कवलित, मरी हुई मिट्टी शस्य-श्यामला हो उठेगी। कफन जैसे सफेद बालू-भरे मैदान में धानी रंग की जिन्दगी के बेल लग जाएँगे। मकई के खेतों में घास गढ़ती हुई औरतें बेवजह हँस पड़ेंगी। मोती जैसे सफेद दाँतों की चमक...!"

डॉक्टर का रिसर्च पूरा हो गया; एकदम कम्पलीट। वह बड़ा डॉक्टर हो गया। डॉक्टर ने रोग की जड़ पकड़ ली है...।

गरीबी और जहालत—इस रोग के दो कीटाणु हैं।

मलेरिया के. मच्छर एनोफिलीज से भी ज्यादा खतरनाक, काला-आजार के मच्छर सैंडफ्लाई से भी ज्यादा जहरीले हैं यहाँ के...नहीं। शायद वह कालीचरन की तरह तुलनात्मक उदाहरण दे बैठेगा।

कालीचरन किसानों के बीच भाषण दे रहा था, "ये पूँजीपति और जमींदार, खटमलों और मच्छरों की तरह सोसख हैं।...खटमल! इसीलिए बहुत-से मारवाड़ियों के नाम के साथ 'मल' लगा हुआ है और जमींदारों के बच्चे मिस्टर कहलाते हैं। मिस्टर...मच्छर!"

दरार पड़ी दीवार! यह गिरेगी! इसे गिरने दो! यह समाज कब तक टिका रह सकेगा?

कविवर हंसकुमार तिवारी की कविता की कुछ पंक्तियाँ याद आती हैं—

दुनिया फूस बटोर चुकी है,
मैं दो चिनगारी दे दूँगा।

गुलमुहर—आज का फूल! सारी कुरूपता जल रही है। लाल! लाल!

कमला नदी के गड्ढों में कमल की अधमुँदी कलियाँ अपने कोष में नई जिन्दगी के पराग भरकर खिलना ही चाहती हैं।

"ओ! तुम! कमला! इतनी रात में?...अकेली आई हो?"

"डॉक्टर!...बोलो। सच बोलो। मैं डेढ़ घंटे से खड़ी देख रही हूँ। तुमको क्या हो गया है? क्या तुम्हें भी अब डर लगता है?...सिर चकराता है देखो, कान के पास गर्मी-सी मालूम होती है? दुनिया घूमती-सी मालूम पड़ती है?...डॉक्टर!...डॉक्टर!"

...कमल की भीनी-भीनी खुशबू! कोमल पँखुड़ियों का कमनीय स्पर्श! कमला! ...ओ! मैं कमला की गोद में हूँ? मुझे नींद न लग जाए। मुझे उठकर बैठ जाना चाहिए। मेरी मंजिल।

"कमला, चलो तुम्हें पहुँचा दूँ।"

9

कमरे के अन्धकार में, एक कोने में, एक छोटा-सा दीप जल रहा है। कमली की गोदी में उसका शिशु कपड़े में लिपटा सो रहा है। कमली कजरौटी में काजल पार रही है।

भट-भट भर्र-र्र...

एक स्टेशन वैगन पूर्णिया-मेरीगंज रोड पर भागी जा रही है। चलते समय ममता की नजर बचाकर प्यारू ने डॉक्टर के हाथ में एक लिफाफा दिया है। आगे ड्राइवर की बगल में बैठा हुआ प्यारू कभी-कभी गर्दन उलटकर पीछे की ओर देखता है।

डॉक्टर साहब चिट्ठी पढ़ रहे हैं–

"प्राणनाथ!"

कमला की चिट्ठी है–एक सप्ताह पहले की चिट्ठी।

"प्राणनाथ!

पता नहीं, समय पर यह पत्र तुमको मिले या नहीं। देर या सबेर, कभी भी मेरी यह चिट्ठी तुम्हें मिल ही जाएगी, मुझे पूरा विश्वास है। तुम मेरे पास दौड़े आओगे!...तुम जानते हो, अब मुझे डर लगने लगा है। तुम्हारा...तुम्हारा...कैसे लिखूँ?...माँ कहती है, यदि तुम किसी तरह बाबा को लिख दो या मालूम करा दो कि मेरी होनेवाली सन्तान के तुम पिता हो, तो मैं जी जाऊँ। विश्वास नहीं करती माँ! बाबूजी अब एकदम पागल हो गए हैं। न जाने कब क्या हो! तुम्हारी किताबों ने मुझे बहुत-कुछ सिखाया है। मुझे कितना बड़ा सहारा मिला है तुम्हारी किताबों से! लेकिन अब एक नई किताब चाहिए जिसके पृष्ठ-पृष्ठ में लिखा हुआ हो–कमला! विश्वास करो! डरो मत! जो होगा, मंगलमय होगा... ।"

डॉक्टर एक ही साँस में इतना पढ़ गया। इसके बाद उसने ममता की ओर निगाह डाली। रात-भर की जगी ममता गाड़ी के हिचकोलों पर मीठी झपकी ले रही है।...चोट लग जाएगी!

"और कितनी दूर?" ममता जागकर पूछती है।

"और एक घंटा," प्यारू कहता है।

डॉक्टर आगे पढ़ता है–"...बाबा तुम्हारे बच्चे को मार डालेंगे।"

"नहीं! नहीं!"

"ऐं?" ममता पूछती है, "क्या है?"

डॉक्टर ममता के हाथ में पत्र देकर बाहर की ओर देखता है। प्यारू गर्दन उलट-उलटकर डॉक्टर साहब की ओर देखता है।

ममता आँखें मलते हुए पढ़ती है–"प्राणनाथ!...किसकी चिट्ठी है? कमला की?"

ममता पढ़ रही है। डॉक्टर ने एक बार ममता की ओर देखा–ममता की नींद से माती आँखें एक बार चमकती हैं। पत्र शेष करके वह पूछती है, "और कितनी दूर?"

"अब और एक घंटा। रास्ता कच्चा है!"

"और वह गनेश कहाँ है?"

"उसकी तो एक लम्बी कहानी है। ब्रह्मसमाज मन्दिर में उसे रखवा दिया था। न जाने कहाँ से उसके एक चाचा ऊपर हो गए। बहुत बखेड़ा हुआ, जाति-धर्म का बवंडर उठाया। मैंने भी कह दिया ले जाओ!"

"उससे भैंस चरवाता है," प्यारू कहता है, "उसके गाँव का आदमी बराबर कचहरी आता है न!"

"मैंने मेडिकल गजट में तुम्हारी रिपोर्ट दे दी है। एक संक्षिप्त रिपोर्ट है—जंगली जड़ी-बूटी और यहाँ के गाँवों में प्रचलित टोटकों के बारे में—तुम्हारी चिट्ठियों से सॉर्ट करके लिख दिया।"

"लेकिन, मैंने तो फैसला कर लिया है, रिसर्च असफल होने की घोषणा कर दूँगा।"

"कोई रिसर्च कभी असफल नहीं होता है डॉक्टर! तुमने कम-से-कम मिट्टी को तो पहचाना है।...मिट्टी और मनुष्य से मुहब्बत। छोटी बात नहीं।"

डॉक्टर ममता की ओर देखता है—एकटक। ममता बाहर की ओर देख रही है—विशाल मैदान!...वन्ध्या धरती!...यही है वह मशहूर मैदान—नेपाल से शुरू होकर गंगा किनारे तक—वीरान, धूमिल अंचल। मैदान की सूखी हुई दूबों में चरवाहों ने आग लगा दी है—पंक्तिबद्ध दीपों-जैसी लगती है दूर से।...तड़बन्ना के ताड़ों की फुगनी पर डूबते हुए सूरज की लाली क्रमशः मटमैली हो रही है।

भर्र-र-र्र...

"सुमरितदास! अभी ट्रैक्टर क्यों चला रहा है? कहाँ ले जा रहा है, ड्राइवर से पूछो तो।" तहसीलदार साहब दोमंजिले की छत पर से पुकारते हैं।

"ट्रैक्टर नहीं। मोटर है, मोटर!"

"मोटर?...कौन है?"

"डागडर!"

"कौन डॉक्टर?"

सुमरितदास दौड़कर छत पर जाता है, "अपने...डागडर बाबू। साथ में एक जनाना है।...प्यारू भी है।"

तहसीलदार साहब हाथ में बन्दूक लेते हैं। सुमरितदास थर-थर काँपते हुए कहता है, "दुहाई! ऐसा काम मत कीजिए।"

"ऐसा काम नहीं करूँ?...तब क्या करूँ?"

प्यारू पुकारता है, "मौसी!...ओ मौसी!"

"कौन? प्यारू?" माँ दरवाजे की फाँक से कहती है, "क्या है?"

"डागडर बाबू!"

"ऐहें-ऐहें-आँ-आँ," सौर-गृह में कमली का नन्हा रोता है, "ऐं-हें-ऐं-हाँ!"

ममता जल्दी से किवाड़ के पास जाकर कहती है, "किवाड़ खोलो मौसी!...मैं

हूँ ममता। खोलो तो पहले!"

किवाड़ के पल्ले खुल जाते हैं। ममता सौर-गृह के अन्दर चली जाती है।...डॉक्टर अकेला, चुपचाप खड़ा है। सीढ़ी पर खड़ाऊँ की आवाज होती है—भारी-भरकम आवाज! कोई जोर-जोर से पैर पटककर चल रहा है।

"कौन है? डॉक्टर?" तहसीलदार साहब चिल्लाते हैं।

"आइए! बैठिए डागडर बाबू।" सुमरितदास मसूड़े निकालकर हँसता है, "आइए!"

"नहीं! ...सुमरितदास, इससे पूछो, कहाँ आया है? किसके यहाँ आया है? क्या करने आया है? क्या लेने आया है?...पूछो!"

सुमरितदास बेतार डॉक्टर के पास आकर कनखी और इशारों से समझाता है, "आजकल जरा ज्यादा ढलने लगी है न...इसीलिए!"

सौर-गृह के दरवाजे की फाँक से कमली की माँ कहती है, "कमली के बाबू! क़ैसे हो तुम? जमाई को..."

"जमाई को क्या? अपने जमाई को क्यों नहीं कहती हो? वह मेरा पैर छूकर प्रणाम कहाँ करता है?"

डॉक्टर तहसीलदार की चरण-धूलि लेता है।

तहसीलदार साहब अचानक फूटकर रो पड़ते हैं, डॉक्टर साहब को बाँहों में जकड़कर रोते हैं, "मेरा बेटा! बाबू!...मेरा बेटा!"

सुमरितदास बेतार ने रात में ही घर-घर खबर पहुँचा दी—"कमली की सादी तो पहले ही डागडर बाबू से हो गई थी।...तुम लोग तो जानते हो! पाँच पंच को जानकर जब-जब सादी की बात पक्की हुई, एक-न-एक बिघिन पड़ गया। इसीलिए कासी के पंडितों ने गंधरब-बिबाह कराने को कहा। गंधरब बिबाह की बात किसी को मालूम नहीं होने दी जाती है। यदि बच्चा हो तो सबसे पहले बाप उसको देखेगा तब और लोग।...डागडर बाबू आ गए हैं। अब कल छट्ठी के भोज का निमंत्रण देने आया हूँ तुम लोगों को। कल सुबह से ही आनन-बधावा मचेगा।"

"इस्स्! यह तो खिस्सा-कहानी जैसा हो गया! एकदम किसी को पता नहीं!"

ब्राह्मणटोली के पुरोहित देवानन झा ने लोगों से कहा, "अँगरेजी फैसनवालों का सात खून माफ है।"

जोतखीजी के कानों में बात पड़ी; उन्होंने घृणा से मुँह सिकोड़ लिया।

खेलावन यादव ने कहा, "पैसावाला अधरम भी करेगा तो वह धरम ही होगा।"

लेकिन निमंत्रण अस्वीकार करने की हिम्मत किसी में नहीं। सुबह को गाँव के चमारों ने आकर नाच-नाचकर ढोल बजाना शुरू किया। औरतें झुंड बाँध-बाँधकर

सोहर गाती हुई आने लगीं। लेकिन सबके चेहरे पर एक उदासी, एक मनहूस काली रेखा खिंची हुई है।...मन में रंग नहीं।

तहसीलदार साहब बहुत देर तक अपने कमरे में चुपचाप बैठकर कुछ सोचते हैं; फिर बाहर आकर कहते हैं, "सुमरितदास! लोगों से कह दो...हरेक परिवार को पाँच बीघा के दर से जमीन मैं लौटा दूँगा। साँझ पड़ते-पड़ते मैं सब कागज-पत्तर ठीक कर लेता हूँ।...और सन्थालटोली में जाकर कहो...वे लोग भी आकर रसीद ले जाएँ। एक पैसा सलामी या नजराना, कुछ भी नहीं। अरे, मैं क्यों दूँगा? दे रहा है नया मालिक!...मालिक साहब का हुकुम है, सुनते हो नहीं! रो रहा है वह! वह हुकुम दे रहा है। लौटा दो! दे दो, खेलावन को उसकी जमीन का सब धान दे दो।"

डॉक्टर प्रशान्त और ममता की आँखें चार होती हैं।

"मुँह क्या देखते हो? मुझे पागल समझते हो? ठीक है, पागल क्यों नहीं समझोगे?...योगेश्वर कृष्ण ने अपनी सारी विद्याबुद्धि लगाकर कोशिश की, मगर दुर्योधन ने साफ कह दिया—सूई की नोक पर जितनी मिट्टी चढ़ती है उतनी भी नहीं दूँगा।...जमीन!...धरती! एक इंच जमीन के लिए हायकोट तक मुकदमा लड़ते हैं लोग! और मैं सौ बीघे जमीन दे रहा हूँ। पागल तो तुम लोग हो! अरे, यह जमीन तो उन्हीं किसानों की है, नीलाम की हुई, जब्त की हुई उन्हें वापस दे रहा हूँ। मैं कहता हूँ, ऐलान कर दो, मालिक का हुकुम है!"

जै! जै!...जै हो!
बोलिए प्रेम से—महतमाजी की जै!
डिग-डिग-डिडग।
रिंग-रिंग-ता-धिन-ता।
डा-डिग्गा-डा-डिग्गा!
झुमुर-झुमुर...हुर्रर-हुर्रर-हुर्रर!

हाँ...अब...अब ठीक है। अब देखो, सब चेहरों पर, मुर्दा चमड़ों पर लाली लौट रही है। सैकड़ों जोड़ी आँखें खुशी से चमक उठती हैं, मानो दीप जले हों।

10

कुमार नीलोत्पल की आज बरही है। हाँ, ममता ने कमला के पुत्र को नाम दिया है—कुमार नीलोत्पल। डॉक्टर ने आज पहली बार अपने पुत्र को गोद में लिया

और देखा है।...दुबला-पतला, पीले रंग का रक्त-मांस का पिंड!

ममता कहती है, "पटना ले चलो। एक महीने में ही तुम्हारा बेटा लाल हो जाएगा!"

डॉक्टर ने सैकड़ों डिलिवरी केस किए हैं। किन्तु कुमार नीलोत्पल!

कमला का पीला चेहरा लाज से लाल हो गया था। डॉक्टर की गोद में शिशु को देते वक्त उसकी बड़ी-बड़ी आँखों की पलकें झुकी हुई थीं। उसके ललाट पर सिन्दूर का बड़ा-सा टीप जगमगा रहा था। ...अँधेरे में खड़ी सिल्हुटिड तस्वीर-सी खड़ी माँ हाथ बढ़ाकर एक भयावनी छाया के हाथ में अपने शिशु को सौंप रही है।

...अँधेरा! भयावनी छाया!...नहीं, नहीं। डॉक्टर ने अपने बाएँ हाथ की उँगलियों से नीलोत्पल के हार्ट की धड़कन का अनुभव किया था, "अहा! नन्हा-सा दिल, धुक-धुक कर रहा है।"

प्रस्तुत कहानी रेणुजी के कालजयी उपन्यास **मैला आँचल** से उद्धृत है। यह उपन्यास पहली बार सन् 1954 में प्रकाशित हुआ।

फणीश्वरनाथ रेणु (4 मार्च, 1921–11 अप्रैल, 1977)

आधुनिक हिन्दी कथा-साहित्य के शिखर-पुरुष। एक ओर मैला आँचल, परती परिकथा, दीर्घतपा जैसे अद्भुत उपन्यास सृजित कर जहाँ रेणु ने हिन्दी कथा-साहित्य में आंचलिक उपन्यासों की नई शैली की बुनियाद डाली, वहीं दूसरी ओर ठुमरी, अगिनखोर, आदिम रात्रि की महक, एक श्रावणी दोपहरी की धूप जैसे कहानी-संग्रह उनकी सृजनात्मकता के जीते-जागते नमूने हैं। कथा-साहित्य के साथ-साथ उनकी कलम से निकले संस्मरण, रेखाचित्र और रिपोर्ताज भी उनके अनूठे व्यक्तित्व और कृतित्व की अप्रतिम अभिव्यक्ति हैं। रेणु ने प्रेमचन्द द्वारा विकसित गद्य को एक नया आयाम और नई ऊँचाई दी।

बिहार के अत्यन्त पिछड़े क्षेत्र पूर्णिया के औराही हिंगना गाँव में जन्मे रेणु न सिर्फ प्रेमचन्दोत्तर युग के क्रान्तिकारी रचनाकार के रूप में चर्चित हैं, बल्कि सामाजिक-राजनीतिक रणभूमि में भी सजग रहकर उन्होंने आखिरी साँस तक दमन और शोषण के विरुद्ध बुलन्द आवाज उठाई। वह सन् 1942 में अंग्रेजों के खिलाफ 'भारत छोड़ो' आन्दोलन के सेनानी बने, तो 1950 में नेपाली राणाशाही के विरुद्ध सशस्त्र क्रान्ति और राजनीति का हिस्सा रहे, और इमरजेंसी के स्याह दिनों में जे.पी. के जन आन्दोलन का हिस्सा बन सरकारी तंत्र के अत्याचारों के विरुद्ध संग्राम छेड़ जेल गए। अपने जीवन की सान्ध्य बेला में इमरजेंसी के प्रति विरोध व्यक्त करते हुए पद्मश्री का राष्ट्रीय सम्मान सरकार को वापस लौटाया।

1966 में बासु भट्टाचार्य ने उनकी लघुकथा 'मारे गए गुलफाम' पर 'तीसरी कसम' फिल्म बनाई, जिसके संवाद स्वयं रेणु ने ही लिखे। उनकी कहानी 'पंचलाइट' पर टी.वी. फिल्म बनी। मैला आँचल पर भी 1970-80 के दशक में फिल्म बनी पर कमजोर सीनेमेटोग्राफी के चलते बॉक्स ऑफिस पर यह अधिक दिन तक न चल सकी।

उदय प्रकाश
वन्दे
मातरम्

ढींगर गाँव में आए डॉ. दिनेश मनोहर वाकणकर एम.बी.बी.एस., एम.डी. को लगभग चौदह साल हो चुके थे। इस बीच न तो उनका कोई प्रमोशन हुआ था, न तबादला। हालाँकि यहाँ उन्हें सजा के बतौर भेजा गया था, पर ढींगर गाँव में डॉ. वाकणकर खुश थे। किताबें और जर्नल्स यहाँ देर से पहुँचते थे, लेकिन इस आदिवासी-बहुल इलाके में झंझट कम थे।

ढींगर गाँव सतपुड़ा की पर्वत श्रेणियों में से एक की चोटी से लेकर तलहटी तक बसा हुआ एक चित्रात्मक-सा सुन्दर कस्बा था। सड़कें वहाँ ठीक नहीं थीं। आवागमन के साधन कम थे और शहरों में मिलनेवाली नई-नई उपभोक्ता चीजें वहाँ की दुकानों में नजर नहीं आती थीं। जैसे वहाँ लेमन सोडा, लस्सी और शिकंजी के अलावा तरह-तरह के सॉफ्ट ड्रिंक्स नहीं मिलते थे। कुकिंग गैस का नामो-निशान नहीं था। एक-दो लोगों ने सरकारी या सहकारी अनुदान मिलने के कारण गोबर गैस या बायोगैस की टंकी बनवा रखी थी। लेकिन वे टंकियाँ ऐसे ही बेकार पड़ी हुई थीं।

ढींगर गाँव जैसे पिछड़े इलाके में रहते हुए भी डॉ. वाकणकर ने संघ का काम जारी रखा हुआ था। संघ यानी राष्ट्रीय सेवक संघ उर्फ आर.एस.एस., जिसकी सदस्यता उन्होंने मेडिकल कॉलेज के अन्तिम वर्ष में ही ले ली थी।

यह अहसास उन्हें यहीं रहते गहराई से हुआ था कि संघ और हिन्दूवादी राजनीति में निचली जातियों और आदिवासियों की बहुत कम रुचि है। वे अगर शाखा में, डॉ. वाकणकर के प्रभाव के कारण, आने भी लगते थे, तो कुछ दिनों के बाद उनकी रुचि उसमें खत्म हो जाती थी। संघ का जैसा स्वरूप था, उसमें उन्होंने पाया कि व्यापारी, ठेकेदार, सवर्ण जातियों के लोग और सरकारी कर्मचारी ही उसमें उत्साह दिखाते थे।

डॉ. वाकणकर ने अपनी डायरी में लिखा—

"कभी-कभी मैं सोचता हूँ कि स्वामी रामतीर्थ, विवेकानन्द, रामकृष्ण परमहंस आदि चिन्तकों और मध्यकाल के भक्त संतों का रास्ता यही है? मेरे मन में सन्देह उठता है कि संघ का कार्यकलाप हिन्दू समाज के पुनर्जागरण और पुनर्गठन के लिए नहीं, सत्ता पर इस संगठन और इसके समर्थक राजनीतिक दलों को बिठाने के लक्ष्य को लेकर चल रहा है।"

ढींगर गाँव एक बड़ा क्षेत्र था। पिछले दस वर्षों से जनसंख्या में वृद्धि के कारण यह पृथक् संसदीय क्षेत्र बन गया था—आदिवासी जनजातियों के लिए सुरक्षित संसदीय क्षेत्र। लेकिन चुनाव और राजनीति के सारे मोहरे गैर-आदिवासी लोगों द्वारा ही संचालित होते थे। श्री भुलई साधो यहाँ के निर्वाचित सांसद थे, लेकिन इस आदिवासी सांसद के बारे में हर कोई जानता था कि वह जिले के माफिया किंग त्रिभुवन सिंह का नौकर है।

तो डॉ. वाकणकर ढींगर गाँव में सजा काट रहे थे, ऐसा ही लोकतांत्रिक भारत सरकार ने सोचा था। ढींगर गाँव कोई सरकारी अफसर या कर्मचारी नहीं आना चाहता था। सरकारी दफ्तरों में जब कोई अफसर अपने मातहत पर नाराज होता तो धमकी देता था, ज्यादा आँय-बाँय किया तो साले ढींगर गाँव भेज दूँगा। ढींगर गाँव में डॉ. वाकणकर शासकीय फ्लैट में अकेले रहते थे। वहाँ कोई कॉलेज नहीं था। इसलिए अपने परिवार को उन्हें ललितपुर भेजना पड़ता था। विधानपुर में उनकी एक ही सन्तान थी—पूजा। इन चौदह वर्षों में उसमें तीन की बढ़ोतरी और हो गई थी—उपासना, प्रार्थना और तपस्या।

यहाँ रहते हुए उन्होंने उराँव, बैगर, गोंड, कोल, धनुहार आदि जनजातियों की जीवन-पद्धति, फूड हैबिट्स और पारम्परिक औषधियों के बारे में गहरी छान-बीन की। आदिवासियों के पाए जानेवाले सामान्य मौसमी रंगों पर काम किया। उनके चार शोध-पत्र अन्तर्राष्ट्रीय जर्नल्स में प्रकाशित हुए। दो बार उन्हें जर्मनी और एक बार लन्दन बुलाया गया, लेकिन उनके विभाग ने एक तो उन्हें देर से सूचित किया, दूसरे उनके जाने में कुछ अड़चनें भी खड़ी कीं, इसलिए वे कहीं नहीं गए। ढींगर गाँव ही उनका क्षेत्र बनकर रह गया।

स्थानीय लोगों का कहना था कि कस्बे के सरकारी अस्पताल में डॉ. वाकणकर के आने के पहले कोई आदिवासी नहीं आता था। वे लोग वहाँ जाने से डरते थे। उनके बीच आम मान्यता यह थी कि जब पुलिस चौकी का दरोगा खाकी वर्दी उतारकर कोट-पैंट पहन लेता है तो वह डॉक्टर बन जाता है और आदमी अगर अस्पताल में जाता है तो वह उसका अंडा और कलेजा चुरा लेता है।

आदिवासियों के अंडे और कलेजे से चॉकलेट बनता है, जिसे दिल्ली की औरतें खाती हैं। टी.वी. ढींगर गाँव में छह साल पहले आ गया था। लेकिन टी.वी. के पर्दे पर दिखाई देनेवाली चीजें वहाँ नहीं आई थीं। मैगी नूडल्स वहाँ नहीं थे, सैमुराई और अटारी के वीडियो गेम्स नहीं थे। पामऔलिव का केयर सोप नहीं था। वहाँ गार्डेन बरेली की साड़ी के जरिए अपनी छाती, पीठ, कमर और बगलों का चिकना नंगापन दिखाती औरतें नहीं थीं। वे लड़कियाँ नहीं थीं जो लिरिल या

पोंड्स लेवेंडर सोप के झाग में झरने या शॉवर के नीचे लाखों लोगों के सामने नंगी नहाती थीं। लेकिन ढींगर गाँव में तरोई, अमरूद, कुम्हड़ा, लौकी, पालक जैसी तमाम सब्जियाँ खूब ताजा मिलती थीं। दूध और घी महँगा था लेकिन शुद्ध होता था। चावल की तमाम किस्में थीं और भात बहुत स्वादिष्ट बनता था।

अपराध वहाँ के ग्रामीण इलाकों में नहीं के बराबर थे। एक खास तरह की सुस्त, शान्त और बहुत नैसर्गिक जीवन की गति थी।

2

घोषणा हुई कि भारत के प्रधानमंत्री ढींगर गाँव की यात्रा पर आनेवाले हैं। उनका दोपहर का भोजन, पहाड़ के ऊपर बने अंग्रेजों के जमाने के कठ-बँगला यानी ढींगर गाँव के लोक निर्माण विभाग के सर्किट हाउस में होगा। भोजन के बाद वे शाम साढ़े तीन बजे तलहटी के मैदान में आदिवासियों की जनसभा को सम्बोधित करेंगे। तलहटी की आबादी से तीन किलोमीटर दूर लालगंज के प्लांटेशन साइट पर उनका हेलिकॉप्टर उतरेगा।

यह तहलका था। कहाँ भारत के प्रधानमंत्री, कहाँ ढींगर गाँव। स्वतंत्र भारत की देशी सरकार का अंडमान निकोबार। काले पानी का दंड-द्वीप, ढींगर गाँव के इतिहास में पहली बार यह महत्त्वपूर्ण अध्याय जुड़ने जा रहा था।

जीपें दौड़ने लगीं। ट्रक दौड़ने लगे। सरकारी इमारतें ही नहीं, ढींगर गाँव-बाजार

की मुख्य सड़क के अगल-बगल की दुकानों और मकानों पर भी चूना, स्नोसिम पोता जाने लगा। सड़क के दोनों किनारों में, लालगंज से ढींगर गाँव तक, गेरू और चूने में रँगी ईंटों की कतार सजाई गई। थोड़ी-थोड़ी दूर तक तोरणद्वार बनाए गए—"ढींगर गाँव संसदीय क्षेत्र की जनता प्रधानमंत्री का स्वागत करती है।"

लालगंज के प्लांटेशन साइट को, जहाँ प्रधानमंत्री का हेलिकॉप्टर उतरना था, लोहे के कँटीले तारों से घेर दिया गया। तलहटी के मैदान की सरहद में खम्भे गाड़े गए, तार ताने गए, हर खम्भे पर स्पीकर फिट किया गया। मैदान के बीचोबीच पहले ईंट-सीमेंट का चबूतरा और उसके ऊपर लकड़ी के तख्तों का मंच। उसके ऊपर जिला मुख्यालय से और राज्य की राजधानी से लाई गई कुर्सियाँ।

इसी चबूतरे से प्रधानमंत्री ढींगर गाँव की जनता के लिए बोलेंगे और स्पीकर से उनकी आवाज पहाड़ और जंगल तक जाएगी। गरीबी हटाओ, तरक्की, जनता की समस्याएँ, सरकार कटिबद्ध है, सुनहरा कल। जय हिन्द, जय हिन्द, फूल-माला, जिन्दाबाद, हाथ जोड़े मुस्कुराता चेहरा।

सिर पर बैगाओं, उराँवोंवाला मुरैठा। पता चला प्रधानमंत्री आदिवासियों का करमा-सैला नाच देखेंगे और अगर नाच बढ़िया हुआ तो महुए का ठर्रा पीकर खुद भी नाचेंगे।

ढींगर गाँव में जगह-जगह चर्चा थी कि प्रधानमंत्री मुरैठा बाँधकर करमा नाचेंगे और ठर्रा पिएँगे। कलेक्टर साहब ने सोहना बैगा को निखालिस महुए की रासी बनाने का ऑर्डर दिया है। ऐसा ठर्रा कि दीवाल पर हाथ से रगड़ दो तो भक से आग जल जाए। पता चला प्रधानमंत्री के साथ दिल्ली दरबार के कई अफसर और अखबारवाले भी आ रहे हैं। वे भी ठर्रा पिएँगे। टी.वी. वाले भी आएँगे।

और सर्किट हाउस। पहाड़ की चोटी के सपाट समतल पर बना अंग्रेजों के जमाने का कठ-बँगला। यहाँ अंग्रेज अफसर और रीवा, सरगुजा के राजा लोग पहले आकर ठहरते थे। खूब शिकार-हाँका होता था। पिकनिक मनती थी।

कठ-बँगला दूर से दिखाई देता था। लोहे के ऊँचे-ऊँचे पोल कोरबा से ट्रक में ढोकर लाए गए। पहाड़ की चोटी पर मरकरी लाइट। रात में भी दिन जैसा उजाला। क्या पता, कहीं प्रधानमंत्री का हेलिकॉप्टर खराब हो जाए और उन्हें रात कठ-बँगले में गुजारनी पड़ जाए। इसीलिए तलहटी से लेकर चोटी तक सड़क के अगल-बगल रंगीन ईंटें। एड़ी से चोटी तक बल्ब ही बल्ब। जगमग-जगमग। पतंगी कागज के असंख्य नन्हे-नन्हे त्रिभुज सुतली की डोरी में चारों ओर हिलते हुए। झंडियाँ—हरी, नीली, पीली, बैंगनी रंग-बिरंगी।

कलेक्टर श्री एन.एस. खरे, आई.ए.एस. ढींगर गाँव में ही डेरा डालकर पड़े थे। पैंतीस-छत्तीस की उम्र। जवान, राऊज कोचिंग सेंटर से रट्टा मारकर आई.ए.एस. किया था। घुड़सवारी, ब्रिज, ब्लू फिल्मों और रिश्वत के शौकीन। शत्रुघ्न सिन्हा की तरह डायलॉग बोलने का ढंग।

एस.पी., डी.आई.जी., कमिश्नर, तहसीलदार, बी.डी.ओ. सब ढींगर गाँव में पड़े थे। हर कोई दौड़ रहा था। जनसम्पर्क विभाग और आदिवासी कल्याण परिषद् के अफसर आदिवासी औरतों-मर्दों को सही तरीके से नाचने की ट्रेनिंग दे रहे थे। पी.एम. के सामने नाचना है। सही नाचोगे तो दिल्ली घुमाएँगे। बख्शीश मिलेगा। आदिवासी औरतों को सख्त हिदायत कि कोई ब्लाउज नहीं पहनेगी। ऐसे ही आँचल से दूध को मूँद लेना है। जिसकी छाती ज्यादा लटक गई है उसे पीछे रहना है। प्रधानमंत्री की यात्रा की तैयारी में ढींगर गाँव टायरों और जूतों के नीचे रौंदा जा रहा था। साठ लाख खर्च बैठा था। सब जुटे हुए थे। हर कोई दौड़ रहा था। पी.डब्ल्यू.डी. के ठेकेदार अग्रवालजी, त्रिपाठीजी, ऑल इंडिया ट्रांसपोर्ट कम्पनी के डेढ़ सौ ट्रकों के मालिक खन्ना साहेब, कोयला खदानों से ब्लैक और चोरी से कोयला और परमिट बेचनेवाले कोल माफिया किंग त्रिभुवन सिंह, जिले का मशहूर गुंडा कोले पहलवान इन्दरभान सिंह, दारू के ठेकेदार जवाहर जैन जी, जिनके बाँदा से लाए गए गुंडों और एक्साइज के कर्मचारियों के आतंक से पूरा आदिवासी इलाका थर्राता था।

कई पेट्रोल पम्पों के मालिक और मोबिल ऑयल में पेट्रोल और मिट्टी का तेल मिलाकर डीजल के नाम से बेचनेवाले केडियाजी, चूना-सीमेंट फैक्टरी के जडेजा साहेब, कागज के कोटे को ब्लैक में बेचकर सरकारी अफसरों और मन्त्रियों की चमचागिरी करके लाखों कमा लेनेवाले 'लोकवाणी' के सम्पादक नटवरलाल 'नटवर' जो टी.वी. के कवि सम्मेलन में हमेशा दिखाए जाते थे वगैरह-वगैरह।

ढींगर गाँव सरकारी लोगों से भर गया था। व्यवस्था हो रही थी। पुलिस, सी.आर.पी., पी.ए.सी., तम्बू ही तम्बू, छावनी ही छावनी। वर्दी ही वर्दी। जीप ट्रक, कार, मोटरसाइकिल।

लेकिन ढींगर गाँव के आसपास के छोटे-छोटे गाँवों में सन्नाटा था। हाट-बाजार के अलावा आदिवासी शहर-कस्बे की तरफ कम ही रुख करते थे। सरकार के नाम पर वे सिर्फ पुलिस, पटवारी और आबकारीवालों को ही जानते थे, जो उनके घर में घुसकर उनकी मुर्गियाँ उठा ले जाते थे, ठर्रा बनानेवाला मटका फोड़ देते थे, औरतों-लड़कियों के पेट में अपना बीज डाल जाते थे और मारते-पीटते थे। सिन्दवारी, बोड़ारी, पोंडी, खांडा, बकेली नवनियाँ आदि तमाम गाँवों के आदिवासी

मना रहे थे कि उधर न जाना पड़ता तो अच्छा रहता। बोड़ारी गाँव के मिखना बैगा ने तो ठकुरदेई में जाकर मुर्गी का चढ़ावा दिया था कि प्रधानमंत्री ढींगर गाँव न आएँ।

लेकिन पी.एम. के आने की तारीख और वक्त तो तय थे। सारे सरकारी लोग गाँव-गाँव घूमने लगे। पटवारी आकर ऐलान कर गए थे कि ढींगर गाँव नहीं जाओगे, तो जमीन छिन जाएगी। बल्कि जाओगे तो प्रधानमंत्री खुद अपने हाथ से पट्टा बाँटेंगे। बी.डी.ओ. बोल गया था—ढींगर गाँव में प्रधानमंत्री आदिवासियों को कुआँ खोदने और गाय-गोरू खरीदने के लिए रुपया बाँटेंगे। होगा तो कर्जा लेकिन बाद में माफ हो जाएगा।

थानेदार और पुलिस के सिपाहियों ने कहा था—अगर नहीं जाओगे ढींगर

गाँव तो घर-घर में डंडा घुसेड़ दिया जाएगा। फिर मत आना नालिश-फरियाद करने। ऊँची जाति के किसान, जमींदार और सेठ-साहूकार कह रहे थे। ससुर रह गए बैल के बैल। जंगली साले। ढींगर गाँव संसदीय क्षेत्र का गौरव बढ़ रहा है, प्रधानमंत्री आ रहे हैं और ये ससुर जंगल में छुपकर झाड़ा फिरने में लगे हुए हैं। इनके भुच्च और पिछड़े रहे आने के असली जिम्मेदार साले ये आदिवासी खुद हैं।

हर पटवारी को हलके, स्कूल और थाना क्षेत्र से लोगों को लाने का कोटा बाँध दिया गया था। हर सरकारी मुलाजिम अपने-अपने इलाके से ज्यादा-से ज्यादा कोल, बैगा, गोंड, सेउंता, भरिया, अगरिया, ढीमर, हरिजन, धनुहार लाने की कोशिश कर रहा था जिससे ऊपर के हाकिम खुश हो जाएँ। ठेकेदार, गुंडे, नेता और दारू भट्ठीवाले भी अपनी तथा सरकारी गाड़ियों में गाँव-गाँव दौड़ रहे थे।

सरकार आदिवासियों को उनके घरों और जंगलों से निकालकर प्रधानमंत्री के सामने खड़ा कर देने को कटिबद्ध थी।

3

“कभी-कभी यह मूल प्रश्न मुझे सोचने को विवश करता है कि सत्ता और जनता के परस्पर सम्बन्धों में पिछले सौ-डेढ़ सौ सालों में कितना परिवर्तन हुआ है। ढींगर गाँव के आसपास के गाँवों के बूढ़े आदिवासियों से बात करने पर पता चलता है कि उन्हें पुराना जमाना पसन्द था। इसकी दो मुख्य वजहें थीं कि एक तो तब जंगल इतने नहीं उजड़े थे और दूसरे यह कि आदिवासी समाज में तब सरकार और बाहरी लोगों की इतनी दखलन्दाजी नहीं थी।

आदिवासियों के बीच धारणा है कि सरकार ने सड़कें जंगल काटकर लकड़ी की ढुलाई करने, पहाड़ों से खनिज सम्पदा निकालने और आदिवासियों की आजादी छीनकर उन्हें परावलम्बी और गुलाम बनाने के लिए बनाई हैं।”

डॉ. वाकणकर ने अपनी डायरी में उन्हीं दिनों यह लिखा था। अन्त में उन्होंने अपनी ओर से निष्कर्ष भी लिखा था—

> "मुझे उनकी धारणा के सार में सत्य नजर आता है। अगर सड़कें आदिवासियों के विकास के लिए बनाई गई होतीं, तो उनके पास सड़क पर चलनेवाली कोई-न-कोई चीज जरूर होती। ऐसा नहीं है।"

डॉ. दिनेश मनोहर वाकणकर को इत्तला मिली कि पोंडी तथा खांड़ा गाँव में गैस्ट्रो-एंट्राइटिस के कुछ केस हुए हैं। उन्होंने सिविल सर्जन, जिला मुख्यालय को नियमानुसार इसकी सूचना भेजी थी लेकिन अभी तक उसका कोई जवाब नहीं आया था। इस बीच पता चला कि चार मौतें और हो गई हैं। उन्होंने सिविल सर्जन (सी.एस.) को रिमाइंडर भेजा। जवाब फिर नहीं आया। तीन दिन बाद पता चला कि छह आदिवासी, जिनमें तीन बच्चे और दो औरतें शामिल थीं, फिर मर गए हैं। अब तक मरनेवाले कुल सोलह लोगों में से नौ बच्चे थे।

डॉ. वाकणकर स्कूटर से हैजा प्रभावित गाँवों में पहुँचे। मई का महीना था। तेज गर्मी पड़ रही थी और सम्भवतः पाँच-छह गाँवों के बीच पानी के लिए जो एक ही तालाब था, उसका पानी प्रदूषित हो गया था। अगर तत्काल कोई रोकथाम या व्यवस्था नहीं की गई तो महामारी और ज्यादा फैल सकती थी।

आदिवासियों से बातचीत करने पर उन्हें पता चला कि 1942 के अकाल के बाद इस इलाके में पहली बार हैजा फैला है। उस बार अंग्रेज सरकार थी और यहाँ के कलेक्टर श्री फिलिप्स हुआ करते थे। मिस्टर फिलिप्स ने महामारी की रोकथाम के लिए व्यवस्थित प्रशासनिक कदम उठाए थे और अधिक लोग नहीं मरने पाए थे। आश्चर्य था कि तब ढींगर गाँव में कोई प्राथमिक स्वास्थ्य केन्द्र नहीं था और यहाँ सरकारी डॉक्टर भी नहीं थे। सड़कें भी नहीं थीं। सड़कें तो दरअसल आजादी के सात-आठ साल बाद जंगल की कटाई, तेंदू पत्ते और लाख का व्यापार तथा इलाके में पाए जानेवाले बाक्साइट की ढुलाई के लिए बनवाई गईं।

अगली सुबह साढ़े दस बजे डॉ. वाकणकर को सूचना मिली कि पोंडी गाँव में दो बच्चे और मर गए हैं। डॉ. वाकणकर को पता था कि इस समय कलेक्टर श्री एन.एस. खरे, आई.ए.एस. ढींगर गाँव के सिंचाई विभागवाले रेस्ट हाउस में रुके हुए हैं। उन्होंने अपना स्कूटर उठाया और वहाँ पहुँच गए।

रेस्ट हाउस में भीड़ थी। एस.पी., डिप्टी कलेक्टर, तहसीलदार, दरोगा समेत वहाँ जिले के कुख्यात अपराधी इन्दरभान सिंह और कोल माफिया किंग त्रिभुवन

सिंह आदि बैठे हुए थे। कलेक्टर अन्दर दारू भट्ठी के ठेकेदार जैन से भारतीय प्रधानमंत्री की यात्रा की व्यवस्था आदि के सम्बन्ध में कुछ जरूरी और गम्भीर बातें करने में लगे थे। बड़ी मुश्किल से कलेक्टर साहब से मिलने का टाइम डॉ. वाकणकर को मिल पाया।

जिलाधीश एन.एस. खरे ने उनसे कहा कि वे दो मिनट में अपनी बात बता दें क्योंकि उनके पास वक्त बिलकुल नहीं है। डॉ. वाकणकर ने उन्हें पाँच गाँवों में हैजा फैलने और अब तक हुई 16 मौतों के बारे में बताया। उन्होंने माँग की कि जिला प्रशासन को फौरन कोई कदम उठाना चाहिए वरना मरनेवालों की संख्या और भी बढ़ सकती है।

कलेक्टर खरे ने हँसते हुए कहा, "अरे डॉक्टर साहब, लोगों ने आपके बारे में जो बातें मुझे बताई थीं, आप वैसे ही निकले। देखिए, आप भी आखिर हमारे ही बीच के आदमी हैं। इस वक्त अपनी पॉलिटिक्स मत चलाइए। हो सके तो एडमिनिस्ट्रेशन की मदद कीजिए जिससे पी.एम. का दौरा अच्छी तरह निपट जाए। बाद में हम लोग इस सिचुएशन को भी टैकल कर लेंगे।"

डॉ. वाकणकर ने गम्भीरता और ईमानदारी से कहा कि इसमें उनकी कोई पॉलिटिक्स नहीं है। गैस्ट्रो-एंट्राइटिस वास्तव में बड़ी तेजी से फैल रहा है और

खतरा है कि यह आसपास के गाँवों को भी अपनी चपेट में ले लेगा। ऐसा हुआ तो हालात काबू के बाहर हो जाएँगे। मरनेवालों में सबसे बड़ी तादाद बच्चों की होगी। उनकी इस बात पर कलेक्टर ने कहा कि आप दो दिन और रुक जाइए। उसके बाद मैं इसको प्रायरिटी देकर देखूँगा।

हारकर डॉ. वाकणकर ने कहा, “लेकिन यह ज्यादा अच्छा होगा कि उन्हें आज दो-तीन घंटे के लिए कोई जीप दे दी जाए जिससे कम-से-कम उस तालाब के प्रदूषित पानी में कीटाणुनाशक दवाइयाँ डालकर उसे पीने लायक बनाया जा सके और जो लोग इस समय क्रिटिकल हालत में बीमार हैं, उन्हें ढींगर गाँव अस्पताल लाया जा सके।”

कलेक्टर ने ब्लॉक डेवलपमेंट ऑफिसर और एस.पी. से पूछा तो उनका कहना था कि सर, आज का शिड्यूल तो बहुत टाइट है। गाड़ियाँ जहाँ-जहाँ जानी हैं, वहाँ पहले से अपॉइंटमेंट हैं। आज तो बिलकुल नहीं हो सकता। हाँ, अगर डॉ. वाकणकर कल सुबह पता कर लें तो बेहतर होगा।

डॉ. वाकणकर उस रात ठीक से सो नहीं सके। जागते रहे। उन्होंने डायरी में लिखा—

> “उनकी आँखों में कहीं चिन्ता या दया के निशान नहीं थे। अगर उनमें से किसी का अपना बच्चा मर रहा होता तो क्या वे यही व्यवहार करते? क्या मैं सचमुच आदर्शवादी हूँ? लेकिन ऐसा तो नहीं लगता। अगर दो घंटे के लिए मुझे जीप मिल जाती और मैं कुछ लोगों को मरने से बचा लेता, तो इससे सरकार और प्रशासन का क्या अहित होता?
>
> कहीं ऐसा तो नहीं कि जो तंत्र या व्यवस्था यहाँ बनी हुई है, वह अपने आपमें एक समानान्तर प्रणाली है? वह सिर्फ अपनी ही दुनिया की चिन्ताओं में व्यस्त है। शायद उसका हित ही इससे जुड़ा हुआ हो कि लोग भूख, गरीबी, महामारी आदि से मरें। कहीं हमारे देश में लोकतंत्र का असली अर्थ जनता द्वारा अपनी शत्रु व्यवस्था का चुनाव तो नहीं है?”

सुबह जब डॉ. वाकणकर जीप के लिए रेस्ट हाउस पहुँचे तब तक एक सात-आठ साल के गोंड बच्चे के मरने की सूचना और पहुँच चुकी थी। उन्हें रेस्ट हाउस में कलेक्टर से मिलने का मौका नहीं दिया जा रहा था जबकि अन्य लोग, जिनमें कोल माफिया किंग त्रिभुवन सिंह और ‘लोकवाणी’ के जालसाज सम्पादक तथा दूरदर्शन के कवि सम्मेलनों के स्थायी कवि नटवरलाल ‘नटवर’

तने लोगों के सामने कलेक्टर का इस तरह अपनमा ढंग से चीखना ाकणकर को अच्छा नहीं लगा । उन्होंने क्रोध से व खरे को देखा ऊँची आवाज में खुद कुछ कहने की कोशिश की त क्टर फट पड़े, इए, नहीं करता मैं जीप का इन्तजाम! तुम मेरा क्या उ लोगे? आयँ! उखाड़ लोगे?"

ब लोग हँसने लगे। डॉ. वाकणकर अचानक जिलाधीश खरे के सामने खड़े हो और भारी, दूर तक सुनाई देनेवाली आवाज में उन्होंने कहा, राज्य सरकार आदेश क्रमांक 3क/1958(म)/1122 के अनुसार मैंने अपने पी.एच.सी. या में एपिडेमिक की सूचना डिस्ट्रिक्ट हेड क्वार्टर में सी.एस. को हफ्ता पहले, ांक 7 मई को भेज दी थी। नियमानुसार उसकी एक प्रति आपके कार्यालय भी रजिस्टर्ड डाक से भेजी थी। चार दिन बाद 11 मई को सी.एम. को ाइंडर और नियमानुसार आपको रिमाइंडर की प्रतिलिपि भेजी। मुझे अफसोस अभी तक मुझे दोनों जगह से कोई जवाब नहीं मिला है। राज्य सरकार के देश क्रमांक 3क/1958(म)/ 1123 और 1124 में यह साफ निर्देश है कि सी क्षेत्र में महामारी के फैलने की स्थिति में जिलाधीश को वाहन तथा अन्य धनों की व्यवस्था, उस क्षेत्र के वरिष्ठ चिकित्सक की माँग एवं अनुशंसा के धार पर, प्राथमिकता देकर अवश्य करनी चाहिए। अगर जिलाधीश ऐसा नहीं रता तो वह अपने दायित्व और कर्तव्य से मुकर रहा है और वह प्रशासनिक ड का भागी है।"

एक साँस में इतना बोलने के बाद डॉ. वाकणकर मुस्कुराए और उन्होंने कहा, "मिस्टर खरे, आप सिर्फ हाँ या नहीं में जवाब दीजिए, आप जीप का बन्दोबस्त करेंगे या नहीं?"

डॉ. वाकणकर के ऐसा कहने पर कलेक्टर एन.एस. खरे, आई.ए.एस., जिसने राऊज कोचिंग सेंटर से पिछले पाँच सालों के पेपर्स का रट्टा मारकर प्रशासनिक सेवा में आने में सफलता पाई थी, वह एक मिनट के लिए स्तब्ध होकर उन्हें देखता रहा गया। इसके बाद उसने लगभग चीखते हुए एस.पी. से कहा, "मिस्टर डबराल, इस पागल को आप मेरे सामने से हटा लीजिए वरना मैं कुछ कर बैठूँगा।"

एस.पी. डबराल ने डॉक्टर वाकणकर के कन्धे पर हाथ रखा और उन्हें रेस्ट हाउस से बाहर ले गए। एस.पी. डबराल के बारे में मशहूर था कि वे बहुत ठंडे मिजाज के अफसर हैं। सिर्फ शराब पीने पर कभी-कभी बहकते हैं। छियालीस साल की उम्र में भी उन्हें अपने आकर्षक और नौजवान होने पर विश्वास है और वह दूसरों की पत्नियों तथा लड़कियों के सामने वर्दी के बावजूद संकोची बिल्ली

जी आदि शामिल थे मिल-मिलकर आ-जा रहे थे
डेढ़ घंटे इन्तजा के बाद जिलाधीश श्री एन.ए
तो डॉ. वाकणकर ी का इंतजाम करने की कल वा
कलेक्टर तमाम में व्यस्त थे। उन्होंने चीखकर अ
हुए कहा, "आ दिमाग तो सही जगह पर है, डॉक्टर?
पी.एम. के अ में चौबीस घंटे भी नहीं रह गए हैं।
पॉलिटिक्स अ पास ही रखिए।"

डॉ. वाकणकर ने उन्हें टोका, "देखिए, आपने कल भी यह
साफ कह रहा हूँ, इसमें मेरी कोई पॉलिटिक्स नहीं है। सवाल
का है।"

कलेक्टर खरे को गुस्सा आ गया। भोपाल, दिल्ली की हॉ
बार-बार उनसे सूचनाएँ माँगी जा रही थीं और हिदायतें दी ज
की सिक्योरिटी का नाजुक मामला था। नक्सलवाद इस इल
था। ईसाई मिशनरियों को भी सन्देह के साथ देखा जा रहा
कहा, "जीप, जीप! कल से आप रट रहे हैं। आपको दिखाई
अर्जेंट चीजों में हम लोग बिजी हैं!" वे लगभग डाँटने और च
में बोल रहे थे।

की तरह पेश आते हैं।

डबराल के बारे में यह विख्यात था कि वे अपने से ऊपर के अधिकारियों के आदेशों का हमेशा बिना किसी दुविधा के पालन करते हैं। कर्फ्यू लगाने से लेकर गोली चलाने तक।

एस.पी. डबराल ने रेस्ट हाउस के बाहर निकलकर डॉ. वाकणकर को समझा-बुझाकर वापस भेज दिया।

डॉ. वाकणकर बहुत अपमानित होकर लौटे थे। ढींगर गाँव में दुकानदारों और सरकारी मुलाजिमों के बीच यह बात फैल गई थी कि डॉ. वाकणकर को आज कलेक्टर साहब ने अच्छी डोज दी। बस कसर इतनी रह गई कि जूतों से नहीं पीटा।

खबर यह भी कि एक एस.पी. डबराल ने डॉ. वाकणकर को बतला दिया है कि उनके आर.एस.एस के साथ जुड़े होने की बात सरकार को मालूम है और अगर उन्होंने ज्यादा चीं-चुपड़ की तो पी.एम. के आने के पहले ही उन्हें शान्ति भंग होने की आशंका में गिरफ्तार किया जा सकता है।

डॉ. वाकणकर ने प्राथमिक स्वास्थ्य केन्द्र में उपलब्ध एकमात्र कीटाणुनाशक पोटैशियम परमैगनेट का पैकेट उठाया, कम्पाउंडर गोपीनाथ यादव को साथ लिया और स्कूटर से 15 कि.मी. दूर खांडा-पोंडी गाँव के पास के प्रदूषित तालाब की ओर चल पड़े।

साँझ की स्याही जंगल से उतरती हुई तालाब के पानी में घुल रही थी। पानी बिलकुल शान्त था। काई, मछलियों, कीचड़ और सड़ती हुई पत्तियों की गन्ध वहाँ फैल रही थी। डॉ. वाकणकर ने पोटैशियम परमैगनेट के पैकेट की ओर देखा। मुश्किल से पचास ग्राम।

उनकी आँखें पराजय, असहायता और अकेलेपन में नम थीं। मेरे साथ हमेशा ऐसा क्यों होता है? मैं ही अलग-सा क्यों खड़ा हो जाता हूँ? मेरा अपराध क्या है? क्या मैं सचमुच अव्यावहारिक हूँ? क्या मुझे दो-तीन दिनों तक एपिडेमिक की बात बिलकुल नहीं उठानी चाहिए थी? सिक लीव लेकर चुपचाप घर में सो जाना चाहिए था? क्या यही व्यावहारिक होता?

वे बिलकुल चुप, तालाब के एक नगण्य से कोने में कीटाणुनाशक के पैकेट को पानी में डुबाकर हिला रहे थ—हे ईश्वर, तू जो समस्त वनस्पतियों में रस बनकर व्याप्त है, तू जो पदार्थों के भीतर, सूक्ष्म से सूक्ष्मतम परमाणुओं के भी भीतर, गति बनकर व्याप्त है, तू जो नाना रूपों और नाना विधियों में स्वयं प्रकट और अप्रकट कर रहा है, तू जो जय भी है, पराजय भी है, तू जो...

कम्पाउंडर गोपीनाथ चुपचाप डॉ. वाकणकर को देख रहा था। वह उन्हें अच्छी तरह समझता था। उसकी आँखें भीग रही थीं।

जब डॉ. दिनेश मनोहर वाकणकर अपने फ्लैट में लौटे तब तक रात हो गई थी। पहाड़ की चोटी पर बना कठ-बँगला असंख्य मरकरी बल्बों की वजह से दूर से ही जगमग-जगमग चमक रहा था। पूरे कस्बे का कायाकल्प हो गया था। कोई कह नहीं सकता था कि मच्छरों, सिगड़ी के धुएँ, लो-वोल्टेज की बीमार रोशनी और खराब, टूटी-फूटी सड़कोंवाला, अपनी सुस्त और पिछड़ी हुई जिन्दगी में साँस लेनेवाला यही कस्बा ढींगर गाँव है। भारत सरकार का काले पानी का बदनाम भू-खंड।

डॉ. वाकणकर का परिवार ललितपुर में था। वे अपने फ्लैट में अकेले थे। खाना वे खुद बनाते थे। आज उन्हें भूख बिलकुल ही नहीं थी।

सोने के पहले उन्हें अपनी पत्नी ज्योत्स्ना वाकणकर खूब याद आईं। उन्होंने देखा हल्के नीले रंग की फ्रॉक और सफेद जाँघिए में, बालों में दो चोटियाँ निकालकर हँसती हुई ज्योत्स्ना वाकणकर उनकी गोद में बैठ गईं। उनके शरीर से बचपन की ताजा गन्ध फूट रही थी।

ज्योत्स्ना ने उनके चेहरे को अपने हाथ में ले लिया और बेहताशा उन्हें चूमने

लगीं। डॉ. वाकणकर ने देखा कि वह रो रही थीं। 'तुम्हें हाई ब्लड प्रेशर है। वह भी कभी स्टेबल नहीं रहता। तुम्हें पता है कोई भी टेंशन ऐसे में कितना खतरनाक होता है। जरा अपनी आँखें देखो, कैसी लाल हो रही हैं।' नींद के अँधेरे में ज्योत्स्ना की जंघाएँ जैसे हल्के फॉस्फोरस में जल रही थीं।

'तुम्हीं अकेले तो इसलिए नहीं बने हो कि दुनिया-भर की मुसीबतें अपने ऊपर ओढ़ते फिरो। तुम्हारा काम था एडमिनिस्ट्रेशन को हैजा के बारे में सूचित करना, तुमने कर दिया। अब अगर कोई कुछ नहीं कर रहा है, तो इसमें तुम्हारी क्या गलती? चैन से बैठो प्लीज! अपना खयाल रखो।'

डॉ. वाकणकर की उँगलियाँ फॉस्फोरस की मद्धिम रोशनी में जलती जंघाओं पर घूमती हुई काँप रही थीं। ज्योत्स्ना वाकणकर या शायद बचपन की पुष्पा श्रीवास्तव की साँसें उनके चेहरे को छू रही थीं। वासना के तेज आवेग में डॉ. वाकणकर का शरीर धीरे-धीरे काँप रहा था।

'मैं क्या करूँ। यह मेरी ड्यूटी थी। जिन गाँवों में गैस्ट्रो-एंट्राइटिस है, वे मेरे पी.एच.सी. के एरिया के भीतर आते हैं।' इसके बाद डॉ. वाकणकर ने जरा ऊँची आवाज में कहा, 'बताओ, तुम्हीं बताओ पुष्पा, क्या मैं छोटे-छोटे निर्दोष आदिवासी बच्चों और औरतों को यों ही कांटेमिनिटेड पानी पीकर मरने देता?'

डॉ. वाकणकर अचानक चौंक गए। वे जंघाएँ ज्योत्स्ना वाकणकर की नहीं थीं। पुष्पा श्रीवास्तव ने अँधेरे में गायब होने के पहले अपनी फ्रॉक एक बार ऊपर उठाई और उसके कंठ से निकलती बचपन की हँसी कमरे में भर गई।

डॉ. वाकणकर की नाक बज रही थी।

4

सुबह डॉ. वाकणकर स्वास्थ्य केन्द्र में जल्दी पहुँच गए। वहाँ पहुँचकर उन्होंने सिविल सर्जन को महामारी के बारे में एक रिमाइंडर और कलेक्टर के कार्यालय को उसकी प्रतिलिपि भेजी। इसके बाद उन्होंने एक सख्त पत्र कलेक्टर एन.एस. खरे को अलग से लिखा। इसमें एपिडेमिक से सम्बन्धित भारत सरकार तथा राज्य सरकार के अन्य आदेशों और उनके विभिन्न अनुच्छेदों का उन्होंने सिलसिलेवार हवाला दिया। इसी पत्र में उन्होंने कलेक्टर खरे को ढींगरपुर के रेस्ट हाउस में किए गए उनके अभद्र तथा अशालीन व्यवहार की याद दिलाई। उन्होंने लिखा कि जैसा व्यवहार जिलाधीश एन.एस. खरे ने किया है वह शर्मनाक है और

असभ्यता की श्रेणी में आता है। भारतीय प्रशासन में सिर्फ आई.ए.एस. हो जाने से कोई व्यक्ति या अधिकारी हर तरह की निरंकुशता और बत्तमीजी का हकदार नहीं बन जाता। डॉक्टर, अध्यापक, इंजीनियर, तकनीशियनों, लेखकों, कलाकारों, पत्रकारों आदि सभी की अपनी निजी और पेशेगत गरिमा होती है। इस गरिमा का समादर किया जाना चाहिए। कुशल प्रशासक उनके इस सम्मान को बनाए रखकर ही उनसे बेहतर सहयोग और काम ले सकता है।

डॉ. वाकणकर ने पत्र में स्पष्ट किया था कि वे कलेक्टर से निजी काम के लिए वाहन और साधन माँगने रेस्ट हाउस नहीं आए थे। राज्य सरकार द्वारा प्रदत्त सार्वजनिक कर्तव्य निर्वाह के लिए ही उन्होंने यह माँग की थी।

पत्र के अन्तिम हिस्से में उन्होंने लिखा था कि कलेक्टर के अशोभनीय और अभद्र व्यवहार का मामला वे मेडिकल ऑफिसर्स एसोसिएशन की अगली बैठक में उठाएँगे और कोशिश करेंगे कि कलेक्टर के क्षमा माँगने तक जिले के सभी स्वास्थ्य केन्द्रों के चिकित्सक तथा स्वास्थ्य विभाग के कर्मचारी हड़ताल पर रहें।

पत्र समाप्त हुआ ही था कि स्वास्थ्य केन्द्र में राज्य प्रशासन की, एम.पी.जेड, नम्बर प्लेटवाली जीप आकर रुकी। जिलाधीश की इस जीप में जालसाज सम्पादक और दूरदर्शन के कवि नटवरलाल 'नटवर' तथा बी.डी.ओ. श्री गुप्ता बैठे हुए थे।

बी.डी.ओ. ने डॉक्टर वाकणकर को, सिविल सर्जन तथा कलेक्टर द्वारा हस्ताक्षरित आदेश थमाया। इस आदेश के अनुसार डॉ. दिनेश मनोहर वाकणकर की ड्यूटी लोक निर्माण विभाग के सर्किट हाउस (यानी कठ-बँगले) में प्रधानमंत्री के भोजन परीक्षण (फूड टेस्टिंग) के लिए लगा दी गई थी।

बी.डी.ओ. गुप्ता ने मुस्कुराते हुए कहा, "कलेक्टर साहब ने कहा है कि आप अभी सर्किट हाउस में पहुँच जाएँ।"

कठ-बँगले में प्रधानमंत्री के लंच के लिए जो सामान मँगाया गया था, उसमें लगभग छत्तीस हजार रुपए खर्च हुए थे। प्रधानमंत्री को भारतीय खाना पसन्द नहीं था इसलिए कांटीनेंटल डिशेज तैयार करने के लिए राज्य की राजधानी भोपाल के तीन सितारा होटल 'शाहनुमा' के खानसामे लाए गए थे। लेकिन चूँकि प्रधानमंत्री भारत के प्रधानमंत्री थे इसलिए परम्परा का निर्वाह करते हुए कई तरह के भारतीय व्यंजन भी बनाए जा रहे थे। अब क्षेत्रीय परम्परा का प्रश्न उठता था। ढींगर गाँव के ज्यादातर आदिवासी चावल का पेय या माँड़ पीते थे। प्रधानमंत्री को माँड़ तो पिलाया नहीं जा सकता था इसलिए दूसरा तरीका खोज निकाला गया था। ढींगर गाँव में बटेर बहुत होते थे। यहाँ की आदिवासी जनजाति धनुहार

और सेउंता लोग जंगल से तीतर, बटेर और पंडुक जाल में फाँसकर उन्हें बेचकर अपना जीवन-यापन करते थे। हालाँकि मशहूर पक्षी विशेषज्ञ सालिम अली की किताब 'भारत के पक्षी' के मुताबिक तीतर और बटेर देश की विलुप्त होती पक्षी-प्रजातियाँ थीं, लेकिन प्रधानमंत्री के लंच के लिए प्रशासन ने इस तथ्य को अनदेखा किया था। बटेर का शोरबा बहुत ही स्वादिष्ट होता है। ढींगर गाँव के इस खास, ठेठ क्षेत्रीय व्यंजन को बनाने के लिए सरगुजा के महाराजा के पैलेस का मुसलमान खानसामा बुलाया गया था।

और पहाड़ की तलहटी से लेकर कठ-बँगले के अहाते तक स्त्रियाँ, लड़कियाँ। एक से एक। ये अफसरों, नेताओं, ठेकेदारों, व्यापरियों और अपराधियों के परिवारों की स्त्रियाँ थीं। लगातार बोलनेवाली, गोरी, थोड़ा-सा चलने-फिरने पर हाँफ जानेवाली, अंग्रेजी-हिन्दी की अशुद्ध और भ्रष्ट जुबान में बोलनेवाली ये सब अपने प्रिय प्रधानमंत्री को देखने और अपने आपको उन्हें दिखाने आई थीं।

डॉ. वाकणकर का मन उदासी और वितृष्णा से भर उठा था।

5

ठीक साढ़े बारह बजे, जब सूरज बिलकुल आकाश के ऊपर बीचोबीच जल रहा था, अचानक आकाश में घरघराहट शुरू हो गई। ढींगर गाँव की तलहटी में शोर उठा। गिरते-गिरते, चीखते-चिल्लाते लोग भाग रहे थे। पी.एम. आ गए। प्रधानमंत्री आ गए। वो रहा हेलिकॉटर। आकाश में उड़ता लोहे का विशाल टिड्डा।

हेलिकॉप्टर लालगंज की प्लांटेशन साइट पर उतरा। पंखे की हवा से खूब धूल का बवंडर उठा। कँटीली बाड़ के बाहर लोग हेलिकॉटर को उतरता हुआ देखने के लिए एक-दूसरे पर टूटे पड़ रहे थे। उन्होंने अपने जीवन में पहली बार हेलिकॉप्टर को इतने करीब से देखा था। वह भी जमीन पर उतरते हुए।

ढींगर गाँव संसदीय आरक्षित क्षेत्र धन्य हो गया। इस क्षेत्र में इतिहास का पहला हेलिकॉप्टर उतरा। इस क्षेत्र में इतिहास का पहला प्रधानमंत्री आया।

बैगा, उराँव, कोल, गोंड, पासी, ढिमरा, सेउंता, धनुहार, अगरिया—सारे के सारे आदिवासी औरतों, पुरुषों, बच्चों की आँखें फटी और मुँह खुले रह गए। वह बदहवास आकाश में घरघराते उस विशाल दानव को देखते, उसके नीचे-नीचे, उसकी परछाईं तक छूने के लिए दौड़ रहे थे। "अँगरेज आ गया। अँगरेज आ गया! राजा आ गया!"

ढींगर गाँव की मनुष्य जाति ने ही नहीं, जंगल के पशु-पक्षियों और ढोर-डाँगरों ने भी पहली बार हेलिकॉप्टर का अनुभव किया था।

जिन्दाबाद, जिन्दाबाद, जै हो। जै हो। वो देख—वो पी.एम. पीछे-पीछे होम मिनिस्टर। वो रहा हेलिकॉप्टर चलानेवाला ड्राइवर। धत् ड्राइवर नहीं बोलते। ड्राइवर तो ट्रक और रेलगाड़ी चलाता है। और जो बैलगाड़ी चलाता है उसे क्या बोलते हैं? प्रधानमंत्री की प्रतीक्षा में कमांडो और सुरक्षा दस्ते तैनात थे। गाड़ियों-मोटरकारों की कतार थी। देखते-देखते पल-भर में प्रधानमंत्री किसी कार में लुप्त हो गए और स्टेनगन लोगों की ओर ताने पुलिस, कमांडो और सुरक्षा दस्ते की गाड़ियों के बीच घिरी उनकी कार सर्र से सर्किट हाउस यानी कठ-बँगले की ओर रवाना हो गई।

पी.एम. कारों-जीपों के काफिले के बीच की किसी कार में थे। स्याह, बुलेटप्रूफ काँच के भीतर। भीड़ पीछे-पीछे सड़क पर दौड़ रही थी। अगर पुलिस और सी.आर.पी. वाले न रोकते तो भीड़ कठ-बँगले तक पहुँच जाती।

"वो देख, वो रही पी.एम. की कार।"

"वो नहीं, पी.एम. तो पीछेवाली में हैं।"

"हट, पी.एम. एम्बेसेडर में चलेंगे? कोई लोकल लीडर होगा।"

लाउडस्पीकर से ऐलान हो रहा था—"जनता जनार्दन से अनुरोध है कि आप लोग लालगंज के मैदान में जमा हों। माननीय प्रधानमंत्रीजी ठीक तीन बजे वहाँ आम जनता को सम्बोधित करेंगे। जनसभा को कामयाब बनाएँ।"

सर्किट हाउस के मुख्य फाटक के बाद सिर्फ दो कारों को अन्दर आने दिया गया। एक में प्रधानमंत्री थे। दूसरी में होम मिनिस्टर। एक फिल्मी हीरो और एक तांत्रिक टाइप का आदमी उनके साथ था।

वह डॉ. दिनेश मनोहर वाकणकर के जीवन का अद्‌भुत, अभूतपूर्व और सनसनाता हुआ क्षण था जब उन्होंने अपने सामने से गुजरते हुए भारत के प्रधानमंत्री को एक बीता की दूरी से देखा।

प्रधानमंत्री उनके इतने करीब से गुजर रहे थे कि अगर वे जोर से साँस छोड़ते तो उनकी गर्दन के रोएँ काँप जाते। यह किसी फैंटेसी का साक्षात्कार था। यह पचास के आस-पास थुलथुल-सा थका हुआ आदमी भारतवर्ष का प्रधानमंत्री है। संसार की प्राचीनतम सभ्यताओं में से एक महान सभ्यता को अपने इतिहास में समेटे, अनेक भाषाओं, जातियों, राष्ट्रीयताओं, उपराष्ट्रीयताओं, पहाड़ों, नदियों, महानगरों से भरे-पूरे एक विशाल भूखंड के लगभग एक अरब की आबादी का नायक प्रधानमंत्री के गोरे-चिट्टे शरीर में चर्बी चढ़ती जा रही थी। आँखें मुँदती जा रही थीं। हर कदम पर तोंद थोड़ी-सी हिलती थी। चेहरे पर थकान और कुछ-कुछ चिढ़ने जैसा भाव।

डॉ. वाकणकर अचानक चौंक गए। उन्हें अपने ऊपर शक हुआ। लेकिन मेडिकल साइंस का इतना लम्बा तजुर्बा इतना गलत तो नहीं हो सकता। यह आदमी तो पुराने कब्ज का मरीज है। ओल्ड कांस्टिपेशन। इसे पाइल्स या फिश्च्युला की भी शिकायत हो सकती है।

डॉ. वाकणकर के सामने किसी रहस्य के पर्दे खुलते जा रहे थे। प्रधानमंत्री के बारे में कहा जाता था कि वे तुरन्त फैसला लेनेवाले आदमी हैं। लम्बी-लम्बी मीटिंगें और बहसें पसन्द नहीं करते। चार घंटे की सेक्रेटरियल या मिनिस्टीरियल मीटिंग, एक घंटे में खत्म कर देते हैं। डॉ. वाकणकर जान गए कि ऐसा क्यों होता है। पाइल्स दुखते होंगे। बवासीर या फिश्च्युला देर तक बैठने नहीं देता होगा। तो इस आदमी की सक्रियता के पीछे बवासीर का हाथ है।

डॉ. वाकणकर ने देश की तरफ से पाइल्स और कब्ज को शुक्रिया अदा किया।

कलेक्टर एन.एस. खरे बदहवास से डॉक्टर वाकणकर को धकियाते हुए प्रधानमंत्री के पीछे लपकती अफसरों की भीड़ में घुसने की कोशिश कर रहे थे। स्थानीय नेताओं को ही नहीं, राज्य सरकार के कई मंत्रियों तक को फाटक के अन्दर नहीं आने दिया जा रहा था। सर्किट हाउस में जिनकी ड्यूटी थी उनके अलावा बहुत कम लोगों को तलाशी के बाद ही अन्दर आने दिया गया।

पी.एम. तांत्रिक और हीरो के साथ कमरे में रिलैक्स कर रहे थे। नया एयरकंडीशनर वहाँ लगाया गया था। डॉ.वाकणकर द्वारा टेस्टिंग के बाद ठंडा पेय उन्हें दिया गया था।

पी.एम. ढींगर गाँव इसलिए आए थे कि वह यहाँ एशिया के सबसे बड़े, अमेरिका के सहयोग से विश्व बैंक के कर्ज और कॉरपोरेट किंग फिरोजलाल मलकानी की पूँजी से बननेवाले कागज के कारखाने का शिलान्यास करें।

पेपर मिल तीन साल में बनकर तैयार हो जाएगा। ढींगर गाँव देश के औद्योगिक नक्शे में आ जाएगा। यहाँ के लोगों को रोजगार के साधन मुहैया होंगे। क्षेत्र का विकास होगा। कागज का कारखाना कागज का उत्पादन करने के लिए ढींगर गाँव के सारे पेड़ों को खा जाएगा। जंगल उसके लिए रॉ मैटीरियल है। कच्चा माल। आसपास के सारे जंगल खत्म हो जाएँगे। पीपल, सागौन, शीशम, सरई, कहुआ, महुआ, कोसम, छिउला कुछ नहीं बचेंगे। जंगलों पर निर्भर आदिवासी शहरों में बननेवाली इमारतों या ऐसी ही किन्हीं दूसरी परियोजनाओं में सस्ती दिहाड़ी और फर्जी मस्टर रोल पर काम करनेवाले लेबर बन जाएँगे। अगरिया, बंसोर, मिम्मा, ढींगर आदि जातियों की पारम्परिक दस्तकारी का कुटीर उद्योग खत्म हो जाएगा।

यहाँ के असली और बहुत पुराने बाशिन्दों के खेत-बारी कारखाने के विस्तार के लिए जाएँगे। पेपर मिल का वेस्ट प्रोडक्ट यानी रबड़, कचड़ा और कॉस्टिक सोडा तथा अम्लों से भरा जहरीला धुआँ चारों ओर फैल जाएगा। धरती पर, आकाश में, तीतर-बटेर, साँभर-छिगरा, रीछ-खरगोश नहीं रहेंगे। वन्य प्राणी समाप्त हो जाएँगे। सिर्फ कुछ गिने-चुने सियार बचेंगे, जो ढींगर गाँव-शहर के पिछवाड़े रोएँगे।

लेकिन कागज का उत्पादन जारी रखने के

लिए और कारखाने को चालू रखने के लिए और कच्चा माल चाहिए और पेड़ चाहिए। इसलिए जल्दी-जल्दी तैयार होनेवाले यूकेलिप्टस या सफेदे के पेड़ों का प्लान्टेशन होगा। नर्सरियाँ खोली जाएँगी, जहाँ विदेशी पेड़ों के नन्हे-नन्हे बच्चे लाखों की तादाद में पैदा किए जाएँगे। सफेदे का जंगल तैयार होगा। कागज बनेगा, लोग भूल जाएँगे यहाँ पहले कौन-कौन से वृक्ष होते थे। यूकेलिप्टस के जंगल ज्यादा पानी खींचेंगे। ढींगर गाँव की धरती का जल-स्तर नीचे खिसकता जाएगा। कुओं में पानी नहीं होगा। और गहरी बोरिंग होगी। फिर और गहरी।

खेत अनुपजाऊ, जमीन परती होती जाएगी। वनस्पति जगत और ऋतुओं के बीच अब तक चला आता पर्यावरण सन्तुलन बदल जाएगा। वर्षा नहीं होगी। गर्मी में यहाँ भी बिना कूलर-पंखे के रहना मुश्किल हो जाएगा। लोगों के फेफड़े कॉस्टिक सोडा और दूसरे केमिकल्स के कणों से भरी हवा को खींचते-खींचते बीमार हो जाएँगे। मिट्टी के क्षरण की रफ्तार बढ़ जाएगी। स्योंतार नदी में बारिश के दिनों बाढ़ आया करेगी और गर्मियों में वह सूख जाया करेगी। निचाट रेत और कंकड़-पत्थर! आदिवासियों-जनजातियों की पारम्परिक औषधियाँ, वे जड़ी-बूटियाँ जिन पर डॉ. वाकणकर ने अनुसंधान किया था और जिस विषय पर उनका रिसर्च पेपर फ्रांस के जर्नल में छपा था, वे वनस्पतियाँ जिनका उल्लेख वामनदास बसु की दुर्लभ शोध पुस्तक में मिलता है, खत्म हो जाएँगी। डॉ. सालिम अली की किताब 'दि इंडियन बड्र्स' में इस क्षेत्र की जिन दुर्लभ पक्षी-प्रजातियों का वर्णन है, उनके सिर्फ चित्र इस कारखाने के कागज से बनी किताबों में मिलेंगे। स्योंतार नदी में पेपर मिल का वेस्ट, लुगदी और रसायन फेंक दिए जाएँगे। मछलियाँ मर जाएँगी। पशुओं में अनेक बीमारियाँ फैलेंगी। वे भी मर जाएँगे। जंगली जानवरों के शिकार और नदी की मछलियों पर निर्भर सेउंता, धनुहार जैसी जनजातियाँ गायब हो जाएँगी।

ढींगर गाँव में आदिवासी, बटेर, महुआ नहीं रह जाएँगे। इसका विकास हो जाएगा।

धन्यवाद प्रधानमंत्रीजी। थैंक यू वेरी मच मिस्टर पी.एम.। धन्यवाद बवासीर। थैंक यू वेरी मच फिश्च्युला। क्या इस तथाकथित औद्योगिकीकरण और विकास की कोई नस्लवादी परिभाषा नहीं हो सकती? ऐसे विकास से कौन-सी नस्लें मिटती हैं और किन नस्लों का इजाफा होता है? डॉ. वाकणकर ने सोचा।

लेकिन उन्होंने यह भी सोचा कि क्या वे विकास का, शहरीकरण का, औद्योगिक प्रगति का विरोध कर रहे हैं? उन्हें शक हुआ कि कहीं उनके दिमाग के भीतर कोई अमरीकी एजेंट तो नहीं छिपा बैठा है जो इस देश को एक पिछड़ा, पूर्व आधुनिक और गैर-आधुनिक समाज ही बनाए रखना चाहता है। हैड्स ऑफ अमेरिका! हेल...हेल प्राइम मिनिस्टर!

देश के जाने-माने उद्योगपति और ढींगर गाँव में खुलनेवाले एशिया के सबसे बड़े कागज के कारखाने के भावी मालिक फिरोजशाह मलकानी, दि कार्पोरेट हुडनी, प्रधानमंत्री से मिलने के बाद बाहर निकल रहे थे। उच्च रक्तचाप! एक्सेस फैट एंड कोलेस्टेरॉल।

लंच तैयार था। पी.एम. का इन्तजार हो रहा था। किसी भी वक्त वे आ

सकते थे। लेकिन उसके पहले फूड टेस्टिंग होनी थी। डॉ.दिनेश मनोहर वाकण ाकर, एम.बी.बी.एस., एम.डी द्वारा।

डॉ.वाकणकर ने एक बड़ी-सी प्लेट में सारे फूड सैम्पल्स जमा किए। पी.एम. के सचिव विश्वेश्वरन वहाँ मौजूद थे। डॉ.वाकणकर ने मुस्कुराकर विश्वेश्वरन को देखा।

"आई थिंक, दि ऑनर टु हैव टेस्टेड दिस ग्रेट लंच फर्स्ट, मस्ट गो टु दि होस्ट, मिस्टर खरे!"

"येस-येस।" विश्वेश्वरन मुंडी हिलाते मुस्कुराते रहे थे। "कॉल हिम, कॉल हिम! व्हेयर इज ही हाइडिंग?"

पीछे से, अफसरों और सुरक्षा अधिकारियों के बीच से रास्ता बनाते कलेक्टर एन.एस. खरे, आई.ए.एस. रेंगते हुए आ रहे थे।

"आयम हियर सर!"

"केंचुए।" डॉ.वाकणकर ने फुसफुसाकर कहा फिर उन्होंने विश्वेश्वरन की ओर देखकर मजाक किया।

"शुड बी एक्सप्लेन हिम दैट ही इज नॉट टु टेल अस अबाउट दि स्वीट एंड सॉर। वी आर कंसर्न्ड विद सम अदर क्वालिटीज दैन दि टेस्ट!"

"येस-येस!!" दक्षिण भारतीय विश्वेश्वरन की गंज़ी खोपड़ी फिर से हिलने लगी। "हाँ...हाँ! मिस्टर खरे इज अवर पुअर लैब! गिनीपिग!"

"हें-हें सर!" कलेक्टर खरे की समझ में ठीक से नहीं आ रहा था। वे प्लेट पकड़े खड़े थे। हँसने की कोशिश करते हुए।

"बी क्विक! मिस्टर खरे! प्रधानमंत्रीजी आनेवाले होंगे। मुझे टेस्टिंग के लिए पन्द्रह मिनट चाहिए। आय हैव टु ऑब्जर्व युअर सिम्पटम्स! बी क्विक!"

कलेक्टर खरे को जल्दी-जल्दी प्लेट खाली करनी पड़ी। वे शाकाहारी थे लेकिन बटेर का शोरबा भी जल्दी में वे खा गए। उन्हें डॉ.वाकणकर का आदेश मानना था क्योंकि प्रधानमंत्री के लंच के मेडिकल सुपरविजन के लिए नियुक्त थे।

प्रधानमंत्री के सामने टेबिल पर व्यंजनों की भरमार थी। वे पसोपेश में थे। डॉ.वाकणकर उनकी ओर लगातार देख रहे थे। पुराना कब्ज। पाइल्स।

"मेरा सुझाव है सर, आप रायता, मूँग की दाल और एक-दो फुलके लें।"

प्रधानमंत्री ने आँख उठाकर डॉ.वाकणकर को देखा। आँखें टकराईं। प्रधानमंत्री की आँखें मुस्कुराकर उन्हें धन्यवाद दे रही थीं। मरीज जान गया था कि डॉक्टर ने नब्ज पहचान ली है।

कठ-बँगले में अफसरों और नेताओं ने आश्चर्य से देखा कि भारत का

प्रधानमंत्री डॉ. दिनेश मनोहर वाकणकर द्वारा सुझाया गया खाना ही खा रहा था। मूँग की दाल, बटेर का शोरबा, रायता और दो फुलके।

कलेक्टर एन.एस. खरे का चेहरा फीका था। वे डॉ. वाकणकर से आँखें मिलाने से कतरा रहे थे।

6

तीन बजे प्रधानमंत्री को लालगंज के मैदान में आम सभा को सम्बोधित करना था। इस बीच उन्हें सलाह दी गई कि उसके पहले वे ढींगर गाँव के मन्दिर ठकुरदेई में जाकर चरणामृत लें। ठकुरदेई पर आदिवासियों, जनजातियों और स्थानीय ग्रामीणों की बड़ी गहरी आस्था है। अगर प्रधानमंत्री ऐसा करेंगे तो वे जनता का दिल जीत लेंगे।

बैगा मुरैठा (पगड़ी) में सजे-धजे प्रधानमंत्री ठकुरदेई पहुँचे। वहाँ भी सख्त इन्तजाम। ठकुरदेई के देवता ठाकुर कहे जाते थे। विशाल पत्थर की मूर्ति। आश्चर्य था कि यह मूर्ति बुद्ध की थी। ढींगर गाँव के आसपास के इलाकों में कई शैलियों और शताब्दियों की मूर्तियाँ बिखरी पड़ी थीं। यहीं से प्राचीन कलिंग साम्राज्य की सीमाएँ शुरू होती थीं। उड़ीसा और मध्य प्रदेश का सीमान्त क्षेत्र। आदिवासियों को नहीं पता था कि वह बुद्ध की मूर्ति है। वे उन्हें ठाकुर कहते थे और दारू-मुर्गी चढ़ाते थे। गैर-आदिवासी फूल-पत्र चढ़ाकर चरणामृत लेते थे। सभी का विश्वास था कि यहाँ हर किसी की मनौतियाँ पूरी होती हैं।

तो कपिलवस्तु के राजा शुद्धोदन के पुत्र सिद्धार्थ यानी गौतम बुद्ध का इस आदिवासी इलाके में ऐसा रूपान्तरण हो गया था। संसार-भर में बौद्ध धर्म का प्रणेता यहाँ ऑकल्ट (झाड़-फूँक) और दैवी पूजा-अर्चना का निमित्त बन गया था—दारू-मुर्गी खा-पीकर लोगों की मनौतियाँ पूरी करनेवाला।

दूसरी तरफ, डॉ. वाकणकर ने सोचा, पचास की उम्र का बिलकुल सामान्य-सा मनुष्य, जिसके शरीर पर चर्बी चढ़ रही थी, जो उच्च रक्तचाप, पुराने कब्ज, बवासीर और फिश्च्युला का मरीज था, जो एक लम्पटनुमा तांत्रिक और तीसरे

दर्जे के बम्बइया एक्टर के साथ खुद को सहज महसूस कर रहा था, जो भारतीय प्रशासन के भ्रष्ट, निकम्मे और रिश्वतखोर अफसरों से हँसी-मजाक कर रहा था, जिसे तस्करों, दलालों, बेईमान ठेकेदारों, माफिया गिरोहों के हत्यारे सरगनाओं, दारू भट्ठी के ठेकेदारों और जालसाज पत्रकारों ने घेर रखा था, जो ढींगर गाँव के हरे-भरे आदिवासी इलाके को कारखानों के उजाड़ और विषाक्त मैदान में बदल देने के लिए आया हुआ था, उस आदमी का भी भारत के प्रधानमंत्री के रूप में हैरतअंगेज रूपान्तरण हुआ था।

डॉ. वाकणकर को हँसी आ रही थी। बैगा मुरैठे में सजा यह आदमी लगातार मुस्कुराने का अभिनय कर रहा था, तेज-तेज चलकर लोगों को अपनी कर्मठता और सक्रियता का परिचय दे रहा था। उसने कोट के कुर्ते के ऊपर एक अँगोछा डाल रखा था। ऐसा ही अँगोछा यहाँ के पाँच आदिवासी गाँव के माँझी

(मुखिया) डालते थे। यानी वह आदमी, जो फिरोजलाल मलकानी के पेपर मिल का शिलान्यास करने ढींगर गाँव आया हुआ था और इस क्षेत्र के मूल निवासी आदिवासियों को उनके घर-जमीन से उजाड़कर उन्हें दूसरी नस्लों की अन्तहीन गुलामी में हमेशा के लिए झोंक देने का मोहरा था, वह आदमी अँगोछे, पगड़ी और अपनी मुस्कुराहट से आदिवासियों को इस भ्रम में डालना चाहता था कि जैसे वह भी उनका माँझी है। उनका मुखिया, जो उनके भले-बुरे, हित-अहित की बात सोचता है और उन्हें तमाम आपदाओं से बचाता है।

ठकुरदेई में ठाकुर की प्रतिमा ध्यानस्थ मुद्रा में थी। रोली, अबीर और तेल से प्रतिमा के कई अंग लाल हो गए थे। एक तरफ पंडित बड़गैया महाराज थे, दूसरी तरफ सद्धू बैगा। बड़गैया महाराज कस्बेवालों के पुजारी थे। नारियल, फूल-पत्र,

मंत्र-मिष्टान्न से पूजा करनेवाले। सद्धू बैगा आदिवासियों का ओझा था। चिकारा बजाकर, महुए का ठर्रा और मुर्गा देवता को चढ़ाकर, गा-गाकर मनौतियाँ पूरी करनेवाला ओझा।

ठाकुर देव की दोनों तरह की पूजा चल रही थी। ठकुरदेई चारों ओर अचानक विख्यात हो गया था। आखिर भारत का प्रधानमंत्री ठाकुर देव के चरणों में सिर नवाने आ रहा था। लोग टूट पड़ रहे थे। ठाकुर देव की जय। प्रधानमंत्री जिन्दाबाद। स्कूली बच्चे गा रहे थे—सारे जहाँ से अच्छा हिन्दोस्ताँ हमारा।

प्रधानमंत्री ने अपने दोनों हाथों की हथेलियों को एक के ऊपर एक रखकर अँजुरी बनाई। बड़गैया महाराज ने गायत्री का पाठ शुरू किया। 'ओम् भूर्भवः स्वः तत्सवितुर्वरेण्यम्...' सद्धू बैगा जोर-जोर से कमानी को चिकारे पर रेत-रेतकर 'रूँ-रूँ-रूँ' कर रहा था। 'आजमानी नरसिंह बघेसुर, हमन खोह-नारा के बसैया, चिरैया-फुनैगुन लाल खवैया...'

पंडित बड़गैया महाराज ने प्रधानमंत्री की अँजुरी में चरणामृत टपकाया। ठाकुर देव की जय। प्रधानमंत्री जिन्दाबाद। रूँ-रूँ-रूँ।

प्रधानमंत्री अँजुरी को अपने माथे की ओर ले गए और फिर आँखें मूँदकर उसका पान करने ही जा रहे थे कि अचानक एक तेज आवाज उठी, जैसे कोई विस्फोट हुआ हो।

"स्टॉप इट! स्टॉप! आई से, डोंट ड्रिंक इट!"

भीड़ को चीरता हुआ एक हाथ उनकी ओर बढ़ा और प्रधानमंत्री की कलाई को थाम लिया। कमांडो और सुरक्षा कर्मचारी भौचक्के थे।

चिकारा रुक गया था। शोर की अचानक मृत्यु हो गई थी।

वह हाथ डॉ. दिनेश मनोहर वाकणकर, एम.बी.बी.एस., एम.डी. का था।

"व्हाट इज द मैटर? क्या बात है?" घबड़ाया हुआ बवासीर का मरीज डॉक्टर से पूछ रहा था।

"सर, वह चरणामृत कांटेमिनेटेड पानी का है। ढींगर गाँव के इस इलाके में, जहाँ यह ठकुरदेई का मन्दिर बना है, पानी का एक ही तालाब है। वह पानी प्रदूषित है, सर। उसमें खतरनाक बैक्टीरिया हैं। इसका पानी पीकर पिछले एक हफ्ते में इस इलाके के बाईस से ज्यादा आदिवासी मर चुके हैं। आसपास के इलाकों में महामारी फैल गई है। हैजा। लोग कीड़े-मकोड़ों की तरह मर रहे हैं।"

अपनी अँजुरी में ठाकुर देव का चरणामृत लिये हुए प्रधानमंत्री भय और अनिर्णय से घिरा काँप रहा था।

"आई थिंक, यू शुड थ्रो इट अवे! आफ्टर ऑल ही इज युअर फूड सुपरवाइजर।" काला चश्मा लगाए बम्बइया अभिनेता ने प्रधानमंत्री से कहा, "देख, वही एक्टर है, जो 'खून की ललकार' में माधुरी दीक्षित का रेप करता है।" किसी लाला का नौजवान लड़का अपने दोस्तों को बतला रहा था।

प्रधानमंत्री की मुस्कुराहट फिर लौट आई। अँजुरी ऊपर गई और चरणामृत बैगा मुरैठे पर गिर गया। आदिवासी अँगोछे से प्रधानमंत्री ने अपने हाथ पोंछे और डॉक्टर वाकणकर की ओर देखकर कृतज्ञता से कहा, "थैंक्यू! यू हैव स्टेप्ड इन राइट टाइम।"

डॉ. वाकणकर मुस्कुराए, "सर, मैं पाँच-छह दिन से लगातार डिस्ट्रिक्ट एडमिनिस्ट्रेशन को वार्न कर रहा हूँ कि हमें जल्द-से-जल्द कोई स्टेप उठाना चाहिए। बट दे डोंट लिसेन एनीथिंग एक्सेप्ट अबाउट दि पीएम्स टूर!"

"एंड दे वुड प्रोबैल्ली हैव किल्ड दि पी.एम.।" माधुरी दीक्षित का रेप करनेवाला, काला चश्माधारी अभिनेता गुस्से में था। गेरुवा वस्त्र और रुद्राक्ष की माला पहने हुए तांत्रिक सामने आ गया। "यहाँ का कलेक्टर कौन है? आस्क हिम टु रिपोर्ट मी राइट नाउ!"

जिलाधीश एन.एस. खरे पास ही थे। उनके चेहरे का रंग जर्द पड़ चुका था। उन्हें अपनी औकात का अहसास आज सबके सामने हो रहा था। उनके साथ तो जिला स्तर के ठेकेदार, गुंडे और पत्रकार थे जबकि प्रधानमंत्री के साथ तो अन्तर्राष्ट्रीय स्तर के कॉरपोरेट किंग, उद्योगपति, बिचौलिए, तस्कर और आला हाकिम-हुक्काम थे। भारतीय प्रशासन का यह मामूली आई.ए.एस. अफसर एक विशाल यंत्र का एक अत्यन्त नगण्य पुर्जा-भर था। नट और बोल्ट भी नहीं, रबर का एक मामूली वॉशर जो चूडियों पर पकड़ को मजबूत बनाए रखने के लिए दोनों तरफ से पिसता है।

"आपको क्या ये इनफॉर्मेशन नहीं थी कि इस इलाके में एपिडेमिक है? लोगों की डेथ हो रही है?" प्रधानमंत्री के साथ आनेवाला तांत्रिक जो अन्तर्राष्ट्रीय स्तर के हथियारों की खरीद-फरोख्त का दलाल भी था, कह रहा था।

"नहीं सर, बात ये थी कि मैं ऑफिस पिछले एक हफ्ते से जा ही नहीं सका। यहीं ढींगर गाँव में पी.एम. के विजिट के इन्तजाम में लगा था।" एन.एस. खरे की आवाज काँप रही थी।

"वर यू ब्लाइंड? आपको यहाँ हैजा नहीं दिखाई पड़ा? आपको पता नहीं चला कि ढींगर गाँव में बाईस से ज्यादा मर चुके हैं?" यह प्रधानमंत्री की आवाज थी। थकान, कब्ज और बवासीर के दर्द के बीच से निकलती हुई।

डॉक्टर चुपचाप इस दृश्य को देख रहे थे। इस नाटक के इस उत्तेजक दृश्य को उन्होंने ही लिखा था। वही निर्देशक थे और वही सूत्रधार। यह एक एब्सर्ड नाटक था। आदिवासी, पेपर मिल, तांत्रिक, प्रधानमंत्री, अपराधी, तस्करों, दलालों, अफसरों, नेताओं, सुरक्षा दस्तों, पत्रकारों, उद्योगपतियों की भूमिकाओं से भरा एक ऊल-जलूल नाटक।

उस रात प्रधानमंत्री के लौट जाने के बाद डॉ. वाकणकर ने अपनी डायरी में लिखा—

> "वह सारा प्रसंग गड्ड-मड्ड था। लेकिन वही यथार्थ था। एब्सर्ड रियलिटी। इसी यथार्थ में हम रह रहे हैं। इस यथार्थ की मौलिकता असन्दिग्ध है और उसकी भयावहता कल्पनातीत। प्रधानमंत्री के साथ आनेवाले प्रेस सलाहकार ने ढींगर गाँव के मैदान की जनसभा के लिए दूसरा भाषण लिखा और आधे-पौने घंटे तक प्रधानमंत्री को नए भाषण की तैयारी करनी पड़ी। उन्होंने अपनी शोक में डूबी आवाज में हैजे से मरे आदिवासियों के परिवारों के लिए प्रधानमंत्री कोष से दस-दस हजार रुपए के अनुदान की घोषणा की, ढींगर गाँव के आसपास के इलाकों में पेयजल की व्यवस्था के लिए अविलम्ब परियोजना शुरू करने का आश्वासन दिया। जनसभा में हजारों लोगों के सामने उन्होंने कलेक्टर और दूसरे सरकारी अफसरों को डाँट पिलाई और अन्त में चालाकी के साथ इस क्षेत्र की तरक्की के लिए कागज के कारखाने के निर्माण की बात की।"

उस पृष्ठ के अन्त में कुछ असम्बद्ध-से वाक्य और भी थे—

> "मैंने उसके चेहरे पर मृत्यु की परछाईं का हल्का धुँधलका देखा। मुझे यकीन है कि वह इसे जानता है। देश से यह बात गुप्त रखी गई है, लेकिन उसे दिल का एक-दो दौरा जरूर पड़ चुका है।
>
> वह अपने जीवन की अनिश्चितता को जानता है, उसके वश में कुछ नहीं है। वह वक्त गुजार रहा है। भविष्य में जीनेवालों के प्रति वह पूरी तरह से अनुत्तरदायी है। वह एक निहायत मामूली आदमी है। उसे कब्ज और बवासीर है। ये रोग ही उसके जीवित होने के लक्षण हैं। उसकी थोड़ी-बहुत सक्रियता बीमारियों की वजह से है। उसके अधिक दिन जीवित रहने पर सन्देह है।"

7

प्रधानमंत्री की वापसी के तीसरे दिन ही राज्य सरकार की ओर से ढींगर गाँव में महामारी की रोकथाम के लिए अभियान शुरू हुआ। आपातकालीन स्वास्थ्य शिविर खोले गए। तालाबों-कुओं के पानी में कीटनाशक दवाएँ डाली गईं। बच्चों को टीके लगाए गए। परिवार कल्याण का ऑपरेशन शिविर भी आयोजित हुआ। जीपें दौड़ती रहीं।

लेकिन स्वास्थ्य विभाग के इस पूरे अभियान में डॉ. वाकणकर की कोई भूमिका नहीं थी। उन्हें राज्य तंत्र ने इस कल्याणकारी कार्य से पूरी तरह अलग कर रखा था।

अफवाह थी कि उनके बारे में सी.आई.डी. रिपोर्ट यह थी कि वे राष्ट्रीय स्वयंसेवक संघ के बहुत पुराने कट्टर कार्यकर्ता हैं। इस बात में तथ्य भी था।

राज्य सरकार द्वारा संचालित इस स्वास्थ्य अभियान के इंचार्ज थे डॉ. डी.एन. मिश्रा, विधानपुर प्राथमिक स्वास्थ्य केन्द्र के भूतपूर्व वरिष्ठ चिकित्सक। उन्होंने ही डॉक्टर वाकणकर का तबादला चौदह साल पहले विधानपुर से ढींगर गाँव करवाया था। उन्हीं की फर्जी खरीद के ग्लूकोज को चढ़ाने से हरवंश पंडित उर्फ थुकरा महाराज की मृत्यु हुई थी। वही डॉ. डी.एन. मिश्रा कई प्रोमोशंस के बाद अब राजधानी के इंस्टीट्यूट ऑफ मेडिकल साइंस के डिप्टी डायरेक्टर के पद पर आसीन थे।

डॉ. वाकणकर को उस रोज विधानपुर में बिताए अपने बीते दिनों की खूब याद आई। इनके साथ ही उन्होंने देखा कि संघ की शाखा में, किसी स्कूल के खेल के मैदान में लाठी और लेजिम के साथ थुकरा महाराज अकेले चले जा रहे हैं। वे गा रहे हैं–

सुजलाम् सुफलाम् मलयज शीतलाम्
मातरम्
वन्दे मातरम्!

फिर उन्हें दमे का तेज दौरा पड़ा। वे हाँफने लगे। लाठी गिर गई लेकिन लेजिम को उन्होंने अपनी छाती के साथ चिपकाए रखा। उनके फेफड़े एक-एक साँस को पाने के लिए फड़फड़ा रहे थे और विकट यंत्रणा में फूलती-पिचकती उनकी छाती के पंजर के साथ-साथ लेजिम बज रहा था।

डॉ. वाकणकर ने आँखें खोल दीं। कमरे में अँधेरा था। जो दृश्य उन्होंने अभी-अभी देखा था, वह भी सम्भवतः इसी ऊल-जलूल यथार्थ का एक हिस्सा था। इसी यथार्थ का अतीत।

डॉ. वाकणकर सो नहीं सके। उन्होंने तिलक की पुस्तक 'गीता रहस्य' उठाई और उसे पढ़ते रहे।

प्रस्तुत कहानी उदय के लघु उपन्यास...**और अन्त में प्रार्थना** से ली गई है, जिसका प्रकाशन पहली बार साहित्यिक पत्रिका **हंस** के अगस्त और सितम्बर 1992 अंकों में हुआ। बाद में इस उपन्यास का अनुवाद अंग्रेजी, जर्मन और दुनिया की बहुत सी भाषाओं में किया गया। अंग्रेजी में यह अनुवाद-अंश **रूपा** से प्रकाशित संकलन **अ हन्ड्रेड लैम्प्स** में उपलब्ध है।

उदय प्रकाश (जन्म : 1 जनवरी, 1952)

अग्रणी कथाकार, पटकथा लेखक, फिल्म निर्माता, पत्रकार, सम्पादक, शोधकर्ता एवं प्राध्यापक। साहित्यिक पत्रिका पूर्वाग्रह, साप्ताहिक दिनमान तथा दैनिक संडे मेल से कई वर्षों तक जुड़ाव और सम्पादन। जवाहरलाल नेहरू विश्वविद्यालय और टाइम्स रिसर्च फाउंडेशन, नई दिल्ली में अध्यापन। प्रेस ट्रस्ट ऑफ इंडिया के टेलीविजन विभाग तथा इंडिपेंडेंट टेलीविजन में विचार और पटकथा प्रमुख।

उदय प्रकाश की कहानियों की यह विशेषता है कि उनमें समय की सामाजिक-राजनीतिक सच्चाई, स्वर-संवेदनाएँ, स्थितियाँ स्वतःस्फूर्त मुखरित हो उठती हैं और हमें इन मुद्दों पर सोचने के लिए विवश कर देती हैं। उनका गहरा समाजशास्त्रीय अध्ययन इन रचनाओं में एक ऐसा यथार्थ गूँथ देता है कि हम भीतर तक बेचैन हो उठते हैं और व्यवस्था से जूझने के लिए, उसे बदलने के लिए अपने अंदर एक अदम्य आवेग अनुभव करने लगते हैं।

उदय की कहानियाँ, लघु उपन्यास, उपन्यास, कविताएँ, निबन्ध, आलोचना एवं संस्मरण आज देश-विदेश की अनेक भाषाओं में उपलब्ध हैं। उनकी साहित्यिक रचनाओं में दरियाई घोड़ा, तिरिछ, और अन्त में प्रार्थना, पॉल गोमरा का स्कूटर, पीली छतरीवाली लड़की, दत्तात्रेय के दुख, अरेवा-परेवा, मेंगोसिल, चीना बाबा, सुनो कारीगर, अबूतर-कबूतर, रात में हारमोनियम, एक भाषा हुआ करती है प्रमुख हैं।

उदय ने दूरदर्शन के राष्ट्रीय चैनल के लिए कई श्रृंखलाओं एवं वृत्तचित्रों का भी लेखन और निर्देशन किया है जिनमें ताना-बाना, बिज्जी का खजाना और कृषि कथा उल्लेखनीय हैं। उन्होंने कुछ फीचर फिल्मों को पटकथा और संवाद भी दिए हैं जिनमें उप. रान्त, डबल लाइफ तथा हाइवे 39 शामिल हैं।

अपने कृतित्व के लिए उदय कई प्रतिष्ठित साहित्यिक पुरस्कारों से नवाजे जा चुके हैं। इन पुरस्कारों में भारत भूषण अग्रवाल स्मृति पुरस्कार, ओमप्रकाश साहित्य सम्मान और श्रीकान्त वर्मा स्मृति सम्मान प्रमुख हैं।

अवधेश प्रीत

नृशंस

कॉमरेड विजय मित्र की मृत्यु को लेकर हुए हंगामे के बाद सरकार ने हृदय रोग विशेषज्ञ डॉ. सी.के. भगत को निलम्बित करते हुए, उनके खिलाफ तीन सदस्यीय जाँच दल नियुक्त कर दिया। जाँच दल को पन्द्रह दिनों के भीतर अपनी रिपोर्ट सरकार को सौंपने के साथ ही मामले की गम्भीरता और संवेदनशीलता को ध्यान में रखते हुए जाँच को मुख्य रूप से निम्नलिखित बिन्दुओं पर केन्द्रित करने का निर्देश दिया गया था–

- डॉ.सी.के. भगत की चिकित्सा के दौरान पेशेंट विजय मित्र की हुई मृत्यु का वास्तविक कारण।
- एक जनवरी की रात ड्यूटी पर न रहते हुए भी डॉ.सी.के. भगत का आई.सी.सी.यू. में ड्यूटी करना।
- डॉ.सी.के. भगत का व्यक्तिगत आचरण।
- डॉ.सी.के. भगत द्वारा दिए गए डेथ सर्टिफिकेट की वैधानिक हैसियत।

जाँच दल में कार्डियोलॉजिस्ट डॉ. रजनीश आचार्य, न्यूरोलॉजिस्ट डॉ. जीवकान्त यादव तथा साइकियाट्रिस्ट डॉ. रामाशीष देव शामिल थे। अपने-अपने क्षेत्र के इन विशेषज्ञों ने अपने कार्य शुरू करते हुए सबसे पहले गवाहों, साक्ष्यों और परिस्थितियों पर गौर किया। इस क्रम में जाँच दल ने जाँच के दायरे में शामिल सभी पक्षों को नोटिस जारी किया, फिर उन्हें अपना बयान दर्ज कराने के लिए एक-एक कर तलब किया। जाँच दल को सहयोग करते हुए सभी सम्बद्ध पक्षों ने अपने बयान दर्ज कराए, जो इस प्रकार हैं–

डॉ.सी.के. भगत का बयान

यह सच है कि एक जनवरी की रात कार्डियोलॉजी में मेरी ड्यूटी नहीं थी, लिहाजा मैं अपने क्वार्टर में था और अपनी लकवाग्रस्त पत्नी को बाथरूम से लाकर बेड पर लिटा ही रहा था कि मेरे क्वार्टर की कॉलबेल बज उठी थी। मैंने सोचा कि पत्नी को बेड पर लिटाकर, क्योंकि वह थोड़ी देर टी.वी. देखना चाहती थी, इसलिए उसकी पीठ के नीचे तकिए का सपोर्ट देकर और उसके पाँवों पर कम्बल डालकर दरवाजा खोलूँ, लेकिन कॉलबेल न सिर्फ लगातार बजती ही जा रही थी, बल्कि साथ-साथ दरवाजे पर भी किसी के हाथों की दस्तक होने लगी थी। मुझे लगा कि बाहर कोई बेहद परेशानी और अधीरता में खड़ा है। मैंने पत्नी को जिस हालत में थी, उसी में छोड़कर और लगभग दौड़ते हुए मुख्य द्वार

खोला। द्वार पर पी.जी. स्टूडेंट डॉ. सुजाता राय खड़ी थी। वह बेहद घबराई और तनावग्रस्त दिख रही थी। उसकी साँसें तेज-तेज चल रही थीं। ऐसा लग रहा था जैसे वह दौड़ते हुए आई हो।

मुझे अपने सामने पाकर डॉ. सुजाता राय, जैसा कि सामान्यतः होता है, पी.जी. स्टूडेंट्स अपने सीनियर डॉक्टर का अभिवादन जरूर करते हैं, मेरा अभिवादन करना भी भूल गई और इससे पहले कि मैं उससे कुछ पूछूँ उसने स्वयं ही बताना शुरू कर दिया, "सर, अभी...अभी एक सीरियस पेशेंट आया है...मैंने उसे आई.सी.सी.यू. में भर्ती कर लिया है...कोई सीनियर डॉक्टर नहीं है...सर, कोई नहीं मिला...इसलिए आपको तकलीफ दे रही हूँ...प्लीज सर...आप जरा चलकर देख लें।"

डॉ. सुजाता राय के आग्रह के बावजूद मैंने निरपेक्ष भाव से उससे पूछा, "डॉ. राय, पेशेंट आपका रिश्तेदार है?"

"नो सर!" डॉ. सुजाता राय सकपकाई।

मेरे माथे पर बल पड़ गए, "फिर आप इतनी इमोशनल क्यों हो रही हैं?"

डॉ. सुजाता राय को कोई जवाब नहीं सूझा। बड़ी मुश्किल से थूक निगलते हुए बोल पाई, "सॉरी, सर।"

"किसकी ड्यूटी है?" मैंने शुष्क स्वर में पूछा।

डॉ. सुजाता राय ने बताया, "डॉ. चौधरी की!"

"क्यों? कहाँ हैं डॉ. चौधरी?"

"सर, डॉ. चौधरी अभी तक आए नहीं हैं। मैंने उनके घर फोन लगाने की कोशिश की, लेकिन घंटी बजती रही...कोई रेस्पांस नहीं हुआ...शायद फाल्स रिंग...।"

डॉ. सुजाता राय की बात मैंने बीच में ही काट दी, "क्यों, कैम्पस में कोई और सीनियर नहीं मिला?"

"नहीं सर, डायरेक्टर साहब सीनियर डॉक्टर की एक टीम के साथ सी.एम. हाउस गए हैं...रूटीन चेकअप के लिए।" डॉ. सुजाता राय ने मजबूरन मेरे पास आने की जैसे सफाई-सी दी।

उस वक्त मेरी तत्काल इच्छा हुई कि मैं अपनी ड्यूटी न होने का बहाना करके या फिर अपनी पत्नी की बीमारी का हवाला देकर छुटकारा पा लूँ, पर डॉ. सुजाता राय की घबराहट और बेचारगी देखकर मुझे ऐसा करना अनैतिक-सा लगा, लिहाजा मैंने डॉ. सुजाता राय को आश्वस्त किया, "बस दो मिनट डॉ. राय! पत्नी को लिटाकर आता हूँ...वह अभी-अभी बाथरूम से आई है...यू नो, शी इज

अनेबल टू डू एनीथिंग...आज मेड सर्वेंट भी छुट्टी पर है!"

मैं डॉ. सुजाता राय को वहीं छोड़कर, उल्टे पाँव बेडरूम की ओर लौट गया, जहाँ मेरी पत्नी अस्त-व्यस्त सी बेड पर पड़ी थी। मैंने पत्नी को ठीक से लिटाया। उसके पाँवों पर कम्बल डाला और टी.वी. ऑन करके उसे बताया, "एक सीरियस पेशेंट है...मैं उसे देखकर आता हूँ।"

पत्नी ने कुछ कहना चाहा, लेकिन मैं उसकी बात सुने बगैर तेजी से बाहर चला आया। डॉ. सुजाता राय अपराध-बोध, आशंका और अजीब से आतंक में डूबी मेरे लौटने की प्रतीक्षा कर रही थी। मैंने उस पर नजर पड़ते ही टोका, "डॉ. राय, एक डॉक्टर होने की पहली शर्त जानती हो क्या है?"

डॉ. सुजाता राय ने मेरी ओर उत्सुकता से देखा। मैंने उसे लक्ष्य करके कहा, "नो सेंटीमेंट्स...नो इमोशंस...नो इन्वॉल्वमेंट्स।"

मैंने यह बात दो कारणों से कही थी। एक तो यह कि मेरी धारणा रही है कि लड़कियाँ मूलतः भावुक होती हैं और दूसरे यह कि मैं चाहता था कि डॉ. सुजाता राय, जो अब तक असहज दिख रही थी, सहज हो जाए।

पता नहीं, डॉ. सुजाता राय सहज हुई या नहीं, लेकिन मेरे साथ इंस्टीट्यूट बिल्डिंग की ओर बढ़ते हुए उसने मुझे बताया, "सर, मैंने ऐसी खामोश भीड़ नहीं देखी, जिसकी आप उपेक्षा कर जाएँ। शायद इसीलिए मैं इतनी परेशान और एक्साइटेड दिख रही हूँ।"

मुझे लगा डॉ. सुजाता राय सफाई दे रही है। शायद मेरी टिप्पणी ने उसे आहत किया था। मैंने उसके चेहरे को देखने की कोशिश की, लेकिन उसकी चाल में अप्रत्याशित आई तेजी से, ऐसा मुमकिन नहीं हो पाया। मैंने भी चुप रहना बेहतर समझा। फिर हम सारी राह चुप ही रहे।

जिस वक्त मैं आई.सी.सी.यू. में दाखिल हुआ सिस्टर एलविन पेशेंट को आई.वी. लाइन लगा चुकी थी। मुझ पर नजर पड़ते ही उसने मुझे मुस्कुराकर 'गुड इवनिंग' कहा। उसकी प्रोफेशनल मुस्कुराहट में कशिश नहीं थी, या कि मैं ही ऐसी मुस्कुराहट का अभ्यस्त था, सो मैंने उस पर खास ध्यान नहीं दिया और उससे चार्ट लेकर पेशेंट की डिटेल्स देखने लगा।

चार्ट में पेशेंट का नाम विजय मित्र, उम्र 51 वर्ष दर्ज था। उसका ब्लड प्रेशर असामान्य रूप से बढ़ा हुआ था। उसकी ई.सी.जी. रिपोर्ट खतरनाक संकेत दे रही थी। मैंने एक नजर पेशेंट पर डाली। पेशेंट के चेहरे पर ऑक्सीजन मास्क चढ़ा था, जिसके जरिए वह कठिनाई से साँस ले पा रहा था। ई.सी.जी. मॉनिटर स्क्रीन पर उठती-गिरती तरंगें बता रही थीं कि पेशेंट अपनी मौत से जूझ रहा है।

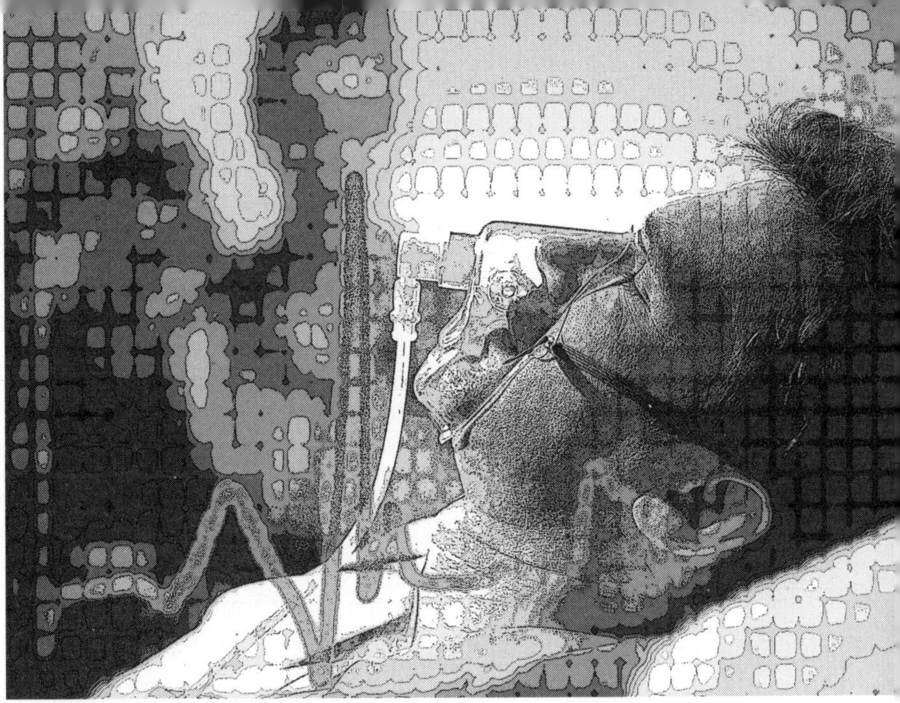

"सर, आपको क्या लगता है?...इज इट ए केस ऑफ मायोकार्डियल इनफार्कशन?"

मैं डॉ. सुजाता राय के इस प्रश्न का आशय तत्काल नहीं समझ सका, बल्कि मुझे उसके इस मासूम सवाल पर हैरानी-सी हुई, सो मैंने उसे घूरते हुए पूछा, "व्हाट डू यू मीन?"

"दरअसल!" डॉ. सुजाता राय कुछ कहते-कहते रुक गई। शायद कोई हिचक उसके आड़े आ गई थी।

उसकी हिचक मेरी समझ से परे थी। मुझे लगा कि डॉ. सुजाता राय पेशेंट के प्रति कुछ ज्यादा ही कांशस है, इसलिए उत्सुकतावश मैंने पूछा, "डॉ. राय, समथिंग रांग विद यू?"

"नो...नो...सर!" सुजाता घबरा गई गोया मैंने उसकी चोरी पकड़ ली हो। उसने स्वयं को संयत करने की कोशिश में कहा, "सर, मुझे लगता है, इस आदमी को मायोकार्डियल इनफार्कशन नहीं हो सकता।"

"क्यों, ऐसा तुम कैसे कह सकती हो?" पहली बार मेरा विश्वास हिला। मैंने खुद को विश्वास दिलाने के लिए जैसे अपनी आँखें ई.सी.जी. मॉनिटर स्क्रीन पर टिका दीं।

"सर, एक ऐसा आदमी जो हिंसा में विश्वास करता हो...जिसके लिए किसी

को छः इंच छोटा कर देना मामूली बात हो...जिसका नाम जन-संहारों का पर्याय हो, उसके पास भी दिल जैसी कोई चीज हो सकती है क्या?"

डॉ. सुजाता राय के स्वर में उत्तेजना इस कदर व्याप्त थी कि मैं निरपेक्ष नहीं रह सका। मैंने डॉ. सुजाता राय को आश्चर्य से देखा—यह डॉक्टर है या महज मामूली लड़की!

मैंने उसकी आँखों में कुछ तलाशने की कोशिश की, शायद मासूमियत या कि मायूसी, ठीक-ठीक नहीं कह सकता, लेकिन अपना असमंजस छुपा नहीं पाया, "मैं कुछ समझा नहीं, डॉ. राय?"

"सर! यह आदमी नक्सल लीडर है। यू नो, नक्सलीज डू बिलीव इन ब्लड शेड्स!" डॉ. सुजाता राय की आवाज लरज रही थी।

बयान देते-देते डॉ. सी.के. भगत ठिठक गए, क्योंकि उन्हें ऐन इसी वक्त अपनी वह मनःस्थिति याद आ गई, जब डॉ. सुजाता राय ने कहा था कि "नक्सलीज डू बिलीव इन ब्लड-शेड।"

उस वक्त उनके माथे पर बल पड़ गए थे जैसे वह कुछ याद करने की कोशिश कर रहे हों। उनकी स्मृति में पेशेंट चार्ट पर दर्ज नाम विजय मित्र स्फुलिंग की तरह कौंधा और वह मन-ही-मन बुदबुदाए थे—नक्सल लीडर विजय मित्र! सहसा, वह एक झटके से उठे थे और पेशेंट के करीब जा पहुँचे थे। पेशेंट के चेहरे पर ऑक्सीजन मास्क लगा होने की वजह से उन्होंने पहले उसे बहुत गौर से नहीं देखा था। तब कोई दिलचस्पी भी नहीं थी, लेकिन अभी, इस वक्त वह पेशेंट के बहुत करीब खड़े होकर न सिर्फ उसे बेहद ध्यान से देख रहे थे, बल्कि जैसे लगातार अपनी याददाश्त पर भी जोर डाल रहे थे।

कद-काठी, रंग-रूप वही होने के बावजूद पेशेंट के चेहरे पर व्याप्त प्रौढ़ता, बालों से झाँकती सफेदी और निश्चल मुँदी आँखें उनके देखे विजय मित्र से मेल नहीं खाती थीं। बीस-पच्चीस साल पहले के विजय मित्र को याद करते हुए उनकी आँखें सुखद आश्चर्य से फैलती चली गई थीं। वह उस क्षण सचमुच भावुक हो गए थे।

डॉ. सी.के. भगत को चुप और कुछ असामान्य देखकर साइकियाट्रिस्ट डॉ. रामाशीष देव ने टोका, "व्हाट हैपेंड, डॉ. भगत?"

डॉ. सुजाता राय ने भी मुझसे यही पूछा था, "व्हाट हैपेंड, सर?"

मैंने डॉ. सुजाता राय के इस सवाल का जवाब देने के बजाय सिस्टर एलविन को पुकारा। सिस्टर एलविन लगभग दौड़ती हुई मेरे पास आई। मैंने उसे आदेश दिया—

"सिस्टर, पेशेंट का ब्लड ट्रॉप टेस्ट और बायोकेमिस्ट्री के लिए भिजवाइए और हाँ, पेशेंट के अटेंडेंट को बुलाइए।"

सिस्टर एलविन उल्टे पाँव लौट गई। डॉ. सुजाता राय पेशेंट को स्ट्रेप्टोकाइनेज दे चुकी थी। मैंने आई.वी. लाइन को चेक किया। इस तरह चेक करने से मुझे सन्तोष हुआ। फिर मैं ई.सी.जी. मॉनिटर के पास बैठकर सिस्टर एलविन की प्रतीक्षा करने लगा। शायद मुझे बेहद सीरियस देखकर डॉ. सुजाता राय ने टोका, "सर, क्या सोच रहे हैं, आप?"

डॉ. सी.के. भगत को अच्छी तरह याद है कि उस वक्त वह विजय मित्र के बारे में सोच रहे थे। मेडिकल कॉलेज में थर्ड ईयर में जो लड़का उनका रूममेट बना था, वह विजय मित्र ही था। सामान्य कद-काठी का साँवला-सा विजय मित्र क्लास में भी ज्यादातर खामोश ही रहता। अपने आपमें खोया हुआ गोया मन कहीं और तन कहीं और हो। सेकंड ईयर तक उनका विजय मित्र से हाय-हैलो भर का रिश्ता था। थर्ड ईयर में जब विजय मित्र उनके साथ एक ही कमरे में रहने लगा, तब उसे करीब से देखने-जानने का मौका मिला। शुरू में विजय मित्र उनके साथ बस काम की ही बात करता, लेकिन धीरे-धीरे उनके बीच ये औपचारिकता की दीवार ढहने लगी थी। वे अब कुछ-कुछ खुलकर बोलने-बतियाने लगे थे।

उन दिनों विजय मित्र देर रात तक जागता और अपने सिरहाने टेबल लैम्प जलाकर पढ़ता रहता। चूँकि उन्हें रात में देर तक जागने की आदत नहीं थी, इसलिए वह जल्दी ही सो जाते, लेकिन रात में जब कभी नींद टूटती, वह पाते

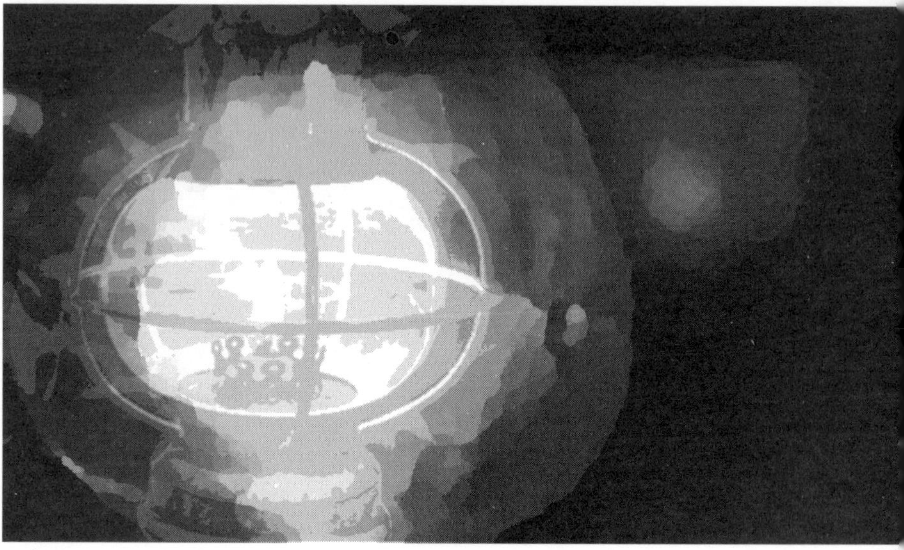

कि विजय पढ़ रहा है, ऐसी ही एक रात जब उनकी आँख खुली, तो उन्होंने पाया कि विजय मित्र अपने बेड पर नहीं है। उस रात यह सोचकर कि विजय मित्र बाथरूम गया होगा, वह सो गए थे। पर अकसर ऐसा होता कि जब भी वह रात में उठते, विजय मित्र अपने बेड पर नहीं मिलता। विजय मित्र का इस तरह रात को गायब हो जाना, जितना औत्सुक्यपूर्ण था, उतना ही रहस्यमय भी। आखिरकार एक दिन उन्होंने विजय से पूछ ही डाला था, "पार्टनर, ये रात-रात भर कहाँ गायब रहते हो? कोई चक्कर-वक्कर तो नहीं?"

विजय मित्र न तो चौंका था, न ही कोई चोरी पकड़ लिये जाने जैसा भाव उसके चेहरे पर दिखा था। एक मद्धिम-सी मुस्कुराहट उसके होंठों पर जरूर उभरी थी, "कोई चक्कर-वक्कर नहीं, साथी! बस, यूँ ही मन नहीं लगता, तो घूमने निकल जाता हूँ।"

विजय मित्र के जवाब से वह कतई सन्तुष्ट नहीं हुए थे, लेकिन विजय मित्र का अन्दाज कुछ ऐसा था कि वह आगे कुछ नहीं पूछ पाए थे, उसे कुरेदना, खामखाह उसके निजी जीवन में हस्तक्षेप-सा लगा था। वह कुछ अबूझ जानने की फाँस दबा गए थे।

लेकिन वह रहस्य...अबूझपन ज्यादा दिनों तक छुपा नहीं रह पाया था। विजय मित्र के सिरहाने, किताबों के बीच कई ऐसी किताबें दिखने लगी थीं, जिनका मेडिकल साइंस से कोई लेना-देना नहीं था। वह कभी कम्युनिस्ट पार्टी का

घोषणा-पत्र पढ़ता, तो कभी 'दास कैपिटल'। वह अकसर कार्ल मार्क्स, एंजल्स, लेनिन, माओत्से-तुंग की किताबों में खोया रहता और जब थक जाता तो आँखें मूँदकर कुछ सोचता रहता। उन्हें लगता कि विजय मित्र अपना समय बर्बाद कर रहा है। रूममेट होने के नाते उन्हें विजय मित्र का यह भटकाव अच्छा नहीं लगता, इसलिए उन्होंने विजय मित्र को समझाने की कोशिश की थी, "विजय, इन फालतू किताबों में अपना वक्त क्यों बर्बाद कर रहे हो?"

विजय मित्र जैसे उनके इस आक्रमण के लिए पहले से तैयार था। शान्त-चित्त उसने दलील दी थी, "तुम जिन किताबों को फालतू कह रहे हो, दरअसल, वे ही एक दिन दुनिया का नक्शा बदलकर रख देंगी।"

"लेकिन ये किताबें तुम्हें डॉक्टर नहीं बनने देंगी।" उन्होंने प्रतिवाद किया था।

"शायद हाँ!" विजय मित्र विचलित होने की बजाय कहीं ज्यादा दृढ़ हो आया था, "मैं डॉक्टर न भी बन पाऊँ...मरीजों की बीमारी का इलाज न कर पाऊँ...लेकिन मनुष्य समाज को जो बीमारी भीतर-ही-भीतर खाए जा रही है, उसका कोई निदान जरूर कर सकूँगा।"

वह विजय मित्र को अवाक् देखते रह गए थे जैसे उसका दिमाग चल गया हो। लेकिन नहीं, विजय मित्र उनकी आँखों में आँखें डाले मुस्कुराए जा रहा था। उन्होंने एक बार फिर विजय मित्र को समझाने के प्रयास में उसके मर्म पर चोट की थी, "विजय, यह सब जानकर तुम्हारे घरवालों को दुख होगा। उन्होंने तुम्हें यहाँ डॉक्टर बनने के लिए भेजा है। उनकी तुमसे ढेर सारी उम्मीदें होंगी। मुझे लगता है, तुम उनके साथ ज्यादती कर रहे हो!"

इस बार विजय मित्र ने विरोध नहीं किया, लेकिन वह उनकी बातों से सहमत हो, ऐसा भी नहीं लगा था। उन्हें अपनी कोशिश की निरर्थकता खल गई थी। अनचाहे ही उस दिन एक गहरी चुप्पी उन दोनों के बीच तन गई थी।

उस दिन के बाद यह स्पष्ट हो गया था कि विजय मित्र जो पढ़ता है, या रात-रात भर गायब रहता है, या जो सोचता है, या जो करता है, उस सबका मेडिकल की पढ़ाई से कोई वास्ता नहीं है और वह लगभग आत्महन्ता हो चुका है। यह सब दुखद था। उन्हें अफसोस होता है और वह मन से चाहते कि विजय मित्र ऐसा न करे।

पता नहीं, विजय मित्र के प्रति वह जिस भावना से भरे थे कि जब भी कभी मौका मिलता, वह उसे समझाने के लिए फिर भी स्वयं को रोक नहीं पाते। वह ऐसे वक्तों में अकसर उससे पूछते, "विजय, तुम्हें नहीं लगता है कि तुम अपने आपको वेस्ट कर रहे हो? यह जो अपरच्युनिटी मिली है, एक डॉक्टर बनने की,

इसे तुम खो रहे हो...एक बेहतर कैरियर...एक बेहतर फ्यूचर...एबव ऑल एक बेहतर ह्यूमन सर्विस का मौका तुम गँवा रहे हो?"

"साथी! मैं तुम्हारी भावना की कद्र करता हूँ। मैं मानता हूँ कि तुम जो कह रहे हो, उसमें कहीं ज्यादा आकर्षण है...जिन्दगी कहीं ज्यादा सुविधाजनक हो सकती है। लेकिन...।" विजय मित्र एक-एक शब्द पर जोर देते हुए बोलता, "गरीबी...गैर-बराबरी...भूख...अन्याय...दमन...शोषण...अत्याचार...मनुष्य के श्रम का अपमान, यह सब कुछ देखकर मैं बेचैन हो उठता हूँ...गहरे तक आहत और अपराध-बोध से भर जाता हूँ। मुझे लगता है, मैं इस मशीनरी का पुर्जा नहीं बन सकता।"

विजय मित्र का एक फैसलाकुन तेवर दिन-पर-दिन परवान चढ़ता गया था। वह अपनी रातें मजदूर बस्तियों में गुजारने लगा था। दिन जन-आन्दोलनों...विरोध प्रदर्शनों...गोष्ठियों...सेमिनारों में गुजरते। वह कई-कई दिन हॉस्टल नहीं लौटता। उसकी गतिविधियाँ जिस तेजी से बढ़ रही थीं, वह उतनी ही तेजी से मेडिकल की पढ़ाई से विमुख होता जा रहा था।

वह जब भी विजय मित्र को घेरने की कोशिश करते, वह उनसे कोई तीखा प्रश्न पूछकर, उन्हें निरुत्तर कर देता। वह जब-तब कहता, "साथी, मेडिकल छात्रों का जितना शोषण होता है...बँधुआ मजदूर-सा जो बर्ताव होता है, मैं सोचता हूँ, उसके खिलाफ भी आवाज उठाई जानी चाहिए...। छात्रों को गोलबन्द किया जाना चाहिए...।"

विजय मित्र की बातें सुनकर उनके शरीर में झुरझुरी छूट जाती। वह बगलें झाँकने लगते। कहीं कोई सुन न ले। वह कमरे के बाहर की आहट लेते और कमरे के भीतर विजय मित्र की उपस्थिति से सहमे रहते। वह उसके साथ असहज जरूर महसूस करते थे, लेकिन पता नहीं क्यों, उसकी अनुपस्थिति उन्हें बेहद खलती थी। यह अजीब वितृष्णापूर्ण आकर्षण था।

उन्हीं दिनों, अचानक एक दिन पुलिस कमरे की तलाशी लेने आ धमकी। पता चला, विजय मित्र गिरफ्तार हो गया है। यह खबर सुनकर उनका खून जम गया था। चेतना सुन्न हो गई थी। दिल बैठने लगा था। पुलिस जब तक कमरे की तलाशी लेती रही थी, वह दहशत के मारे डूबते-उतराते रहे थे।

पुलिस विजय मित्र की वे तमाम किताबें, जो उसके सिरहाने, बिस्तर के नीचे, अलमारी के अन्दर और ट्रंक के भीतर रखी हुई थीं, बतौर 'आपत्तिजनक सामग्री' अपने साथ ले गई थी। जाने से पहले एक पुलिस अफसर ने उनसे भी विजय मित्र के बारे में कई प्रश्न पूछे थे, लेकिन उन्होंने ज्यादातर प्रश्नों के प्रति अपनी

अनभिज्ञता जाहिर की थी। उस वक्त उनके सीनियर्स, सहपाठियों और कई प्रोफेसर्स ने उनके पक्ष में पुलिस अफसर को समझाया था कि भगत कॉलेज का बेस्ट स्टूडेंट है और एक रूम में रहने के बावजूद उसका विजय मित्र से कोई लेना-देना नहीं है।

उस दिन पुलिस के जाने के बाद भी वे बड़ी देर तक उबर नहीं पाए थे। मन में जारी धुकधुकी और विजय मित्र का रह-रहकर आता खयाल, उन्हें उद्वेलित करता रहा था। उन्हें समझ में नहीं आ रहा था कि वह इस पूरी घटना से स्वयं को किस तरह असम्पृक्त करें? उनकी आँखों में विजय मित्र का साँवला-सा चेहरा, चमकीली आँखें, विद्रोही तेवर बरबस उभर आता और वह जैसे स्वयं से ही पूछने लगते–विजय मित्र नक्सलबाड़ी क्या करने गया था? वहाँ पुलिस ने उसे गिरफ्तार कैसे कर लिया? वह जिस राह पर जा रहा है, वह सही है या गलत? वह अपने कैरियर से ज्यादा क्रान्ति को तरजीह क्यों दे रहा है?

उस रात विजय मित्र का अस्त-व्यस्त बेड उन्हें बड़ी देर तक परेशान करता रहा। वह बड़ी देर तक उस ओर से स्वयं को विमुख रखने की कोशिश करते रहे। बड़ी देर तक वह विजय मित्र की स्मृति-छाया से जूझते रहे। बड़ी देर तक दोनों के बीच शह-मात का खेल चलता रहा। अन्ततः वह उठे थे। उसकी बिखरी किताबें करीने से अलमारी में लगाई थीं। गद्दे को झाड़ा था और उस पर चादर डाल दी थी। तकिए का कवर ठीक करते हुए उन्हें आभास हुआ था कि तकिए के अन्दर कुछ है। उन्होंने उत्सुकता से तकिए के अन्दर हाथ डाला था। वहाँ एक डायरी थी। लाल रंग के प्लास्टिक कवरवाली उस डायरी में विजय मित्र ने बहुत सारी बातें लिख रखी थीं–घटनाएँ...विचार...निजी प्रसंग।

विजय मित्र की डायरी उसकी अन्तरंग टिप्पणियों से भरी पड़ी थी। उसे पढ़ते हुए वह कभी रोमांचित तो कभी आतंकित होते रहे थे। उसी डायरी में विजय मित्र ने एक जगह लिखा था–

> "विश्लेषणात्मक रुख की कमी होने की वजह से हमारे बहुत से साथी जटिल समस्याओं का बार-बार गहराई से विश्लेषण और अध्ययन नहीं करना चाहते, बल्कि सीधे निष्कर्ष निकालना चाहते हैं, जो या तो मुकम्मिल तौर पर सकारात्मक होते हैं अथवा मुकम्मिल तौर पर नकारात्मक।"
>
> –माओत्से-तुंग

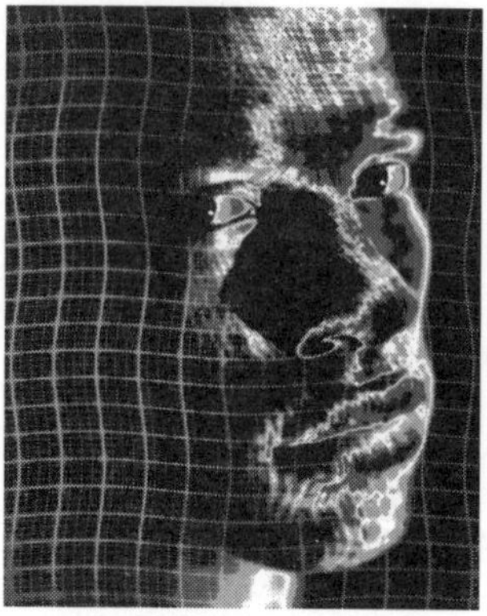

इन पंक्तियों को पढ़ते हुए उन्हें विजय मित्र की मनःस्थितियों का अन्दाजा हुआ था और लगता था कि यह टिप्पणी एक तरह से उन्हें ही सम्बोधित है। अकसर ऐसा होता कि विजय मित्र से होनेवाली बातचीत से वह एकदम से असहमत होते और कई बार तो उसकी दलीलों की खिल्ली भी उड़ा देते थे, "डोंट लिव इन फुलिश पैराडाइज।"

डॉ.सी.के. भगत के होंठ हिले। वह स्वगत ही बुदबुदा रहे थे, "बेवकूफ कहीं का।"

न्यूरोलॉजिस्ट डॉ.जीवकान्त यादव चौंके। उन्होंने डॉ.सी.के.भगत को टोका, "डॉ.भगत, आर यू राइट?"

डॉ.सी.के.भगत ने स्वयं को सँभाला, लेकिन अपनी झेंप छुपा नहीं पाए, "यस...यस, डॉ.यादव, आयम एब्सोल्यूटली राइट!"

इससे पहले कि कोई उनकी मनःस्थिति को पकड़ पाए, डॉ.सी.के.भगत ने स्वयं को संयत करते हुए अपने बयान का छूटा सिरा थाम लिया–

डॉ.सुजाता राय के यह पूछने पर मैं क्या सोच रहा हूँ, मैंने टालने की गरज से उससे ही पूछा, "बाय द वे, तुम इस पेशेंट को जानती हो?"

डॉ.सुजाता राय को सम्भवतः इस सवाल की कतई उम्मीद नहीं थी, शायद इसीलिए क्षण-भर को वह सकते में आ गई, लेकिन मुझे अपनी ओर एकटक देखता पाकर बोली, "सर, वो क्या है कि अखबारों वगैरह में पढ़ती रही हूँ।"

"आई सी!" मैं मुस्कुराया, "मुझे लगा कि तुम इसे पर्सनली जानती हो!"

"नहीं सर! ऐसी कोई बात नहीं।" डॉ.सुजाता राय जैसे सफाई देने पर उतर आई, "पेशेंट के साथ जो कुछ लोग आए हैं, दरअसल उनकी बातों से भी भान हुआ कि यह पेशेंट नक्सल लीडर है।"

सहसा मुझे खयाल आया कि सिस्टर एलविन अभी तक वापस नहीं आई है, लिहाजा मैंने पेशेंट की बाबत डॉ.सुजाता राय को कुछ हिदायत दी और तेजी से आई.सी.सी.यू. से बाहर चला आया।

सिस्टर एलविन मुझे कॉरिडोर में ही आती हुई मिल गई। वह बुरी तरह झुँझलाई हुई थी। मुझ पर एक नजर पड़ते ही वह तीखे लहजे में लगभग फट-सी पड़ी, "सर, उधर कोई नहीं है। बायोकेमिस्ट्री में ताला लगा है।"

"क्यों?" मेरा मुँह खुला का खुला रह गया। इस इंस्टीट्यूट में व्याप्त यह अराजकता कोई नई बात नहीं थी, लेकिन इस वक्त सिस्टर एलविन द्वारा दी गई यह सूचना मुझे नागवार लगी। मैं उस वक्त तैश में आ गया। सिस्टर एलविन को आई.सी.सी.यू. में जाने को बोलकर मैं तेजी से आगे बढ़ गया।

इंस्टीट्यूट के बाहर बरामदे में एक खामोश मगर बेचैन भीड़ खड़ी थी। मुझे देखते ही कई जोड़ी आँखें मेरे चेहरे पर आ टिकीं। उन आँखों में आशा थी...आशंका थी...जिज्ञासा भरी चुप्पी के पीछे छलछलाती हुई याचना थी। मेरी हिम्मत नहीं हुई कि मैं उस भीड़ से आँख मिला पाऊँ। बचकर निकल जाने की कोशिश में मैं डॉक्टर्स चैम्बर की ओर बढ़ा ही था कि यक-ब-यक पूरा इंस्टीट्यूट घुप्प अँधेर में डूब गया। बिजली गुल हो गई थी। अछोर-अँधेरे में जैसे हर चीज अपनी जगह पर ठहर गई थी।

इस भयावह अँधेरे के बीच एकबारगी मेरे दिमाग में एक साथ दो चेहरे कौंधे। पहला मेरी पत्नी का चेहरा, दूसरा आई.सी.सी.यू. में अपनी मौत से लड़ रहे पेशेंट विजय मित्र का। दोनों चेहरे एक-दूसरे में गड्ड-मड्ड हो गए और मैं किंकर्तव्यविमूढ़-सा रोशनी आने का इन्तजार करता रहा।

मुझे आश्चर्य हो रहा था कि अभी इंस्टीट्यूट का जेनरेटर क्यों नहीं चालू हुआ? इस अप्रत्याशित विलम्ब और अँधेरे के आतंक में मेरे लिए और प्रतीक्षा करना मुश्किल हो गया। मैं अँधेरे में ही अन्दाज के सहारे आई.सी.सी.यू. की ओर दौड़-सा पड़ा। आई.सी.सी.यू. में मेरे दाखिल होते-न-होते बिजली आ गई थी—बिजली आ गई या कि जेनरेटर चल पड़ा। झपाक से आई रोशनी में मेरी आँखें चुँधिया गईं। मैंने पलकें झपकाते हुए ई.सी.जी. मॉनिटर स्क्रीन पर आँखें टिका दीं। वहाँ 'हार्ट बीट्स' बतानेवाली रेखाओं का ग्राफ नदारद था। स्क्रीन पर सिर्फ एक सपाट-सी चमकती लकीर स्थिर थी। मैं दौड़ा हुआ पेशेंट के पास गया। उसकी कलाई अपने हाथ में लेकर नब्ज टटोलने लगा। मैं इस कदर व्यग्र और विह्वल था कि पेशेंट की नब्ज तक पकड़ में नहीं आ रही थी। मैंने आनन-फानन पेशेंट को कार्डियल-पल्मोनरी रिसटेशन देने की कोशिश की, लेकिन डॉ. सुजाता राय ने मुझे रोकते हुए कहा, "सर, पेशेंट इज नो मोर!"

मैंने गौर किया कि डॉ. सुजाता राय उस वक्त न तो भावुक थी, न ही बेचैन। उसका स्वर निहायत सपाट था। मुझे लगा कि वह मेरी बेचैनी और भावुकता को लक्ष्य कर रही है, लेकिन सच तो यह है कि मैं उस वक्त पेशेंट की मृत्यु को स्वीकार नहीं कर पाया था। मैंने हताश स्वर में डॉ. सुजाता राय से कहा, "नो डॉ. राय, वी कुड नॉट सेव हिम!"

बयान देते-देते डॉ.सी.के. भगत रुके। उनके माथे पर पसीना छलक आया था। पसीना पोंछने के लिए जेब से रूमाल निकालते हुए उनका दिमाग कई-कई स्मृतियों में उलझ गया था। मन सुदूर अतीत की ओर भाग छूटा था।

लाख चाहकर भी विजय मित्र को बचाया नहीं जा सका था। हालाँकि उन समेत कई छात्रों ने तर्क दिया था कि किसी छात्र की राजनीतिक प्रतिबद्धता उसका निजी अधिकार है और इस आधार पर उसे कॉलेज से नहीं निकाला जाना चाहिए। लेकिन कॉलेज प्रशासन कोई दलील सुनने को तैयार नहीं था, बल्कि छात्रों के इस विरोधी तेवर के उग्र होने से पहले ही कॉलेज परिसर में सख्ती शुरू कर दी गई थी। एहतियात के नाम पर पुलिस की तैनाती और कई प्राध्यापकों के धमकी भरे रवैए ने छात्रों का हौसला पस्त कर दिया। विजय मित्र का निष्कासन पहले तो बहस का विषय बना रहा, फिर धीरे-धीरे विस्मृति के गर्भ में खो गया।

तब भी विजय मित्र उनके दिलो-दिमाग पर अर्से तक छाया रहा। कमरे में मौजूद उसका बेड, उसकी किताबें, ट्रंक, टेबल लैम्प और उसके कपड़े उसकी स्मृति को कहीं ज्यादा सघन कर जाते। उसके शब्द, उसके भाव, उसकी भंगिमा, उसकी त्वरा और उसके तेवर वह लाख चाहकर भी विजय मित्र के लिए अपने मन की इस कमजोरी को कभी समझ नहीं पाए।

अचानक एक दिन जब मित्र का सामान लेने उसके पिता मिहिजाम से आए, तो उनके थके, हताश और दरके व्यक्तित्व को देखकर वह भीतर तक हिल गए थे। बड़ी मुश्किल से उनसे कह पाए थे, 'हमने बहुत कोशिश की लेकिन...।'

उन्हें इस 'लेकिन' के आगे क्या कहना है, कुछ समझ नहीं आया था और न ही विजय मित्र के पिता ने कुछ जानने की ही कोशिश की थी। सामान समेटने और रिक्शे पर लदवाने के दरम्यान एक ऐसी सख्त चुप्पी बनी रही, जिसके भीतर इतना कुछ कहा जा चुका था कि शब्दों के होने न होने का कोई अर्थ नहीं रह गया था। वह हतप्रभ रिक्शे को हॉस्टल गेट से बाहर जाते हुए देखते रहे थे। थोड़ी देर में ही विजय मित्र के पिता परछाईं में तब्दील हो गए थे।

उनका मन गहरे अवसाद में डूब गया था। कमरे में विजय मित्र की उपस्थिति का अहसास कराती चीजें नहीं थीं, बल्कि कोने में एक निचाट खालीपन व्याप्त था। उन्हें लगा था कि यह खालीपन सनसना रहा है। पहली बार उन्होंने सन्नाटे को बजते हुए सुना था जैसे कोई उनके कान में कह रहा हो, 'साथी, मेरी डायरी तुमने अपने पास ही क्यों रख ली?'

यह विजय मित्र था! तो क्या विजय मित्र उनके भीतर भी मौजूद है? उन्होंने

कमरे में चारों ओर निगाह दौड़ाई थी फिर बेहद सतर्कता से अपने तकिए के भीतर रखी विजय मित्र की लाल डायरी को बाहर खींचते हुए अपने आपसे सवाल किया था, 'विजय मित्र की डायरी विजय मित्र के पिता से जान-बूझकर क्यों छिपा ली थी?'

अपने ही सवाल का कोई जवाब नहीं था उनके पास। वह ठगे-से डायरी के पन्ने पलटने लगे थे जैसे वह जवाब उस डायरी में ही कहीं दबा पड़ा हो। अचानक उनकी आँखें एक पृष्ठ पर जम-सी गई थीं। उस पृष्ठ पर विजय मित्र ने लिखा था–

> "सर्वहारा को किसान वर्ग की पूरी मदद पाने की कोशिश करनी चाहिए और सशस्त्र विद्रोह की तैयारी करनी चाहिए। देहातों में किसानों की क्रान्तिकारी समितियों की स्थापना करनी चाहिए और जमींदारियों की जब्ती के लिए तैयारियाँ करनी चाहिए। मजदूर वर्ग को क्रान्ति का नेतृत्व आगे बढ़कर अपने हाथ में लेना होगा, तभी क्रान्ति को सफल बनाया जा सकता है।"
>
> –लेनिन

डायरी का यह पृष्ठ पढ़ते-पढ़ते वह एक साथ आतंक और अपराध की भावना से इस बुरी तरह ग्रस्त हो गए थे कि उन्हें लगा था कि इस डायरी का उनके पास रहना उचित नहीं। डायरी छुपा लेने के पीछे जिस भावुकता का हाथ था, डायरी से निजात पाने के लिए उसी भावुकता ने उन्हें उकसाया। वह तत्काल उठे थे और डायरी जेब में डालकर रेलवे स्टेशन के लिए निकल पड़े थे।

विजय मित्र के पिता रेलवे स्टेशन पर गुमसुम बैठे मिल गए थे। उन्होंने डायरी छूट जाने का बहाना करते हुए वह डायरी उन्हें सौंप दी थी। डायरी लेते हुए विजय मित्र के पिता का हाथ थरथरा रहा था मानो वह अपने बेटे का शव ले रहे हों।

"डॉ. भगत, अगर आप ईजी न फील कर रहे हों तो आपका बयान बाद में ले लिया जाएगा।" डॉ. रजनीश आचार्य ने डॉ. सी.के. भगत को पसीना पोंछते देखकर सलाह दी।

डॉ. सी.के. भगत ने रूमाल मुट्ठी में भींचते हुए कहा, "नो डॉक्टर आचार्य, आयम क्वाइट नॉर्मल।"

एक असामान्य चुप्पी के बीच डॉ. सी.के. भगत ने भरसक सामान्य लहजे में अपना पक्ष रखने कोशिश की–

जिस वक्त पेशेंट विजय मित्र की लाश आई.सी.सी.यू. से बाहर आई, इंस्टीट्यूट परिसर में मौजूद भीड़ शोक-सन्ताप से भरी नारे लगाने लगी—कॉमरेड विजय मित्र। अमर रहें! अमर रहें!!

नारों की गूँज से इंस्टीट्यूट परिसर का कोना-कोना लरज रहा था। उस वक्त मेरे लिए तय करना मुश्किल हो गया था कि मुझे क्या करना चाहिए? मैं किंकर्तव्यविमूढ़-सा डॉक्टर्स चैम्बर में जाकर बैठ गया। मेरे पीछे-पीछे डॉ. सुजाता राय भी आई और बैठ गई। बाहर उठते नारों के शोर और व्याप्त उत्तेजना से वह जैसे दहशत में डूबी हुई थी। उसका चेहरा फक पड़ा था। ऐसे में उसे अकेले छोड़कर जाने की मेरी हिम्मत नहीं हुई। मैं बगैर कुछ बोले चुपचाप बैठा रहा। सिस्टर एलविन यथावत् भाग-दौड़ में लगी हुई थी।

मैंने तब राहत की साँस ली, जब डॉ. चौधरी को डॉक्टर्स चैम्बर में प्रवेश करते देखा। डॉ. चौधरी हैरान और हाँफते हुए-से अन्दर आए और सीधे मुझसे मुखातिब हो गए, "डॉ. भगत, यह क्या माजरा है? बाहर इतनी भीड़...नारेबाजी...सब कुशल तो है?"

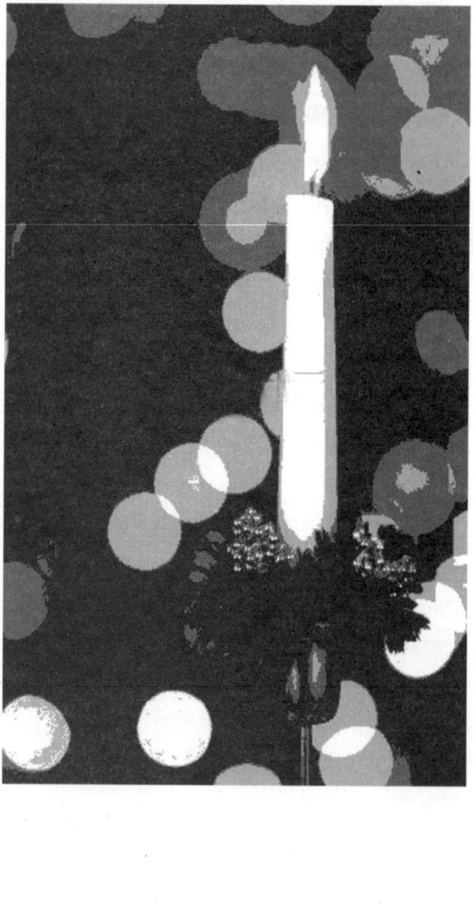

"एक पेशेंट...नक्सल लीडर...उसी के सपोर्टर हैं ये।" अनमने ढंग से उत्तर देते हुए मैं घर जाने के लिए उठ खड़ा हुआ, "डॉ. चौधरी, मैं चलता हूँ। अब आप आ गए हैं...डेथ सर्टिफिकेट दे दीजिएगा।"

"म...म...मैं!" डॉ. चौधरी हकलाए। उनके चेहरे पर हवाइयाँ उड़ने लगी थीं, "मैं कैसे दे सकता हूँ डेथ सर्टिफिकेट! मैंने पेशेंट को

नहीं देखा...मैं उसकी केस हिस्टरी तक नहीं जानता।"

मैं अवाक् डॉ. चौधरी को देखता रह गया। बाहर नारों का शोर मद्धिम पड़ने लगा था। भीतर एक अनपेक्षित स्थिति सिर उठा चुकी थी। मेरी समझ में नहीं आया, मैं क्या करूँ? मैंने संयत स्वर में डॉ. चौधरी को याद दिलाया, "डॉ. चौधरी, आप ड्यूटी पर हैं। कायदे से तो यह आपका ही केस है!"

लेकिन डॉ. चौधरी कोई तर्क मानने को तैयार नहीं हुए। इस तरह से उन्होंने अड़ियल रुख अख्तियार कर लिया था। ऐसे में, पेशेंट की लाश, बाहर उत्तेजित भीड़, किसी भी क्षण कुछ भी घट जाने की आशंका और अपने क्वार्टर में निरीह पड़ी अपनी पत्नी का खयाल आते ही मेरे दिमाग की नसें तड़तड़ाने लगीं। इससे पहले कि मैं अपना आपा खो बैठूँ, मैंने डेथ सर्टिफिकेट लिखकर दे देना ही उचित समझा।

डॉ. सुजाता राय का बयान

मैं पी.जी. स्टूडेंट डॉ. सुजाता राय एक जनवरी की रात डॉ. चौधरी की यूनिट में ड्यूटी पर थी, जब नक्सल लीडर विजय मित्र को अचेतावस्था में कार्डियोलॉजी में लाया गया। प्रारम्भिक जाँच के बाद मैंने पाया कि पेशेंट की हालत बहुत सीरियस है और उसके साथ आई भीड़ निहायत उग्र। मैं मन-ही-मन आतंकित और असहाय महसूस करती पेशेंट को तत्काल आई.सी.सी.यू. में दाखिल करने का निर्देश देकर डॉ. चौधरी से फोन पर सम्पर्क करने की कोशिश करने लगी। लेकिन काफी प्रयास के बावजूद उनसे सम्पर्क नहीं हो पाया। मैं चूँकि अब तक जान चुकी थी कि विजय मित्र नाम का यह पेशेंट नक्सल लीडर है और बाहर खड़े लोग उसके सपोर्टर, मेरे हाथ-पाँव फूलने लगे थे। मैं इसी मनःस्थिति में किसी सीनियर डॉक्टर की तलाश में इंस्टीट्यूट के पिछले दरवाजे से बाहर निकल पड़ी।

वह एक जनवरी की रात थी, शायद इसीलिए कैम्पस में कुछ ज्यादा ही सन्नाटा था। पता नहीं, मेरे भीतर का भय था या कैम्पस में व्याप्त सन्नाटा, वातावरण कुछ ज्यादा ही भयावह लग रहा था। अचानक मेरी नजर डॉ. भगत के क्वार्टर की खिड़की से आती रोशनी और डोलती परछाईं पर पड़ी। मुझे लगा कि डॉ. भगत अपने क्वार्टर में हैं। मैंने घबराहट और बेचैनी के उस आलम में डॉ. भगत के क्वार्टर की कॉलबेल बजा दी।

अपने क्वार्टर का दरवाजा डॉ. भगत ने ही खोला। इससे पहले कि डॉ. भगत मुझे कुछ पूछते, मैंने पेशेंट की सीरियस हालत का हवाला देते हुए उनसे मदद

की माँग की। डॉ. भगत शायद मुझे असहाय और उद्विग्न देखकर मेरे साथ चलने को तैयार हो गए।

आई.सी.सी.यू में भर्ती पेशेंट के बारे में यह जानकर कि वह नक्सल लीडर विजय मित्र है, डॉ. भगत कुछ इस तरह चौंके कि मैंने गौर किया, वह जैसे कुछ याद करने की कोशिश कर रहे हों। अगले ही क्षण डॉ. भगत पेशेंट के करीब पहुँचे और ध्यान से देखने लगे, फिर गहरी साँस खींचते हुए उन्होंने मुझसे पूछा, "डॉ. राय, आप पेशेंट को जानती हैं?"

हाँ, मैं पेशेंट विजय मित्र को जानती थी और उसे सिर्फ इसलिए नहीं जानती थी कि वह नक्सल लीडर है, बल्कि मैं उसी नक्सलबाड़ी की रहनेवाली हूँ, जहाँ कभी नक्सलवाद ने जन्म लिया था और उसके कहर का शिकार मेरा परिवार भी हुआ था। लेकिन यह बात मैं डॉ. भगत से छुपा गई। उल्टे, उस वक्त मुझे लगा कि डॉ. भगत भी किसी-न-किसी रूप में विजय मित्र को जानते हैं। उनकी आँखों में किसी को पहचान लेने जैसी स्निग्ध आभा उभरी थी और साथ ही उनके चेहरे पर गहरी उदासी छा गई थी।

डॉ. भगत पेशेंट विजय मित्र की स्थिति पर लगातार नजर रखे हुए थे। ई.सी.जी. मॉनिटर स्क्रीन पर हो रहे एक-एक परिवर्तन से उनके माथे पर बल पड़ जाते। मुझे लगा कि डॉ. भगत भीतर से बेहद उद्वेलित और इमोशनल हो आए हैं। मैंने उन्हें इस स्थिति से उबरने की गरज से या कि नक्सलियों के प्रति मेरे मन के भय-बोध ने मुझे उकसाया कि मैंने उनसे एक बेवकूफाना सवाल कर डाला, "सर, ऐसे नृशंस आदमी के पास भी दिल हो सकता है क्या?"

डॉ. भगत ने मुझे कौतूहल से देखा और मुझे अपनी ओर एकटक देखता पाकर ठंडी आह भरते हुए कहा, "डॉ. राय, यह आदमी जैसी दुनिया बनाने की लड़ाई लड़ता रहा है, वह किसी मामूली आदमी के वश की बात नहीं।"

जाहिर था कि डॉ. भगत न सिर्फ पेशेंट के बारे में बहुत-कुछ जानते थे, बल्कि उससे कहीं-न-कहीं अन्तरंग भी थे। मेरी इच्छा हुई कि मैं डॉ. भगत से पूछूँ कि क्या वह विजय मित्र की लड़ाई से इत्तेफाक रखते हैं, लेकिन किसी सीनियर से तुर्की-ब-तुर्की सवाल-जवाब न तो हम पी.जी. स्टूडेंट के लिए उचित होता है, न सुविधाजनक।

मुझे चुप देखकर डॉ. भगत कुछ ज्यादा ही उग्र हो उठे। उन्होंने जैसे अपने आपसे ही कहा, 'इस पेशेंट को किसी भी कीमत पर बचाया जाना जरूरी है, डॉ. राय!'

लेकिन वह पेशेंट नहीं बचा। डॉ. भगत लाख चाहकर भी पेशेंट विजय मित्र को

नहीं बचा पाए। उस वक्त डॉ. भगत उस लुटे हुए मुसाफिर की तरह नजर आ रहे थे, जो अपना सब कुछ गँवाकर भी, कहीं शिकायत दर्ज न करा पाने की बेबसी में जड़ हो गया है। डॉ. भगत हताश, उदास, भारी कदमों से आई.सी.सी.यू. से बाहर निकले और डॉक्टर्स चैम्बर में जाकर बैठ गए। उनके पीछे-पीछे मैं डॉक्टर्स चैम्बर में पहुँची और चुपचाप एक कुर्सी पर बैठ गई।

कुछ ही देर बाद डॉ. चौधरी भी आ पहुँचे। बाहर विजय मित्र के सपोर्टर नारे लगा रहे थे। चैम्बर के भीतर डॉ. चौधरी को देखकर डॉ. भगत कुर्सी से उठे और

डॉ. चौधरी से डेथ सर्टिफिकेट दे देने के लिए कहकर जाने लगे कि डॉ. चौधरी ने डेथ सर्टिफिकेट देने में अपनी असमर्थता व्यक्त कर दी। डॉ. भगत और डॉ. चौधरी में इस मुद्दे पर तकरार भी हुई और तभी मैंने देखा कि डॉ. भगत तमतमाए हुए कुर्सी पर जा बैठे। उस वक्त वह क्रोध से काँप रहे थे और उसी हालत में उन्होंने डेथ सर्टिफिकेट लिखना शुरू कर दिया था।

डॉ. भगत डेथ सर्टिफिकेट पर अपना हस्ताक्षर करने के साथ ही झटके से उठे और कागज के उस टुकड़े को वहीं टेबल पर छोड़कर तीर की मानिन्द डॉक्टर्स चैम्बर से बाहर निकल गए।

सिस्टर एलविन का बयान

मैं सीनियर सिस्टर एलविन हेम्ब्रम एक जनवरी की रात ड्यूटी पर थी। उस रात जब पेशेंट विजय मित्र को लेकर एक भीड़ आई तो तत्काल उसे पी.जी. डॉ. सुजाता राय ने एक्जामिन किया और उसे ऑक्सीजन लगाने को कहकर आई.सी.सी.यू. में ले जाने की हिदायत दी। आई.सी.सी.यू. में थोड़ी देर बाद डॉ. सुजाता राय के साथ डॉ. सी.के. भगत आए। उन्होंने पेशेंट को देखा और मुझसे पेशेंट का ब्लड बायोकेमिस्ट्री का इन्तजाम करने को कहा। मैं डॉ. भगत के आदेश पर आई.सी.सी.यू. से बाहर चली गई। मुझे बायोकेमिस्ट्री में ताला बन्द मिला। मैंने डॉ. भगत को जब यह सूचना दी तो वह बुरी तरह बौखला गए और दौड़ते हुए बरामदे की ओर भागे। इसी बीच लाइट चली गई और जब लाइट आई तो मैंने देखा कि डॉ. भगत हाँफते हुए आई.सी.सी.यू. में घुस रहे हैं। डॉ. भगत ई.सी.जी. मॉनिटर स्क्रीन पर नजर पड़ते ही चीख पड़े, “ओह नो!”

डॉ. भगत की चीख से मेरा ध्यान उस ओर आ गया। मैंने देखा, डॉ. भगत पेशेंट की नब्ज टटोल रहे हैं। डॉ. भगत बेहद बेचैन और घबराए हुए थे। शायद उस वक्त उनकी समझ में कुछ नहीं आ रहा था। तभी डॉ. सुजाता राय ने उनसे कहा, “सर, पेशेंट इज नो मोर!”

जेनरेटर ऑपरेटर का बयान

एक जनवरी की रात जिस वक्त बिजली गायब हुई थी, मैं अपनी ड्यूटी पर था। मैंने दौड़कर जेनरेटर चालू करने की कोशिश की लेकिन जेनरेटर में कचरा आ जाने के कारण उसे चालू होने में समय लगा। समय कितना लगा, यह ठीक-ठाक बता पाना सम्भव नहीं है, क्योंकि न तो मेरे पास घड़ी थी और न ही ऐसी कोई जरूरत कभी पड़ी थी।

डॉ. चौधरी का बयान

मैं डॉ. नीलकान्त चौधरी एक जनवरी को नाइट ड्यूटी पर था। मुझे कैम्पस में आवास उपलब्ध नहीं है, इसलिए मैं शहर में किराए के मकान में रहता हूँ। उस रात मैं घर से ड्यूटी के लिए चला तो रास्ते में पता चला कि मुख्य मार्ग पर वाहनों का आना-जाना बन्द है, क्योंकि उधर से गवर्नर का काफिला गुजरनेवाला है। रास्ता डाइवर्ट कर दिया गया था, लिहाजा दूसरे तमाम रास्तों में ट्रैफिक जाम हो गया था। और मैं चाहकर भी ड्यूटी पर समय से पहुँच पाने में विवश था। जब मैं अपनी ड्यूटी पर पहुँचा तो कैम्पस में एक शव को घेरे लोगों का हुजूम नारेबाजी कर रहा था। भीड़ बेहद उत्तेजित थी। मुझे लगा, किसी भी क्षण हिंसक हो सकती है। मैं घबराया हुआ डॉक्टर्स चैम्बर में पहुँचा, जहाँ पहले से ही डॉ. भगत और पी.जी. स्टूडेंट डॉ. सुजाता राय मौजूद थे।

डॉ. भगत ने मुझसे कहा कि मैं विजय मित्र का डेथ सर्टिफिकेट दे दूँ। लेकिन मैंने पेशेंट का इलाज नहीं किया था, न ही मैं केस हिस्टरी से वाकिफ था, इसलिए डेथ सर्टिफिकेट देना मेरे लिए न तो व्यावहारिक था और न उचित, इसलिए मैंने अपनी विवशता जाहिर कर दी। इस पर डॉ. भगत मुझसे उलझ पड़े और उन्होंने अपना आपा खो लिया। उसी मानसिक स्थिति में उन्होंने विजय मित्र का डेथ सर्टिफिकेट जारी कर दिया।

डॉ. भगत के लिखे डेथ सर्टिफिकेट पर नजर पड़ते ही मैं हैरान रह गया। मुझे अपनी आँखों पर विश्वास नहीं हुआ। मैंने उसे डॉ. सुजाता राय को पढ़ने के लिए दिया। डॉ. सुजाता राय भी डेथ सर्टिफिकेट पढ़कर चकरा गई। डॉ. भगत ने डेथ सर्टिफिकेट में पेशेंट विजय मित्र की मृत्यु का कारण लिखा था—ड्यू टू फेल्योर ऑफ सिस्टम (व्यवस्था के विफल हो जाने के कारण)।

जाँच दल ने महसूस किया कि इस बिन्दु पर डॉ. सी.के. भगत का स्पष्टीकरण जरूरी है। लिहाजा, डॉ. भगत एक बार फिर तलब किए गए। जाँच दल की ओर से डॉ. रजनीश आचार्य ने डॉ. सी.के. भगत से पूछा, "डॉ. भगत, आप एक सीनियर और जिम्मेदार डॉक्टर हैं, फिर आपने ऐसा डेथ सर्टिफिकेट क्यों दिया?"

"क्यों, मैंने कुछ गलत लिखा है क्या?" डॉ. सी.के. भगत इस इत्मीनान से

मुस्कुराए कि जाँच दल के तीनों सदस्य सकते में आ गए।

“आर यू श्योर, डॉ. भगत, कि आपने सही लिखा है?” बड़ी मुश्किल से पूछ पाए डॉ. रामाशीष देव।

“यस...यस! आयम हंड्रेड परसेंट श्योर!” डॉ.सी.के. भगत के स्वर से सख्ती और तल्खी एक साथ उभरी। उन्होंने उल्टा सवाल दाग दिया, “एनी क्वेश्चन मोर?”

जाँच दल ने डॉ. सी.के. भगत से कोई और सवाल पूछना जरूरी नहीं समझा। इसके साथ ही कार्डियोलॉजी के डायरेक्टर और अन्य डॉक्टरों से भी कोई पूछताछ इसलिए नहीं की गई कि उनका इस घटना से कोई प्रत्यक्ष सम्बन्ध नहीं था और वे जाँच के दायरे में नहीं आते थे।

जाँच दल की रिपोर्ट

साक्ष्यों, परिस्थितियों और गवाहों के बयानों के मद्देनजर जाँच दल के तीनों सदस्यों ने जो रिपोर्ट तैयार की, वह इस प्रकार है–

डॉ. रजनीश आचार्य, कार्डियोलॉजिस्ट

पेशेंट विजय मित्र की ब्लड बायोकेमिस्ट्री उपलब्ध न होने से मायोकार्डियल इनफार्कशन (हाई अटैक) की पुष्टि नहीं होती। लेकिन ब्लड प्रेशर और ई.सी.जी. रिपोर्ट से जाहिर होता है कि पेशेंट विजय मित्र की हालत गम्भीर थी। उसका प्रॉपर केयर और ऑब्जर्वेशन जरूरी था, जो नहीं हुआ। वह स्पष्टतः लापरवाही का मामला है और डॉक्टरी नैतिकता के विरुद्ध है। मेरी राय में पेशेंट की मृत्यु का कारण है कि ‘लैक ऑफ प्रॉपर ट्रीटमेंट!’

डॉ. जीवकान्त यादव, न्यूरोलॉजिस्ट

साक्ष्यों, परिस्थितियों और पेशेंट की पृष्ठभूमि से जाहिर होता है कि पेशेंट विजय मित्र जबर्दस्त ‘नर्वस ब्रेक डाउन’ का शिकार था, जिससे उसके मस्तिष्क ने काम करना बन्द कर दिया। ऐसा मरीज शारीरिक तौर पर जिन्दा होते हुए भी दिमागी तौर पर मर चुका होता है। ऐसे केस में तुरन्त न्यूरोलॉजिस्ट से सम्पर्क किया जाना चाहिए था, जो नहीं हुआ। मेरी राय में विजय मित्र की मौत का कारण है–ब्रेन डेथ।

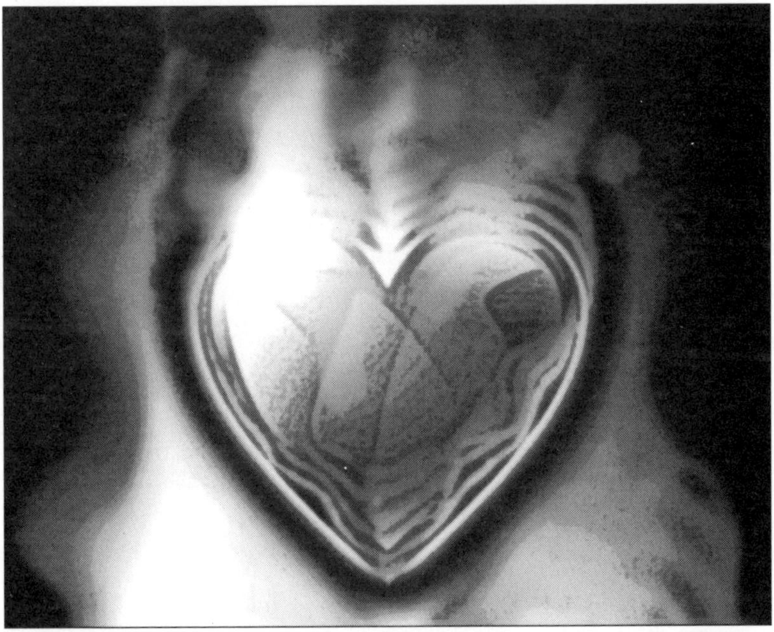

डॉ. रामाशीष देव, साइकियाट्रिस्ट

पेशेंट विजय मित्र चूँकि नक्सल लीडर और एक्टिविस्ट था इसलिए उसका अत्यधिक तनाव और दबाव में होना स्वाभाविक है। वह कल्पनाओं और सपनों की दुनिया में जीने का आदी था, जैसा कि ऐसे लोग होते हैं। वस्तुतः यह एक प्रकार का मनोरोग है। इस रोग के चरम पर पहुँच जाने के कारण ऐसे रोगी या तो पागलपन का शिकार हो जाते हैं या फिर एक्यूट डिप्रेशन के। साक्ष्यों, परिस्थितियों और गवाहों के बयानों से मैं इस नतीजे पर पहुँचा हूँ कि पेशेंट विजय मित्र की मृत्यु 'स्ट्रेस एंड स्ट्रेन' की वजह से हुई।

लेकिन जाँच दल के तीनों सदस्य इसके विपरीत कुछ बातों पर एकमत भी थे। वे सहमत थे कि एक जनवरी की रात डॉ. चौधरी की ड्यूटी थी और ट्रैफिक जाम की वजह से वह समय से ड्यूटी पर नहीं पहुँच पाए, जो सम्भव है। इसके बावजूद, डॉ. चौधरी की ड्यूटी में डॉ. भगत द्वारा पेशेंट का इलाज किया जाना उचित नहीं था, क्योंकि इस तरह डॉ. चौधरी की जवाबदेही समाप्त हो गई और जान-बूझकर डॉ. भगत ने न सिर्फ पेशेंट विजय मित्र के इलाज की जिम्मेदारी अपने ऊपर ले ली, बल्कि उन्होंने संस्थान के नियमों का भी उल्लंघन किया।

जाँच दल के सदस्य इस बात पर भी एक राय थे कि अपने पुत्र की आत्महत्या, पत्नी की लम्बी बीमारी और कार्डियोलॉजी इंस्टीट्यूट का डायरेक्टर न बनाए जाने के कारण मुकदमेबाजी में उलझे डॉ. सी.के. भगत हताशा, हीनता और कुंठा के शिकार हो चुके हैं। उनकी मानसिक स्थिति भी कतई सामान्य नहीं लगती।

जाँच दल ने डॉ. सी.के. भगत द्वारा जारी डेथ सर्टिफिकेट की वैधानिक हैसियत के बारे में अपनी राय देते हुए लिखा—डॉ. सी.के. भगत चूँकि एक जनवरी की रात ड्यूटी पर नहीं थे, इसलिए नियमतः उन्हें डेथ सर्टिफिकेट नहीं जारी करना चाहिए था। इस तरह न सिर्फ अराजकता बढ़ेगी, बल्कि एक गलत परिपाटी भी जन्म लेगी। डॉ. भगत द्वारा जारी डेथ सर्टिफिकेट सिद्धान्ततः नियम विरुद्ध है। वैसे इस मामले में विधि विशेषज्ञ की राय अपेक्षित है।

सरकार का निर्णय

जाँच दल के विशेषज्ञों की राय, गवाहों के संलग्न बयान और परिस्थितियों के आलोक में प्रमाणित है कि डॉ. सी.के. भगत का नक्सल कंमाडर लीडर विजय मित्र से गहरा सम्बन्ध था और इसी कारण उन्होंने सरकार को बदनाम करने के लिए सुनियोजित साजिश के तहत असंवैधानिक डेथ सर्टिफिकेट जारी किया, जो घोर अनुशासनहीनता का परिचायक है तथा एक सरकारी सेवक की आचार-संहिता के विरुद्ध है। डॉ. सी.के. भगत को चिकित्सकीय मर्यादा के उल्लंघन और आपत्तिजनक आचरण के कारण तत्काल प्रभाव से सेवामुक्त किया जाता है।

डॉ. सी.के.भगत की प्रतिक्रिया

कॉमरेड विजय मित्र, काश, तुम्हारे पास दिल न होता!

यह कहानी अवधेशजी के कहानी-संकलन **नृशंस** से है। इसका प्रकाशन पहली मर्तबा राजकमल से सन् 2001 में हुआ।

अवधेश प्रीत (जन्म : 13 जनवरी, 1958)

कहानीकार, लेखक और पत्रकार के रूप में अवधेश प्रीत की हिन्दी साहित्य जगत में अपनी एक खास पहचान है। उनकी कहानियों में किसी कुशाग्र सर्जन के नश्तर जैसा क्लीनिकल पैनापन है, सच्चाई को बेबाकी के साथ कहने का जोश है और वर्तमान सामाजिक-राजनीतिक परिस्थितियों का तल्ख खुलासा है। किसी ने ठीक ही कहा है, "उनकी कहानियों से गुजरना उन दुर्लभ अनुभवों के वर्जित क्षेत्र में प्रवेश करना है, जिसकी फिजा में आदिमगन्ध तैरती है।"

उनकी कहानियों के सभी पात्र सच्चे जान पड़ते हैं, जिनसे जीवन में हमारा किसी-न-किसी रूप में हर दिन सामना होता है। वर्तमान भारतीय समाज में व्याप्त 'सब चलता है' नजरिया, स्खलित होती संवेदनाओं और सामाजिक सम्बन्धों के बीच चौड़ी होती दरारों की ओर उनकी कहानियाँ बरबस ही हमारा ध्यान खींच लेती हैं।

अवधेश के अब तक पाँच कहानी-संग्रह प्रकाशित हुए हैं—हस्तक्षेप, नृशंस, हम जमीन, कोहरे की कंडील और मेरी चुनी हुई कहानियाँ। उनकी कई कहानियाँ उर्दू में भी अनूदित हुई हैं तथा उनकी सम्प्रेषणीयता, व्यापकता और ग्राह्यता ने कई नाट्य निर्देशकों को भी अपनी ओर आकर्षित किया है। ग्रासरूट, नृशंस, तालीम और फलितार्थ कहानियों का पटना से दिल्ली तक हुआ सफल मंचन उनकी कहानियों की सामाजिक सम्बद्धता का साक्ष्य है।

अपनी कृतियों के लिए अवधेश कई महत्त्वपूर्ण साहित्यिक पुरस्कारों से नवाजे जा चुके हैं, जिनमें फणीश्वरनाथ रेणु कथा सम्मान, अखिल भारतीय विजय वर्मा कथा सम्मान तथा बनारसी प्रसाद भोजपुरी कथा सम्मान विशेष रूप से उल्लेखनीय हैं।

अवधेश अपनी डॉक्टर पत्नी और परिवार के साथ पटना में रहते हैं तथा दैनिक हिन्दुस्तान में वरिष्ठ सम्पादक के रूप में कार्यरत हैं।

फणीश्वरनाथ रेणु

स्टिल लाइफ

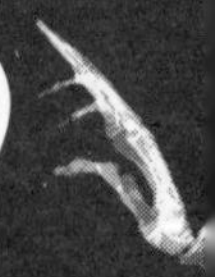

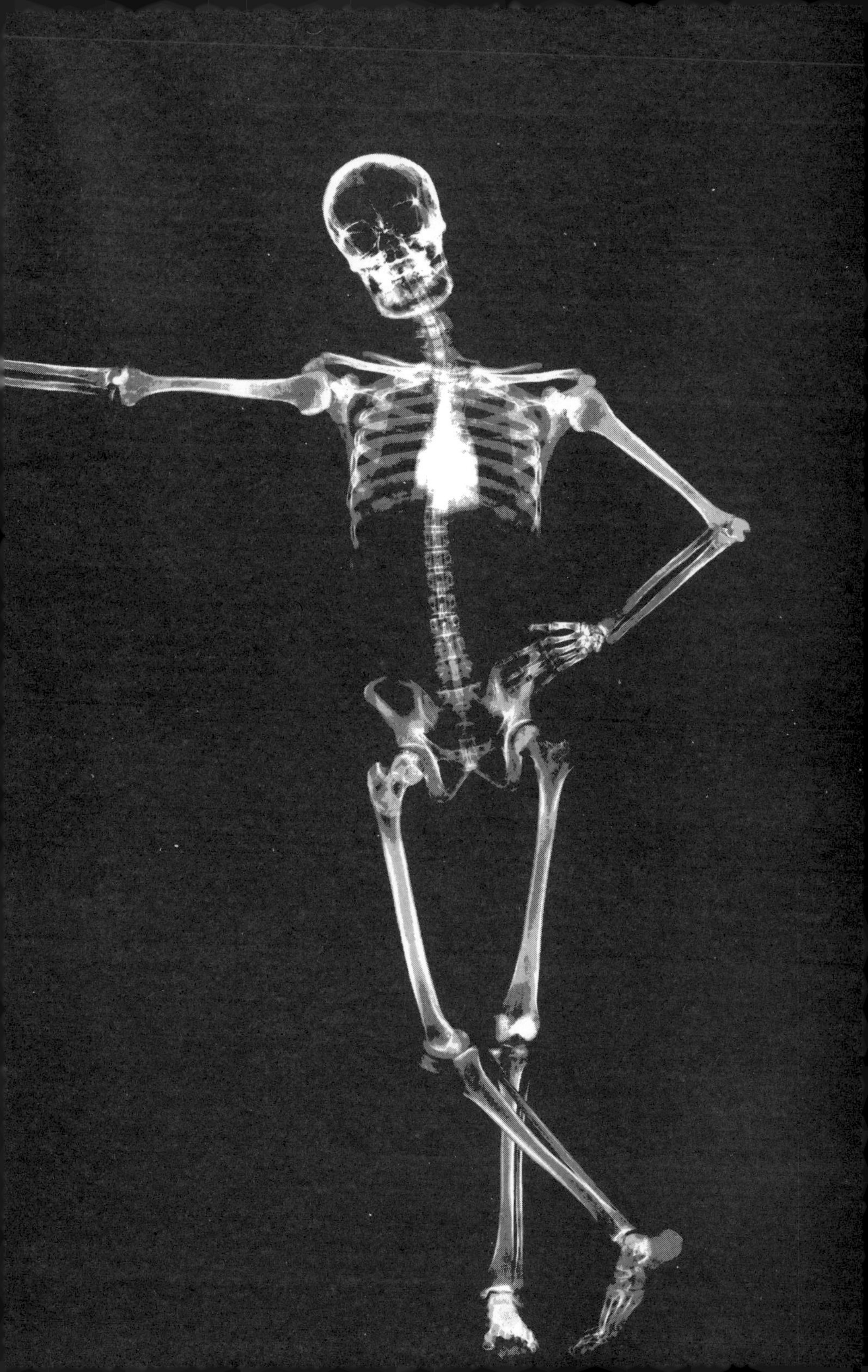

अस्पताल में दाखिल होते ही आपका नाम बदल जाता है। आप अपना नाम खोकर किसी नम्बर के नाम से मशहूर हो जाते हैं। बेड नम्बर 5 को 'सीपी डायट' चलेगा, नम्बर 3 को 'एनिमा' देना है, नम्बर 12 का 'ब्लड' लेना है। नम्बर 6 को 'बैक रेस्ट' लगा दो।

माँ-बाप का दिया हुआ, राशिचक्र और भृगुसंहिता द्वारा प्रमाणित आपका नाम अथवा आपका प्यारा साहित्यिक नाम-उपनाम यहाँ नहीं चलेगा।

मैं बेड नम्बर 1 था। लगातार चौदह महीने तक अस्पताल में पड़े रहने के कारण मेरा यह नाम परमानेंट-सा हो गया था। आज भी कभी किसी काम से अस्पताल जाता हूँ, तो वार्ड-कुली हँसकर सलाम करते हुए कहता है—बहुत दिनों के बाद इधर आना हुआ एक नम्बर बाबू!

और जब-जब अस्पताल जाता हूँ, मुझे बेड नम्बर 4 की याद आ जाती है। दीवाल पर अंकित अक्षर को ध्यान से देखता हूँ बेड न. 4!

चौदह महीने में बहुत से रोगी आए, अपना नाम खोकर किसी बेड नम्बर से पुकारे गए। आराम होकर घर गए अथवा...। बेड नम्बर 4 पर भी बहुत से रोगी आए, आकर चले गए। लेकिन उस बार 4 नम्बर बेड पर एक ऐसा रोगी आकर अपनी याद छोड़ गया—जिसे अभी तक भूल नहीं सका हूँ।

आउटडोर से स्ट्रेचर पर लेटकर आया, कुलियों ने बेड पर लिटा दिया और वार्ड-नर्स ने बुखार जाँचकर 98.5^0 फारेनहाइट पर एक गोल बिन्दी लगा दी। 98.5^0 फारेनहाइट एक स्वस्थ शरीर का तापमान!

वार्ड में दाखिल होते ही नए रोगियों की चीख-पुकार तेज हो जाती है, रोना-धोना बढ़ जाता है। नए वातावरण की प्रतिक्रिया बहुत तेजी से होती है। बुखार तेज हो जाता है, दिल की धड़कन बढ़ जाती है और आँखों की रोशनी कुछ ऐसी हो जाती है कि हर आदमी की सूरत भयावनी मालूम पड़ती है। यह अवस्था प्रायः चौबीस घंटे तक रहती है। अस्पताल की भयावनी रातों में कभी पूर्णिमा का चाँद नहीं आता। बारहों-महीनों तीसों-रात अमावस्या की अँधियारी छाई रहती है!

दिन के उजाले में, जब वार्ड का कोई नम्बर मरता है, उसके रोनेवाले सगे-सम्बन्धियों को वार्ड के डॉक्टर से लेकर कुली तक डाँटकर चुप कर देते हैं—बाहर जाकर रोना-पीटना करो। हल्ला नहीं! ऐ बूढ़ी, छाती क्यों पीटती है जोर-जोर से?

किन्तु, रात में तो सारे अस्पताल में मरनेवालों की संख्या का अनुमान बेड पर पड़े-पड़े ही लगाया जा सकता है। यह आवाज 'बेबी वार्ड' की ओर से आ रही

है। किसी का फूल जैसा सुकुमार बच्चा चल बसा। माँ छाती पीट-पीटकर रो रही है—तोता रे तोता! लाली-लाली ओठ तेरे काले क्यों पड़ गए रे बेटा—आ-आ-आ! अरे कोई मेरे तोते को पकड़कर ला दे रे दैबा-आ-आ!!

दाहिनी ओर टी.बी. वार्ड में भी रोना-पीटना चल रहा है—खून की कै करता हुआ कोई जर्जर शरीर ठंडा हो गया—अच्छा हुआ, आखिर आदमी खून-कै करता हुआ कब तक जिन्दा रहने की कोशिश करेगा?

और यह पतली तीखी आवाज विमेंस हॉस्पिटल से आ रही है। लेबर रूम में ही प्रसव-पीड़ा से छटपटाती हुई कोई होनेवाली माँ मर गई, शायद!...

ऐसी मनहूस रातें जिसने करवटें लेकर काट दीं—बस समझिए कि उसका दिल मजबूत हो गया। सुबह को उसकी हालत नॉर्मल हो जाएगी। और तभी रोग का निदान भी सही हो सकता है, इलाज भी कारगर साबित हो सकता है।

लेकिन, बेड नम्बर 4 को लाकर आउटडोर के कुलियों ने जिस तरह लिटा दिया—लेटा रहा! न रोया न चिल्लाया। कराहने की आवाज भी नहीं सुनाई पड़ी उसकी!

उसके आने से वार्ड में कोई हड़कम्प भी नहीं मचा!...कभी-कभी किसी रोगी के आते ही वार्ड में बड़ी सरगर्मी शुरू हो जाती है। सगे-सम्बन्धी बार-बार ड्यूटी-रूम से नर्स और डॉक्टरों को बुला ले जाते हैं। नर्स की चाल तेज हो जाती है—खुट-खुट-खुट-खुट! डॉक्टरों की आवाज गम्भीर हो जाती है, "सिस्टर! आइसकैप!...कोरामिन!"

रोगी के सम्बन्धी, डॉक्टर से हर पाँच मिनट के बाद जाकर पूछते हैं, "डॉक्टर साहब, एक बार बड़े डॉक्टर को कॉल कर दिया जाए...?"

रोगी के दूसरे आदमी वार्ड के मेहतरों और कुलियों को धमकी देते हैं, "पेशाबदानी साफ करके जल्दी दे जाओ।...यह मत समझो कि ऐसा-वैसा आदमी का रोगी है। ननकेसर बाबू को नहीं जानते? मिनिस्टर साहब के साले के अपने भतीजे हैं! सो समझ लो।"

वार्ड-कुली बड़बड़ाता है, "हाँ भाई, राज ही तुम लोगों का है।"

कभी-कभी उत्पात मचानेवाले रोगी आते हैं। आते ही सबसे पहले पलंग की टूटी हुई स्प्रिंग की शिकायत करते हैं, तुरन्त 'स्पंजिंग' माँगते हैं, गर्म पानी का थैला उठाकर फेंकते हैं—"एकदम ठंडा है। सिस्टर! यह गर्म पानी का थैला है? जरा छूकर देखिए, एकदम बर्फ की तरह ठंडा है।"

नर्स 'हॉट वाटर बैग' को छूकर देखती है, "और कितना गर्म चाहते हैं आप?"

इसके बाद रोगी और उसके साथ आए हुए दोस्त, न जाने क्यों, हँस पड़ते हैं एक साथ! और नर्स ड्यूटी-रूम में जाकर दूसरी नर्सों से कहती है, "अरी प्रमिला! 16 नम्बर पर एक 'पार्टी पेशेंट' आया है।...बड़ा कानून बघार रहा है। होशियार रहना—दिलफेंक...!" दूसरी नर्स जवाब देती है, "ये पार्टीवाले रोगी बड़े उत्पाती होते हैं, लेकिन किताबें अच्छी-अच्छी लाते हैं साथ में। फिल्मफेयर..."

बेड नम्बर 4 ने ऐसा कोई उत्पात नहीं किया। उसने डॉक्टरों को परेशान नहीं किया, नर्सों को सरपट नहीं दौड़ाया और न वार्ड के कुलियों को कॉल बुक लेकर बड़े डॉक्टरों के पास भिजवाया। 98.5 डिग्री बुखार अपने टेम्परेचर चार्ट पर लेकर वह लेटा रहा—लाल रेखा से नीचे एक काली बिन्दी!

मैं अपना टेम्परेचर चार्ट खोलकर कभी-कभी देखता था। मिस दास हाथ से मापती थी, मानो कपड़ा माप रही हो—"बाप रे, साढ़े नौ हाथ!...जनम-पत्तरी है यह तो!"

बेड नम्बर 11 का टेम्परेचर चार्ट देखकर कोई भी कह सकता है—हिमालय की ऊँची-ऊँची चोटियों का रेखांकन है। बेड नम्बर 2 के टेम्परेचर चार्ट और

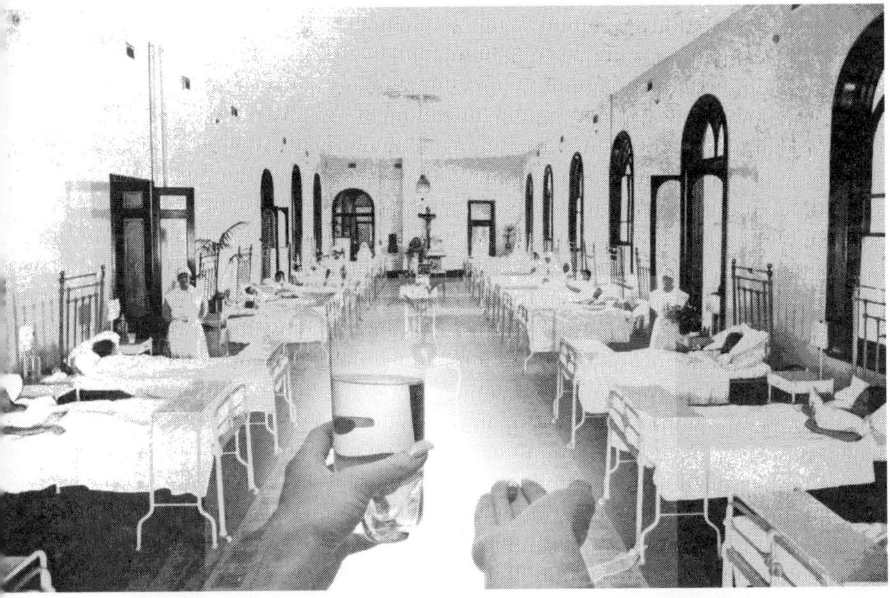

किसी विदेशी संगीत की सिम्फनी में क्या अन्तर है! किसी सिम्फनी ऑर्केस्ट्रा का कंडक्टर इस कम्पोजिशन को सामने रखकर—फर्स्ट वायलिन ग्रुप से कहेगा—मोस्ट टेंडर नोट..!

लाल रेखा पर तीन काली बिन्दियाँ—फिर रेखा से नीचे एक बिन्दी! फिर लाल रेखा से ऊपर दो बिन्दियाँ!!

बेड नम्बर 4 के टेम्परेचर चार्ट पर सिर्फ एक काली बिन्दी पड़ी हुई है। लाल रेखा से नीचे एक काली बिन्दी।...वार्ड में घूमते हुए डॉक्टरों की आँखें, लाल रेखा से नीचे पड़ी हुई बिन्दी को देखकर जरा भी चंचल नहीं होतीं कभी—नॉट सीरियस!

चार घंटे के बाद, डायरेक्शन बुक हाथ में लेकर वार्ड-नर्स कोई टेबलेट बाँटने आई। टेबलेट और दवा बाँटने के समय, नर्स की पगध्वनि छन्द और ताल में बँधी हुई सुनाई पड़ती है—खुट-खुट, खुट-खुट—बेड नम्बर 2...मुँह खोलो—आँ करो...निगल जाओ...ठीक है...खुट-खुट, खुट-खुट—बेड नम्बर 3...मुँह खोलो—आँ करो...। बारी-बारी से एक-एक रोगी का मुँह खुलवाती है—मुँह खोलो। रोगी चित लेटा हुआ चिड़ियों की तरह मुँह खोल देता है। मिस साहिबा, मुँह में टेबलेट देकर, छोटे गिलास से एक घूँट पानी डाल देती है—निगल जाओ। फिर—ठीक है—के बाद—खुट-खुट, खुट-खुट!

छन्द भंग हुआ!...बेड नम्बर 4! अजी ओ...उट्ठो! मुँह खोलो...बेड नम्बर 4? बेड नम्बर 4 न हिला, न डुला। चुपचाप लेटा रहा। मिस साहिबा विरक्त हुईं।...ललाट रेखाएँ खिंच आती हैं जब इस नर्स के...बड़ी भली दिखाई पड़ती है...अरे ओ सोनेवाले!

मिस साहिबा ने टेम्परेचर चार्ट पर नजर डाली—नॉर्मल तो है बुखार!

फिर उसने बेड नम्बर 4 के मुँह पर से कपड़ा हटा दिया—घोड़ा बेचकर सोया है! मिस साहिबा ने पलंग के पाँव में अपनी जूती का ठोकर दिया—बेड नम्बर 4!

और अन्त में उसने कलाई पकड़ी। छूते ही न जाने क्यों, नर्स के ललाट पर खिंची हुई रेखाएँ बिला गईं। उसने नाक के पास हाथ रखकर परीक्षा की, छाती पर तलहथी डालकर देखा—"अरे, एक्सपायर्ड?"

खुट-खुट, खुट-खुट, खुट-खुट,...मिस साहिबा ड्यूटी रूम की ओर तेजी से दौड़ी—"अरे बाबूलाल, ओ.डी. ऑफिस जाते हो? जरा एक स्लिप लेते जाओ। बेड नम्बर 4 एक्सपायर्ड कर गया।...अभी नहीं सर्टिफाई करेंगे तो फिर चार घंटे लग जाएँगे...!"

ऑफिसर ऑन ड्यूटी—ओ.डी. आए। स्टेथस्कोप की थुथनी को छाती पर लगाया। फिर कान से निकेल के एयरपीस को निकालते हुए नर्स की किताब पर कुछ लिख दिया!

बेड नम्बर 4—एक्सपायर्ड!...मर गया 4 नम्बर! वह सिर्फ मर गया। किसी का सुहाग नहीं लुटा और न किसी की आँख का तारा ही टूटा। उसके मरने के बाद किसी प्रकार के सामूहिक रुदन का भी कोई आयोजन नहीं हुआ। वह सिर्फ मर गया!...सिर्फ मरने में अन्तर है।

अस्पताल के नियमानुसार उसका बेड-हेड टिकट और टेम्परेचर चार्ट बना दिया गया था। उसने अपनी ओर से कोई प्रार्थना नहीं की थी। न दवा के लिए रोया-रिरियाया, न ही फल के लिए वार्ड-कुली से झगड़ा, न दूध का गिलास बढ़ाते हुए बोला—जरा लगा के देना, बाबूलाल भाई! और न मेम साहब से पलंग के खटमलों की शिकायत की।...ठंडे होते हुए हॉट वाटर बैग की तरह धीरे-धीरे वह ठंडा हो गया।

अस्पताल में दाखिल हुआ—इनडोर रोगियों के रजिस्टर के एक कोष्ठ को भरने के लिए एक बूँद रोशनाई खर्च हुई। वार्ड में आया—टेम्परेचर चार्ट पर रोशनाई की दूसरी बूँद खर्च हुई। वह मर गया, मरे हुए रोगियों के रजिस्टर की खानापूर्ति में तीसरी बूँद...

बर्फ-घर के कुलियों का जत्था आया, "मेम साहब! लीजिए साइन कर दीजिए

कागज पर जल्दी से।...बड़े साहब बैठे हैं। इम्तहान चल रहा है।"

दूसरे ने कहा, "बहुत मार्के से ताजा डेड बॉडी मिल गया। क्यों नन्दू?"

स्ट्रेचर को उठाते हुए नन्दू नाम के कुली ने रसिकता की, "चल भैया, कदम-कदम बढ़ाके। हटो भाई, जरा निकलने दो—सेकंड पाट के बाबू लोगों का कोस-चैन जा रहा है।"

एक मेडिकल स्टूडेंट हड़बड़ाता हुआ आया और वार्ड-नर्स से पूछने लगा, "मिस दास!...प्लीज! बेड नम्बर 4 का बेड-हेड टिकट जरा दिखलाइएगा...क्या केस था, कह सकती हैं?" नर्स मिस दास अपनी मुस्कुराहट को रोककर बेड-हेड टिकट और टेम्परेचर चार्ट निकालने लगी।...तीन-चार और परीक्षार्थी आए, कम-से-कम केस की हिस्टरी मिल जाए तो समझो पोस्टमार्टम में...।

मेडिकल स्टूडेंटों ने बेड-हेड टिकट को इधर-उधर उलटकर देखा—रोगी के नाम की जगह लिखा था—एक रोगी—अचैतन्यावस्था में। पता—लावारिस!...टेम्परेचर चार्ट पर, लाल रेखा के नीचे एक काली बिन्दी पड़ी हुई थी।

सबों ने एक साथ हँसकर कहा—धत्तेरे की जय हो!

खुट-खुट, खुट-खुट। मिस साहिबा मुस्कुराकर मिक्स्चर बाँटने चलीं।

और मैंने करवट लेकर दीवार पर अंकित अपने नम्बर को देखा, बेड-हेड टिकट मेरा काफी मोटा हो गया है—पचासों किस्म की रिपोर्ट...!

तकिए पर अजाने ही दो-तीन बूँद आँख का पानी गिर गया—बेवजह, बेकार, जिसका कोई अर्थ नहीं!

रेणुजी का यह स्केच पहली बार **निकष** के जनवरी 1957 अंक में प्रकाशित हुआ। बाद में यह रचना **वन-तुलसी की गन्ध** संकलन में छपी।

फणीश्वरनाथ रेणु (4 मार्च, 1921–11 अप्रैल, 1977)

आधुनिक हिन्दी कथा-साहित्य के शिखर-पुरुष। एक ओर मैला आँचल, परती परिकथा, दीर्घतपा जैसे अद्भुत उपन्यास सृजित कर जहाँ रेणु ने हिन्दी कथा-साहित्य में आंचलिक उपन्यासों की नई शैली की बुनियाद डाली, वहीं दूसरी ओर ठुमरी, अगिनखोर, आदिम रात्रि की महक, एक श्रावणी दोपहरी की धूप जैसे कहानी-संग्रह उनकी सृजनात्मकता के जीते-जागते नमूने हैं। कथा-साहित्य के साथ-साथ उनकी कलम से निकले संस्मरण, रेखाचित्र और रिपोर्ताज भी उनके अनूठे व्यक्तित्व और कृतित्व की अप्रतिम अभिव्यक्ति हैं। रेणु ने प्रेमचन्द द्वारा विकसित गद्य को नया आयाम और नई ऊँचाई दी।

बिहार के अत्यंत पिछड़े क्षेत्र पूर्णिया के औराही हिंगना गाँव में जन्मे रेणु न सिर्फ प्रेमचन्दोत्तर युग के क्रान्तिकारी रचनाकार के रूप में चर्चित हैं, बल्कि सामाजिक-राजनीतिक रणभूमि में भी सजग रहकर उन्होंने आखिरी साँस तक दमन और शोषण के विरुद्ध बुलन्द आवाज उठाई। वह सन् 1942 में अंग्रेजों के खिलाफ 'भारत छोड़ो' आन्दोलन के सेनानी बने, तो 1950 में नेपाली राणाशाही के विरुद्ध सशस्त्र क्रान्ति और राजनीति का हिस्सा रहे, और इमरजेंसी के स्याह दिनों में जे.पी. के जन आन्दोलन के हिस्सा बन सरकारी तंत्र के अत्याचारों के विरुद्ध संग्राम छेड़ जेल गए।

1966 में बासु भट्टाचार्य ने उनकी लघुकथा मारे गए गुलफाम पर तीसरी कसम फिल्म बनाई, जिसके संवाद स्वयं रेणु ने ही लिखे। उनकी कहानी पंचलाइट पर टी.वी. फिल्म बनी। मैला आँचल पर भी 1970-80 के दशक में फिल्म बनी पर कमजोर सीनेमेटोग्राफी के चलते बॉक्स ऑफिस पर यह अधिक दिन तक चल न सकी।

रमेश उपाध्याय
स्पन्दन

आयुर्वेदाचार्य पंडित रामनाथ शर्मा इस छोटे शहर के बहुत बड़े वैद्य हैं। 'हाथ के जस और वाक् के सत' के लिए प्रसिद्ध। मरते रोगियों को भी जिला देते हैं, लेकिन जिसे देखकर कह दें कि यह नहीं बच सकता, वह नहीं ही बचता।

वैद्यजी आज के जमाने में भी देश-प्रेम और जनता की सेवा में विश्वास रखते हैं, जबकि बहुत से देशवासियों के लिए इन चीजों का कोई मतलब नहीं रह गया है। उन्हें आयुर्वेद से जितना प्रेम है, एलोपैथी से उतनी ही नफरत। शहर के क्रिश्चियन मिशन हॉस्पिटल के वे शुरू से ही विरोधी रहे हैं। अब तो नहीं, लेकिन पहले वे उसका नाम सुनते ही भड़क उठते थे। कहते थे, "ये ईसाई मिशनरी देश के दुश्मन हैं। एलोपैथी से आयुर्वेद को नष्ट करना चाहते हैं। अंग्रेजी और अंग्रेजियत फैलाते हैं। हमारे ज्ञान-विज्ञान को नष्ट करते हैं। हमारी सभ्यता और संस्कृति को भ्रष्ट करते हैं। एलोपैथी हमारे देश को हमेशा के लिए पराधीन बनाए रखने का षड्यंत्र है।"

अपने इन्हीं विचारों के कारण वैद्यजी स्वाधीनता-आन्दोलन के समर्थक और गांधीजी के भक्त बने थे। खादी पहनते थे और कांग्रेस को चन्दा देते थे। वैद्य के रूप में देश की सेवा करते थे। उनकी दुकान में रोगियों की ही नहीं, उनसे मिलने आनेवालों की भी भीड़ लगी रहती थी। वैद्यजी रोगियों को देखते रहते, उनके लिए दवा की पुड़ियाँ बाँधते रहते, उन्हें पथ्य और परहेज बताते रहते, साथ ही मिलने आनेवालों से बातचीत करते हुए स्वाधीनता के विचार का प्रचार भी करते रहते।

वैद्यजी को सन्तान का मुख देखने को बड़ी देर से मिला था—लगभग अधेड़ अवस्था में। उनकी पत्नी तरह-तरह के इलाज, व्रत-उपवास, भजन-पूजन और दान-संकल्प आदि कर-करके थक चुकी थीं और स्वयं को बाँझ मानने लगी थीं। सन्तान न होने का दुख वैद्यजी को भी था, लेकिन वे उसे प्रकट नहीं करते थे। दीन-दुखियों की सेवा में लगे रहते और सोचते कि शायद इसी से प्रसन्न होकर दीनबन्धु दीनानाथ उनका भी दुख दूर कर दें।

आधी रात को भी कोई रोगी उनके दरवाजे पर आ जाता तो उसके उपचार में आलस्य न करते। आसपास के गाँवों से भी बुलावा आता तो रोगी देखने चले जाते। कोई उन्हें ले जाने के लिए मोटर, जीप, इक्का या ताँगा ले आए तो ठीक, नहीं तो अपनी साइकिल पर ही चले जाते। शीत-घाम की परवाह किए बिना कच्चे-पक्के रास्तों की धूल फाँकते। काफी कष्ट होता, समय भी नष्ट होता, दुकान पर आनेवाले रोगियों को देर-देर तक उनकी प्रतीक्षा में बैठे रहना

पड़ता, लेकिन बुलावा आने पर वैद्यजी रोगी को देखने अवश्य जाते। कई बार ऐसा होता कि उनके पहुँचने से पहले ही रोगी के प्राण निकल चुके होते। ऐसा होने पर वे आग्रहपूर्वक दी जानेवाली फीस भी नहीं लेते थे। गरीबों का इलाज मुफ्त करते थे, लेकिन धनी-मानी लोगों से मोटी फीस और दवा के दूने दाम वसूलने में संकोच न करते थे।

बाहर के लोग तो उनका सम्मान करते ही थे, घर में पत्नी भी उन्हें देवता समान मानती थीं। स्वयं क़ो बाँझ समझने के कारण वे वैद्यजी से दूसरी शादी कर लेने के लिए कहा करती थीं, लेकिन उनसे सच्चा प्रेम करनेवाले वैद्यजी

उनके इस सुझाव को हमेशा हँसकर टाल दिया करते थे। कहते, 'ईश्वर चाहेगा तो तुम्हारी ही गोद भर देगा!'

हाँ, दूसरी शादी का सुझाव सुनकर मन-ही-मन दुखी हो जाते और सोचते : एक लड़का हो जाता तो उसे अपना ज्ञान और अनुभव दे जाते, पर लगता है कि यह सब हमारे साथ ही चला जाएगा। इस दुख और निराशा को दूर रखने के लिए—और शायद घर के खालीपन में स्वयं को व्यस्त रखने के लिए भी—उन्होंने अपने चिकित्सा सम्बन्धी अनुभवों को लिखना शुरू कर दिया था। कब, कहाँ, किस रोगी को देखा। क्या उपचार किया। शास्त्रोक्त विधि से सफलता न मिलने पर किस प्रकार अपने ही ढंग से रोग का निदान और उपचार किया। रोगी के लक्षण क्या थे। उसे कौन-कौन सी दवाएँ दीं। रोगी कितने दिनों में स्वस्थ हुआ। मरा तो कैसे मरा। यह सब लिख-लिखकर उन्होंने कई मोटे-मोटे रजिस्टर भर डाले थे।

यह काम वे एक विचित्र से विश्वास के साथ किया करते थे—देश कभी-न-कभी तो स्वाधीन होगा ही। स्वाधीनता मिल जाने पर हमारी अपनी जो सरकार बनेगी, स्वदेशी ज्ञान-विज्ञान का विकास करेगी। अंग्रेजी और एलोपैथी की पढ़ाई पर प्रतिबन्ध लगा दिया जाएगा। हिन्दी और आयुर्वेद की शिक्षा पर जोर दिया जाएगा। हिन्दी और आयुर्वेद की शिक्षा पर जोर दिया जाएगा। शहर के मिशन अस्पताल को बन्द कर दिया जाएगा। उसकी जगह एक बड़ा आयुर्वेदिक चिकित्सालय खोला जाएगा। तब तक क्या पता, हम रहें या न रहें। हमारे ये अनुभव सुरक्षित रह पाए तो सम्भव है कि आयुर्वेद के विकास में ये किसी दिन काम आ जाएँ।

2

देश को स्वाधीनता जल्दी ही मिल गई। वैद्यजी अत्यन्त प्रसन्न और उत्साहित हुए। उन्हें लगा, अब एलोपैथी के दिन गए। आयुर्वेद के विकास का एक नया युग शुरू होनेवाला है। लेकिन उन्हें निराश होना पड़ा। मिशन अस्पताल बन्द नहीं हुआ, ठाट से चलता रहा। एलोपैथिक डॉक्टरों और दवाओं की दुकान बन्द नहीं हुईं, बल्कि और-और खुलने लगीं। अंग्रेजी और एलोपैथी की पढ़ाई पर प्रतिबन्ध नहीं लगा, बल्कि उसका महत्त्व और ज्यादा बढ़ गया। कुछ समय बाद शहर में एलोपैथिक चिकित्सा के लिए एक सरकारी अस्पताल भी खुल गया, लेकिन

आयुर्वेदिक चिकित्सालय खुलने की कोई खबर नहीं मिली।

वैद्यजी के सारे सपने टूट गए। वे निराश और विक्षुब्ध रहने लगे। उन्होंने खादी पहनना तो जारी रखा—आज भी पहनते हैं—पर कांग्रेस को चन्दा देना बन्द कर दिया। पंडित नेहरू और उनकी सरकार की आलोचना करने लगे।

लेकिन तभी उनके निजी जीवन में एक चमत्कार-सा हुआ। उनकी पुत्र-कामना पूरी हो गई। वैद्यजी और उनकी पत्नी की प्रसन्नता का क्या कहना!

पुत्र का नाम रखा गया चन्द्रकान्त। नामकरण संस्कार बड़ी धूमधाम से हुआ। वैद्यजी ने बहुत बड़ा भोज दिया। उसमें सगे-सम्बन्धियों के अलावा दूर-पास के अपने सभी इष्ट-मित्रों को आमन्त्रित किया।

वैद्यजी के एक पुराने मित्र गोकुल प्रसाद राजनीति में थे। पहले आम चुनावों में कांग्रेस के टिकट पर विजयी होकर लोकसभा के सदस्य बन गए थे और दिल्ली जाकर रहने लगे थे। वे भी दिल्ली से आकर वैद्यजी के प्रीति-भोज में शामिल हुए। नवजात शिशु को गोद में लेकर प्यार करते हुए उन्होंने आशीर्वाद दिया, "बड़े होकर अपने पिता से भी बड़े वैद्य बनो।"

हर्षोल्लास का अवसर था, फिर भी वैद्यजी शिकायत करने से न चूके। बोले, "ऐसा आशीर्वाद क्यों देते हो, जो फलीभूत न हो सके? स्वाधीनता आ गई, तुम देश के शासक बन गए, लेकिन देश के ज्ञान-विज्ञान की उन्नति के लिए क्या हो रहा है?"

गोकुल प्रसाद ने उन्हें समझाया, "यथार्थवादी बनो, रामनाथ! स्वाधीनता का अर्थ यह नहीं कि हम सारे आधुनिक ज्ञान-विज्ञान को अपने देश से निकाल फेंकें। यह सम्भव ही नहीं है। इसलिए हमें ऐसी कोशिश करनी चाहिए कि ज्ञान-विज्ञान के क्षेत्र में हम अपना पिछड़ापन दूर करें और विकसित देशों के समकक्ष बनें।"

"कैसे? उनकी नकल करके?" वैद्यजी ने व्यंग्यपूर्वक कहा, "जो ज्ञान-विज्ञान हमें पराधीन बनाता है, हम उसी का विकास करें? पराधीनता का विकास करें? तुम नेता बनकर एकदम सरकारी

भाषा बोलने लगे हो। यह क्यों नहीं देखते कि एलोपैथी को बढ़ावा देकर सरकार आयुर्वेद का गला घोंट रही है? ऐसा करके वह हम वैद्यों के पेट पर तो लात मार ही रही है, देश की जनता के स्वास्थ्य से भी खिलवाड़ कर रही है। हर देश में ज्ञान-विज्ञान का विकास अपनी समस्याओं और परिस्थितियों को समझकर अपने साधनों का उपयोग करने से होता है। विकसित देशों से ज्ञान-विज्ञान उधार लेकर हम अपने ज्ञान-विज्ञान का विकास नहीं कर सकते।"

गोकुल प्रसाद निरुत्तर हो गए। वैद्यजी की बातों से सहमत होकर बोले, "हम दिल्ली पहुँचते ही पंडितजी से बात करेंगे। तुम निश्चिन्त रहो, रामनाथ, सरकार आयुर्वेद के विकास के लिए पूरा प्रयास करेगी।"

लेकिन वैद्यजी रोगियों की ही नाड़ी देखना नहीं जानते थे, बदलते वक्त की नब्ज भी पहचानते थे। समझ गए कि गोकुल प्रसाद के आश्वासन में कोई दम नहीं है। सरकार विकास के नाम पर पश्चिमी देशों का अनुकरण की नीति अपना चुकी है और अब यही नीति चलेगी। यह स्वाधीनता नहीं, पराधीनता है। सच्ची स्वाधीनता के लिए देश की जनता को अभी और संघर्ष करना होगा।

3

चन्द्रकान्त बड़ा हुआ तो घर में उसकी शिक्षा का प्रश्न उठा। वैद्यजी उसे संस्कृत और आयुर्वेद की शिक्षा दिलाकर अपनी तरह आयुर्वेदाचार्य बनाना चाहते थे, लेकिन उनकी पत्नी ने विरोध किया, "आयुर्वेद का अब कोई भविष्य नहीं, एलोपैथी ही चलेगी। चन्द्रकान्त को अंग्रेजी पढ़ाकर डॉक्टर बनाने की सोचो।"

वैद्यजी ने चन्द्रकान्त ने पूछा, "क्यों रे, वैद्य बनेगा या डॉक्टर?"

"डॉक्टर।" अभी दोनों में ठीक-ठीक फर्क भी न जाननेवाले चन्द्रकान्त ने उत्तर दिया।

"तो ठीक है, तू डॉक्टर ही बन।" वैद्यजी ने पत्नी और पुत्र की इच्छा के आगे हथियार डाल दिए।

चन्द्रकान्त को अंग्रेजी पढ़ते देखकर शहर के लोगों को आश्चर्य हुआ, "यह क्या वैद्यजी? आप तो हमेशा अंग्रेजी और अंग्रेजियत का विरोध करते थे?"

वैद्यजी ऐसी बातों का बुरा नहीं मानते थे। मुस्कुराते हुए कहते, "समय बड़ा बलवान है, भाई। अब वह जमाना नहीं रहा कि वैद्य का बेटा वैद्य बनकर कमा खाए। हम तो आयुर्वेद के लिए अपने प्राण भी दे सकते हैं, लेकिन लड़के को

अपना जीवन जीना है; उसके प्राण क्यों संकट में डालें?"

चन्द्रकान्त मेडिकल कॉलेज में जाने लायक हुआ तो दाखिले की समस्या आई। वैद्यजी उसे साथ लेकर अपने पुराने मित्र गोकुल प्रसाद के पास गए, जो अब केन्द्र सरकार में मंत्री थे। दिल्ली के मेडिकल कॉलेज में चन्द्रकान्त के दाखिले के लिए सिफारिश कर देने को कहा। गोकुल प्रसाद ने तुरन्त फोन घुमाया और सिफारिश कर दी। फिर हँसकर व्यंग्यपूर्वक कहा, "तो, रामनाथ, तुमने भी आखिरकार मान ही लिया कि आधुनिक ज्ञान-विज्ञान आवश्यक है!"

वैद्यजी ने भी व्यंग्यपूर्ण उत्तर दिया, "यथा राजा तथा प्रजा। देश उधर ही जाएगा, जिधर तुम ले जाओगे!"

गोकुल प्रसाद खिसियाकर कहने लगे, "देखो, हमें दोष मत दो, रामनाथ! हमने तो आयुर्वेद के विकास के लिए बड़ा काम किया है। कई आयुर्वेदिक कॉलेज खोले हैं। वैद्यों को डॉक्टरों के समकक्ष मान्यता दिलाई है। आयुर्वेद को बढ़ावा देनेवाली संस्थाओं को हम खूब अनुदान देते हैं। हमारा तो तुमसे भी यही कहना है कि कोई ट्रस्ट वगैरह बना लो और अनुदान ले लो। आयुर्वेद के साथ-साथ कुछ अपना भी विकास कर डालो।"

वैद्यजी इशारा समझ गए। लेकिन खुश नहीं हुए। 'तुम' के बजाय 'आप' कहकर नाराजगी जाहिर करते हुए बोले, "हम पिछड़े हुए ही ठीक हैं, गोकुल बाबू! आपके अनुदान से चलनेवाली संस्थाएँ आयुर्वेद के लिए क्या कर रही हैं, हमें सब मालूम है। हमें वह सब नहीं करना है। हमें हमारी मेहनत से दाल-रोटी मिल जाती है, वही हमारे लिए काफी है। अच्छा, चलें, आपने चन्द्रकान्त के दाखिले में सहायता की, इसके लिए धन्यवाद!"

गोकुल प्रसाद कुछ कहें, इसके पहले ही वैद्यजी ने चन्द्रकान्त से कहा, "उठो, बेटा, चाचाजी के पाँव छुओ और चलो।"

चन्द्रकान्त ने अत्यन्त कृतज्ञ भाव से गोकुल प्रसाद के पैर छुए। उनके प्रति अपने पिता का रूखा व्यवहार उसे अच्छा नहीं लगा—जिससे सिफारिश कराने आए हैं, उसी को खरी-खोटी सुना रहे हैं! मान लो, ये फिर से फोन घुमाकर मेरे दाखिले के लिए मना कर दें?

"क्षमा कीजिएगा, चाचाजी, आपको कष्ट दिया।" कहते हुए उसने मानो अपने पिता के व्यवहार के लिए क्षमा माँगी।

"अरे, नहीं, कष्ट कैसा? तुम तो घर के ही लड़के हो।" कहते हुए गोकुल प्रसाद ने चन्द्रकान्त के सिर पर हाथ रखकर आशीर्वाद दिया, "जाओ, खूब अच्छे डॉक्टर बनो।"

4

चन्द्रकान्त दिल्ली के मेडिकल कॉलेज में पढ़ने लगा और वहीं के छात्रावास में रहने लगा। वैद्यजी जब-तब दिल्ली जाकर उसे देख आते। खर्च के लिए रुपए और खाने के लिए शुद्ध घी, घर के बने लड्डू-मठरी वगैरह दे आते।

चन्द्रकान्त पढ़ाई के पहले साल में ही अपने साथ पढ़नेवाली एक लड़की से प्रेम करने लगा। मंजुला नाम था उसका। वह दिल्ली की लड़की थी और डॉक्टरी पढ़ रही थी, लेकिन दूसरी लड़कियों की तरह प्रैक्टिकल नहीं, कुछ भावुक और आदर्शवादी किस्म की लड़की थी। बचपन में ही उसकी माँ की मृत्यु किसी अस्पताल में वहाँ के डॉक्टरों की लापरवाही के कारण हो गई थी। तभी से वह सोचने लगी थी कि बड़ी होकर डॉक्टर बनेगी, लेकिन ऐसी हृदयहीन और गैर-जिम्मेदार डॉक्टर नहीं, जो अपनी लापरवाही से रोगी को मार डाले। वह डॉक्टर बनकर लोगों की सच्ची सेवा करेगी।

मंजुला पढ़ाई में तेज और मेहनती थी। हँसमुख, मिलनसार और बात-बहस करने में चतुर। दिल्ली विश्वविद्यालय में अर्थशास्त्र पढ़ानेवाले उसके पिता प्रोफेसर महेश तिवारी प्रगतिशील विचारों के व्यक्ति थे। पत्नी की मृत्यु के बाद उन्होंने दूसरी शादी नहीं की थी और इकलौती बेटी को अकेले ही माँ-बाप का प्यार देकर पाला था। घर में दो ही प्राणी होने के कारण बाप-बेटी आपस में खूब बातें करते और दुनिया-भर की बातें करते। इससे मंजुला का सामान्य ज्ञान तो उसकी उम्र के लिहाज से काफी बढ़ ही गया था, बातचीत और तर्क-वितर्क करने में भी वह काफी कुशल हो गई थी। अतः वह अपने सहपाठियों से कुछ भिन्न थी।

इधर चन्द्रकान्त भी अपने सहपाठियों से कुछ

भिन्न था। एक तो वह छोटे शहर से बड़े शहर में गया था, जहाँ के तौर-तरीके न जानने के कारण शुरू-शुरू में काफी कठिनाई अनुभव किया करता था। दूसरे, उसे हमेशा यह भान रहा करता था कि वह आयुर्वेदाचार्य पंडित रामनाथ शर्मा का बेटा है। हालाँकि स्वयं वह संस्कृत को मृत भाषा और आयुर्वेद को एक पिछड़ा हुआ विज्ञान समझता था, लेकिन सहपाठियों से कहा करता था कि संस्कृत संसार की सर्वश्रेष्ठ भाषा और आयुर्वेद संसार की सर्वश्रेष्ठ चिकित्सा-पद्धति है। इस पर बहस छिड़ जाती कि आज का जमाना संस्कृत और आयुर्वेद का है, या अंग्रेजी और एलोपैथी का। चन्द्रकान्त संस्कृत और आयुर्वेद के पक्ष में अपने पिता से सुने हुए तमाम तर्क दे डालता, लेकिन उन तर्कों से कोई प्रभावित नहीं

होता था। सहपाठी उसका मजाक उड़ाया करते थे—"संस्कृत सर्वश्रेष्ठ भाषा थी, तो तुमने अंग्रेजी क्यों पढ़ी? आयुर्वेद ही सर्वोत्तम चिकित्सा-पद्धति थी, तो तुम किसी गुरुकुल-वुरुकुल में जाने के बजाय यहाँ मेडिकल कॉलेज में एलोपैथी पढ़ने क्यों आ गए?"

चन्द्रकान्त बहस में हारने लगता तो मंजुला अकसर उसकी सहायता के लिए आगे आ जाती। संस्कृत भाषा के पक्ष में तो वह भी नहीं थी, लेकिन आयुर्वेद के पक्ष में उसके पास कुछ ठोस तर्क थे। कहती, "माना कि आयुर्वेद पिछड़ा हुआ है, लेकिन जरा सोचो कि पिछड़ा क्यों है? इसलिए कि अंग्रेजों ने हमें गुलाम बनाकर हमारे ज्ञान-विज्ञान का विकास रोक दिया। उन्होंने हमें अपना ज्ञान-विज्ञान सिखाकर अपने पीछे चलाया, ताकि हम उनसे हमेशा पिछड़े रहें, उनके गुलाम बने रहें। एलोपैथी को अपनाकर हम किस कदर पश्चिमी देशों पर निर्भर हो गए हैं। हमारी राष्ट्रीय आय का कितना बड़ा हिस्सा विदेशों से दवाइयाँ, यंत्र और उपकरण खरीदने पर खर्च हो जाता है। यहाँ तक कि एलोपैथी की जो किताबें हम पढ़ते हैं, वे भी विदेशों से मँगानी पड़ती हैं। एलोपैथी की शिक्षा का एक और खराब पहलू यह है कि उसका बहुत कम लाभ हमारे देश की जनता को मिल पाता है। जनता के खून-पसीने की कमाई के लाखों रुपए खर्च होते हैं, तब एक डॉक्टर बनता है। लेकिन वह किसकी सेवा करता है? ज्यादातर बड़े शहरों में रहकर बड़े लोगों की या फिर विदेश जाकर विदेशियों की। पश्चिमी देशों को अपने यहाँ के आदमी को डॉक्टर बनाने पर भारत के मुकाबले कई गुना ज्यादा खर्च करना पड़ता है। भारत से जानेवाला डॉक्टर उन्हें मुफ्त में बना-बनाया मिल जाता है। इस तरह उनका तो पैसा बच जाता है और हमारा पैसा पानी में चला जाता है। आयुर्वेद का विकास ठीक ढंग से हुआ होता तो आज हम चिकित्सा के क्षेत्र में आत्मनिर्भर होते और इस तरह परोक्ष में लुटने से भी बचते।"

चन्द्रकान्त पहले तो ऐसे तर्कों पर मुग्ध हुआ, फिर तर्क देनेवाली पर भी मुग्ध हो गया। मंजुला भी उसे पसन्द करती थी। दोनों में प्रेम हो गया। पढ़ाई पूरी करते ही उन्होंने शादी कर लेने का निश्चय कर लिया।

मंजुला चाहती थी कि शादी के बाद दिल्ली में ही रहे, ताकि उसके पिता बिलकुल अकेले न रह जाएँ। उसने चन्द्रकान्त को दिल्ली में ही किसी अस्पताल में नौकरी कर लेने का सुझाव दिया। लेकिन चन्द्रकान्त अब पहलेवाला सीधा-साधा चन्द्रकान्त नहीं रह गया था। उसने लाभ-हानि का अनुमान लगाकर भविष्य की योजना पहले ही बना ली थी। मंजुला का सुझाव सुनकर उसने कहा, "मैं नौकरी नहीं करूँगा, अपने शहर में जाकर अपना नर्सिंगहोम खोलूँगा। शुरू में उसे हम

दोनों ही चलाएँगे, फिर जब काम बढ़ जाएगा, तो कुछ और डॉक्टर रख लेंगे। वहाँ एक मिशन अस्पताल है, एक सरकारी अस्पताल, लेकिन प्राइवेट नर्सिंगहोम एक भी नहीं है। पैसेवाले लोग, जो अस्पतालों में भरती नहीं होना चाहते, इलाज के लिए दिल्ली आते हैं। हमारा नर्सिंगहोम खुल जाने से उन्हें सुविधा हो जाएगी और हमें अपने शहर में प्रथम होने का लाभ मिलेगा। फिर, वहाँ पिताजी हैं, उनकी प्रतिष्ठा और लोकप्रियता का लाभ भी हमें मिलेगा। इसलिए दिल्ली में रहने का मोह छोड़ो, वहीं चलो।"

मंजुला ने 'हाँ' कहने से पहले अपने पिता से बात की। प्रोफेसर तिवारी पहले से जानते थे कि मंजुला चन्द्रकान्त से प्रेम करती है और शादी भी उसी से करेगी। उन्होंने कहा, "चन्द्रकान्त का विचार बुरा नहीं है। तुम दिल्ली में रहने के मोह में मत पड़ो। हालाँकि मैं तुम्हारे जाने से बिलकुल अकेला रह जाऊँगा, लेकिन एक-न-एक दिन तो तुम्हें जाना ही है। दिल्ली से ज्यादा दूर भी नहीं जा रही हो। कभी तुम मुझसे मिलने आ जाया करना, कभी मैं तुमसे मिलने आ जाया करूँगा।"

इधर चन्द्रकान्त ने अपने घर आकर माता-पिता को मंजुला के बारे में बताकर कहा, "मुझे अपना नर्सिंगहोम खोलना है। उसमें लेडी डॉक्टर अपने घर की ही रहे तो अच्छा।"

"लड़की कौन जात है?" माता-पिता ने एक ही साथ पूछा।

चन्द्रकान्त इस प्रश्न के लिए पहले से तैयार था। हँसकर बोला, "ब्राह्मण ही है।"

"तब ठीक है, हमें और कुछ नहीं चाहिए।" वैद्यजी ने सन्तुष्ट होकर कहा। लेकिन उनकी पत्नी उनसे असहमत होकर बोलीं, "वाह, कैसे कुछ नहीं चाहिए? हमारा इकलौता लड़का है, डॉक्टरी पढ़ा हुआ है..."

इस प्रश्न के लिए भी चन्द्रकान्त पहले से तैयार था। माँ को आश्वस्त करने के लिए उसने कहा, "वह भी अपने पिता की इकलौती बेटी है। शादी में अच्छा दहेज देंगे। नहीं तो उनसे साफ-साफ कह दिया जाएगा कि नर्सिंगहोम खोलना है, पैसा चाहिए।"

वैद्यजी यह सुनते ही भड़क उठे, "तुम तो डॉक्टर बनकर बड़े नीच हो गए हो, चन्द्रकान्त! प्रेम-विवाह कर रहे हो और दहेज लेना चाहते हो? धिक्कार है!"

"लेकिन पिताजी, आजकल तो सभी..."

"बस, चुप रहो!" वैद्यजी ने बेटे को डाँटकर कहा, "तुम्हें नर्सिंगहोम खोलने के लिए पैसा चाहिए न? बोलो, कितना पैसा चाहिए? हम देंगे। थोड़ी जमीन या

आम के बागों में से एक बाग बेच देंगे। लेकिन खबरदार! जो मंजुला के पिता से एक पैसा भी लिया। उनके सामने यह बात पहले ही स्पष्ट हो जानी चाहिए कि हम दहेज नहीं लेंगे।"

चन्द्रकान्त चुप रह गया, जैसे मौन से सहमति जता रहा हो, लेकिन उसे वैद्यजी की बातें अच्छी नहीं लगीं। उसे लगा, वैद्यजी ने अपने आदर्शवाद के चलते उसका कई लाख का नुकसान करा दिया है। लेकिन उसने यह सोचकर अपने मन को समझा लिया कि मंजुला प्रोफेसर तिवारी की इकलौती बेटी है, अन्ततः तो उनका सब-कुछ उसी का होगा।

वैद्यजी ने अपना एक बाग बेच दिया और शादी से पहले ही चन्द्रकान्त को तीन लाख रुपए दे दिए। बेटे की शादी भी उन्होंने बड़ी धूमधाम से की। आज के जमाने में भी इकलौते बेटे का आदर्श विवाह करनेवाले वैद्यजी का सम्मान शहर में पहले से भी बढ़ गया।

5

चन्द्रकान्त ने शहर की मुख्य सड़क से लगा एक लम्बा-चौड़ा पुराना और जर्जर मकान काफी सस्ते दामों में खरीदा और उसे तुड़वाकर अपने नर्सिंगहोम की इमारत बनवाने लगा। उसके बनने में समय लगना था और चन्द्रकान्त तब तक बेकार नहीं बैठना चाहता था। उसने वैद्यजी की ही दुकान में पार्टीशन लगवाकर आधे हिस्से में अपनी मेज-कुर्सी लगा ली और प्रैक्टिस शुरू कर दी। वैद्यजी की प्रतिष्ठा और लोकप्रियता का लाभ उसे सचमुच मिला। उसका काम शुरू से ही अच्छा चलने लगा।

शुरू-शुरू में वैद्यजी को लगा कि इस तरह दुकान की आमदनी तो दूनी होगी ही, उनके रोगियों को भी दूनी सुविधा हो जाएगी। वैद्यजी ने शल्य चिकित्सा न जाने कब से बन्द कर रखी थी और यह काम पूरी तरह एलोपैथिक डॉक्टरों पर छोड़ दिया था। वैद्यजी के बँधे-बँधाए ग्राहक भी चोट-वोट का इलाज कराने किसी डॉक्टर के पास ही जाते थे। अब उन्हें वैद्यजी की दुकान छोड़कर कहीं और जाने की जरूरत नहीं थी। यह सोचकर वैद्यजी को लगा कि उनकी दुकान में आयुर्वेद और एलोपैथी का सुन्दर संगम हो गया है और अपने हिस्से में दुकान आधी रह जाने के बावजूद उनकी शक्ति दूनी हो गई है।

लेकिन जल्दी ही उनका यह भ्रम टूट गया। चन्द्रकान्त अपने पिता के ही

बँधे-बँधाए ग्राहकों को तोड़कर अपनी तरफ खींचने लगा। कहने लगा, "आयुर्वेद संसार की सर्वोत्तम चिकित्सा-पद्धति है, और पिताजी के इलाज का तो कोई जवाब ही नहीं; लेकिन आजकल जो नई-नई बीमारियाँ फैल रही हैं, उनका इलाज तो एलोपैथी के ही पास है।"

पार्टीशन के उस पार से ऐसी बातों की भनक वैद्यजी के कान में पड़ जाती तो उन्हें बड़ा दुख होता। लेकिन वे चन्द्रकान्त से कहते कुछ नहीं थे। क्या कहते? आयुर्वेद का विकास सचमुच ही अवरुद्ध हुआ पड़ा था। लेकिन इसके लिए जिम्मेदार कौन था? और उस अवरोध से लाभ किसे हुआ? चन्द्रकान्त भी वही लाभ ले रहा है, और पिता की कीमत पर!

जगह आधी रह जाने से दुकान में वैद्यजी से मिलने जानेवालों के लिए बैठने की पर्याप्त जगह नहीं रह गई थी, इसलिए लोगों ने उसके पास आना कम कर दिया था। गपशप के शौकीन वैद्यजी को इससे बेचैनी-सी होने लगी थी। लगता, जैसे दुकान पर बैठने का आनन्द ही जाता रहा।

मंजुला के पास अभी कोई काम नहीं था। वह नर्सिंगहोम बन जाने की प्रतीक्षा में बेकार बैठी थी। दिल्ली जैसे बड़े, व्यस्त और तेज रफ्तार शहर से इस छोटे और अपेक्षाकृत शान्त शहर में आकर वह एकदम खाली-सी हो गई थी। शुरू के कुछ दिन तो नई बहू के रूप में सास-ससुर, सगे-सम्बन्धियों और अड़ोस-पड़ोस के लोगों से परिचित होने में आसानी से बीत गए। कुछ दिन उसने स्वयं को घरेलू कामों में भी व्यस्त रखा। अपनी कार्यकुशलता, मधुर व्यवहार और सेवा

से सास-ससुर को प्रसन्न किया। दो-तीन बार दिल्ली जाकर पिता से मिल आई। लेकिन फिर वह ऊबने लगी।

परदा वह किसी से नहीं करती थी और वैद्यजी से भी खुलकर बात कर लेती थी। एक दिन उसने वैद्यजी से कहा, "पिताजी, मैं संस्कृत नहीं जानती, इसलिए आयुर्वेद की किताबें नहीं पढ़ सकती। आप उचित समझें तो छोटी-मोटी बीमारियों का इलाज करने के कुछ आयुर्वेदिक नुस्खे मुझे सिखा दें।"

वैद्यजी एकाएक समझे नहीं कि वह क्या कह रही है, लेकिन समझे तो इतने प्रसन्न हुए कि हर्ष के आवेग से उनकी आँखें गीली हो गईं। आशीर्वाद देते हुए उठे और अपनी अलमारी से कई मोटे-मोटे रजिस्टर निकालकर मंजुला को देते हुए बोले, "चन्द्रकान्त के पैदा होने से पहले हम सोचा करते थे कि मरने पर हमारा ज्ञान और अनुभव हमारे साथ ही चला जाएगा। माता-पिता का ही नहीं, गुरु का ऋण भी हम नहीं चुका पाएँगे। गुरु का ऋण अपनी विद्या किसी को दान कर जाने पर ही चुकता है। लेकिन दान सुपात्र देखकर दिया जाता है और हमें कोई सुपात्र मिल नहीं रहा था। इसलिए चिकित्सा करते समय हमने जो सीखा-समझा, लिखना शुरू कर दिया। सोचते थे कि कभी कोई सुपात्र मिला तो यह सब उसे सौंप जाएँगे। तुमसे ज्यादा सुपात्र और कौन हो सक ता है! यह सब तुम्हारे ही लिए है। हमें लगता था कि हमारी बातें संस्कृत में पढ़नेवाला शायद कोई नहीं मिलेगा, इसलिए सब हिन्दी में लिखा है। तुम हिन्दी तो पढ़ लेती हो न? थोड़ा-थोड़ा रोज पढ़ो और हमसे चर्चा करो जल्दी ही बहुत-कुछ सीख जाओगी।"

मंजुला ने उसी दिन से उनके रजिस्टरों को पढ़ना और उनके पास बैठकर उनकी बातों को सुनना-गुनना शुरू कर दिया। वैद्यजी भी पूरे उत्साह से उसे पढ़ाने लगे। दुकान पर बैठकर ऊबते थे, इसलिए अब ज्यादा देर दुकान पर न बैठते। रोगियों को उनके घर जा-जाकर देखना ज्यादा पसन्द करते। कभी-कभी मंजुला को भी साथ ले जाते। रोगी की दशा और रोग के लक्षण दिखाकर आयुर्वेदिक ढंग से रोग का निदान और उपचार करना सिखाते। आसपास के किसी गाँव से बुलावा आता, तब तो मंजुला को अवश्य साथ ले जाते। सवारी का इन्तजाम न होता तो उसे अपनी साइकिल के पीछे ही बिठा ले जाते।

कच्चे-पक्के देहाती रास्तों पर उसे पीछे बिठाकर साइकिल खींचते वृद्ध वैद्यजी पर मंजुला को दया आने लगती। वह बार-बार आग्रह करती, "पिताजी, रुक जाइए। आप पीछे बैठिए, साइकिल मैं चलाती हूँ।" लेकिन वैद्यजी हँसकर कहते, "हमारी बदनामी कराना चाहती हो? लोग समझेंगे, हम बूढ़े-लाचार हो गए,

जबकि अभी तक सब हमें देखकर 'साठा सो पाठा' वाली कहावत कहते हैं।"

रास्ते में पड़नेवाले खेतों और बाग-बगीचों में रुक-रुककर वैद्यजी मंजुला को जड़ी-बूटियों की पहचान भी कराते चलते, उनके गुण-अवगुण भी बताते चलते। इससे शहर में ही नहीं, आसपास के गाँवों में भी चर्चा होने लगी कि वैद्यजी अपनी डॉक्टर बहू को आयुर्वेद पढ़ा रहे हैं। लोग कहने लगे, "अच्छा ही है, कल को जब वैद्यजी नहीं रहेंगे तो उनकी विद्या तो किसी के पास रहेगी!"

इस तरह मंजुला का ज्ञान और अनुभव बढ़ा, बहुत से लोगों से परिचय हुआ और वह नर्सिंगहोम बनकर तैयार होने से पहले ही 'वैद्यजी की डॉक्टरनी बहू' के रूप में विख्यात हो गई। समय जो काटे नहीं कटता था, बड़ी तेजी से बीत गया। वैद्यजी का भी।

नर्सिंगहोम बनकर तैयार हो गया तो मंजुला ने वैद्यजी से पूछा, "पिताजी, हम अपने नर्सिंगहोम का नाम क्या रखेंगे?"

वैद्यजी ने कुछ देर सोचने के बाद कहा, "स्पन्दन नर्सिंगहोम या स्पन्दन चिकित्सालय।"

चन्द्रकान्त नाक-भौं चढ़ाकर बोला, "स्पन्दन? यह तो कविता की पुस्तक का-सा नाम लगता है। हिन्दी की कविता-पुस्तक का-सा। नर्सिंगहोम का नाम तो अंग्रेजी में ही होना चाहिए।"

लेकिन मंजुला उससे सहमत न हुई, "चन्द्रकान्त बहुत अच्छा नाम है। स्पन्दन, यानी जीवन की धड़कन...जिससे जीवन का पता चलता है...और जीवित शरीर के स्वस्थ या अस्वस्थ होने का भी...कविता का-सा नाम है, तो अच्छा ही है। जीवन भी तो एक कविता है..."

चन्द्रकान्त ने उसकी बाँह पकड़कर उसे झकझोरते हुए कहा, "यह सपने की सी बड़बड़ाहट बन्द करो और अंग्रेजी में कोई जोरदार नाम सोचो।"

"यह नाम बिलकुल ठीक है। पिताजी कहते हैं, शहर में कोई ऐसी जगह नहीं है, जहाँ रहकर लोग आयुर्वेदिक इलाज करा सकें। हमारा नर्सिंगहोम चल निकलेगा तो हम चिकित्सा का एक अलग विभाग खोलेंगे, जो पिताजी की देखरेख में चलेगा। अंग्रेजी नाम रखोगे तो उस समय बदलना पड़ेगा, जबकि यह नाम उस समय भी चलेगा बल्कि और ज्यादा सार्थक लगेगा।"

चन्द्रकान्त मंजुला से तर्क में नहीं जीत सकता था, इसलिए चुप हो गया। आयुर्वेदिक विभाग खोलने के विचार को उसने विचारणीय भी नहीं समझा। लेकिन वैद्यजी की आँखें चमक उठीं। मंजुला को आशीष देती दृष्टि से देखते हुए उन्होंने कहा, "ऐसा हो जाए तो हमारे जीवन की एक साध पूरी हो जाए।"

6

'स्पन्दन' का उद्घाटन करने के लिए चन्द्रकान्त ने दिल्ली से गोकुल प्रसाद को बुलाया, जो अब केन्द्र सरकार में स्वास्थ्य मंत्री थे। सम्बन्धियों और इष्ट-मित्रों को भी आमन्त्रित किया। मंजुला के पिता प्रोफेसर तिवारी भी आए।

उद्घाटन के बाद व्यक्तिगत बातचीत में गोकुल प्रसाद ने चन्द्रकान्त से कहा, "सरकार से कोई काम हो तो बताना, संकोच मत करना!"

"नहीं, चाचाजी, आपसे संकोच कैसा!" चन्द्रकान्त ने हाथ जोड़कर कहा।

उधर मंजुला अपने पिता को वैद्यजी से पाई आयुर्वेदिक शिक्षा के बारे में बता रही थी, "पापा, हमारे पिताजी तो चीन के बेयरफुट डॉक्टरों जैसे हैं। गाँव-गाँव घूमकर लोगों का इलाज करते हैं। मैं भी इनके साथ जाकर कई गाँवों में रोगियों को देख आई हूँ।"

"कैसे जाती हो? पैदल?" प्रोफेसर तिवारी ने हँसते हुए कहा, "बेयरफुट का मतलब तो नंगे पाँव होता है।"

"नहीं, पैदल और नंगे पाँव तो नहीं। सम्पन्न लोग तो सवारी भेज देते हैं। किसी गरीब रोगी को देखने जाना होता है तो पिताजी अपनी साइकिल पर जाते हैं। मुझे भी कई बार साइकिल के पीछे बिठा ले जाते हैं।"

"साइकिल से गाँवों में जाते हैं और तुम्हें पीछे बिठाकर!" प्रोफेसर तिवारी ने आश्चर्यपूर्वक कहा और वैद्यजी की प्रशंसा की, "आपकी ताकत और हिम्मत की दाद देनी पड़ेगी, वैद्यजी! इस उम्र में भी आप कच्चे-पक्के देहाती रास्तों पर इसे पीछे बिठाकर साइकिल खींच लेते हैं!"

वैद्यजी मुस्कुराते हुए बोले, "हमारा स्वास्थ्य ठीक है। साइकिल चलाने से और भी ठीक रहता है।"

अगले सप्ताह मंजुला के पिता पुनः आए और इस बार एक नई जीप में आए। जीप की चाबी वैद्यजी को देते हुए उन्होंने कहा, "यह आपके लिए है। अब आप जीप में बैठकर रोगियों को देखने जाएँगे।"

"अरे, यह आप क्यों ले आए?" वैद्यजी ने चाबी लेने से इनकार करते हुए कहा, "हमने तो पहले ही कह दिया था कि दहेज लेना हम पाप समझते हैं।"

"यह दहेज नहीं, एक भारतीय बेयरफुट डॉक्टर के लिए हमारी ओर से छोटा-सा उपहार है।"

वैद्यजी ने चाबी लेकर मंजुला को देते हुए कहा, "मुझे तो जीप चलाना आता ही नहीं, तुम्हें आता है, तुम ही चलाओ। तुम्हें जीप की जरूरत भी ज्यादा होगी।"

चन्द्रकान्त को यह अच्छा नहीं लगा। पहली बार ससुराल से कुछ मिला, वह भी पिताजी ने मंजुला को सौंप दिया। जीप पर अपना भी हक जताते हुए उसने कहा, "जीप सबके काम आएगी। यह स्पन्दन नर्सिंगहोम की जीप होगी।"

"हाँ-हाँ, क्यों नहीं।" वैद्यजी और प्रोफेसर तिवारी के मुँह से लगभग एक साथ निकला, लेकिन एक अन्तर था—तिवारीजी ने चन्द्रकान्त के स्वभाव को न जानने के कारण और वैद्यजी ने उसके स्वभाव को जानने के कारण ऐसा कहा।

स्पन्दन शहर का पहला नर्सिंगहोम था। उसके खुलने से पहले अमीर-गरीब सब लोग मिशन या सरकारी अस्पताल में इलाज कराते थे। अब सम्पन्न लोग स्पन्दन में आने लगे। थोड़े ही दिनों में स्पन्दन अच्छा चलने लगा। खूब आमदनी होने लगी। चन्द्रकान्त और मंजुला खूब व्यस्त रहने लगे।

वैद्यजी की दुकान, जो अभी तक आधी चन्द्रकान्त ने घेर रखी थी, फिर से वैद्यजी की हो गई तो उन्होंने चैन की साँस ली। वहाँ पहले की तरह उनके रोगियों और इष्ट-मित्रों की भीड़ जुटी रहने लगी। वैद्यजी को दुकान पर बैठना फिर से अच्छा लगने लगा।

चन्द्रकान्त स्पन्दन में आनेवाले रोगियों की सेवा तो मन लगाकर करता, लेकिन बाहर जाकर रोगियों को देखने में, जब तक कि रोगी कोई प्रभावशाली या पैसेवाला व्यक्ति न हो, आनाकानी करता था। वैद्यजी से इलाज करानेवाले देहाती लोगों को जब एलोपैथिक इलाज की जरूरत पड़ती और वे उसके पास वैद्यजी का बेटा होने के नाते सहायता की आशा से आते, वह साफ मना कर देता। कह देता, "मुझे फुर्सत नहीं है, रोगी को यहीं ले आओ।"

'यहीं ले आओ' का मतलब होता स्पन्दन में भरती कराओ और अस्पताल से भी ज्यादा महँगा इलाज कराओ। लोग यह मतलब समझ जाते, निराश हो जाते और अकसर यह कहते हुए लौट जाते कि वैद्यजी का बेटा तो बड़ा लालची और हृदयहीन है।

लेकिन मंजुला ऐसे बुलावों पर अवश्य जाती। चन्द्रकान्त को भी समझाती, "कोई बुलाए तो जरूर जाना चाहिए। रोगी की हालत ऐसी भी हो सकती है कि उसे यहाँ न लाया जा सके, या जबर्दस्ती लाया जाए तो वह रास्ते में ही दम तोड़ दे।"

चन्द्रकान्त मंजुला की बात समझने के बजाय हिकारत के साथ कहता, "मैंने क्या पिताजी के पुराने रोगियों के इलाज का ठेका ले रखा है? गाँवों के गरीब

लोग डॉक्टर को भी तभी बुलाते हैं जब रोगी की दशा बिलकुल बिगड़ चुकी होती है। ऐसे में विजिट की फीस भी नहीं मिलती। फिर मैं क्यों मुफ्त में अपना समय नष्ट करूँ, पेट्रोल फूँकूँ और ऊबड़-खाबड़ रास्तों पर चलाकार अपनी गाड़ी खराब करूँ?"

"पिताजी तो ऐसा कभी नहीं सोचते, बल्कि इस उम्र में भी साइकिल पर..."

"पिताजी की बात और है। वे वैद्य हैं और पुराने जमाने के आदमी। पर हमारा तो एक-एक मिनट कीमती है। मेरी मानो तो तुम भी मत जाया करो।"

"मैं तो जाऊँगी।" मंजुला ने दृढ़ स्वर में कहा और महसूस किया कि यही हाल रहा तो उसका चन्द्रकान्त के साथ काम करना मुश्किल होगा।

इसके बाद मंजुला वैद्यजी के पुराने रोगियों का इलाज और ज्यादा तत्परता के साथ करने लगी। उसे मालूम था कि उनमें से ज्यादातर लोग गरीब हैं, जो स्पन्दन में भरती होकर महँगा इलाज नहीं करा सकते। अतः वह यथासम्भव ऐसे रोगियों के घर जाकर ही उनका इलाज किया करती। उसकी जीप शहर में ही नहीं, आसपास के गाँवों में भी दौड़ती रहती। कई बार उसे ऐसे रोगियों का भी इलाज करना पड़ता, जो उसकी विजिट की फीस तो क्या, दवा का दाम भी नहीं दे सकते थे। ऐसे रोगियों का इलाज वह मुफ्त में ही कर देती। उनमें से किसी रोगी की दशा ऐसी होती कि उसके घर पर उसका इलाज सम्भव न होता तो वह उसे अपनी जीप में शहर ले आती और स्पन्दन में भरती कर लेती; उसके इलाज और खाने का कोई पैसा न लेती।

चन्द्रकान्त ने एक-दो बार यह देखा और बर्दाश्त किया, लेकिन फिर वह विरोध करने लगा। मंजुला फिर एक दिन जब किसी दरिद्र देहाती बुढ़िया को ले आई तो चन्द्रकान्त ने उसे स्पन्दन के बाहर ही रोक दिया और कहा, "यह तुम क्या कर रही हो, मंजुला? हमने प्राइवेट नर्सिंगहोम खोला है, कोई धर्मार्थ चिकित्सालय नहीं।"

"जानती हूँ, लेकिन इस बेचारी का गाँव में कोई नहीं है और इसे तत्काल इलाज की जरूरत है।"

"तो इसे सरकारी अस्पताल में भरती करा दो।"

"यह पिताजी को बहुत मानती है। उनके अलावा किसी और से अपना इलाज नहीं कराती..."

"तो पिताजी ही करें इसका इलाज।"

"यह पिताजी के ही इलाज में है, लेकिन तुम मेरी पूरी बात तो सुन लो—एक मरखने बैल ने इसे सींगों पर उठाकर पटक दिया है, इसका ऑपरेशन करना है

और पिताजी ऑपरेशन कर नहीं सकते, इसलिए...और दूसरी बात यह है कि यह विधवा है, इसके दोनों लड़के कानपुर वगैरह में कहीं नौकरी या मजदूरी करते हैं और यह गाँव में अकेली रहती है...मैं खुद इसे सरकारी अस्पताल में भरती कराना चाहती थी, लेकिन गाँव में कोई ऐसा आदमी या औरत नहीं है, जो अस्पताल में कुछ दिन इसके पास रहकर इसकी देखभाल करने को तैयार हो; और तुम जानते हो, सरकारी अस्पताल में जब तक रोगी का कोई अपना अटेंडेंट न हो, उसकी देखभाल ठीक से नहीं हो सकती।" मंजुला बीच में टोके जाने के डर से जल्दी-जल्दी कह गई।

"पर इसके लिए हम जिम्मेदार नहीं हैं।" चन्द्रकान्त हमेशा के लिए झंझट मिटा देने के इरादे से बोला, "हम यहाँ मुफ्त में जनता की सेवा करने नहीं बैठे हैं।"

"चन्द्रकान्त, यह तुम किस लहजे में मुझसे बात कर रहे हो?" मंजुला को रोष आ गया, "क्या यह नर्सिंगहोम सिर्फ तुम्हारा है?"

चन्द्रकान्त कोई उत्तर देता, इसके पहले ही वैद्यजी वहाँ पहुँच गए। मंजुला का प्रश्न सुनकर ही वे सारा मामला समझ गए और बीच में पड़कर बोले, "चन्द्रकान्त, इस वृद्धा का इलाज मैं कर रहा हूँ। इसकी सारी जिम्मेदारी मेरी है। तुम इसे भरती करो और मंजुला को इसका ऑपरेशन करने दो। इसके इलाज और रहने-खाने का सारा खर्चा मैं दूँगा।"

चन्द्रकान्त ने वैद्यजी को घूरकर देखा और कन्धे उचकाकर बीच से हट गया। मंजुला उस बुढ़िया को अन्दर ले गई और वैद्यजी बाहर से ही लौट गए।

बुढ़िया मंजुला के इलाज से अच्छी होकर चली गई तो वैद्यजी ने चन्द्रकान्त से पूछा, "उसके इलाज के कितने रुपए दूँ तुम्हें?"

इस बीच मंजुला और चन्द्रकान्त के बीच बोलचाल लगभग बन्द रही थी। एक दिन दोनों में हल्की-सी झड़प भी हो गई थी, जिसमें मंजुला ने कह दिया था, "नर्सिंगहोम तुम्हारा है, अब मैं यहाँ काम करूँगी तो बाकायदा वेतन लूँगी, नहीं तो कहीं और जाकर नौकरी कर लूँगी।" इससे चन्द्रकान्त थोड़ा सहम गया था। वैद्यजी भी उससे नाराज थे। इससे भी वह थोड़ा परेशान और शर्मिन्दा-सा था। इसलिए बिगड़ी हुई बात बनाने की गरज से उसने कहा, "कैसी बात करते हैं, पिताजी? मैं आपसे रुपए लूँगा? उस दिन मुझे न जाने क्या हो गया था कि मंजुला के साथ ऐसा व्यवहार कर बैठा। लेकिन मैं बेहद शर्मिन्दा हूँ और आप दोनों से क्षमा चाहता हूँ।"

उसकी क्षमा-याचना से परिवार में कई दिनों से चला आ रहा तनाव समाप्त हो गया। मंजुला भी सहज होकर उससे बातचीत करने लगी। उसने यह सोचकर

चन्द्रकान्त को क्षमा कर दिया कि चन्द्रकान्त का क्या दोष, समाज की व्यवस्था ही ऐसी है कि लोग सेवा के काम भी स्वार्थ से करते हैं। किसी भी पेशे में अब सेवा नहीं, स्वार्थ ही प्रमुख है।

लेकिन ऐसा नहीं कि उसने चन्द्रकान्त की स्वार्थ-वृत्ति को उचित मान लिया हो। वह सोचती—वैद्यजी भी तो इसी समाज-व्यवस्था में जीते हैं। वे स्वार्थी क्यों नहीं हुए?

इधर चन्द्रकान्त वैद्यजी और मंजुला की निःस्वार्थ सेवा-भावना से चिन्तित था—अगर स्पन्दन में इसी प्रकार गरीब लोगों का मुफ्त इलाज होता रहा तो लगातार नुकसान होता रहेगा। पिताजी तो पुराने जमाने के ठहरे, पर मंजुला को क्या हो गया है? अर्थशास्त्री पिता की बेटी होते हुए भी यह अपने व्यवसाय का अर्थशास्त्र क्यों नहीं समझती? पिताजी ने इस पर क्या जादू कर दिया है कि यह शल्य चिकित्सा में दक्ष एलोपैथिक डॉक्टर होते हुए भी आयुर्वेद को इतना मानने लगी है, जिसमें शल्य चिकित्सा के लिए कोई स्थान ही नहीं रह गया है? फिर, यह दिल्ली की लड़की है, सुविधा-सम्पन्न वातावरण में पली है, इसे गरीब ग्रामीणों से इतना प्रेम कैसे हो गया?

7

एक दिन मंजुला ने पूछा, “चन्द्रकान्त, अब तो स्पन्दन अच्छा चलने लगा है, हम इसमें आयुर्वेदिक चिकित्सा का विभाग कब खोल रहे हैं?”

चन्द्रकान्त की इच्छा हुई कि कह दे, ‘कभी नहीं।’ लेकिन उसने कहा, “सोचेंगे।”

वह जानता था कि मंजुला जो ठान ले, करके ही रहती है। ऊपर से उसे वैद्यजी का समर्थन प्राप्त है। इसलिए उसे लगा, ‘सोचेंगे’ कहकर टालने से काम नहीं चलेगा, कुछ-न-कुछ करना ही पड़ेगा। अचानक उसे बरसों पुरानी एक बात याद आ गई। दिल्ली के मेडिकल कॉलेज में अपने दाखिले के समय गोकुल प्रसाद ने वैद्यजी से कहा था—आयुर्वेद को बढ़ावा देनेवाली संस्थाओं को सरकार खूब अनुदान देती है...तुम भी कोई ट्रस्ट वगैरह बना लो...

“ठीक है।” चन्द्रकान्त ने चुटकी बजाते हुए कहा, “आयुर्वेदिक चिकित्सा विभाग हम जल्दी ही खोलेंगे।”

मंजुला प्रसन्न हो गई।

चन्द्रकान्त अगले ही दिन दिल्ली चला गया और स्वास्थ्य मंत्री गोकुल प्रसाद से मिला।

"कहो, चन्द्रकान्त, कैसा चल रहा है तुम्हारा स्पन्दन?" गोकुल प्रसाद ने प्रेम से पूछा।

"आपकी कृपा से अच्छा चल रहा है, चाचाजी। अब मैं उसमें आयुर्वेदिक चिकित्सा का भी एक नया विभाग खोलने की सोच रहा हूँ। पिताजी की बड़ी पुरानी ख़्वाहिश है कि शहर में ऐसा आयुर्वेदिक चिकित्सालय हो, जहाँ रोगियों को भरती करके उनका इलाज किया जाए।"

"बड़ा उत्तम विचार है। वैद्यजी की यह इच्छा अवश्य पूरी करो।"

"लेकिन, चाचाजी..."

"खर्च की समस्या है न?" गोकुल प्रसाद ने चन्द्रकान्त के आने का अभिप्राय समझकर मुस्कुराते हुए कहा, "सरकारी अनुदान चाहिए?"

"आप तो सब जानते हैं, चाचाजी।"

"लेकिन देखो, प्राइवेट नर्सिंगहोम को तो सरकारी अनुदान मिल नहीं सकता। तुम ऐसा करो कि वैद्यजी की अध्यक्षता में आयुर्वेदिक अनुसन्धान और विकास के लिए एक संस्था बना लो। संस्था का पंजीकरण करा लो और अनुदान के लिए आवेदन कर दो। बाकी हम देख लेंगे।"

"कितने रुपए के लिए आवेदन करूँ?"

"बीस लाख, तीस लाख, जितना तुम ठीक समझो। इतना मिलेगा नहीं, कुछ कम ही मिलेगा, पर जितना मिल जाए, ठीक है।"

चन्द्रकान्त की आँखें चमक उठीं। उसने गद्‌गद होकर गोकुल प्रसाद के पैर छुए, आशीर्वाद पाया और चला गया।

जानकार लोगों से पूछकर उसने अपनी संस्था की परिकल्पना की—अध्यक्ष पिताजी होंगे। माँ को उपाध्यक्ष बना देंगे। सचिव मैं रहूँगा। मंजुला कोषाध्यक्ष होगी। बाकी सदस्य और पदाधिकारी स्पन्दन में काम करनेवाले लोग हो जाएँगे—नाममात्र के—जो किसी काम में टाँग न अड़ाएँ और जहाँ कहा जाए आँख मूँदकर हस्ताक्षर कर दें।

यह सब सोचकर एक दिन मंजुला को विश्वास में लेने के लिए उसने अपनी योजना उसे बताई और अंग्रेजी में टाइप कराए हुए कुछ कागज उसके सामने रख दिए। मंजुला का माथा उसकी बातें सुनकर ही ठनक गया था। कागजों को ध्यान से पढ़कर उसने कहा, "आयुर्वेदिक चिकित्सा पद्धति का विकास और उसके लिए अनुसन्धान होना चाहिए, यह तो ठीक है, लेकिन क्या स्पन्दन में हम

ऐसा कुछ कर पाएँगे? हमारा काम रोगियों का इलाज करना है, अनुसन्धान और विकास तो एकदम अलग ही चीज है।"

"उसके लिए हम कुछ लोगों को नियुक्त कर लेंगे।"

"और यहाँ तुमने यह क्या लिख रखा है—शुद्ध आयुर्वेदिक औषधि विज्ञान तथा शल्य चिकित्सा का विकास? यह 'शुद्ध' क्या है?"

"शुद्ध...जैसे शुद्ध भारतीय संस्कृति।" चन्द्रकान्त ने संस्था के नियम और उद्देश्य चूँकि स्वयं नहीं लिखे थे, किसी जानकार से लिखवाए थे, इसलिए उसे उत्तर देने में दिक्कत हुई।

"बकवास! विज्ञान और तकनीक में शुद्ध कुछ नहीं होता। सभ्यता और संस्कृति में भी नहीं होता। शुद्धता के नाम पर क्या हम आयुर्वेदिक इलाज उन्हीं पुरानी दवाओं से करेंगे, जो चरक और सुश्रुत में लिखी हैं? चीर-फाड़ उन्हीं पुराने औजारों से करेंगे, जिनसे प्राचीनकाल में शल्य चिकित्सा होती थी?"

"तो?"

"तो क्या? चिकित्सा विज्ञान की विकसित तकनीक का इस्तेमाल करेंगे, चाहे वह एलोपैथिक हो या कोई और। पिताजी का कहना है कि नई तकनीक और उसके इस्तेमाल की जानकारी के अभाव में उनका आयुर्वेदिक इलाज अधूरा रह जाता है। न चाहते हुए भी वे अपने कई रोगियों को डॉक्टर के पास या अस्पताल जाने के लिए कहने को विवश हो जाते हैं। यह विवशता चूँकि उनकी निजी अक्षमता से पैदा नहीं होती, बल्कि आयुर्वेद के पिछड़े रह जाने से पैदा होती है, इसलिए उन्हें दुख होता है। वे चाहते हैं कि उनके किसी रोगी को ऑपरेशन वगैरह की जरूरत हो तो वह हो जाए, लेकिन रोगी उनके ही इलाज में रहे।"

"तो फिर वह आयुर्वेदिक इलाज क्या हुआ? यह तो वही बात हुई कि वैसे तो हम शुद्ध भारतीय बनेंगे, लेकिन नई तकनीक के लिए पश्चिम के आगे हाथ फैलाएँगे।"

"नई तकनीक लेना, चाहे वह कहीं से भी ली जाए, अपने आपमें कोई बुरी बात नहीं है। सवाल यह है कि उस तकनीक से हम करते क्या हैं! उसके इस्तेमाल के पीछे हमारी दृष्टि क्या रहती है!"

चन्द्रकान्त इस बहस से ऊबकर बोला, "ये ऊँची-ऊँची बातें करना छोड़ो, तुम तो मुझे सिर्फ यह बताओ कि स्पन्दन में आयुर्वेदिक विभाग की क्या जरूरत है? और एलोपैथी की तकनीक से ऑपरेशन वगैरह कराए बिना वैद्यों का काम नहीं चलता, तो वे ऐसे रोगियों को अपने इलाज में क्यों रखना चाहते हैं? या तो शुद्ध आयुर्वेदिक इलाज से उन्हें ठीक करें, या शुद्ध एलोपैथिक इलाज के

लिए हमें सौंप दें।"

मंजुला ने चन्द्रकान्त की बुद्धि पर तरस खाते हुए कहा, "आयुर्वेद और एलोपैथी दो चिकित्सा-पद्धतियाँ ही नहीं, दो दृष्टियाँ भी हैं, चन्द्रकान्त। आयुर्वेद में रोगी का इलाज किया जाता है, जबकि एलोपैथी में सिर्फ रोग का। रोगी धनी है या निर्धन, शहरी है या देहाती, पूरब का है या पश्चिम का–एलोपैथी को इससे कोई मतलब नहीं। रोग समान है तो इलाज भी समान होगा। गरीब आदमी उतना महँगा इलाज नहीं करा सकता तो भाड़ में जाए, हम तो उसी का इलाज करेंगे, जो उतना महँगा इलाज करा सके। इस हृदयहीनता या अमानवीयता के आधार पर ही एलोपैथी का विकास हुआ है। हम एलोपैथिक डॉक्टरों की दृष्टि भी यही रहती है। कोई हमें हृदयहीन या अमानवीय कहता है, तो हम तकनीक का तर्क देने लगते हैं। कहते हैं–तकनीक मुफ्त नहीं मिलती, इसलिए इलाज भी मुफ्त नहीं हो सकता।"

"वैद्य लोग क्या मुफ्त में इलाज करते हैं?" चन्द्रकान्त फिर बहस करने लगा, "रोग का निदान और उपचार करते समय कोई वैद्य यह नहीं देखता कि रोगी अमीर है या गरीब। समान रोग का समान इलाज तो उसमें भी होता है।"

मंजुला ने चन्द्रकान्त को घूरकर देखा और कहा, "तुम इतने बड़े वैद्य के बेटे हो, फिर भी आयुर्वेदिक इलाज के बारे में कुछ नहीं जानते। तुमने पिताजी को रोगियों का इलाज करते शायद कभी नहीं देखा। मैंने देखा है। वे अपने गरीब रोगियों को अकसर कोई दवा नहीं देते। बस, उनके भोजन, विश्राम और व्यायाम में कुछ परिवर्तन करा देते हैं। पथ्य और परहेज बता देते हैं। आसानी से और अकसर मुफ्त में ही मिल जानेवाली कुछ जड़ी-बूटियाँ बता देते हैं। यह सब बताने की वे कोई फीस नहीं लेते। अगर इतना बता देने से ही उनके बहुत से रोगी ठीक हो जाते हैं, तो यह कोई चमत्कार नहीं, बाकायदा किया गया इलाज है। लेकिन यह सिर्फ रोग का हृदयहीन इलाज नहीं, रोगी का मानवीय उपचार है। यह चिकित्सा की एक भिन्न पद्धति ही नहीं, एक भिन्न दृष्टि भी है।"

चन्द्रकान्त ने देखा कि मंजुला के तर्क का उसके पास कोई जवाब नहीं है, तो वह कुतर्क करने लगा, "आजकल वैकल्पिक तकनीक की बहुत बातें की जा रही हैं। पश्चिमी तकनीकों के मुकाबले में भारतीय तकनीकों का विकास जरूरी माना जा रहा है। इसीलिए सरकार उनके विकास में सहायता करती है। आयुर्वेद का विकास भी वह इसीलिए करना चाहती है। मगर तुम एलोपैथी की तकनीक अपनाकर आयुर्वेद का विकास नहीं कर सकतीं। आयुर्वेद को एलोपैथी का विकल्प बनना है, तो उसके लिए शुद्ध आयुर्वेदिक तकनीक का ही विकास

करना होगा; नहीं तो आयुर्वेद एलोपैथी ही बन जाएगा।"

"लेकिन यह भी सोचो कि वह एलोपैथिक तकनीक नहीं अपनाएगा तो खत्म हो जाएगा। सवाल उसकी शुद्धता या अशुद्धता का नहीं है। तकनीक से कोई चीज शुद्ध या अशुद्ध होती भी नहीं। आजकल तमाम आयुर्वेदिक दवाएँ आधुनिक तकनीक से बनने लगी हैं, कारखानों में बनती हैं, बाजारों में बिकती हैं, आधुनिकतम संचार-माध्यमों से प्रचारित और विज्ञापित होती हैं; फिर भी वे आयुर्वेदिक ही रहती हैं। हाथ से कूटने-छानने के बजाय मशीन से बनाए जाने पर वे एलोपैथिक नहीं हो जातीं। इस तरह कोई वैद्य फोड़े का इलाज करने के लिए जोंकें लगाने या पुंगी से मवाद निकालने के बजाय सर्जरी की आधुनिक तकनीक से किए जानेवाले ऑपरेशन का सहारा लेता है, तो वैद्य ही रहता है, डॉक्टर नहीं बन जाता।"

"इसका मतलब तो यह हुआ कि आयुर्वेदिक अनुसन्धान और विकास का कोई मतलब ही नहीं है! सरकार बेवकूफ है, जो इस तरह के कामों को बढ़ावा देती है और ढेरों रुपया खर्च करती है?"

"देखो, मैं पहले ही कह चुकी हूँ कि आयुर्वेद और एलोपैथी दो चिकित्सा पद्धतियाँ ही नहीं, दो दृष्टियाँ भी हैं। एलोपैथी चाहे जितनी विकसित हो गई हो, वह एक व्यावसायिक दृष्टि है, जिसके अनुसार चिकित्सा एक बेची और खरीदी जा सकनेवाली सेवा है, जिसका उद्देश्य पैसा या मुनाफा कमाना है। उससे सेवा, परोपकार, सहानुभूति और सामाजिक उत्तरदायित्व जैसे मानवीय मूल्य नष्ट होते हैं और निहित स्वार्थ पनपते हैं। आजकल विदेशी संस्थाएँ भारतीय जड़ी-बूटियों के अनुसन्धान पर पानी की तरह पैसा बहा रही हैं। तुम क्या समझते हो, वे भारत की जनता की सेवा के लिए ऐसा कर रही हैं? नहीं, वे अपने स्वार्थ से व्यापारिक उद्देश्यों के लिए, मुनाफा कमाने के लिए..."

चन्द्रकान्त इस बात को जानता था। आयुर्वेदिक अनुसन्धान और विकास के नाम पर भारत सरकार से अनुदान लेने के बाद वह उन विदेशी संस्थाओं से भी कुछ अनुदान प्राप्त करने के मंसूबे बाँध चुका था। मंजुला की बातें उसे अपने मंसूबों पर पानी फेरनेवाली प्रतीत हुईं।

इससे बेखबर मंजुला कह रही थी, "अनुसन्धान और विकास करना है तो उस दृष्टि का करो, जिसके अनुसार एक वैद्य निःस्वार्थ भाव से जनता की सेवा करता है।"

चन्द्रकान्त को मंजुला का उपदेश अब और सहन नहीं हुआ। उसने कहा, "तुम कुछ कहो, आज की दुनिया में स्वार्थ ही प्रमुख है। हर आदमी अपना स्वार्थ

सबसे पहले देखता है। इसलिए ये हवाई बातें बन्द करो, यह बताओ कि तुम इन कागजों पर हस्ताक्षर करोगी या नहीं?"

"नहीं।" मंजुला ने किंचित् कठोर स्वर में कहा।

चन्द्रकान्त को क्रोध तो बहुत आया, लेकिन जब्त कर गया। वह मंजुला को नाराज नहीं करना चाहता था। उसने अपने कागज समेटते हुए कहा, "ठीक है, तुम्हें मेरी योजना पसन्द नहीं है, तो जाने दो। मैं तो यह सोचता था कि सरकारी अनुदान मिल जाने पर हम स्पन्दन को नर्सिंगहोम से बढ़ाकर एक भरा-पूरा अस्पताल बना सकेंगे।"

वह समझ गया था कि वैद्यजी के सामने उसने अपनी योजना रखी, तो वे भी मंजुला की तरह जिरह करेंगे और अन्ततः हस्ताक्षर करने से इनकार कर देंगे। बेकार माथापच्ची करने के बजाय उसने स्पन्दन में काम करनेवाली डॉक्टर सुरेखा को विश्वास में लिया और अपने तथा उसके कुछ मित्रों को साथ लेकर संस्था बना ली। संस्था का पंजीकरण होते ही उसने अनुदान के लिए आवेदन कर दिया।

सुरेखा को उसने शुरू में ही सावधान कर दिया था कि वह संस्था के सम्बन्ध में मंजुला या वैद्यजी को कुछ न बताए। सुरेखा कोई योग्य और कुशल डॉक्टर नहीं थी। मंजुला उसके अज्ञान और अकुशलता के लिए कभी-कभी उसे डाँट दिया करती थी। इससे सुरेखा को स्पन्दन में अपनी नौकरी असुरक्षित लगती थी, लेकिन चन्द्रकान्त की योजना में भागीदार और उसकी राजदार बन जाने के बाद वह निर्भय हो गई। अब उससे कोई गलती या लापरवाही होने पर मंजुला उसे डाँटती तो वह चुप न रहती; एकान्त में मंजुला की शिकायत करती। इसका लाभ उठाकर चन्द्रकान्त सुरेखा से रोमांस करने लगा। सुरेखा ने भी आपत्ति नहीं की, बल्कि उसे बढ़ावा दिया।

सुरेखा अकसर रात की ड्यूटी पर रहती थी। उसके आ जाने पर मंजुला उसे जरूरी हिदायतें देकर चन्द्रकान्त के साथ घर चली जाती थी। उसे कोई जरूरी काम रहता तो चन्द्रकान्त उसके लिए रुक जाता, चन्द्रकान्त को किसी वजह से रुकना पड़ता तो वह उसके लिए रुकी रहती। लेकिन अब अकसर यह होने लगा कि चन्द्रकान्त अपनी व्यस्तता बताकर मंजुला को घर भेज देता और सुरेखा के साथ मौज करता।

मंजुला को सन्देह तो हुआ था, लेकिन उन दोनों के इस प्रकार के सम्बन्ध की कल्पना ही उसे इतनी घिनौनी लगी कि उसने 'ऐसा कभी नहीं हो सकता' सोचकर उस सन्देह को बलपूर्वक अपने मन से निकाल दिया था। फिर, वह

अपने काम में इतनी व्यस्त रहती थी कि उसे ऐसी बातों पर ध्यान देने की ज्यादा फुरसत भी नहीं थी।

लेकिन एक दिन स्पन्दन के बाहर एक नया साइनबोर्ड लगा देखकर वह चौंक उठी। लिखा था : स्पन्दन—आयुर्वेदिक रिसर्च फाउंडेशन।

चन्द्रकान्त घर से उसके साथ आया था। किंचित् क्रुद्ध स्वर में मंजुला ने उससे पूछा, "यह क्या है?"

चन्द्रकान्त ने बेशर्मी से हँसते हुए कहा, "तुम जो मुफ्त में जनता की सेवा करती फिरती हो, उससे होनेवाले नुकसान की भरपाई का उपाय!"

"तो तुमने अपनी संस्था बना ही ली और मेरी जगह उसमें किसको रखा?"

"सुरेखा को।"

"ओह!" मंजुला ने घृणा और तिरस्कार के साथ कहा, "तो मेरा सन्देह सही था!"

चन्द्रकान्त ने उसका हाथ पकड़कर अपनी सफाई देने की कोशिश की, लेकिन वह उसका हाथ झटककर उल्टे पाँव घर लौट गई।

दोपहर को वैद्यजी अपनी दुकान से भोजन और विश्राम के लिए घर आए तो मंजुला ने चन्द्रकान्त की संस्था और सुरेखा से उसके सम्बन्ध की बात बताकर कहा, "पिताजी, अब मैं चन्द्रकान्त के साथ काम नहीं कर सकती। मेरा अब उससे कोई सम्बन्ध नहीं।"

वैद्यजी ने मंजुला को समझाने-बुझाने और चन्द्रकान्त को रास्ते पर लाने की बहुत कोशिश की। वैद्यजी की पत्नी कई दिनों तक चन्द्रकान्त से लड़ती-झगड़ती और रोती रहीं। मंजुला भी खूब लड़ी-झगड़ी और रोई, लेकिन उस दिन के बाद स्पन्दन में काम करने नहीं गई। चन्द्रकान्त से उसने सचमुच अपना सम्बन्ध समाप्त कर लिया।

8

और अब आलम यह है कि स्पन्दन एक छोटे-से नर्सिंगहोम से बढ़ते-बढ़ते बड़ा-सा प्राइवेट अस्पताल बन गया है। है वह एलोपैथी का प्राइवेट अस्पताल ही, लेकिन उसके बाहर अंग्रेजी के बड़े-बड़े अक्षरों में लिखा हुआ है : स्पन्दन—आयुर्वेदिक रिसर्च फाउंडेशन। वहाँ आयुर्वेदिक चिकित्सा विभाग के नाम पर एक छोटा-सा कमरा है, जिसमें एक वैद्यनुमा आदमी अकसर अकेला बैठा खरल में कुछ कूटता-पीसता रहता है और भूले-भटके आ जानेवाले किसी रोगी को देखकर दवा देने से पहले देर-देर तक गप्पें लड़ाता रहता है। पास ही एक बड़ा और वातानुकूलित कमरा

है, जिसके बाहर 'आयुर्वेदिक अनुसन्धानशाला' की तख्ती लगी हुई है। पुस्तकों और जड़ी-बूटियों के नमूनों से सजी हुई अलमारियों के बीच बिछी गद्दी पर वहाँ धोती-कुरता पहने एक घुटमुंड चुटियाधारी बैठा रहता है, जो 'वैद्यजी' कहलाता है, लेकिन वास्तव में फर्जी प्रमाण-पत्रों से वैद्य बनाया गया चन्द्रकान्त का नौकर है। वह फर्राटेदार अंग्रेजी बोलता है और उन विदेशियों को भारतीय जड़ी-बूटियों की जानकारी देता रहता है, जो अकसर वहाँ आते रहते हैं।

और अपने वैद्यजी? वे अपनी ही दुकान में बैठते हैं, लेकिन आधी दुकान में। बाकी आधी दुकान में मंजुला बैठती है और अपनी एलोपैथिक डॉक्टरी करती है। वैद्यजी ने अपने घर के एक हिस्से में छोटा-सा चिकित्सालय भी बना लिया है, जिसमें जरूरत पड़ने पर दो-चार रोगियों को रखकर उनका इलाज किया जा सकता है। वैद्यजी अपने रोगियों का आयुर्वेदिक इलाज करते हैं। मंजुला अपने रोगियों का एलोपैथिक इलाज करती है; लेकिन पथ्य और परहेज के मामले में मंजुला वैद्यजी से सलाह लेती है, शल्य चिकित्सा के मामले में वैद्यजी मंजुला से सहायता लेते हैं। मंजुला की जीप घर या दुकान के बाहर खड़ी रहती है, जिसमें वह अकसर वैद्यजी के साथ आती-जाती दिखाई पड़ती है—शहर में ही नहीं, आसपास के गाँवों में भी।

वैद्यजी की दुकान उनके लिए फिर आधी रह गई है, लेकिन अब उन्हें इससे कोई दुख या कष्ट नहीं होता। उन्हें अब सचमुच महसूस होता है कि दुकान आधी रह जाने के बावजूद उनकी शक्ति दूनी हो गई है। उनके पास इलाज करानेवाले की ही नहीं, उनसे मिलने और बतियाने के लिए आनेवालों की भी भीड़ लगी रहती है। प्रोफेसर तिवारी भी यदा-कदा दिल्ली से आते रहते हैं। मंजुला पर उन्हें गर्व है और वैद्यजी से उनकी गहरी छनती है। लेकिन गोकुल प्रसाद को वैद्यजी अब अपना मित्र नहीं मानते। उनका नाम सुनकर वैसे ही भड़क उठते हैं, जैसे कभी मिशन अस्पताल का नाम सुनकर भड़क उठते थे।

वैद्यजी की पत्नी दुखी रहती हैं, लेकिन उनके दुख का कोई इलाज नहीं है—न आयुर्वेदिक, न एलोपैथिक। अपने दुख को भुलाए रखने के लिए वे घर में ही बने चिकित्सालय में इलाज के लिए रहनेवाले रोगियों की सेवा में लगी रहती हैं।

चन्द्रकान्त स्पन्दन में ही अपना घर बनाकर खुलेआम सुरेखा के साथ रहने लगा है। माता-पिता से मिलने होली-दीवाली पर भी घर नहीं आता। वह दिन-रात व्यस्त रहता है और खूब पैसा कमाता है। वह स्वयं को शहर में सबसे सफल और सबसे समझदार आदमी मानता है।

स्पन्दन पहली बार साहित्यिक पत्रिका **नया पथ** में सन् 1995 में प्रकाशित हुई। कालान्तर में यह रमेशजी के संकलन **अर्थतंत्र तथा अन्य कहानियाँ** में अवतरित हुई।

रमेश उपाध्याय (जन्म : 1 मार्च, 1942)

कथाकार, आलोचक, चिन्तक, पत्रकार और प्राध्यापक। कैरियर की शुरुआत पत्रकारिता से की, फिर अगले तीन दशकों तक दिल्ली विश्वविद्यालय में प्राध्यापक रहे। अनेक साहित्यिक और सांस्कृतिक मंचों पर सक्रिय रहते हुए त्रैमासिक पत्रिका कथन की बुनियाद डाली और लम्बे समय तक इसके सम्पादक रहे।

अपनी कहानियों में रमेश उपाध्याय ने समाज में हर जगह गहराए अँधेरे, उत्पीड़न और शोषण के विरुद्ध संघर्ष करते हुए पात्रों की रचना की है। उनके पात्रों में मानव संघर्ष, मानव गरिमा और मानव समाज के उज्ज्वल भविष्य के प्रति गहरी आस्था और वचनबद्धता के स्पष्ट साफ-सुथरे बिम्ब मिलते हैं। उनकी कुछ कहानियाँ बेहद जटिल संरचना का जामा पहने रहती हैं तो कुछ में लोककथाओं जैसी सरलता नजर आती है। लेकिन हर कहानी मनुष्य की जीत में ही विश्वास प्रकट करती है। यह सकारात्मक सोच ही इन कहानियों का सबसे बड़ा यू.एस.पी. है।

रमेश उपाध्याय के अब तक चौदह कहानी-संग्रह, पाँच उपन्यास, तीन नाटक, कई नुक्कड़ नाटक तथा अनेक आलोचनात्मक पुस्तकें प्रकाशित हो चुकी हैं। उनकी रचनाओं के अनुवाद अनेक भाषाओं में उपलब्ध हैं। सफाइयाँ और लाई लो शीर्षक कहानियों पर टेली फिल्में भी बनी हैं।

अपने रचना-संसार के लिए रमेश कई महत्त्वपूर्ण पुरस्कारों और सम्मानों से नवाजे जा चुके हैं। उन्हें मानव संसाधन मंत्रालय भारत सरकार के गणेश शंकर विद्यार्थी पुरस्कार, उत्तर प्रदेश हिन्दी संस्थान के साहित्यकार सम्मान तथा हिन्दी अकादमी दिल्ली के साहित्यिक कृति पुरस्कार से अलंकृत किया जा चुका है।

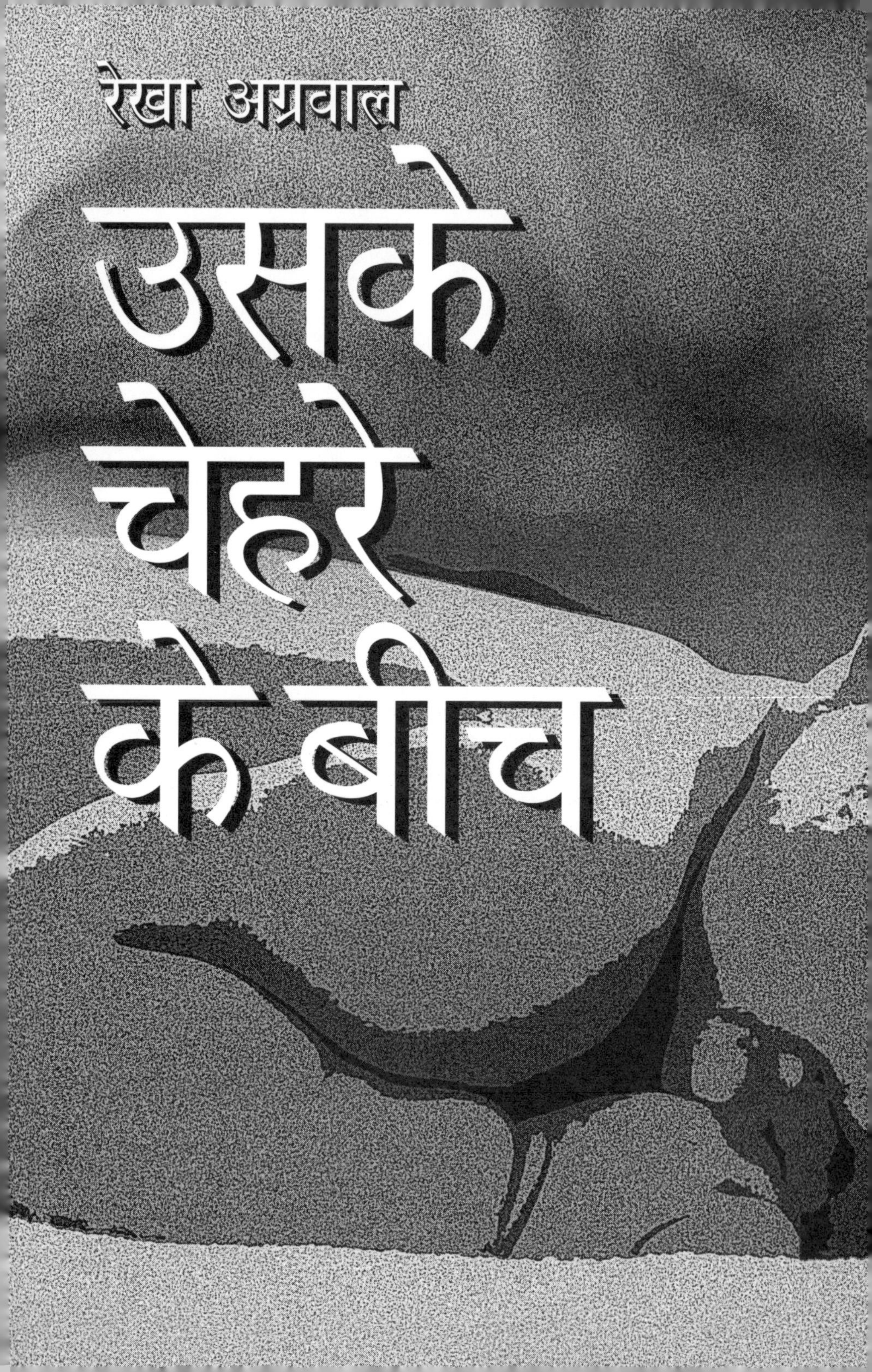
रेखा अग्रवाल
उसके चेहरे के बीच

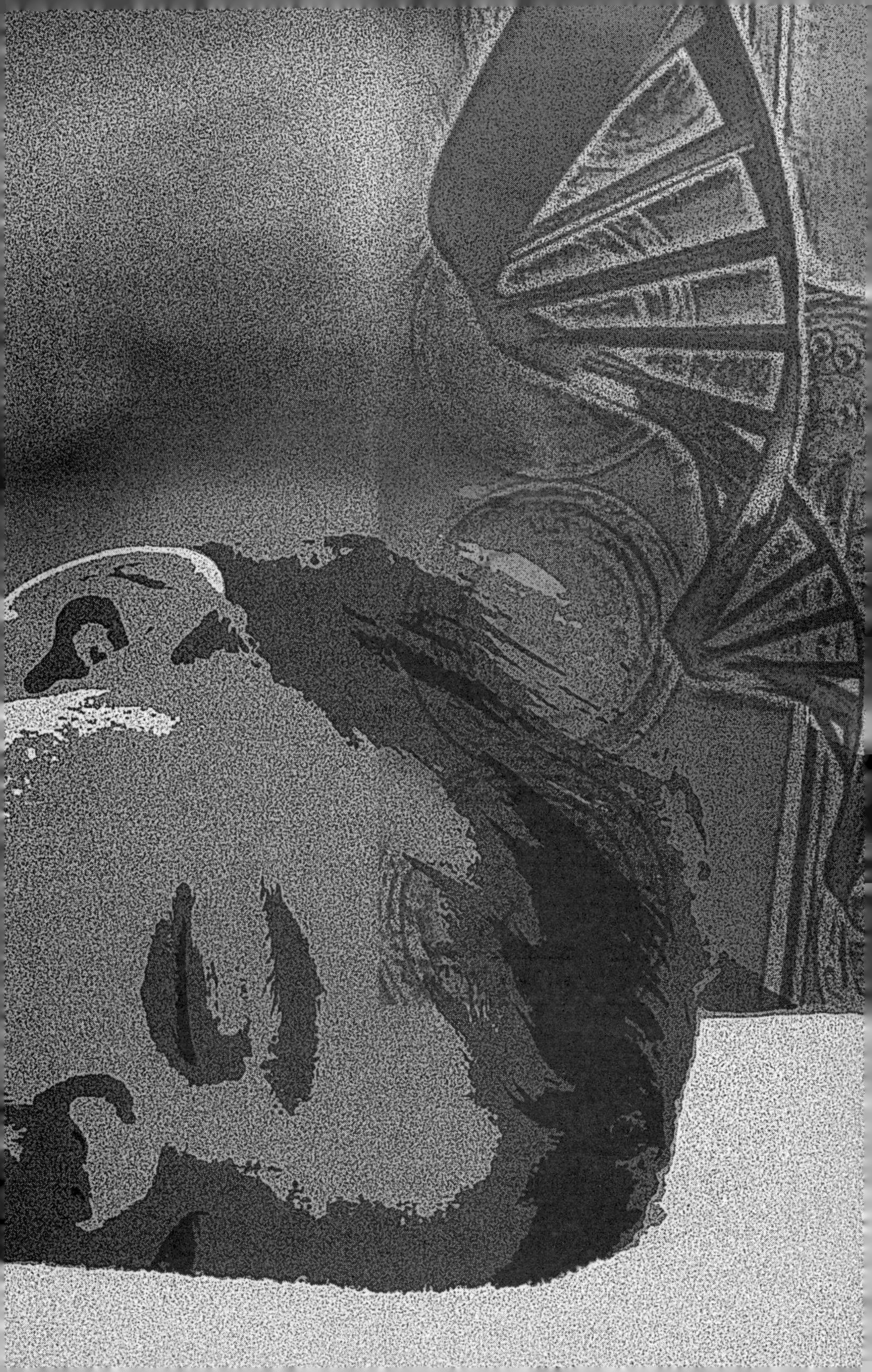

सजे-सँवरे लोग, प्रकाश की दीप्ति में उनके खिलखिलाते चेहरे, कहकहों की गूँज, बधाई के सम्बोधन—यह शोरगुल मुझे सरासर बेमायने-सा लगता है। एक स्वाँग, एक आडम्बर जिसके आवरण में स्त्री-पुरुष अपनी सम्पूर्णता को घोषित करते हैं।

मैं इस शोरगुल से कटा, ड्राइंग रूम के एक कोने में चुपचाप एक तिपाई पर बैठा हूँ। हाथ में प्लेट है। दो-तीन मिठाई के टुकड़े और मोतीचूर का लड्डू। अनुराधा ने बड़े मन से मोतीचूर के लड्डू बनवाए हैं। बड़ी आस थी अनुराधा को दादी बनने की, जब-तब कहती, "नितिन को अगर बेटा हुआ तो पूरे मोहल्ले में छोटी बूँदी के लड्डू बाँटूँगी।"

मैं चुप रहता, मुँह से बोल न निकलते। चाहकर भी अनुराधा की खुशी में शामिल न हो पाता।

मुन्ना अन्दर के कमरे में बहू के पास पालने में लेटा है। पूरे घर में खुशियों की चादर बिछी है। मुख्य द्वार पर अनुराधा ने खुद रंगोली सजाई है। गुलाब और चमेली के फूल बिछाए हैं। दीये जलाए हैं। लाल गुलाब की पँखुड़ियों की खुशबू गेट से लेकर बैठक तक हर तरफ फैली है। छत और दीवारों पर सुनहरी झालर झूल रही है। रंग-बिरंगे गुब्बारे सजे हैं।

आज मुन्ने के जन्म को चालीस दिन हो आए हैं, पर अब तक मैंने उसे गोद में नहीं लिया, सच कहूँ तो अब तक जी भर देखा तक नहीं! यकायक मेरा मन बेचैन हो उठता है। सोचता हूँ, देखूँ तो सही, मुन्ने की शक्ल किससे मिलती है! किसका रूप-रंग लिया है उसने, बहू का या नितिन का! पर फिर न जाने किस औचक डर की शैतान बाँहें मन को आ घेरती हैं। चाहकर भी मैं मुन्ने के पास नहीं जा पाता।

बेचैन मन से लोगों के इस जमावड़े में एक कोने में अकेला बैठा चोरी-चोरी उनके चेहरे पढ़ने में मशरूफ हो जाता हूँ। प्लेट में रखी मिठाई का दाना भी मुँह तक ले जाना मेरे लिए भारी पड़ रहा है।

रिश्तेदारों और दोस्तों की इस बड़ी भीड़ में अचानक ही मेरी निगाहें दूर खड़े

मुकुल पर जाकर टिक जाती हैं।

मुकुल और मेरी बचपन से ही दोस्ती है। हम तीसरी क्लास से साथ हैं। दोनों ने ला मार्टिनियर कॉलेज फॉर बॉयज से सीनियर कैम्ब्रिज किया। इंटर के बाद मुकुल ने किंग जॉर्ज मेडिकल कॉलेज ज्वॉइन कर लिया। पहले एम.बी.बी.एस., फिर एम.एस. और एम.सी.एच! तेरह-चौदह बरस तक वह लगातार पढ़ता ही रहा। आज वह शहर का जाना-माना यूरोलॉजिस्ट था। अपनी काबिलियत, कड़ी मेहनत और व्यवहार-कुशलता क़े बल पर समाज में उसने खासी साख बना ली थी। निराला नगर में उसका बड़ा-सा मल्टीस्पेशिएलिटी नर्सिंगहोम था। दूसरी तरफ मैं बी.एससी. फाइनल में था कि पिताजी अचानक चल बसे। उनका अकेला वारिस होने के नाते मुझे पढ़ाई बीच में ही छोड़नी पड़ी और उस कच्ची उम्र में ही उनका लम्बा-चौड़ा कारोबार अपने कन्धों पर लेना पड़ा।

मैं अतीत की उन स्मृतियों से घिरा मैं मुकुल की ओर देखता हूँ। पाता हूँ कि मुकुल भी मेरी ओर ही देख रहा है। मानो मेरे दिल की टोह ले रहा हो—भाँप रहा हो कि मेरे मन में क्या उफान मचा है!

अचानक दोस्ती के टेलीपैथिक तार आपस में जुड़ जाते हैं। जाने उसकी चुम्बकीय शक्ति से, या मात्र संयोगवश से हमारी नजरें एक-दूसरे से मिल जाती हैं। मुकुल का चेहरा उसकी चिर-परिचित मुस्कान से गुलशन हो उठता है। वह भीड़ में से रास्ता बनाते हुए मेरे पास आ पहुँचता है। वह साइड पर रखी चेयर खींचता है और आराम से उस पर बैठ जाता है। अब तक मैं अपनी प्लेट रख चुका हूँ। मेरा हाथ खाली देख वह अपनी प्लेट मेरी ओर बढ़ा देता है, कहता है, "कुछ तो लो, नमन। भाई, इतने बढ़िया मोतीचूर के लड्डू पहले कभी नहीं खाए। तुम भी तो चखकर देखो।" मेरे इनकार करने पर वह मुस्कुरा उठता है, कहता है, "यार, मेजबान तो तुम हो, पर जब तुम्हीं इतने कटे-कटे से बैठे हो तो यह जिम्मेवारी मुझे ही निभानी होगी। क्यों, ठीक है न?"

उसकी बात सुन मैं सकपका उठता हूँ। टालते हुए मैं दलील देता हूँ, "मुकुल, आज तबीयत कुछ ठीक सी नहीं मालूम हो रही। बस, इसीलिए यहाँ आकर बैठ गया। अच्छा बताओ, तुम क्या लोगे? कॉफी या कोल्ड ड्रिंक?"

"नहीं यार, अभी किसी चीज का मन नहीं। थोड़ी देर में जब भीड़ छँट जाएगी तो भाभी के हाथ की गरमागरम चाय पीऊँगा। अच्छा, आज इतने लोग तुम्हारे यहाँ आए हुए हैं, क्या तुम उनसे मेरा परिचय भी न कराओगे?" मुकुल बिलकुल सहज स्वर में कहता है।

"हाँ-हाँ, क्यों नहीं। पर मुकुल, पहले यह बताओ, क्या तुमने मुन्ने को देखा?"

मुकुल छूटते ही कहता है, "हाँ, नमन, अभी मैं मुन्ने के पास से ही तो आ रहा हूँ। बहुत सुन्दर है। उसकी शक्ल तुमसे बहुत मिलती है। वही तुम्हारे जैसा चौड़ा माथा, बड़ी-बड़ी आँखें और तीखी नाक!"

यह सुन मैं भीतर तक काँप जाता हूँ। कानों पर विश्वास नहीं होता। एक बार सोचता हूँ कि कहीं मुकुल अठखेली तो नहीं कर रहा, पर मुकुल को मैं बचपन से जानता हूँ, वह यारों का यार है, मेरे दुख-सुख का साथी। यूँ भी उससे कुछ भी तो छुपा नहीं। यूँ ही कह दिया उसने। शायद मुझे दिलासा देना चाहता है।

कमजोर, थकी हुई आवाज में मैं उससे कहता हूँ, "यार, यह तुम कह रहे हो! तुमसे भला क्या छुपा है?"

मुकुल उठकर मेरे कन्धे पकड़ लेता है, कहता है, "जीना सीखो, दोस्त! कब तक बीते कल की काली परछाईं में जीते रहोगे? मैं सच कह रहा हूँ, मुन्ना

बहुत-कुछ तुम जैसा ही दिखता है।"

"सच?" मेरी आँखों में खुशी के आँसू भर उठते हैं। मैं मुन्ने को देखने को आतुर हो उठता हूँ। दौड़कर उसके पास जाता है। पालने से उसे उठा उसके अंग-अंग स्पर्श कर उसमें अपने को ढूँढ़ता हूँ। मुन्ने का कौन-सा हिस्सा मुझसे मिलता है, कहाँ हूँ मैं मुन्ने में...!

उनतीस साल पहले नितिन के होने पर भी जब नर्स ने उसे नर्सरी में मेरी गोदी में दिया था तब भी मैंने उसमें खुद को इसी तरह तलाशा था। और अब...नितिन के बेटे में अपने को खोज रहा हूँ। कितना हूँ मैं नितिन में...और अब उसके बेटे में? अचानक ही बीते कल की यादों के पन्ने मेरे सामने स्वतः खुलते चले जाते हैं...

2

रोजाना की तरह ऑफिस से घर लौटते हुए आज भी मैं लेट हो गया हूँ। शाम ढल चुकी है। रेडियो पर नौ बजे की अंग्रेजी खबरें शुरू हो चुकी हैं। अनुराधा गेट पर खड़ी है, हर दिन की तरह मेरी राह जोहती।

"लेट हो गए आप।" वह अपना रोजाना का सवाल दोहराती है।

"हाँ, क्यों कुछ काम था क्या?"

अनुराधा का यह पूछना और मेरा इस तरह उसे यह जवाब देना औपचारिकता सी बनकर रह गई है। अनु अपनी आदत से मजबूर है, और मैं अपने काम-धन्धे की संहिता से लाचार!

घर के भीतर कदम रखते ही, माँ किचन से ही आवाज देती है, "बेटा, आ गया। चल जल्दी से मुँह-हाथ धो ले। खाना बिलकुल तैयार है।"

अनुराधा भोजन परोसने में लग जाती है। खाना खाते-खाते ही माँ और अनुराधा से बातचीत होती है। माँ अपनी कहती है, अनु अपनी और मैं दोनों की बात ध्यान से सुनने की कोशिश करता हूँ। पर शरीर और मन दोनों थक चुके हैं। उनकी बातों का मैं हाँ-हूँ में ही जवाब देता हूँ।

खाना खत्म कर उठने को होता हूँ कि माँ रोक लेती है, "बेटा, बहुत दिनों से मैं तुझसे कुछ कहना चाह रही हूँ। तुझे इतना व्यस्त और थका हुआ देखती हूँ, तो कह नहीं पाती। पर आज कहे बिना दिल नहीं मान रहा।"

"कहो न माँ, क्या बात छिपी है तुम्हारे इस प्यारे से दिल में!" मैं कुर्सी खींचकर माँ के पास वापस बैठ जाता हूँ।

"बेटा, तुम्हारा विवाह हुए पाँच साल बीत चुके हैं। इच्छा थी, तुम्हारा विवाह होगा, घर भर जाएगा। तुम्हारे और अनुराधा के बच्चे होंगे, उनसे खेलूँगी, मेरा मन लगा रहेगा। अब यह सूना-सूना घर मुझे काटने लगा है। सोचती हूँ, अच्छा होगा कि तुम अनुराधा को डॉक्टर को दिखा आओ। ईश्वर न करे कि उसे कुछ हो। फिर भी मन को तसल्ली हो जाएगी।" माँ ठंडी साँस लेकर कहती है।

"मुझे कहाँ फुरसत है माँ! क्यों न तुम ही अनु के साथ चली जाओ? मेरा दोस्त मुकुल है न, उसकी पत्नी सुरभि बहुत काबिल डॉक्टर है। मैं मुकुल को फोन कर दूँगा। तुम कल ही अनु को लेकर चली जाना।" मैं उबासी लेते हुए कहता हूँ और बेडरूम की ओर बढ़ जाता हूँ।

सुबह आँख खुलते ही पाता हूँ, अनु सामने खिड़की पर बैठी है। अपनी पिंक नाइटी में वह गजब की खूबसूरत दिख रही है। मुझे अँगड़ाई लेते देख मुस्कुरा कर कहती है, "गुड मॉर्निंग, चाय ले आऊँ?" उसे पता है कि बेड-टी मुझे कितनी प्रिय है। मैं उसे अपनी बाँहों में कस लेता हूँ और उसका माथा चूमकर कहता हूँ, "गुड मॉर्निंग, अनु। येस, लेट्स हैव टी।" मैं बाथरूम की तरफ बढ़ता हूँ और अनु किचन की ओर। थोड़ी ही देर में वह चाय की ट्रे लेकर लौट आती है। हम दोनों चाय का आनन्द लेने लगते हैं। बातों ही बातों में वह बीती शाम माँ से किए गए वायदे की याद दिला देती है। मैं तुरन्त ही मुकुल का नम्बर लगाता हूँ, उसे सारी बात समझाता हूँ और अनु और माँ को इन्फॉर्म कर देता हूँ कि डॉक्टर

सुरभि से सुबह ग्यारह बजे की अपॉइंटमेंट मिली है। सुरभि भाभी निराला नगर वाले नर्सिंगहोम में ही मिलेंगी।

रोजाना की तरह हाबड़-ताबड़ में मैं दफ्तर के लिए तैयार हो जाता हूँ। घर से रवाना होते समय माँ से कह जाता हूँ कि सवा दस तक गाड़ी भेज दूँगा, जाने के लिए तैयार रहना।

3

शाम को ऑफिस में बैठे-बैठे ही मुकुल से फोन पर बात होती है। मुकुल गुस्से में कहता है, "यार, कमाल करते हो तुम, भाभी को अकेले ही भेज दिया!"

मुकुल के बात पूरी करने से पहले ही मैं उसे टोकता हूँ, "क्यों? क्या माँ नहीं आईं अनु के साथ? मैंने उनसे साथ जाने को कहा तो था।"

"नहीं, माँ तो आई थीं। पर मैं उनकी नहीं, तुम्हारी बात कर रहा हूँ।" मुकुल के स्वर में हल्की-सी खीझ थी।

"मेरी? मेरे आने की जरूरत थी क्या? जाँच अनु की होनी थी, वह भी सुरभि भाभी को करनी थी, फिर मेरे रहने न रहने से भला क्या अन्तर पड़ता?" मैं उससे तुरन्त पूछ बैठता हूँ।

"यार, बच्चा तो तुम दोनों का ही होगा! फिर तुम्हारी भी कुछ जिम्मेदारी हुई या नहीं। सुरभि ने भाभी का चेक-अप कर लिया है। कुछ कमी नहीं मिली। पर कुछ टेस्टों की रिपोर्ट अभी आनी है, इसमें तीन-चार दिन लगेंगे। लेकिन यार, जाँच के लिए तुम्हें भी आना होगा। तुम्हारे भी कुछ टेस्ट करने होंगे।" मुकुल मुझे समझाता है।

"हाँ-हाँ, तुम कहते हो तो मैं भी चला आऊँगा।" मैं मुकुल की बात को हँसी में टाल देता हूँ।

अनु की रिपोर्ट की चिन्ता दिमाग को आ घेरती है। कहीं अनु की रिपोर्ट खराब आई, कुछ गड़बड़ी हुई तो! माँ कभी बरदाश्त नहीं करेगी यह! बहुत मन है उसका कि घर में बच्चे हों। सच कहूँ तो मेरा मन भी अब घर में नन्हे-मुन्ने की किलकारियों, हँसने-खेलने, घुटनों चलने की रौनक देखना चाहता है। पर अगर अनु में कुछ खराबी हुई और माँ ने दूसरी शादी के लिए कहा तो...क्या होगा?

अनु जैसी नेक पत्नी मिलना सचमुच भाग्य की बात थी। मुकुल की माँ अकसर हँसा करती थीं, जरूर तुमने पिछले जन्म में मोती दान किए होंगे जो अनुराधा जैसी पत्नी मिली है।

सच, पाँच साल बीत गए हमारे विवाह को, पर कभी हमारे बीच झगड़ा नहीं हुआ। मेरी हर बात, हर पसन्द का अनु हर वक्त पूरा खयाल रखती है! उसे कितना दुख पहुँचेगा यदि माँ ने दूसरे विवाह की बात भी उठाई। मैं माँ को समझा दूँगा, अगर जरूरत पड़ी तो हम बच्चा गोद ले लेंगे। पर माँ अगर नहीं मानी, जिद पर अड़ गई, तब क्या होगा? शायद उसकी बात टालना मुश्किल होगा। इन्हीं विचारों से घिरा मैं घर पहुँचता हूँ...

अनु छूटते ही पूछती है, "क्या सुरभि भाभी से बात की तुमने? क्या बताया उन्होंने? मैं माँ तो बन पाऊँगी न?"

उसके चेहरे पर चिन्ता की रेखाएँ साफ झलक रही थीं।

"चलो, अन्दर बैठकर तसल्ली से बताता हूँ।" मैं कहता हूँ और भीतर की ओर बढ़ जाता हूँ।

माँ भी यही सवाल करती है। मैं बैठक में अपनी पसन्दीदा रॉकिंग चेयर पर बैठ कमीज के बटन खोलते हुए कहता हूँ, "मुकुल से फोन पर बात हुई थी। उसने कहा है कि चिन्ता की बात नहीं है। सब नार्मल मालूम होता है। हाँ, कुछ टेस्ट-रिपोर्ट तीन-चार दिन में आएँगी।"

4

डॉक्टर मुकुल के कक्ष के भीतर ही पर्दे के पीछे मरीजों के लिए एग्जामिनेशन काउच बिछी है। काउच क्या, सफेद चादर से ढकी एक सीधी-सी टेबल है। उसके ऊपर एक बड़ी-सी लाइट लगी हुई है। पास में ट्रे रखी हुई है। उस पर बहुत-से डॉक्टरी औजार पड़े हुए हैं। मैं उस एग्जामिनेशन काउच पर लेट जाता हूँ।

पर्दे की ओट से मुकुल भीतर प्रवेश करता है। मेरे चेहरे पर परेशानी की शिकन देख मुकुल मुझे रिलैक्स करने के लिए कहता है। जब वह मेरा चेक-अप कर मुझे उठने के लिए कहता है, तो मैं अपनी उत्सुकता दबा नहीं पाता, पूछता हूँ, "क्यों सब ठीक है न?" मुकुल हामी में सिर हिला देता है और कपड़े पहन बाहर कक्ष में आने का इशारा करता है।

वह अपनी मेज की ड्रायर से एक शीशी निकाल मेरे हाथ में थमा देता है। "सब ठीक ही मालूम होता है, नमन। पर बेहतर होगा कि तुम अपने सीमेन की भी जाँच करा लो। यह डायग्नोसिस तक पहुँचने के लिए जरूरी है।"

मैं उस शीशी में अपने सीमेन का नमूना ले जाँच लैब में टेस्ट के लिए दे

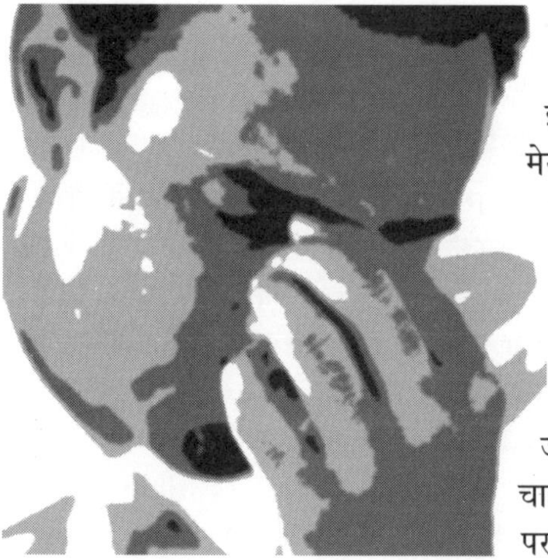

देता हूँ। लैब में उस शीशी को देने से पहले उसे लाचार निगाह से इस प्रकार देखता हूँ, मानो उसी में मेरा भाग्य छुपा हो। फिर मुकुल से विदा लेकर मैं ऑफिस पहुँचता हूँ। लेकिन चाहकर भी काम में मन नहीं लगा पाता। मन की बेचैनी से छुटकारा पाने के लिए घर पहुँच जाता हूँ। अनुराधा और माँ मेरे जल्दी घर लौटने का कारण जानना चाहते हैं, पर मैं टाल जाता हूँ। टी.वी. पर चित्रहार चल रहा है। शर्मिला टैगोर और राजेश खन्ना की फिल्म 'अमर प्रेम' का मेरा पसन्दीदा गीत, मैं उसे देखने-सुनने में व्यस्त हो जाता हूँ।

अगले दिन फोन पर मुकुल से बात होती है। वह मुझे अपने क्लीनिक में आने के लिए कहता है। एक बार फिर मैं मुकुल के साथ बैठा हूँ। आज वह कुछ सीरियस दिख रहा है। मैं उसके चेहरे से भाँप लेता हूँ कि मसला गम्भीर है। वह इधर-उधर की बातों से बात शुरू करता है। मैं देख सकता हूँ कि मुकुल सही ओपनिंग की फिराक में है। मुझसे और सस्पेंस सहा नहीं जाता, मैं उससे पूछ बैठता हूँ, "शूट मुकुल, शूट। हाऊ लांग कैन यू हाइड अवे फ्रॉम द ट्रूथ!"

"नमन, द न्यूज इज नॉट गुड। तुम्हारी सीमेन जाँच से पता चला है कि तुम्हारे वीर्य में शुक्राणु की संख्या न के बराबर है। इसलिए तुम्हारे पिता बनने के चांसेस बहुत कम हैं।" मुकुल ने जैसे-तैसे हिम्मत कर आखिर सच मेरा सामने उजागर कर ही दिया।

"...व्हाट, इज दैट राइट?" यह सच सुन मुझे तो जैसे काटो खून न था। मेरा गला रुँध गया, माथे पर पसीने की बूँदें झलक आईं, दिल की धड़कन बढ़ गई।

मुकुल ने आगे बढ़कर मेरा हाथ अपने मजबूत हाथों में ले लिया। वह बोला,"प्लीज बी ब्रेव। वी विल फाइंड अ सोल्यूशन।" पर यह सुन मेरी बेचैनीं सातवें आसमान पर जा पहुँची। मन में विचार उठा—अनुराधा को यह सच कैसे बता पाऊँगा? और माँ, उसका क्या होगा? मानने की बात तो दूर, वह शायद यह सुनने को भी तैयार न होगी कि उसका हृष्ट-पुष्ट बेटा बाँझ हो सकता है।

5

आज मैं पहली बार औरत का दर्द महसूस कर पा रहा हूँ। क्या बीतती होगी उसके दिल पर जब समाज चिल्ला-चिल्लाकर उसे बाँझ घोषित कर देता है और वह मूक, रीती-रीती आँखों से समाज के इस लांछन को स्वीकार करने के लिए मजबूर हो जाती है। पर उसकी यंत्रणा इतने पर ही खत्म नहीं होती। चाहे घर के बुजुर्ग हों, चाहे सासू माँ सभी उसे कुलच्छनी की संज्ञा दे उससे उसके पति को भी छीन लेते हैं। उसी की आँखों के सामने उसका पति दूसरी को ब्याह लाता है और वह मुख से उफ तक नहीं कर पाती। कैसी दुनिया है रे! स्त्री अपनी ही जात के साथ बेगानी हो जाती है, उसकी दुश्मन बन जाती है।

"क्या सोच रहे हो, नमन?" उसके चेहरे पर आते-जाते भावों को पढ़ने में खुद को असफल पा मुकुल सवाल कर बैठता है।

"कुछ भी नहीं। कुछ भी तो नहीं।" मैं उससे अपने मन में उठे तूफान को छिपाने की कोशिश करता हूँ, पर छुपा नहीं पाता, पूछ बैठता हूँ, "मुकुल, क्या अनु को यह बात बताना ठीक होगा?"

मुकुल उन्मुक्त सोच रखता है। वह उत्तर देने में जरा देर नहीं लगाता, "यार, यह भी कोई पूछने की बात है। अनुराधा तुम्हारी पत्नी है। उससे यह बात तुम कब तक छुपाकर रख सकते हो? अच्छा, यह बताओ कि अगर भाभी के साथ ही कोई परेशानी होती तो क्या तुम्हें पता नहीं चलता?"

"नहीं, बात यह नहीं," मैं असल बात छिपाता हूँ, "अनु बहुत सेंसिटिव है। उसे बच्चों का बहुत शौक है। घर में जब यह बात खुलेगी, तो माँ के जीवन की तो आस ही टूट जाएगी।" मैं खुद को झुठलाते हुए कहता हूँ।

मुझे परेशान देख मुकुल कहता है, "नमन, तुम चाहो तो अब भी तुम्हारी समस्या का समाधान हो सकता है।"

मैं बुझे मन से पूछता हूँ, "वह कैसे?"

मुकुल सोल्यूशन सामने रखते हुए कहता है, "गलत न समझना, दोस्त। पर चाहो तो तुम आर्टिफिशियल इन्सेमिनेशन की मदद ले सकते हो।"

मैं उससे पूछता हूँ, "जरा खुलकर कहो, मुकुल।"

"किसी अननोन वेल-मैच्ड डोनर से शुक्राणु प्राप्त कर सुरभि उन्हें सीरिंज में भर भाभी की कोख भरने का जतन कर सकती है। इस तरह माँ और दुनिया के

आगे बात भी छिपी रहेगी और तुम दोनों बच्चे का सुख भी देख सकोगे।"

"नहीं, यह मुझे हरगिज मंजूर न होगा!" मैं कठोरता से कहता हूँ। पर अगले ही पल अपनी मर्दानगी को कटघरे में खड़ा देख फिर से सोचने के लिए मजबूर हो जाता हूँ। शरीर में कँपकँपी दौड़ जाती है। मानो करंट छू गया हो। माथा पकड़कर मेज पर सिर नीचे रख लेता हूँ। पर अचानक आगे की मंजिल मुझे साफ नजर आने लगती है, अपनी कमजोरी पर पर्दा डालने का यही तो एक रास्ता है। मन ही मन हालात से समझौता करने का फैसला कर मुकुल से पूछता हूँ, "डॉक्टर, आगे चलकर कोई लीगल कॉम्प्लीकेशन तो नहीं होगी?"

"नहीं," प्रत्युत्तर में मुकुल सिर हिलाते हुए कहता है, "बस, तुम दोनों के कंसेंट की जरूरत है। तुम्हें और भाभी को अपनी सहमति देते हुए एक कागज पर हस्ताक्षर करने होंगे। कहना न होगा कि यह फैसला तुम दोनों को बहुत सोच-समझकर ही लेना होगा।"

मुकुल के क्लीनिक से सीधा घर पहुँचता हूँ। मेरे भीतर का अन्तर्द्वन्द्व, ज्वार-भाटा शांत नहीं हो पाता। पल-पल यह विचार मन में सघन हो उठता है कि इस आधुनिक नियोग से अनुराधा का जो बच्चा होगा, उसमें मेरा अंश तो...

यह द्वन्द्व मेरे भीतर तूफान बन कई दिनों तक तबाही मचाए रखता है। तरह-तरह के विचार मन में उमड़-घुमड़ करते रहते हैं। पर न तो मैं खुद कोई फैसला ले पाता हूँ, न ही अनु से यह सच बाँट पाता हूँ। अनु कई बार मुझसे मेरी बेचैनी का कारण पूछती है, पर मैं सच को छिपा जाता हूँ।

6

आज हमारी इंगेजमेंट की छठी वर्षगाँठ है। सुबह उठते ही मैं अनु को बाँहों में भर लेता हूँ। आज भी उसने वही गुलाबी नाइटी पहन रखी है। मैं उसे चूमकर उसकी प्रशंसा में कसीदे पढ़ने लगता हूँ। कहता हूँ तुमको पाकर तो मैंने जन्नत पा ली! मेरी बात सुन वह मुस्कुराती है। पर फिर अगले ही पल उदास हो जाती है। कहती है, "नमन, तुम जैसा पति पाकर मैं भी तो धन्य हूँ। सुरभि भाभी के यह कहने के बाबजूद कि सब कुछ ठीक-ठाक है, मैं लाख चाहकर भी तुम्हें अब तक बेटे का सुख नहीं दे सकी। किसी और से ब्याह हुआ होता तो न जाने कितनी जिल्लत सहनी पड़ती। पर

तुम हो कि एक बार भी जुबान पर नहीं लाते।"

उसकी यह बात सुन मैं पानी-पानी हो जाता हूँ। फैसला कर लेता हूँ कि अब अनु से सच छिपाना उसके साथ अन्यायपूर्ण होगा।

शाम को हम दोनों केंडल-लाइट डिनर के लिए जाते हैं। बहुत दिनों बाद मैं उसे बाँहों में लेकर डांस फ्लोर पर उतरता हूँ। रात को घर लौटकर हम फिर प्यार के हिंडोले में झूलने लगते हैं। अनु की खुशी आज सातवें आसमान पर है। मुझे लगता है कि यही वह घड़ी है जिसका मुझे इन्तजार था। मैं हिम्मत कर

उससे कहता हूँ, "अनु, बहुत दिनों से तुम्हें मैं कुछ कहना चाह रहा हूँ। अगर अनुमति दो तो आज कह दूँ?"

यह सुनते ही अनु यकायक गम्भीर हो जाती है, कहती है, "कहो नमन, क्या तुमने दूसरी शादी का मन बना लिया है?"

यह सुन मैं सकते में आ जाता हूँ, पर फिर हिम्मत जुटा उसके सामने सच बोल ही देता हूँ, "अनु, गलती असल में तुम्हारी नहीं है कि तुम अब तक माँ नहीं बन सकी। कमी तो मुझमें है। यह सच मैं कई दिनों से जानता रहा था, मुकुल ने सीमेन जाँच के बाद मुझसे खुलकर बात की थी, पर मुझमें इतनी ताकत नहीं थी कि मैं तुम्हें यह सच बता पाता।"

अनु मुझे अपनी बाँहों में भर लेती है, कहती है, "नमन, बस इतनी सी बात! तुम नाहक ही इतने दिनों से अन्दर ही अन्दर घुलते रहे, मुझे अपनी अर्धांगिनी मानते हो, फिर भी मुझसे यह बात छिपाते रहे। इसमें इतनी चिन्ता करने की क्या बात है, हम बच्चा गोद ले लेंगे।"

"पर अनु, मुकुल ने मेरे सामने एक और प्रस्ताव भी रखा है। तुम आर्टिफिशियल इन्सेमिनेशन की मदद से माँ बन सकती हो। हम किसी अननॉन वेल-मैच्ड डोनर से शुक्राणु प्राप्त कर सकते हैं। उससे सुरभि भाभी तुम्हारी कोख भर सकती हैं।"

"नहीं, मैं इसके लिए तैयार नहीं। मेरी कोख में तुम्हारा ही बीज ठहर सकता है।" अनु दो-टूक उत्तर देती है।

मैं उसे समझाता हूँ, "अनु, अगर तुम साथ दो तो शायद यही हम सबके लिए सबसे अच्छा उपाय है। माँ और दुनिया के आगे कभी सच नहीं खुलेगा और हम गोद लेने की लीगल फॉर्मेलिटीज से भी बच जाएँगे। यूँ भी उसमें तुम्हारा अंश तो होगा ही!"

अनु फिर भी तैयार नहीं होती। कहती है, "तुम्हारी हर बात मानने को तैयार हूँ, नमन, पर मैं लाचार हूँ, यह मुझसे न हो सकेगा।"

मैं उसे बाँहों में भर लेता हूँ। कहता हूँ, "अगर कसम दूँ तब भी न मानोगी।" मैं उसे समझाता हूँ, तरह-तरह की दलीलें देता हूँ कि अपने सूने घर को रोशन करने का यही सबसे अच्छा उपाय है। इससे हमारी साख भी बनी रहेगी और वंश भी चलता रहेगा...

अन्त में मैं अनु को हामी भरने के लिए राजी कर ही लेता हूँ। अगले ही दिन हम मुकुल और सुरभि भाभी को अपने फैसले से अवगत करा देते हैं। उसके बाद अनु के जाँच-परीक्षणों का सिलसिला शुरू हो जाता है। पहली ही बार किया गया आर्टिफिशियल इन्सेमिनेशन सफल भी हो जाता है...

7

अनुराधा का पाँव भारी है। माँ उसे कदम-कदम पर सँभलकर चलने के लिए कहती है। मैं कातर नजरों से अनु के पेट के उभार को देखता हूँ। मन में न जाने कितने डर, कितनी आशंकाएँ घिरी रहती हैं। सोचता हूँ न जाने कैसा होगा अनु की कोख से जन्म लेनेवाला यह बच्चा। अगर उसकी मुझसे जरा भी शक्ल न मिली तो...

अनु हर समय खुश नजर आती है। मातृत्व के चोले ने उसके रूप-सौन्दर्य को और अधिक निखार दिया है। वह होनेवाले बच्चे के लिए खूब सारे खिलौने, तरह-तरह के कपड़े तैयार करने में लगी रहती है। माँ भी उसका पूरा साथ देती है। दोनों ही सलाइयाँ चढ़ाने में व्यस्त रहती हैं। और आखिर देखते ही देखते वह घड़ी भी आ गई जब माँ को उसका पोता और शर्मा परिवार को उसका वारिस मिल जाता है! अनु को पुत्र-प्राप्ति होती है।

मुझे आज भी अच्छी तरह याद है वह दिन, जब नितिन का नामकरण हुआ था। अनुराधा और मैं तिपाई पर बैठे थे। माँ ने घर के सभी दूर-पास के रिश्तेदार इकट्ठे कर लिये थे। अनुराधा की गोद में सुन्दर-सा बच्चा था। हमारा...नहीं, मेरा कहाँ...उसका...सिर्फ उसका बेटा! गोल चेहरा, खूबसूरत पतले-पतले होंठ, लम्बी-पतली आर्टिस्ट या कहूँ सर्जन जैसी उँगलियाँ! उसे निहारने के बाद मैं फिर एक नजर अपने रिश्तेदारों की ओर दौड़ाता हूँ। डरता हूँ, कहीं बुआ या चाची यह न कह दें कि नमन, बच्चे की शक्ल तो तुमसे जरा नहीं मिलती। न जाने किस पर गया है...

माँ ने वैदिक परम्परा के अनुसार हवन का आयोजन किया है। पास के सनातन धर्म मन्दिर से पंडितजी आए हुए हैं। वह मंत्र जाप करते हुए मुझसे और अनुराधा से हवन-कुंड में सामग्री, घी और अन्य तत्त्वों की आहुति डालने के लिए आवश्यक निर्देश देते जाते हैं। हवन-कुंड में अग्नि वेग पकड़ चुकी है। पंडितजी अचानक मुझसे मेरा गोत्र पूछते हैं, बच्चे के पिता और पितामह का नाम बताने को कहते हैं। उनके ये सवाल सुनते ही मैं सकते में आ जाता हूँ, मुँह पर ताला लग जाता है और मैं सूनी-सूनी निगाहों से उन्हें ताकता रह जाता हूँ।

पर माँ उस समय भी मेरी ढाल बन बीच में आ जाती है। पंडितजी के सवालों का जवाब देते हुए कहती है, "कहाँ खोया हुआ है तू बेटा! कहता क्यों नहीं

कि कश्यप गोत्र है, बालक के पिता का नाम नमन शर्मा है और दादा का नाम गोयन प्रसाद शर्मा!" पंडितजी मंत्र उच्चारण के साथ इन सभी तथ्यों को गूँथ हवन में पूर्ण आहुति डलवाते हैं और पत्रा देख बच्चे के नाम के लिए 'न' राशि निकालते हैं।

माँ मुझसे पूछती है, "बेटा, क्या 'न' राशि से भी कोई नाम सोच रखा है तुम दोनों ने?" मैं चुप रहता हूँ, अनु ही कहती है, "माँ, 'नितिन' कैसा रहेगा?" और माँ की सहमति ले हमारे बेटे का नाम तय हो जाता है!

8

अचानक मुकुल के मेरे कन्धे पर हाथ रखने से मैं एक बार फिर वर्तमान में लौट आता हूँ। वह स्नेहभरे स्वर में कहता है, "यार, लोगों के रवाना होने का समय आ रहा है। भाभी का आदेश है कि तुम्हें सबको विदा करना है। नितिन के सास-ससुर की फ्लाइट का वक्त हो चला है। तुम्हें उन्हें एयरपोर्ट के लिए रवाना करना है। दूसरे अतिथि भी विदा होने के लिए तैयार हैं।"

"हाँ-हाँ, चलो, यह धर्म भी पूरा कर दें।" मैं मुस्कुराकर मुकुल से कहता हूँ और स्टडी से निकल मुख्य द्वार की ओर कदम बढ़ा देता हूँ।

यह कहानी पहली बार साहित्यिक पत्रिका **सारिका** के मई 1983 अंक में प्रकाशित हुई। कालान्तर में यह **फेमिना** में और अनूदित होकर बाँग्ला, उड़िया, असमिया और पंजाबी में भी छपीं।

डॉ. रेखा अग्रवाल (जन्म : 11 अगस्त, 1957)

लेखक, कथाकार, स्तम्भकार, सम्पादक तथा जीव-विज्ञानी। उनकी कहानियों में भारतीय समाज में व्याप्त कुरीतियों, अन्धविश्वासों और जेंडर डिवाइड के विरोध में सच्ची, साफ-सुथरी तहरीक है, जीव विज्ञान में हो रही द्रुत प्रगति के साथ समाज में उठ रहे नए अन्तर्विरोधों, द्वन्द्वों का जीवट खुलासा है और सामाजिक रिश्तों को नये सिरे से व्याख्यायित करने का साहस है। रेखाजी की कहानियाँ 1980 के दशक से न सिर्फ वयस्कों को, बल्कि बच्चों को भी उद्वेलित-रोमांचित करती आई हैं।

विविध सामाजिक विषयों पर लिखने के साथ-साथ डॉ. रेखा अग्रवाल ने विज्ञान, स्वास्थ्य विज्ञान और विधि-विधान के महत्त्वपूर्ण क्षेत्रों में भी प्रचुर रूप से लिखा है। हिन्दी साहित्य में इन अनछुए विषयों पर कलम उठानेवाली वह उन चुनिन्दा लेखकों में से हैं जिन्होंने समय की जरूरत को पूरा करते हुए नए मुहावरों और संज्ञाओं की रचना की।

रेखा अग्रवाल की कहानियाँ, लेख और पुस्तकें अनेक भारतीय भाषाओं में अनूदित की जा चुकी हैं। अपने साहित्यिक योगदान के लिए उन्हें कई राष्ट्रीय पुरस्कारों से नवाजा जा चुका है। इन पुरस्कारों में हिन्दी अकादमी दिल्ली का साहित्यकार सम्मान, मानव संसाधन मंत्रालय भारत सरकार का डॉ. आत्माराम पुरस्कार, विज्ञान और प्रौद्योगिकी मंत्रालय भारत सरकार का राष्ट्रीय विज्ञान पुरस्कार और डॉ. मेघनाद साहा पुरस्कार, स्वास्थ्य मंत्रालय भारत सरकार का कृति पुरस्कार और हिन्दी अकादमी का बाल साहित्य पुरस्कार खास तौर पर उल्लेखनीय हैं।

रेखा अग्रवाल देश के सर्वोच्च शिक्षा अनुसन्धान संस्थान एन.सी.ई.आर.टी. में वरिष्ठ सम्पादक हैं और अपने डॉक्टर पति और परिवार के साथ दिल्ली में रहती हैं।

योगेन्द्र आहूजा

अँधेरे में हँसी

मैंने बन्द कर दी है बालकनी की खिड़की
क्योंकि नहीं सुनना चाहता मैं रोने की आवाज
फिर भी जर्जर दीवारों के पीछे से
कुछ भी नहीं सुन पड़ता सिवा रोने के

—लोर्का

सन्त कवि कबीरदास, जिनके बारे में हमारे समय के कवि विष्णु खरे ने अपनी एक कविता में लिखा है कि उनका कूकर हूँ मैं, उनके जूतों की निगरानी करता, जीवन-भर काशी में बिताने के बाद गोरखपुर के करीब मगहर नाम की जिस अज्ञात, बदनाम जगह चले गए थे, जिसके बारे में कहा जाता था कि वहाँ मरने पर व्यक्ति सीधे नरक जाता है, जहाँ अपने मित्रों, शिष्यों के संग जिन्दगी के आखिरी बरस बिताए थे उन्होंने, दोनों दुनियाओं के

सारे रहस्यों को बेपर्द करनेवाली वह मशूहर हँसी हँसते हुए कि देखो पानी में मीन पियासी है...और जहाँ उन्होंने प्राण त्यागे थे—उस मगहर में अब कोई नहीं हँसता। सन् 1993 में इस लेखक ने देखा था कि वहाँ से गुजरनेवाले हाइवे पर एक बदतमीज होर्डिंग लगा रहा था। किसी मतिमन्द एक्जीक्यूटिव या मार्केटिंग मैनेजर या विज्ञापन कम्पनी के दिमाग की उपज! उस पर अमरीकन स्टाइल में कुछ हँसते-नाचते लोग थे और नीचे लिखा था : सुनो भाई साधो! प्यास बुझा लो! किसी शीतल पेय का विज्ञापन। बहरहाल, मगहर से हमारी कहानी का कोई खास सम्बन्ध नहीं। इसका सम्बन्ध एक दूसरे अति प्राचीन, ईश्वरमय नगर से है जो उसी रास्ते पर, वहाँ से केवल सौ कि.मी. दूर स्थित है और यदि इतना कहने से स्पष्ट न हुआ हो तो, प्रिय पाठक, उसका नाम अयोध्या है। वही अयोध्या जो...

अयोध्या में भी अब कोई नहीं हँसता, और न खलीलाबाद में।

अयोध्या से पूरब की ओर चलते जाएँ तो बस्ती और गोरखपुर के ठीक बीच खलीलाबाद एक छोटी-सी उनींदी जगह आती है, गोरखपुर से दिल्ली की दिशा में चलने पर पहला या दूसरा ही स्टेशन, जहाँ जाने पर एक चीनी मिल और उससे जुड़े हुए छोटे-से बाजार, एक स्टेट बैंक की ब्रांच और एक एल.आई.सी. की, एक पुराने टूटे-फूटे सिनेमाघर जहाँ हमेशा मार-धाड़वाली फिल्में चलती हैं, और एक राजदूत की एजेंसी, ढाबों, चाय की दुकानों, बर्फ की फैक्टरी, कुछ मोटर-पार्ट्स की, खाद और कीटाणुनाशकों की, कपड़ों की दुकानों के बीच एक मैली-कुचैली सड़क पर चलते हुए आप एक तिराहे पर आ पहुँचेंगे जहाँ क्रान्तिकारी चन्द्रशेखर आजाद की मूर्ति स्थापित है। उस तिराहे से एक सड़क सीधे आगे जाने पर अधिकतर सूखी रहनेवाली आमी नदी तक जाती है जिसके तीर पर स्थित है मगहर नाम की वह पुरानी, बदनाम बस्ती; दूसरी सड़क रेलवे क्रॉसिंग को पार कर बीस-पच्चीस कि.मी. की दूरी पर उस कुआनो नदी तक जिसे सर्वेश्वरदयाल सक्सेना ने अपने एक कविता-संग्रह का शीर्षक बनाया था, और तीसरी सड़क वही जहाँ से अभी आप आए। कुआनो नदी के किनारे डॉ. रामनाथ कटारिया का गाँव मुखलिसपुर है जहाँ उसने अपना बचपन और बड़ा होने पर सारी छुट्टियाँ बिताई थीं, और वहाँ उसका धीरे-धीरे ढहता हुआ पुराना पुश्तैनी मकान अभी है जहाँ अब कोई नहीं रहता सिवा उसके दूर के एक रिश्तेदार...उसके दिवंगत पिता के चचेरे भाई मुनीशचन्द्रजी के—और हाँ, पीछे की तरफ से खेतों में खुलनेवाली कोठरी में सँवरू प्रसाद भी, अकेला। बीच में वह जरूर भाग गया था कहीं बिना कोई पता पीछे छोड़े, और पूरे पन्द्रह महीनों के बाद लौटकर आया था।

डॉ. रामनाथ कटारिया का अपना छोटा-सा अस्पताल खलीलाबाद में है, मेन तिराहे पर जहाँ क्रान्तिकारी चन्द्रशेखर आजाद की मूर्ति है, उसके ठीक सामने। डॉक्टर तो पता नहीं कैसा है वह, मगर इस पूरे इलाके में उसे काफी इज्जत हासिल है, इसलिए कि डॉक्टर बनने के बाद भी उसने यहीं रहने का चुनाव किया, अन्य सफल लोगों की तरह दिल्ली या बम्बई नहीं भाग गया, वरना यहाँ तो यह रिवाज है कि कोई साधु बन जाता है तो वह भी यहाँ नहीं रुकता, सीधे बनारस जाकर भभूत मलता है और गुंडे बम्बई का टिकट कटाते हैं। अपने गाँव मुखलिसपुर का लाड़ला है वह, वहाँ के एक-एक आदमी को नाम से जानता है, वहाँ के तीन-चार लोग उसके अस्पताल में नौकरी करते हैं जिनमें से एक सतपाल वर्मा को, जो पट्टी बाँधने का काम करता था, दो-तीन बरस पहले वहाँ से यहाँ आनेवाली सड़क पर भरी दोपहरी में एक ट्रक ने कुचल दिया था, तो उसकी युवा बीवी सीमा वर्मा को नर्सिंग की ट्रेनिंग उसने अपने खर्चे पर दिलाई थी, और एडवांस देकर एक मोपेड खरीदवाया था, वहाँ से रोज यहाँ आराम से आने-जाने के लिए। जब तक यह अस्पताल नहीं था किसी बड़ी बीमारी में लोग गोरखपुर जाते थे या लखनऊ, यहाँ केवल एक छोटी-सी सरकारी डिस्पेंसरी थी जिसकी पीली बीमार दीवारों के बीच एक अधेड़ उम्र की, मरीजों को खूब फटकार मारनेवाली चिड़चिड़ी डॉक्टरनी बैठती थी, जहरबुझी मुस्कान से उन्हें देखती थी, अकसर गायब रहती थी और आती भी थी तो, शायद अँधेरे में उसे डर लगता था, सर्दी हो या गर्मी, धूप रहते ही अपनी मारुति 800 में गोरखपुर अपने घर वापस चली जाती थी, भले ही उस वक्त लाइन में कितने ही मरीज हों। अब सुना है उसने नौकरी छोड़ दी है और उसका अपना क्लीनिक है गोरखपुर के गोलघर इलाके में ऐन उस जगह, जहाँ सोडियम लाइटों की सदाबहार रोशनी रहती है।...मुश्किल समय की शुरुआत में रोने की आवाजें आना शुरू ही हुई थीं, धीरे-धीरे वे बढ़ती गई थीं, फिर रात-दिन आने लगी थीं। आनेवाले जलजले के पहले कुत्तों का रोना था वह जैसे, सन्नाटे में। उन दिनों कोई नहीं हँसता था। तपती दोपहरी में कभी डॉ. कटारिया किसी मोहलत जैसी फुर्सत में ऊपरी मंजिल के अपने घर की रेलवे लाइन की तरफ खुलनेवाली खिड़की में खेतों के बीच गुम उस सड़क को देखता था जो उसके गाँव जाती थी—पीले प्रकाश में नहाया वह एक बियाबान, निस्सीम और स्थिर, एक भयावह रूप से स्थिर दृश्य होता था जिसमें सख्त जमीन होती थी और खामोश खड़े पेड़...उन पेड़ों की चितकबरी छाया से निकलकर सँवरू अचानक सड़क पर आता नजर आता था, सन्नाटे में जूतों की धीरे-धीरे तेज होती खट...खट और तीन सौ तिरपन हँसियों के साथ। वह दृश्य अचानक 'कट'

जाता था...यह तो कल्पना होती थी सिर्फ। उसी वक्त या थोड़ी देर के बाद सूनी सड़क पर धूप में तेजी से दौड़ते आते हुए कुछ लोग नजर आते थे, एक बदहवास रफ्तार में चारपाई पर किसी को उठाए हुए जिसे गोली लगी होती थी, या कोई औरत जिसका बच्चा गिर गया होता था। पीछे घबराई स्त्रियों, बच्चों का एक झुंड होता था, रोता-कलपता। वह जल्दी से सीढ़ियाँ उतरकर नीचे अस्पताल में चला आता था, सब लोगों को मुस्तैद करता हुआ, कि पाँच ही मिनट में वे आ पहुँचते थे और अस्पताल रोने-चीखने की आवाजों से भर जाता था। वह खून सना मरीज सीधे ऑपरेशन थिएटर ले जाया जाता था।

उन दिनों कोई नहीं हँसता था, जैसे इन दिनों कोई नहीं हँसता। रात-दिन रोने की आवाजें आती थीं। उन्हीं दिनों सँवरू कहीं भाग गया था, कोई कहता था कि वह दिल्ली चला गया है, कोई कहता था उसे किसी पिक्चर या टी.वी. सीरियल में काम मिल गया है और अब वह खूब पैसा कमाकर लौटेगा, कोई बताता था कि वह उसे मगहर में मिला था, वहाँ के सूने उजाड़ में अकेले मुब्तिला अपनी हँसियों के शाश्वत रियाज में। उन दिनों डॉक्टर सवेरे अकसर डरा हुआ जगता था, अगर रात को नींद नहीं आई हो तो। आधी रात में दूर से आती कोई चीख जैसी आवाज सुनकर उनकी पाँच बरस की बिटिया की नींद टूट जाती थी, वह पास में लेटी माँ से कसकर चिपक जाती थी। उसके पेट से गाल चिपकाए हुए वह पिता के कमरे में रोशनी देखती थी और पूछती नहीं थी कि आधी रात उसके

पिता वहाँ क्या कर रहे हैं, मगर पूछती नहीं थी, और इसका कोई जवाब भी नहीं था, उसकी माँ क्या यह कहती कि उसके पिता याद कर रहे हैं कि कुछ कवियों, ज्ञानियों, विचारकों, विद्वानों ने रोने के बारे में क्या कहा है, हँसने के बारे में क्या लिखा है। मगर उधर दूसरे कमरे में चल रहा होता था यही कुछ।

आधी रात किसी आहट से चौंककर उठ बैठता था डॉ. रामनाथ कटारिया। अँधेरे में देखता था। दूर से आती एक आवाज सुनता था वो, किसी का भिंची आवाज में रोना। उसे डर महसूस होता था, रात बहुत लम्बी लगती थी। पत्नी पास में सोई रहती थी, और बच्ची उससे कसकर चिपकी हुई। उसकी नींद उड़ जाती थी, वह हौले कदमों से उठकर बिना आवाज किए दूसरे कमरे में चला आता था, मद्धिम रोशनी का टेबल लैम्प जलाकर कोने की कुर्सी पर बैठ जाता था। धुआँ-सा भरने लगता था उसकी आँखों में, और रात को उस खामोश घड़ी में कुछ बेतरतीब खयाल आते थे, रोने के बारे में और हँसने के बारे में। 'वे' अपना काम कर गए, वह सोचता था, अब कोई नहीं हँसता। उसे याद आता था कि खूब लम्बी यात्राओं में भी एक भी हँसता चेहरा नहीं मिलता। उसे बचपन की बगैर कोशिश आनेवाली हँसियाँ याद आती थीं, पुराने जमाने के हँसते हिजड़े और कई कॉमेडियन याद आते थे, याद आता था कि हँसते-हँसते पेट में कितना दर्द होता था, सँवरू तो याद आता ही था जो पता नहीं कहाँ भाग गया था। उन्हीं दिनों अखबार में पढ़ी यह रपट याद आती थी कि 1950 में आम भारतीय औसतन रोजाना 22 मिनट हँसता था, और अब 1993 में केवल साढ़े तीन मिनट, और सोचता था कि इस रफ्तार से सन् 2000 आते-आते...क्या रोते-धोते घुसेगा यह मुल्क नई शताब्दी में। वह सोचता था कि वह जगह हँसने लायक है जहाँ से हँसी गायब हो जाए, मगर फिर यह भी सोचता था कि हँस देना तो शायद सबसे आसान है, उससे तो वापस लौटने से रही हँसी। उसे कोई मूर्ख मनोविज्ञानी याद आता था जिसने हँसी के बारे में कहा था कि हँसी आती है ऐसी बातों पर, वह एक रक्त विकार है सिर्फ...और वे तमाम कविताएँ जिनमें अलग-अलग तरीकों से कहा जाता था कि हर हँसी हिंसा है और यह गैर-मानवीय है, कतई गैर-मुनासिब कि दिमाग में उस वक्त हँसी ठुँसी हो जब मानव जाति का जनाजा निकल रहा है। उसे मालूम था विचारों के एक हलके में काफी व्यापक रूप से, शायद कई शताब्दियों से प्रचलित यह खयाल कि हँसी कोई नागवार हरकत है, ज्ञान, तर्क और सौन्दर्य सबसे बेमेल, और उसे नासमझ लोगों, ज्यादा से ज्यादा हसीन औरतों के लिए छोड़कर विचारवानों को उससे परहेज करना चाहिए। उन सबकी आत्मा अब चैन से होगी, और डार्विन की भी जिसने कहा था कि, या हो

सकता है किसी और ने, कि हँसी मनुष्य में विद्यमान किसी आदिम हत्यावृत्ति का एक परिष्कृत, सभ्य रूप है और हर हँसी दरअसल एक हत्या है—खुश होंगे वे कि हँसी का काम तमाम हुआ, एक मानवीय समाज बना लिया गया जिसमें क्या हुआ सारे चेहरे गमगीन हैं। इसी तरह के कुछ बेतरतीब, बेमतलब विचार। वे एक ही परिभाषा से काम चलाना चाहते हैं जबकि बेशुमार हँसियाँ हैं और हर हँसी की अलग जात है। सन्तुष्ट लोगों की सारे संसार की निःसारता पर हँसी जानेवाली पराभौतिक हँसी अलग है, और साहित्य पर पहरा देनेवाले उत्तर-आधुनिक विद्वानों की वह हिकारत भरी हँसी अलग, जिससे वह बाहर ही बाहर हकाल देना चाहते हैं 'पूँजीवाद' जैसे शब्दों को, पास नहीं फटकने देते उन्हें कविताओं के—इन दोनों से अलग है रक्त भीतर ही जमा देनेवाली वह खूनी हँसी जो हँसमुख हत्याबाजों के चेहरों पर जमी रहती है और डार्विन को गलत साबित करती है, वरना हँसने से मिट जानी चाहिए थी उनकी हत्या की हुड़क। इस सबके अलावा एक और हँसी है जिसका कत्ल कर दिया गया, जिसके बारे में आपका उर्दू नामवाला वह दोस्त बताएगा, जो कुछ सालों से हँसीहीन है। इस तरह की बेसिर-पैर की बातें सोचता था डॉ. रामनाथ कटारिया। यूँ डॉक्टर लोग इस तरह की बातें नहीं सोचा करते, मगर वह दरअसल कवि बनते-बनते गलती से बन गया डॉक्टर था जिसकी एक अलग, लम्बी कहानी है—अब लिखना-लिखाना तो कब का छूट गया था मगर वह अब भी पिपरिया, म.प्र. से आनेवाली वह पतली पत्रिका मँगाता था जिसका नाम था 'तनाव' और उसने ब्रेख्त की यह लाइन भी पढ़ रखी थी कि वह जो मूर्ख मस्तक हँस रहा है, उस तक अभी भयानक खबर नहीं पहुँची है। इस सबसे एक भयानक गड़बड़ी थी उसके जीवन में, जब वह सोता था, तब उसके रक्त की तलहटी में और त्वचा की तहों में चींटियाँ जागती थीं, वह काँपता-डोलता उठता था, टकटकी में अँधेरे को देखता था, आधी रात के वक्त अपने कमरे में कोने की कुर्सी पर बैठकर इस तरह की बातें सोचता था, कि चेहरों के रंग और तमाम हँसियाँ कहाँ चली गईं, मगहर की तरफ से आती कुत्तों के रोने की आवाज और हवा का डरावना शोर सुनता हुआ...हवा...आ...आ...आ...आ...

यूँ डॉक्टर होने के नाते हँसी के बारे में दो-चार बातें उसे भी पता थीं। अपने मरीजों से वह कहता था कि जब डिप्रेशन हो, हँसने की कोशिश करो, जबर्दस्ती कि मन का बहुत प्रभाव पड़ता है शरीर पर, अगर तनाव बना रहे तो स्वास्थ्य बिगड़ता जाएगा, कोई दवा काम नहीं करेगी। अपने पास आनेवाले मरीज बच्चों को वह गुदगुदाकर हँसाने की कोशिश करता था, और पढ़े-लिखे मरीजों को विस्तार से समझाता था कि तनाव और दबाव का मुकाबला करने का शरीर का

तरीका है कॉर्टिसाल और एड्रिनलिन हारमोन्स की ज्यादा मात्राएँ पैदा करना, उनसे हृदय-गति और रक्तचाप बढ़ते हैं, शरीर की मशीनरी खूब सक्रिय हो जाती है, खतरे का सामना करने को तैयार...मगर इन हारमोन्स की मिकदार बहुत ज्यादा हो जाए, जैसा लगातार और लम्बी मुद्दत के तनाव से होता है, तो उसकी प्रतिक्रिया में मस्तिष्क में चिन्ता और अवसाद के उत्प्रेरक रसायन डोपामीन और नॉर-एपिनेफ्रिन पैदा होने लगते हैं, फिर तो जनाब, खतरा न हो तो भी नजर आता है, सिर पिघलने, दिल डूबने लगता है, आदमी साये से भड़कता है, जिस्म गर्म रहता है, हाथों में पकड़ी किताब के अक्षर गीले नजर आते हैं, वे सब भविष्यवाणियाँ सच लगने लगती हैं कि दुनिया फलाँ तारीख को खत्म हो जाएगी, और आप अनिद्रा और अज्ञात भयों के, ऊब के, मौत के रस्ते चले जाते हैं। यहाँ पर चाहिए होती है कोई हास्य हरकत, यहीं काम आती है हँसी...वह शरीर में तमाम तरह के प्राकृतिक दर्दशामक और ट्रैंक्विलाइजर्स पैदा करती है, शिराएँ ढीली पड़ जाती हैं, साँसों की रफ्तार और जिस्म का तापमान धीरे-धीरे सही होने लगता है—और उस हँसी में थोड़ी समझदारी मिलाई जा सके तो यकायक दिख सकती है इस संसार की सारी सच्चाई, जिस तक कोरे विचार के सहारे हमेशा पहुँचा जा सके, कोई जरूरी नहीं। इस तरह हँसी ज्ञानवान और सुखी बनाती है।

जिस्म और दिमाग दोनों के लिए मुफीद, वह एक बढ़िया व्यायाम भी है, दिन-भर में पचास हँसियाँ बराबर होती हैं एक घंटा टहलने या पन्द्रह मिनट कसकर दंड पेलने के, हँसिए नहीं, हँसी कोई मजाक नहीं एक गम्भीर चीज है, यहाँ तक कि अनेक मामलों में जिन्दगी और मौत का फर्क होता है बस एक छोटी-सी हँसी।

2

मगर वह अँधेरे समय की शुरुआत थी जिसके बारे में किसी अमेरिकी की एक हैरतअंगेज किस्म की बात उन दिनों प्रचारित की जा रही थी कि वहीं पर एक इतिहास का खात्मा हो चुका था, जो अगर सच थी तो इसका अर्थ था कि सारी हँसियाँ इतिहास में हँसी जा चुकी थीं, पीछे पाँच महाद्वीपों का बेहिसाब रोना छोड़कर। उन दिनों वह रात-भर सपने में कोई कसक भरी रोने की आवाज सुनता था और सुबह निश्चय करता था कि वह दिन में वक्त निकालकर मुखलिसपुर जाएगा और सँवरू के बारे में पता करेगा, बीस-पच्चीस मिनट की दूरी पर ही तो था उसका गाँव। अस्पताल के ऊपर ही उसका घर था, बाहर से ऊपर जाती चन्द सीढ़ियों के फासले पर। डॉक्टर सिर्फ एक डॉक्टर होता है, कोई खुदा का भेजा मसीहा नहीं कि मरीज का माथा चूमे या उसका भरपूर आलिंगन करे और उसकी बेजान हड्डियों में जान आ जाए और मौत को मात मिल जाए, मगर इसका यह मतलब नहीं कि अकसर ऐसा होने लगे जैसा उन दिनों होता था कि...गर्मियों की किसी धूप से भभकती दोपहरी में या सर्दियों की किसी ठंडी शाम वह गमगीन कदमों से अस्पताल के बाहर आता था। उसका सिर चकरा रहा होता था और आँखों के सामने अँधेरा-सा छाता लगता था, उसका चेहरा उस वक्त मैला-कुचैला, भूरा होता था और झुके हुए कन्धों के साथ वह चलता था जैसे एक बड़ा बोझ उस पर लदा हो। पीछे अस्पताल में किसी मरीज के रिश्तेदारों का रुदन होता था, जिसका थोड़ी देर पहले वह ऑपरेशन कर रहा होता था। कई महीनों से बीमार कोई रोगिणी जिसके अग्न्याशय में घाव हो और यकृत फूलकर दोगुने से भी बड़ा हो गया हो, या कोई मरीज जिसकी रीढ़ की किसी डिस्क में कैंसर हो, और उसके हाथ-पैर बेकार हो चुके हों। उसकी माँ और पति और रिश्तेदार बाहर बैठे होते थे, पति आकाश को ताकता हुआ सिगरेटें पी रहा होता था, या रोगी मर्द हो तो सोफे पर उसकी बीवी बेहोशी के दौरों में बार-बार किनारे झूल जा रही होती थी। कई घंटों तक ऑपरेशन थिएटर का दरवाजा हलचलहीन रहता था।

एक तेज प्रकाश के गोले में डॉक्टर, उसका कोई सहयोगी और दो नर्सें रोगिणी के शरीर पर झुके रहते थे, सामने मशीन पर एक लगातार काँपती लकीर उसके दिल की धड़कनें बताती थी। अचानक क्या देखता था कि उसकी हँफनी धीमे पड़ते-पड़ते रुकने लगती थी, मशीन पर लकीर का कम्पन रुक जाता था, वह एक स्थिर, सीधी लकीर हो जाती थी। रोगिणी का शरीर एक बार जोर से काँपकर निस्पन्द हो जाता था। डॉक्टर पसीना-पसीना हो जाता था, बेबस वह देखता था ठंडा पड़ता शरीर। उसकी उँगलियों में जैसे जंग लग जाता था, दिल, यकृत, आँतें, अग्न्याशय...कुछ उसकी समझ में नहीं आता था, उसके सारे विचार उसे छोड़कर जैसे भाग गए हों, जैसे रोगिणी के जिस्म से रूह। उसका सहायक रोगिणी के जिस्म को फिर से सिलता था। वह चुपचाप पड़ोस के छोटे कमरे में आकर दस्ताने उतारता और कपड़े बदलता था। स्ट्रेचर पर सफेद कपड़े में लिपटी लाश रिश्तेदारों के बीच खिसका दी जाती थी। निविड़तम कुछ क्षणों के बाद कलेजा कँपाती हुई एक चीख उठती थी, शोरोली रुलाई के बीच बिना मुड़कर देखे वह बाहर आता था, सीढ़ियाँ चढ़कर चुपचाप ऊपरी मंजिल पर घर के भीतर चला जाता था। वह पनाह लेना चाहता था, किसी चीज के पीछे छुप जाना चाहता था, कुछ गड्ड-मड्ड आवाजें उसके कानों में पड़ती रहती थीं, गला रुँधा हुआ, मगर भूल से भी कोई ऐसा खयाल नहीं, स्वप्न में भी नहीं कि संसार एक स्वप्न है या वह देह जिसकी गर्माहट उसके देखते-देखते मिट गई, अनन्त लोकों की यात्रा पर चली गई है। जिनमें जीवन और मनुष्य जैसे शब्द बार-बार आते थे, ऐसी ढेरों कविताएँ पढ़ी थीं उसने, और खुद भी कभी लिखने की तमन्ना भी कहीं बाकी थी, पूरी तरह मर नहीं गई थी, यहाँ तक कि कभी-कभी मन ही मन कुछ चीजों को, शब्दों को जोड़कर कुछ आधी-अधूरी लाइनें लिखता भी था, इसलिए ऐसा कोई अमानवीय खयाल नहीं, सिर्फ एक विश्वव्यापी अकेलापन। उसे सीने में दिल धसकता-सा लगता था, वह सोफे पर निढाल लेटा रहता था, शीशे में देखता था एक थका हुआ उद्विग्न चेहरा उसकी ओर झाँकता हुआ।

बहुत सारा समय बीत जाता था। काफी अँधेरा होने पर अस्पताल के सामने एक टेम्पो या जीप आकर ठहरती थी। उसकी पत्नी और बच्ची के वापस लौटने का यही वक्त होता था, बच्ची गोरखपुर के एक स्कूल में पढ़ती थी, पत्नी भी वहीं की रहनेवाली थी, और उन दिनों दिन-भर अपने घर में बिताने के बाद शाम को बेटी के साथ लौटती थी। वे सीढ़ियाँ चढ़कर सीधे ऊपर आते थे। लड़की का चेहरा थकान से रक्तिम होता था, वह आकर उससे चिपक जाती थी, फिर बिना कुछ कहे साथ के कमरे में जाकर लेट जाती थी। पत्नी की हालत भी

अस्त-व्यस्त होती थी, बिखरे बाल और आँखों में थकान। वह उसे गुमसुम लेटा देखकर चौंक जाती थी, फिर एक ही क्षण में सब कुछ समझ लेती थी। उन दिनों यह अकसर होता था, पहली बार का किस्सा नहीं था।

"क्या हुआ, तबीयत तो ठीक है?" वह पास आकर कहती थी।

डॉ. कटारिया खामोश रहता था। उसके चेहरे की रंगत उड़ी होती थी, आँखें सुनसान। वह कुछ नहीं कहता था और पूरी शाम, रात सोने तक उसकी बीवी जो भरे बदनवाली एक सख्तजान, मर्दाना किस्म की औरत थी, टुकड़ों में उससे कहती रहती थी, "कमसिन लड़कियों जैसा दिल था तो मेडिकल में जाने का खयाल क्यों आया तुम्हारे मन में? तुम्हें मालूम था कि इस लाइन में लाशें ही लाशें होंगी, और मुर्दाघर से जच्चाघर के बीच दौड़ लगा करेगी, बीच में इतना भी वक्त नहीं कि कपड़े बदले जा सकें, और इधर का खून उधर मिल जाया करेगा। नाजुकमिजाज कवि का कलेजा था तो कविताएँ ही लिखते, क्यों सूझा तुम्हें डॉक्टर बनना? और इस कदर परेशान होने की कोई वजह भी तो हो...वह मरीज तुम्हारी वजह से नहीं मरा, इलाज और देखभाल के बावजूद मर गया क्योंकि गणित नहीं है यह, यह चिकित्सा है, और तुम डॉक्टर हो सिर्फ, खुदा नहीं। मगर तुम्हारी अन्तरात्मा तो यूँ कलप रही है, जैसे तुमने ही उसका टेंटुआ दबाकर..."

सुनता रहता था डॉक्टर, खामोश, कुछ न कहता हुआ।

"और यह शानदार खयाल तुम्हारे मन में पता नहीं कहाँ से आ गया कि अस्पताल के ऊपर ही मकान बनवा लिया जाए। पक्का इन्तजाम कि मरीज नीचे चीखते-कराहते रहें और डॉक्टर ऊपर जागता रहे। क्या जरूरत थी इसकी, बोलो? उस वक्त कितना जोर डाला था कि अपना मकान हम गोरखपुर में बनवाएँगे, पैसों की कमी का भी सवाल नहीं था, भाई साहब मदद करने को राजी थे...भले ही इसके पीछे उनका यह स्वार्थ क्यों न रहा हो कि मरीज उनके पास भेजे जाएँ, यह सब कौन नहीं करता आजकल, इतना तो चलता ही है। आधे घंटे का सफर है, रोज सुबह यहाँ आ जाना, शाम को चले जाना। यहाँ न साला कोई ढंग का स्कूल, न रेस्तराँ, न पिक्चर हॉल, न काम के लोग, बस गाँववाले और छोटे-मोटे दुकानदार। मगर नहीं, उस वक्त तो...डॉक्टर को चौबीसों घंटे मरीजों को उपलब्ध होना चाहिए, न जाने किस वक्त...अब सुनते रहो रात भर ये आवाजें..." वह नीचे से आती किसी आवाज की ओर इशारा करके कहती थी।

डॉक्टर गुमसुम रहता था। हर बार किस्सा दोहराया जाता था, उसे अब गुस्सा आनेवाला होता था जिसे दबाने की कोशिश में उसका चेहरा लाल हो जाता था। पत्नी कहती जाती थी, "इस जगह से मुक्त होने के बारे में सोचो। भाई साहब

जो कई बार कह चुके हैं, उस पर ध्यान दो। यह जगह ही ऐसी है कि यहाँ कोई फ्यूचर तो छोड़ो, नॉर्मल जिन्दगी भी सम्भव नहीं। रात-दिन रोने-चीखने की आवाजें आती हैं, तुम हमेशा टेंशन में, थके रहते हो, पूरी नींद भी नहीं ले पाते, और बिना तैयारी के ऑपरेशन करने पहुँच जाते हो। इसीलिए बार-बार वही होता है जो आज हुआ। यह सब ऐसे ही चलता रहा तो जानते हो क्या होगा? ताला लगाना पड़ेगा अस्पताल में, और हम लोग...”

उस दिन भी ऐसा ही हुआ था। उसकी बीवी उसे इस तरह फुसलाती रही थी जैसे वह कोई बच्चा हो, और जब उसके गोरखपुर वाले मोटू ‘भाई साहब’ का जिक्र आया था जो चमकदार कपड़ों में, एक बड़ी-सी शानदार गाड़ी में मोबाइल फोन और तमाम तरह के क्रेडिट काड्र्स लिये घूमता था, उसकी एक दुकान थी जहाँ अल्ट्रासाउंड और तमाम अल्लम-गल्लम मशीनें थीं जिनसे वह अमीर औरतों के गर्भ में झाँका करता था, लड़का है या लड़की यह बताने को कहता था अपने को डॉक्टर, और कई बार उसे कहलवा चुका था कि छोड़े उस छोटी-सी जगह का पीछा और गोरखपुर आ जाए, जहाँ उसके लिए उसके दिमाग में पैसा बरसानेवाले न जाने क्या-क्या विचार थे, जिन्हें वह ‘प्रोजेक्ट्स’ कहता था...तब उसे लगा था जैसे वह कोई मकड़ी हो, अपना जाल बुनती, और गुस्से में भरकर वह उस व्यक्ति की तरह घर से निकलता था जो...रोशनियाँ बुझा देना चाहता हो, रात को तारों से खाली कर देना चाहता हो, सब कुछ ढहा देना चाहता हो। सीढ़ियों से उसके पीछे उसकी बीवी उसे रोकने को भागती-सी आई थी मगर उसे वहीं छोड़कर वह तेजी से कार में बैठा था, धूल के बादल में वह आगे बढ़ गई थी। वह तेज रफ्तार से भगाता रहा था वह तीस साल पुरानी फियेट, बिना जाने कि कहाँ जा रहा है। बहुत दूर जाने पर उसने कार रोकी थी और स्टियरिंग पर देर तक माथा टिकाए रहा था। थोड़ी देर में उसकी साँसें धीरे-धीरे नियमित हुई थीं, तब शाम के धुँधलके में उसने देखा था कि वह अपने गाँव की तरफ जानेवाली सड़क पर बढ़ आया था जो आगे बस दो-चार किलोमीटर दूर रह गया था। तब उस घड़ी धीरे-धीरे उतरते अँधेरे और सन्नाटे में उसे सँवरू की शिद्दत-भरी याद आई थी, पता नहीं कहाँ भाग गया था कमबख्त। अब जब वह लौटकर आएगा तो गाँव में नहीं, उसके पास रहेगा, उसने सोचा, अस्पताल में मरीजों और उनके घरवालों को पानी, चाय वगैरह लाकर देने और उनकी बीमारियों-तकलीफों के बीच जितना मुमकिन हो, उन्हें हँसाने का काम किया करेगा, और उसकी बीवी आइन्दा वह फालतू बातें करेगी तब भी उसकी हँसी काम आएगी। उसकी और उसके ‘भाई साहब’ की महान योजनाओं पर उसे

हँसी की जगह गुस्सा आ जाता था, इसलिए सँवरू हँसा करेगा उसकी प्रॉक्सी हँसी, जो हँसियों का उस्ताद था और जिसके पा स दो-चार नहीं ढेरों हँसियाँ थीं। वह बीस-बाईस साल का आधा नेपाली आधा हिन्दुस्तानी लड़का था और अपने जन्म से पिछले बरस कहीं भाग जाने तक सुबह से शाम तक सब तरह की हँसियाँ हँसता आया था, जिनका किराया था बस चवन्नी, अठन्नी या एक रुपया, जिसकी जैसी श्रद्धा हो और नई-नई हँसियाँ जमा करता था, उसके पास बढ़ते-बढ़ते उस वक्त तक तीन सौ तिरपन तरह की हँसियाँ थीं—गाँव के हर आदमी की, उनकी बीवियों की, दुकानदारों की, इलाके के पहलवानों और हज्जामों की, थानेदार की, बी.डी.ओ. की, ग्राम प्रधान की, पटवारी की, पेट्रोल पम्प के मालिक की जो विधायक भी था, और दिलीप कुमार से लेकर आमिर खान तक सारे अभिनेताओं की, और प्रधानमन्त्रियों तक की भी। वह सब लोगों की हँसियों की हूबहू कॉपी कर सकता था, इसी से कमाता-खाता था। कहीं भी, जहाँ चार आदमी जुटे होते थे, उसे आवाज देकर बुलाया जाता था, और फरमाइश की जाती थी किसी भी हँसी की। पहले वह एक-दो रुपए वसूलता था फिर आँखें बन्द कर मन ही मन याद करता था। सब आवाजें थम जाती थीं, असीम उत्तेजना में दिल धड़कते थे। उस खामोशी में वह हँसकर दिखाता था, वही हँसी हूबहू और हँसी का एक फव्वारा फूट पड़ता था। वहाँ मौजूद बच्चे,

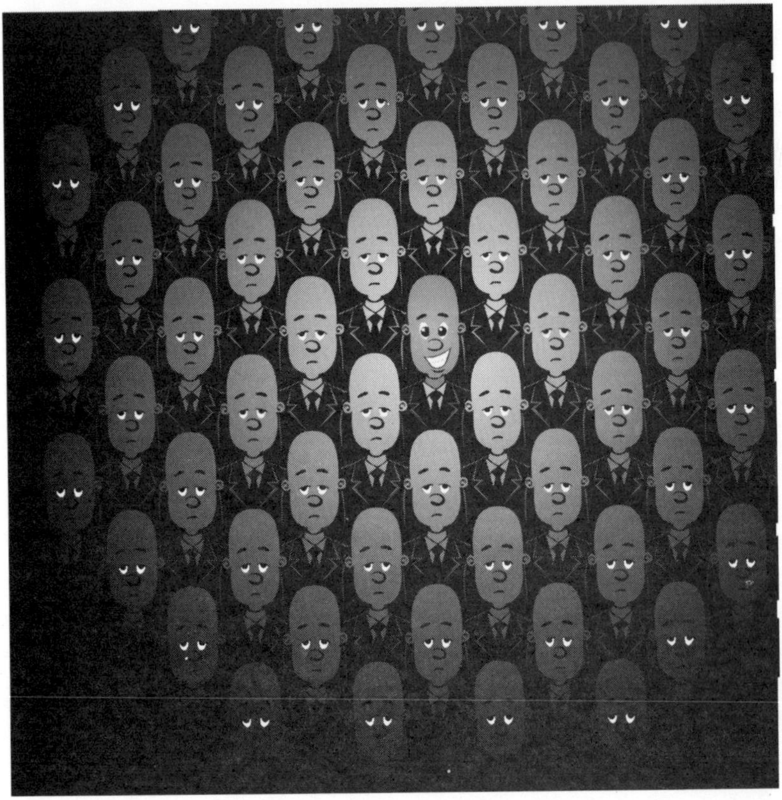

बूढ़े, जवान और औरतें हँसी में सराबोर होते रहते थे, उस वक्त तक जब और हँसना नामुमकिन हो जाए। दिन-भर वह गाँव में, अड़ोस-पड़ोस के गाँवों में हँसता फिरता था, कभी पटवारी के पास, कभी ग्राम प्रधान के घर, नहीं तो इरशाद हुसैन की नई खुली दुकान 'हुसैन ब्रॉस बैंड' पर या ग्रामीण बैंक में, कभी अड़ोस-पड़ोस के किसी गाँव की शादी में, जहाँ वह खास आइटम होता था, बरातियों की फरमाइश पर लाउडस्पीकर में हँसता था, और शाम को ओमप्रकाश के ढाबे पर जहाँ उसकी हँसी के लालच में खानेवालों की भीड़ जुटती थी और पर्दे के पीछे से आती रोटियों के बीच वह ग्राहकों की फरमाइश पर इस तरह हँसता रहता था कि खाते हुए लोगों के शोरबे छलक जाएँ। खलीलाबाद तक प्रसिद्ध थी उसकी हँसी, जहाँ से कोई बुलावा आने पर वह लेखराज की जीप में बैठकर जाता था, जो उसका पक्का यार था और किराया नहीं लेता था, बस दो-चार हँसियाँ हर फरमाइश के बदले एक हरामी हँसी, नहीं तो एक हल्कट हँसी उसके पास थी,

हँसियों का प्रचुर भंडार, कुल मिलाकर तीन सौ तिरपन हँसियाँ जिन्हें वह बीस सालों से जमा कर रहा था, शायद उसी वक्त से जब वह मुखलिसपुर से हैसर बाजार को जानेवाली सुनसान सड़क के किनारे एक लावारिस झोंपड़ी में दो-तीन औरतों की मौजूदगी में, किसी घुप्प अँधेरी रात में हँसते-हँसते इस दुनिया में आया था। उसकी माँ नेपाली थी और उसी रात मर गई थी, बाप का पता नहीं था। गाँव के किनारे, ब्लॉक ऑफिस के अहाते में प्राथमिक चिकित्सा केन्द्र के पीछे सालों से अपना अड्डा बनाकर बैठी अधपगली बुढ़िया ने उसे अपने पास रख लिया था, तब दोनों के रहने के लिए रामनाथ कटारिया के पिता ने अपने मकान में एक कोठरी दे दी थी, यूँ भी उन दिनों वह बन्द पड़ा रहता था, उसके पिता सरकारी नौकरी में थे और परिवार समेत वहाँ से बहुत दूर दिल्ली में रहते थे। दिन-भर वह उसे गोद में उठाए घूमती थी, उसकी पगली हँसी से ही सीखी थी सँवरू ने अपनी पहली हँसी। सात-आठ बरस के बाद वह बुढ़िया चल बसी जब एक रोज एक तेज रफ्तार मोटरसाइकिल ने उसकी पीठ पर टक्कर मार दी। मोटरसाइकिल वाले को ग्रामीण बैंक के कर्मचारियों ने दौड़कर पकड़ा, वह भागने की फिराक में था। बुढ़िया सड़क के किनारे पड़ी थी, बेहोश। उससे बुढ़िया के इलाज के लिए दो-चार सौ रुपए वसूले गए और समझदार लोगों की राय पर जाने दिया गया जिन्होंने कहा कि क्या फायदा पुलिस के पचड़े में पड़ने से। वह पगली अगले दिन मर गई, तब उन रुपयों को बैंक में सँवरू के नाम का खाता खोलकर जमा कर दिया गया। वह बड़ा होता रहा और पता नहीं कब कैसे वह ढेर सारी हँसियाँ सीखकर हँसी मास्टर बन गया, और उसकी हँसी की कमाई से उसका बैंक बैलेंस बढ़ता रहा। गाँव के लोगों से मिलनेवाले दो-चार रुपए तो खर्च हो जाते थे, मगर शादियों में हँसने में कुछ ज्यादा पैसे मिलते थे और असली कमाई तब होती थी जब पड़ोस के गाँव उमरिया बाजार में जबर्दस्त सालाना मेला लगता था। वहाँ एक जादूगर के पंडाल पर एक ऊँची मचान पर रंग-बिरंगे कपड़े और तिकोनी टोपी पहनकर बैठता था और शुरू होने पर पर्दे के पीछे से, जब कब्रिस्तान जैसी खामोशी छा जाती थी, लाउडस्पीकर में भयानक हँसी हँसता था, भूत, प्रेतों, चुड़ैलों, पिशाचों की हँसी। बाद में जब वह बैंक में पॉलीथिन में लिपटे बहुत सारे छोटे नोट और सिक्के जमा करवाने आता था, उसे देखकर वहाँ एक जबर्दस्त हँसी फूटती थी। कैशियर उसे पीछे की तरफ से अपने केबिन में बिठा लेता था और नोट गिनने से पहले कोई हँसी चाहता था, आमतौर पर अपने मैनेजर की जिससे उसकी पटती नहीं थी। हँसी के झटकों में उसके हिलते हाथों में पैसे फैल जाते थे। पैसे जमा करवाने के बाद वह चुपके से रसीद लेकर बाहर

जा रहा होता था, तब मैनेजर उसे अपने केबिन में बुला लेता था। वह गोरखपुर से रोज आने-जानेवाला युवा मैनेजर कुछ ज्यादा ही पढ़ा-लिखा था, साहित्यप्रेमी और अमृता प्रीतम की भावुक उदास कहानियों पर कुर्बान और कभी-कभी ही हँसता था। उसे चाहिए होती थी महान लेखकों की हँसी, इससे कम कुछ भी नहीं। वहाँ हमेशा जमे रहनेवाले सिगरेट के धुएँ और चश्मे के पीछे से अपनी उत्सुक नम आँखों से वह उसे देखता रहता था, इन्तजार करता, मगर ऐसी कोई हँसी नहीं थी सँवरू के पास। मैनेजर महमूद की हँसी से काम चलाता था।

डॉ. कटारिया की कार घुप्प अँधेरे और सन्नाटे में मुखलिसपुर में प्रविष्ट हुई जहाँ से सँवरू अपनी आखिरी हँसी हँसकर जा चुका था, पता नहीं कहाँ। उस वक्त बिजली गायब थी मगर पेट्रोमैक्स की पर्याप्त रोशनी थी गिरधारीलाल पाहवा की ट्रैक्टरों के पुर्जों और पम्प सेटों की दुकान में और उस वक्त तो वह उसे अँधेरे में भी तलाश लेता। आज इससे हिसाब तलब कर ही लिया जाए, उसने सोचा, लुच्चा कहीं का, उसके बारे में उसे पता था कि हैसर बाजार ब्लॉक के बी.डी.ओ. सोहन लाल सक्सेना की मिलीभगत से इलाके के तमाम गाँवों में घटिया सिंचाई पम्प सप्लाई कर तीन-चार बरसों में इतना पैसा कमाया था उसने कि अब उसके पास अपनी एक जीप थी, एक चार एकड़ में फैला आमों का बाग, और उसका लड़का लखनऊ में एम.बी.ए. कर रहा था, वह पैसा उसे मुबारक हो, मगर उससे उसे यह हक थोड़े ही मिल गया था कि...। यह पाँच-छह महीने पहले हुआ था, हालाँकि इसका पता उसे अभी कुछ दिन पहले ही चला था, जब वही बी.डी.ओ. सक्सेना इसका यार और भागीदार, तीन-चार साल यहाँ रहने के बाद ट्रांसफर होकर जा रहा था। ब्लॉक ऑफिस के सामने पेड़ के नीचे कुर्सियाँ लगाकर फेयरवेल पार्टी आयोजित की गई थी। गाँव के अधिकतर लोग वहाँ रहते थे, सँवरू भी था और जिसे खासतौर पर बुलवाया गया था अपनी हँसियों के पिटारे के साथ। भाषण चले, जाते हुए बी.डी.ओ. को मालाएँ पहनाई गईं, उसकी तारीफों के कसीदे पढ़े गए। किसी ने कहा कि वह एक महान विभूति था, किसी ने कहा कि वह कोई खुदाई तोहफा था, जिसे ऊपरवाले ने इस गाँव पर प्रसन्न होकर भेजा था। आखिरी आइटम में सँवरू को दो-चार हँसियाँ पेश करने को कहा गया। बर्फी और समोसे खाते हुए लोग लोटपोट होते रहे। फिर किसी ने उससे उसी बी.डी.ओ. की हँसी की फरमाइश की। वह उसे रटी हुई थी, मगर पहले उसने आनाकानी की, मगर लोगों ने इसरार किया तो उसे हँसनी पड़ी, क्या करता—और इसमें उसका क्या कसूर था अगर वह कमीनी थी, शातिर और मक्कार। बी.डी.ओ. को लगा कि उसका जबर्दस्त अपमान किया गया है।

वह मुँह सुजाए खामोश बैठा रहा। यह पाहवा भी वहीं बैठा था, सबसे आगे की लाइन में, अपने गमगीन चेहरे के साथ। उसका रक्तचाप बढ़ा हुआ था, एकाध झटका झेला हुआ दिल बहुत कमजोर था। उसके लिए जोरों से हँसना खतरनाक था, डॉक्टर ने इसकी सख्त मनाही कर रखी थी। उसे हँसी रोकना बहुत मुश्किल लग रहा था और महसूस हो रहा था कि हँसते ही दिल फट जाएगा, खून का एक फव्वारा फूट निकलेगा, गर्मी अलग से पागल कर रही थी, वह चाहता था कि सँवरू बन्द करे यह तमाशा, खामोश हो जाए फौरन। उसने जब बी.डी.ओ. का उतरा हुआ चेहरा देखा तो उठा और सँवरू को चार-पाँच तमाचे लगा दिए। हँसता हुआ सँवरू अचानक खामोश हो गया, फिर वह धीरे-धीरे रोने लगा, शायद अपने जीवन का सबसे पहला रोना। रोते-रोते वह पता नहीं कहाँ चला गया। इसी घटना के कुछ दिनों के बाद गायब हो गया था वह।

पाहवा उस वक्त अपनी दुकान पर नहीं था, मगर दुकान के पीछे ही थोड़ी दूर पर उसका घर था जहाँ से उसे बुलाकर लाने के लिए एक नौकर तुरन्त दौड़कर गया। वह कार में ही इन्तजार करता रहा। थोड़ी देर के बाद वह दुकान से जुड़ी गली में पेट्रोमैक्स की रोशनी में दूर से आता नजर आया, सफेद दुशाला ओढ़े और चेहरे पर एक बदजात मुस्कान लिये, जिसे वह शीशों के पार से देखता रहा।

कलेजे में उमड़ती कड़वाहट के साथ सोचता हुआ कि किस तरह खुरच दे, मसल दे उसे। जब वह पास आया तो थोड़ी देर एक अशान्त, असामान्य खामोशी छाई रही। वह उस वक्त भी उतना तरोताजा, साफ-शफ्फाफ था जितना हर गन्दा शख्स हर वक्त होता है, यहाँ तक कि पास आने पर उसमें से अगरबत्तियों की खुशबू उठती महसूस हुई, शायद वह उस वक्त...

"डॉक्टर साहब?" उसने कहा, "आइए, भीतर चलिए, बाहर क्यों खड़े हैं?"

"आपसे कुछ बात करनी थी जो भीतर नहीं हो सकती।" डॉक्टर ने सख्त आवाज में कहा और उसे यह देखकर सन्तोष मिला कि पाहवा के चेहरे की मुस्कान एक क्षण में मिट गई। "तो भगा ही दिया आपने उसे। उसका यहाँ होना बर्दाश्त नहीं हुआ आपसे।"

"किसे? किसकी बात कर रहे हैं?"

"सँवरू की, और किसकी। आपको मालूम था कि वह बचपन से ही मेरे घर में रह रहा था, एक तरह से हमारे परिवार का सदस्य था। आपको उससे कोई शिकायत थी तो मुझे कहलवाना चाहिए था, बजाय..."

"डॉक्टर साहब, क्या कह रहे हैं?" पाहवा ने एक भोली, मासूम आवाज में कहा, "क्यों भगाना चाहूँगा मैं उसे? ऐसा क्यों सोच रहे हैं, ऐसा तो मैंने कुछ भी...अच्छा वह पार्टीवाली बात? लेकिन उसी वजह से वह यहाँ से चला गया, यह मानने का तो कोई कारण नहीं है। उस दिन क्या बताऊँ गुस्सा आ गया था, मगर उसी दिन थोड़े ही गायब हो गया था वह। उसके बाद भी कई दिन रहा था, पता नहीं क्या बात हो गई, कहाँ चला गया इस तरह बगैर किसी से कुछ कहे? पुलिस में तो रिपोर्ट है न?"

उसके चेहरे की मुस्कुराहट अब वापस लौट आई थी। डॉक्टर एक सीधी निगाह में उसके चेहरे को देखता रहा, लेकिन जवाब में उसे कहने को कुछ न सूझा, उसने चुपचाप गाड़ी स्टार्ट की और इंजन की घड़घड़ाहट के बीच सुना उसे कहते, "वैसे डॉक्टर साहब, सच बात तो यह है कि उसकी हँसियों का स्टॉक खत्म हो चुका था। अब वही घिसी-पिटी हँसियाँ उकताने लगी थीं। सालों से हँसा-हँसाकर परेशान कर चुका था। अब साहब, हँसने की हद होती है, कितना हँसते हम, और भी तो काम है। तो शायद कहीं और चला गया हो अपनी हँसियाँ उठाकर, नए कदरदानों की तलाश में, या शायद समझ चुका हो, अब बच्चा थोड़े ही था, कि हँसी के भरोसे जिन्दगी नहीं बिताई जा सकती।" वह काफी ऊँची आवाज में बोल रहा था, अँधेरे में लोग जुटते आ रहे थे। डॉक्टर ने चुपचाप सुना और बिना कुछ कहे धीमी रफ्तार में गाड़ी आगे बढ़ाई। अब

देर तक वह वहीं पर चर्चा करता रहेगा, डॉक्टर ने सोचा, अँधेरे में या अँधेरे की अगवानी में क्यों प्रेत फुसफुसाते हैं, उसी तरह पाहवा कहता रहेगा उसकी हँसियों में पानी पड़ गया था, भुस भर गया था, और वैसे भी दिन-रात की हँसी, इतनी सारी हँसियाँ, किसे इसकी जरूरत है, इतना वक्त किसके पास है, अच्छा हुआ जो उससे निजात मिली...और भी न जाने क्या-क्या, सब लोग सिर झुकाए चुपचाप सुनते रहेंगे, धीरे-धीरे रात गहरी होती जाएगी और अँधेरा इतना गाढ़ा जितना...जितना सन्ताप।

"और हँसियाँ लाने गया होगा, लौट आएगा किसी भी दिन..." उसके पीछे से आवाज आई थी और वह चौंक गया था। गिरधारी लाल पाहवा की दुकान से वह सीधे अपने गाँव के घर पहुँचा था और सामने के बड़े से पक्के चबूतरे को पार कर अँधेरे में दस्तक दी थी। काफी देर बाद दरवाजा खुला था। अँधेरे में उसने देखा था, उसके चाचा सामने खड़े थे। "कौन?" उन्होंने कहा था, उन्हें अँधेरे में कम सूझ पड़ता था। वह उनके पैर छूने के लिए झुका था। उसके चाचा उसके चेहरे को उँगलियों से टटोलकर पहचानने की कोशिश करते रहे थे। उनके पीछे लालटेन लिये उसकी चाची आई थी, और उसे देखकर कहा था, "अरे, डॉक साब!" तब उसके चाचा ने उसे आलिंगन में कस लिया था। वे बीच में एक स्टूल पर लालटेन रखकर खुले आँगन में बैठे थे, उसके चाचा चारपाई पर और वह बेंत की आरामकुर्सी पर। चाची अपने लिए कहीं से एक फोल्डिंग कुर्सी खिसका लाई थी।

"कैसे हैं आप लोग?" उसने पूछा था।

"बस, ठीक हैं।" उसके चाचा ने धीमी, बुदबुदाती आवाज में कहा था। "तुम सुनाओ। बहू कैसी हैं? इस बार बहुत दिनों के बाद चक्कर लगाया।" लालटेन शायद देर से जल रही थी। उसका तेल जल्दी ही चुकने लगा था, काँपती लपट के साथ रोशनी कम होती जा रही थी। वे खामोश बैठे रहे थे। थोड़ी देर में चाचाजी की बिटिया कहीं अँधेरे से निकलकर आई थी, दो गिलासों में चाय लिये। वह उसका चेहरा देखना चाहता था, लेकिन अपनी माँ को चाय की ट्रे थमाकर वह तुरन्त कहीं अँधेरे में जाकर छुप गई थी। उसने पूछा था, "यह क्या कर रही है आजकल?"

"कुछ नहीं, करना क्या है?" चाची ने कहा था, "इंटर का प्राइवेट फार्म भरा है। लड़का देख रहे हैं इसके लिए।"

"अरे, इतनी जल्दी? अभी तो यह..." उसने कहा था।

चाचाजी ने तब कहा था, "अकेले कैसे आना हुआ? बहू को भी लेते आते।"

"बस ऐसे ही," उसने कहा था, "बहुत दिनों से मिला नहीं था। आपकी बहू की तबीयत कुछ खराब थी, वरना वह भी आती।" जब सारी घरेलू बातें समाप्त हो गई थीं, तब अँधेरे और खामोशी में वे एक-दूसरे को देखते बैठे रहे थे।

लालटेन उसी क्षण भक् से बुझ गई थी।

"सँवरू का कुछ पता चला?" उसने कहा था।

"सँवरू का? नहीं, कोई खबर नहीं है।" उसके चाचाजी ने कहा था।

"पुलिस कुछ कर रही है उसे ढूँढ़ने के लिए? आप लोगों ने पता किया?"

"पुलिस क्या करेगी? वैसे भी वे लोग बिना पैसे के..."

"कहाँ चला गया होगा? क्यों चला गया, कुछ पता है आप लोगों को?" उसने पूछा था। तब उसके पीछे से अँधेरे में वह आवाज आई थी और वह चौंक गया था, यह उसके चाचाजी की बिटिया थी, वह कहीं दूर नहीं गई थी, पास ही कहीं बैठी थी, सारी बातें चुपचाप सुनती हुई, फिर उसने बताया था कि गायब होने के पहले सँवरू की हँसियाँ हलक में अटकने, बीच में टूटने लगी थीं। उससे कही जाती थी कोई हँसी, जैसे दिलीप कुमार की और वह बड़ी देर तक खामोश रहने के बाद बेमन से पेश करता था कोई दूसरी, मदनपुरी या मुकरी की, वह भी मुजरिमों की तरह। वह परेशान रहता था, बहुत सोचने के बाद थोड़ा-सा हँसता था। उसका चेहरा खाली-सा लगता था, जैसे सारी हँसियाँ कहीं गिर गई हों, और आँखें सुनसान, कुछ खोजती हुईं। धीरे-धीरे उसने बिलकुल ही छोड़ दिया था हँसना। बहुत देर छाई रही एक जमी हुई खामोशी में उसकी चाची ने तब एक निर्मम बात कही थी, कि सँवरू के लिए डाक साब इस तरह परेशान हैं, जरूर कोई खास बात होगी। वह चुपचाप उन्हें अँधेरे में देखता रहा था, नहीं कह सका था वह जो उसी क्षण उसके मन में आया था कि उस वक्त की राजनीति, अर्थव्यवस्था, संस्कृति और विचारों की दुनिया में इतना कुछ पड़ा था हँसने को मगर कोई हँसनेवाला नहीं था।

चाची रोकती रही थी कि खाना खाकर जाना, लेकिन उसने टाल दिया था यह कहकर कि उसे जल्दी है, कुछ जरूरी काम है और अँधेरी सड़क पर कार चलाकर सड़क पर चला आया था। दोनों तरफ के स्याह अँधेरे में काली छायाओं जैसे पुराने, सीले और गीले मकान थे, केवल कुछ घरों में लालटेनों की मद्धिम-सी रोशनी थी। गाँव के बाहर आकर उसने कार को पड़ोस के गाँव हैसर बाजार की दिशा में मोड़ लिया, जहाँ इस इलाके का पुलिस थाना था। थोड़ी ही देर में वह वहाँ आ पहुँचा। थाना जेनरेटर के शोर में, एक चौंधियाँ देनेवाली रोशनी में डूबा था और सामने के मैदान में एक जीप खड़ी थी जिसकी हेडलाइट्स जल रही

थीं वह तुरन्त कहीं जाने के लिए तैयार लगती थी। उसने कार थाने के सामने खड़ी की और उतरकर थाने की ओर बढ़ा। अचानक एक टॉर्च की रोशनी में उसकी आँखें चुँधियाँ गईं, उसके सामने वर्दी में वहाँ का एस.एच.ओ. विजय कुमार खड़ा था जिससे वह अच्छी तरह परिचित था, अकसर वह उसके अस्पताल आता रहता था, अपनी पत्नी की साँस की बीमारी का इलाज कराने, जो रातों में नींद से उठकर बैठ जाती थी और कहती थी—उसे डर लग रहा है। उसने उसे पहचानकर कहा, "अरे डॉक्टर साहब, आप यहाँ इस वक्त? कैसे आना हुआ?" वह रोशनी के गोले में खामोश खड़ा रहा। विजय कुमार ने कहा, "और हम लोग थोड़ी देर में यहाँ से आपके अस्पताल चलनेवाले थे। इधर आइए।" कहकर वह तेज कदमों से जीप क़ी तरफ बढ़ा और उसके पिछले हिस्से में टॉर्च की रोशनी फेंककर वहाँ गीले कपड़ों में एक धीरे-धीरे काँपता शरीर दिखाया जिसके बालों और मुँह में मिट्टी भरी थी। उसी क्षण उसने किसी औरत को चीखते सुना मर्द की गद्दारी पर, और कोने में कुछ लोगों का झुंड देखा। विजय कुमार ने बताया कि उसे थोड़ी देर पहले कुआनो नदी से निकाला गया था। यह भी पता नहीं था कि वह जिन्दा था या...। गँवाने को वक्त नहीं था, डॉक्टर ने कहा, इसे फौरन ले चलना होगा अस्पताल। जल्दी ही वहाँ से खलीलाबाद जानेवाली सड़क पर वह पुलिस की जीप पूरी रफ्तार से दौड़ रही थी और उसके पीछे उसकी कार जिसमें उसके पास बैठा विजय कुमार उसे बता रहा था कि आगे की जीप में जो था, कोई हैसर बाजार का रहनेवाला था, महीना-भर पहले मुम्बई की अपनी नौकरी गँवाकर वापस आया था और थोड़ी देर पहले उसने अपने को अँधेरे में चुपके-से कुआनो नाम की निष्ठुर नदी में डुबो लिया था। उन दिनों ऐसी अनेक घटनाएँ हुई थीं। किस्मत की बात थी कि कुछ ही दूर बहने के बाद वह मछुआरों के जाल में फँसकर जल्दी से बाहर खींच लिया गया था। जीप तेज रफ्तार में बहुत आगे चली गई थी और खलीलाबाद के बाहर उनकी कार को रेलवे क्रॉसिंग पर कुछ देर रुकना पड़ा था, कोई ट्रेन गुजरनेवाली थी। वहाँ घना अन्धकार था, प्रकाश प्रकाश-वर्षों की दूरी पर। ट्रेन के इन्तजार में समय बहुत धीमी गति से गुजरता महसूस हो रहा था। उन थोड़े-से क्षणों में डॉक्टर के भीतर एक बेआवाज तूफान गुजरा था जिसके बारे में उसके पास बैठे विजय कुमार को कुछ भी पता नहीं चला था, न कभी चल सकता था, उसने मन ही मन इतिहास की नदी, अँधेरे और मृत्यु को जोड़कर कोई पंक्ति बनाने की चेष्टा की थी लेकिन उसके हाथ आया था यह स्तब्ध कर देनेवाला खयाल कि अँधेरे का तिलिस्म किसी दो कौड़ी की कविता से टूटनेवाला नहीं था, उसके लिए चाहिए थी कोई महाकविता, उस

तरह की लबरेज और शदीद शाइरी, जिसकी कोशिश में शाइर खुद टूट जाता है—उसका दिल, बदन, जहन की शरयाँ, उसका सारा वजूद। फिर बेशक वह कोई मृत्युवत् कविता हो, मरसिया ही क्यों न हो, तलाशनेवाले उसमें रोशनी तलाश लेंगे। इतना साहस और ताकत नहीं तो बेहतर है बढ़ने दिया जाए अँधेरा, यूँ ही चलने दिया जाए यह संसार। कहाँ से आया था यह खयाल? कला कहाँ से आती है? कविताओं में वह, जो वाष्परुद्ध तत्त्व होता है, कहाँ से आता है। उम्मीद कहाँ से आती है, अँधेरा कहाँ से आता है? कुछ कविताओं में, भले वे हाइटेक कविताएँ हों, कम्प्यूटर स्क्रीन पर प्रकाशमय अक्षरों में क्यों न लिखी गई हों और उनमें कितनी ही बार प्रयुक्त हुआ हो 'आलोक' जैसा कोई शब्द—रात जैसी कालिख कहाँ से उतर आती है? शब्द चटख जाते हैं बीच में, वह चटखन कहाँ से आती है? जो कुछ सचमुच घटता है और वह जिस तरह रचना में आता है, उनका रिश्ता क्या होता है? कितने सवाल आए थे उसके मन में एक क्षण में अचानक जिन पर सोचने के लिए एक पूरी उम्र की दरकार थी, ट्रेन के इन्तजार के उस छोटे-से वक्फे में ज्यादा से ज्यादा थकान-भरी आँखों से सामने के अँधेरे को ताकना ही मुमकिन था, इसके सिवा कुछ भी नहीं। उसने विजय कुमार की ओर से देखा था और एक डूबती आवाज में उसे सँवरू के बारे में याद दिलाने

की चेष्टा की थी, लेकिन उसने सुना नहीं, वह परेशान होकर बार-बार ट्रेन की दिशा में और घड़ी देख रहा था। थोड़ी देर में गाड़ी गुजरने के बाद उनकी कार आगे रवाना हुई। अस्पताल पहुँचकर डॉक्टर ने देखा कि ऊपरी मंजिल के उसके घर की सब बत्तियाँ बुझी हुई थीं जो इस बात का इशारा था कि उस अँधेरे में उसकी बीवी कहीं बिस्तर में मुँह छिपाए चुपचाप रो रही थी, और नीचे अस्पताल के अहाते में एक छोटी-सी भीड़ जमा थी, जिसके बीच उस आदमी को इतनी देर में एक बेंच पर लिटा दिया गया था।

3

मगर सँवरू कहीं दूर नहीं चला गया था, वहाँ से काफी करीब था, मगर दूसरे मुल्क में जहाँ उसका पुश्तैनी खून और उसके पूर्वजों के दाँत और कंकाल थे, यानी नेपाल, और गायब होने के पन्द्रह हँसीहीन महीनों के बाद अप्रैल के एक पीली धूपवाले खुशनुमा दिन उसी तरह अचानक लौट आया जिस तरह चुपके से गया था। उसके आने से पहले डॉ. कटारिया के पास एक फोन आया था। उस वक्त वह रात भर जागने के बाद गहरी नींद में गर्क था और फोन की आवाज ने ही उसे जगाया था। वह न उस आदमी का नाम पहचान पाया, न उसकी आवाज। उसने बताया कि वह कोई मुख्त्यार अहमद था, पुलिस में सिपाही, और गोरखपुर से बोल रहा था, बहुत देर तक कोशिश करने के बाद मुश्किल से उसका फोन मिला था। महराजगंज थाने के एस.एच.ओ. कुमार साहब ने आपको नमस्कार कहा है, कोई सँवरू प्रसाद लापता था न आपके गाँव का। सँवरू...पहले उसे लगा कि वह उसका नाम सपने में सुन रहा है, फिर अचानक उसकी त्वचा के नीचे खून तेजी से चलने लगा। हाँ-हाँ, उसने साँसों को काबू करते हुए ऊँची आवाज में कहा और पूछा कि वे कुमार साहब महाराजगंज कैसे प्रहुँच गए, वे तो मुखलिसपुर में।...उसने बताया कि वो दो-तीन महीने पहले नेपाल से जुड़े उस सीमान्त जिले में ट्रांसफर हो गए थे, और सँवरू उन्हें वहीं मिला, नेपाल में पचास कोस भीतर बुटवल नाम के कस्बे के भी आगे अँधेरे और कोहरे में छुपे एक पहाड़ी गाँव में जहाँ वे किसी स्मगलर के गैर-कानूनी ट्रक का पीछा करते-करते जा पहुँचे थे। ट्रकवाला तो साला भाग गया मगर बुटवल से काठमांडू जानेवाली हाइवे पर उस होटल में सँवरू पकड़ में आ गया जहाँ वे लौटते हुए खाना खाने रुके थे। वह वही काम करता था, और काम क्या था, खाना खाते

लोगों के करीब जाकर उनके कान में फुसफुसाकर, कुछ लेंगे...बहुत बढ़िया माल है, और फिर हाथों से एक्शन करना—बोतल खोलने, घूँट मारने का। वह वापस चलने को तैयार नहीं था, उसे काफी मनाना पड़ा, तब राजी हुआ। महाराजगंज थाने का फोन ठीक नहीं है वरना वो खुद करते आपको फोन। सँवरू के साथ महाराजगंज से चलकर आज सुबह अभी पहुँचा हूँ। उन्होंने कहा था कि यहाँ से उसे दिल्ली या लखनऊ जानेवाली किसी भी बस में बिठाकर आपको फोन करके बस का नम्बर भी नोट करा दूँ, इसीलिए फोन कर रहा हूँ। बस का नम्बर नोट कर लें, अब चलने ही वाली है। कुमार साहब ने कहा था कि यह खासतौर पर कह दिया जाए कि उसे बस स्टेशन पर ही रिसीव कर लें, कहीं फिर न भाग

जाए। अच्छा नमस्कार...अब महाराजगंज वापस जानेवाली कोई बस देखता हूँ। कुछ कहना हो कुमार साहब से तो...टेलीफोन की मशीनी गूँज सुनाई दी तब उसे ध्यान आया कि उसे विजय कुमार के लिए धन्यवाद कहना और पूछना चाहिए था कि उनकी पत्नी की तबीयत अब कैसी थी।

उसने घड़ी देखी। वक्त बहुत कम था, गोरखपुर के बाद बस का अगला ही तो स्टॉप था वह। पहले उसने सोचा कि किसी और को भेज दे, मगर फिर किसी पर भी विश्वास न करके खुद ही तैयार हुआ। चुपके से वह सीढ़ियों से नीचे उतरा, पत्नी को बिना बताए जो उस वक्त सिरदर्द से परेशान, आँखें मूँदे लेटी थी। अपनी वही तीस साल पुरानी फियेट निकाली जो इधर एक हफ्ते से कुछ ज्यादा ही परेशान कर रही थी, झटका देकर चलती थी और कहीं भी रुक जाती थी। कार की सर्विसिंग के लिए उसे गोरखपुर भेजना पड़ता था और वक्त न मिलने के कारण यह कई दिनों से टलता आ रहा था, जो अच्छा ही हुआ उसने सोचा, वरना इस वक्त कार के लिए मुश्किल होती। थोड़ी ही देर में वह खलीलाबाद के बाहर उस सुनसान बाईपास रोड पर पहुँच गया जहाँ दो-चार चाय की दुकानों और पान के खोखों के बीच वहाँ से गुजरनेवाली बसें बस दो-तीन मिनट रुकती थीं। उसने एक छायादार पेड़ के नीचे कार खड़ी की और इन्तजार करने लगा। काफी देर के उबा देनेवाले इन्तजार के बाद गोरखपुर की दिशा से एक छोटे बिन्दु जितनी, किसी हड़बड़ाए धब्बे जैसी एक बस आती दिखाई दी। धीरे-धीरे वह बड़ा और साफ होता गया, बस उसके बिलकुल पास आकर ठहर गई।

वह कार से बाहर आकर ध्यानपूर्वक यात्रियों को देखने लगा। कुछ अजनबी चेहरों के पीछे नए साफ कपड़ों में और एक बड़ा-सा बक्स उठाए सँवरू नीचे उतरा। उसने उसकी ओर बढ़ते हुए आवाज दी...सँवरू। सँवरू ने चौंककर उसकी ओर देखा और कुछ क्षणों के बाद पहचानकर उसके पैरों में झुकने लगा, लेकिन डॉक्टर ने उसे बीच में ही रोक दिया, कसकर अपने से चिपटा लिया।

"मैं तेरा ही इन्तजार कर रहा था।" डॉक्टर ने कहा।

"हमारा इन्तजार...?" सँवरू ने कहा।

"हाँ, मुझे मालूम था तू आनेवाला है। कहाँ चला गया था तू...इस तरह?"

"कहीं नहीं, बस नेपाल गया था।"

"नेपाल क्या करने गया था?"

सँवरू खामोश रहा।

"गया कैसे तू दूसरे मुल्क में? किसी ने रोका नहीं?" कार की ओर बढ़ते हुए डॉक्टर ने कहा। वह सँवरू का हाथ पकड़े हुए था।

"बस पैदल चला गया। वहाँ बॉर्डर पर एक सिपाही ने रोका था वैसे।" सँवरू ने बताया।

"फिर?"

"उसने पूछा, कहाँ जा रहा है? हमने कहा, कहीं नहीं, बस घूमने जा रहे हैं। हमारे पास एक थैला था। उसने कहा—इसमें कोई गड़बड़ सामान तो नहीं है? हमने कहा—नहीं साहब, हम तो बहुत शरीफ आदमी हैं—उसने कहा, अच्छा जाओ।"

वहाँ की गर्मी और उमस के बीच सँवरू का चेहरा देखते हुए डॉक्टर के भीतर कुछ पिघल गया, अचानक, जो एक जमी हुई हँसी थी। हँसी के बीच ही उसने कहा, "करने क्या गया था तू नेपाल?"

सँवरू सामान के संग कार की पिछली सीट पर बैठा था और वह आगे के खुले हुए हिस्से में इंजन और कलपुर्जों में झाँक रहा था, कह रहा था, अभी चलते हैं सँवरू, बस पाँच मिनट। उसने जब कार स्टार्ट करने की कोशिश की थी तभी उसका इंजन या बैटरी पूरी तरह जवाब दे गए थे। मोटर बार-बार एक छोटी-सी आवाज निकालकर खामोश हो जाती थी। बाईपास रोड पर अब पूरी तरह सन्नाटा था। वह कोई पेंच कसने, किसी पुर्जे का तार दूसरे से बाँधने, कुछ जोड़-तोड़ करने, कुछ ठोक बजाकर किसी भी तरह कार स्टार्ट करने की कोशिश कर रहा था। उसके और सँवरू के बीच कार के बोनट की उठी हुई दीवार थी।

"सँवरू, बताया नहीं, नेपाल क्या करने गया था?" उसने कलपुर्जों में झुके रहकर पूछा था, उसकी आवाज सुनने को। वह वहाँ से उसका चेहरा नहीं देख सकता था।

"सँवरू, बोलते क्यों नहीं? इस तरह चले जाने की क्या जरूरत थी?" वह चाहता था कि सँवरू कुछ न कुछ बोलता रहे, अपनी मौजूदगी का सबूत देने को।

"सँवरू, बताओ यार..." उसने फिर कहा था।

"मुझे बहुत डर लगा था।" सँवरू ने कहा था।

"किस बात का डर?" डॉक्टर ने कहा था। उसका ध्यान कार के पुर्जों में था। नुक्स पकड़ में नहीं आ रहा था। वह केवल सँवरू की आवाज सुनते रहना चाहता था।

"सँवरू, फिर खामोश हो गए?" उसने कोई पेंच कसते हुए कहा था।

"उन दिनों कोई नहीं हँसता था। किसी को न जरूरत थी, न फुर्सत। सब लोग कोई पुराना हिसाब चुकाने की बातें करते थे।"

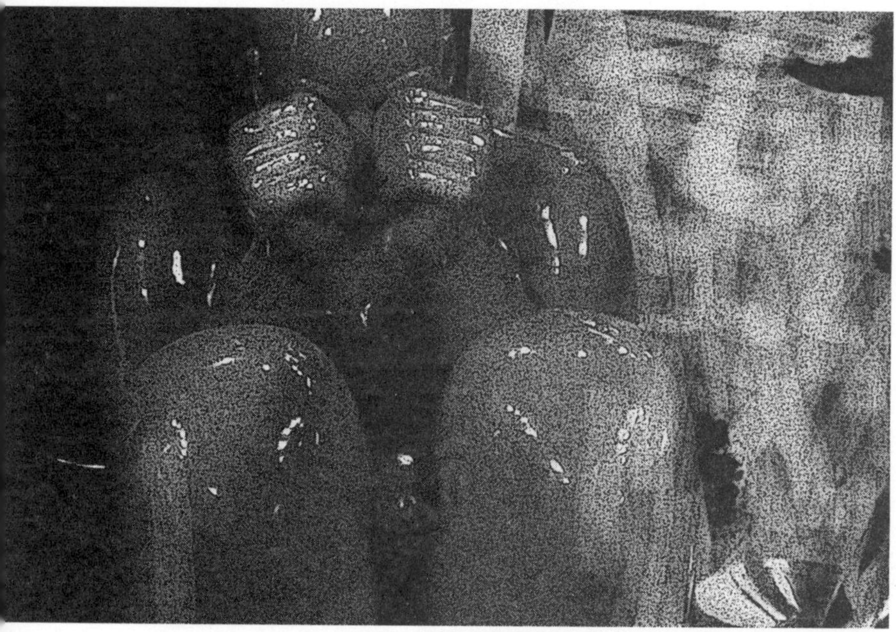

"कौन-सा हिसाब सँवरू?" डॉक्टर ने फिर कहा था, "उस गिरधारीलाल पाहवा के बच्चे से कोई बात हो गई थी तो मुझे कहना चाहिए था। वैसे उसे मैंने डाँट दिया था कस के।"

"हँसी सुनाने का मन खत्म हो गया था और उन्हें इसका हक भी क्या रह गया था। वे सब...उन दिनों..." सँवरू ने एक धीमी, सहमी आवाज में कहा था।

"सुनाई नहीं पड़ता सँवरू, कौन लोग?" डॉक्टर को लग रहा था वह कार अब बेच ही देनी पड़ेगी। लोहे के दाम भी बिके तो फायदे का सौदा होगी।

"उन दिनों डरावने चेहरोंवाले अनपहचाने लोग...पता नहीं वे कौन थे, कहाँ से आए थे। फिर वे एक बहुत बड़ी भीड़ की शक्ल में...। दो कौड़ी की होंगी मेरी सारी हँसियाँ, मगर इतनी सस्ती नहीं थीं डॉक्टर साहब। मैंने सोच लिया था कि अब नहीं हँसूँगा। वैसे हँसी आती भी कहाँ थी!" सँवरू की धीमी आवाज सुनाई दी थी।

"क्यों सँवरू, हँसी कहाँ अटक गई थी?" डॉक्टर ने कुछ समझ न पाकर पूछा था।

"हजारों लोग गए थे उस हजारों साल पुराने शहर में। उसके बाद...कैसे..." ऐसा कुछ कहा था सँवरू ने।

"कौन लोग? कहाँ?"

"वहाँ...मुँह काला करने।"

"कहाँ?"

"अयोध्या।"

बोनट के उठे हुए पर्दे के पीछे से सँवरू नहीं देख सकता था कि डॉक्टर का शरीर जले हुए कागजों की तरह काँपने लगा था, सिर चकराने लगा था, उसकी आँखों के सामने सब कुछ अचानक धुँधला हो गया था...इंजन, कारबुरेटर, बैटरी...वैसे ही जैसे उन दिनों ऑपरेशन करते हुए मरीज की खुली देह सामने होती थी और वह...और तब तड़ित जैसी एक क्षण भर की रोशनी में उसने जान लिया था कि वह नहीं लिख सकता, कभी कुछ नहीं लिख सकेगा। वह क्या-क्या जोड़ता रहता था मन ही मन, और जो ऐन सामने होता था वह वहीं अँधेरे में छुपा रहता था। जिसे कुछ दिखता नहीं, उसे भूल जाना चाहिए लिखने का ख्वाब। अपने इन खयालों और आँसुओं को मुश्किल से रोकता वह खामोश खड़ा रहा था और सँवरू की आवाज सुनी थी कि वह वापस आ गया क्योंकि हर आदमी का एक ही मुल्क होता है।

"सँवरू, वो सारी हँसियाँ...अभी बाकी हैं न?" डॉक्टर ने थोड़ी देर के बाद कहा था।

"अरे, नहीं डॉक्टर साहब, अब कहाँ?" सँवरू ने कहा, "वह सब तो छूट-छाट गया। लेकिन मैं सोचता हूँ मैं फिर हँसूँगा। मुझे आती महसूस हो रही है हँसी। शायद थोड़ी देर में..."

"हाँ, सँवरू कोशिश करो," डॉक्टर ने कहा, "न आए तो जबर्दस्ती हँसो। मैं इधर कोशिश करता हूँ यह गाड़ी ठीक हो जाए कमबख्त..."

मगर वे काफी देर तक कोशिश करते रहे, न सँवरू को हँसी आई, न उससे गाड़ी ठीक हुई। जब बहुत वक्त बर्बाद हो गया तो इसके सिवा कोई चारा न रहा कि सँवरू रिक्शे में आगे चले, और वह कार के लिए कोई मिस्त्री तलाशे, चाबियाँ उसे सुपुर्द करने के बाद पहुँचे। यही तय हुआ। बहुत दूर नजर आते एक अकेले रिक्शे को बुलाकर सँवरू को मय सामान सवार किया गया, रिक्शेवाले से उसने कहा कि कटारिया हॉस्पिटल एंड नर्सिंगहोम पहुँचे और सँवरू से कि वह वहाँ उसका इन्तजार करे। धीरे-धीरे चलता हुआ रिक्शा आँखों से ओझल हो गया। डॉक्टर कार में झुका रहा, एक आखिरी कोशिश करने को। वह दोपहर के जलते सूरज के नीचे गर्मी में तर-बतर, मन ही मन याद कर रहा था किसी इलहाम की मानिन्द आई वह अजीब, आप्लावी आवाज, जिसे थोड़ी देर पहले

उसके कान में किसी ने फुसफुसाया था—

अँधेरे में भी हँसना जरूरी होगा
एक जिद्दी हँसी
अँधेरे में
काले समय में भी
भले ही हो वह
केवल एक काली हँसी

...ऐसा ही कुछ, और सोच रहा था कि घर पहुँचते ही पहला काम होगा इन शब्दों को कविता की शक्ल में लिख लेने का, अन्यथा वे फिर हमेशा के लिए अँधेरे में खो जाएँगे।

सँवरू का रिक्शा बाईपास रोड को पार कर चीनी मिल से जुड़े हुए बाजार, स्टेट बैंक और एल.आई.सी. की शाखाओं, राजदूत की एजेंसी, ढाबों, चाय की दुकानों, मोटर-पार्ट्स, खाद, कीटाणुनाशकों और कपड़ों की दुकानों के बीच की मैली-कुचैली सड़क पर चलते हुए जब उस तिराहे पर आया, जहाँ क्रान्तिकारी चन्द्रशेखर आजाद की मूर्ति स्थापित थी और जहाँ से एक सड़क सीधे आगे जाने पर अधिकतर सूखी रहनेवाली आमी नदी और उसके किनारे स्थित मगहर नाम की पुरानी, बदनाम बस्ती तक जाती थी और दूसरी रेलवे लाइन को पार कर बीस-पच्चीस कि.मी. दूर उस कुआनो नदी तक जो सर्वेश्वर दयाल सक्सेना की याद दिलाती थी—उस वक्त वहाँ तेज धूप थी और रोशनी राख की तरह गिरती

हुई। अभी तक सँवरू को हँसी नहीं आई थी, मगर वहाँ जमा भीड़ में लोग उसे धीरे-धीरे पहचानने लगे और उन्हें हँसी आती गई। दुकानदार हँसने लगे और उनके ग्राहक पीछे पलटकर उसे देखते हुए हँसने लगे, मगर सबसे ऊँची हँसी उसी वक्त सेंट थॉमस पब्लिक स्कूल में छुट्टी के बाद बाहर आते बच्चों की थी, जो वहीं अपनी जीप में सुबह मुखलिसपुर से लाई रोटियाँ खाकर थोड़ी देर सुस्ताते लेखराज की नींद में कील की तरह घुसी, वह चौंककर उठ बैठा और उसने तिराहे पर उस वक्त मौजूद सभी लोगों को हँसते देखा, कुछ को सँवरू की पुरानी हँसियों की याद में, कुछ को किसी ताजा हँसी की उम्मीद में, कुछ को यूँ ही हक्का-बक्का, उनमें केवल एक तीस-साला औरत को छोड़कर जिसके चेहरे पर केवल एक बेमालूम-सी हँसी जाहिर हुई थी। वह तृप्ति सिन्हा थी जो अभी कुछ साल पहले खलीलाबाद की सबसे खूबसूरत लड़की थी और तब हुआ करती थी उसकी हँसी सुहावनी और आह्लादमय जिसे वह बस थोड़ा-सा हँसती थी अकेले में दर्पण के सामने, घर से बाहर कभी नहीं कि वहाँ के लोफर लौंडे उसे ऐसी-वैसी न समझ बैठें...और बाकी हँसी उसने बचा रखी थी किसी परमप्रिय के साथ दिल्ली, मुम्बई, कलकत्ता कहीं भी हँसने को, नियोन से लिखे इठलाते इश्तहारों में, ए.सी. सभागारों में, स्वीमिंग पूलों और समुद्र तटों के किनारे अन्तर्महाद्वीपीय टेलीफोनों और हवाई जहाजों में, इंटरनेट तो उस वक्त था नहीं, मगर उस गन्दी पिछड़ी जगह पर कभी नहीं—ऐसे ही साप्ताहिक सपने देखती थी वह 'इंडिया टुडे' के पन्नों पर, मगर वह कई साल पहले की बात थी, अब वह वहीं चीनी मिल के हेडक्लर्क आशीष सिन्हा की बीवी थी जिसे मिल की कॉलोनी के दो कमरोंवाले मकान में जीवन-भर उसी गन्दी, पिछड़ी जगह रहना था, कभी-कभी खाँसी के खत्म न होनेवाले दौरों के साथ बस एक बेसुकून हँसी हँसते हुए। उसने जल्दी से अपने पाँच साल के बेटे को स्कूल से लिया और अकेले होने की प्रबल कामना के साथ घर वापस पहुँची, वहाँ के एकान्त में अपने सन्दूक में छिपाई हुई एक दस साल पुरानी चिन्दी-चिन्दी चिट्ठी पढ़ने जिसमें दर्द का बयान था, लिखा था कि वह उसे अब भी प्रेम करता है, हमेशा करता रहेगा, मगर आखिर में एक बददुआ भी थी...और उसके बाद एक पीले, बीमार चेहरे की याद में धीमे-धीमे इस तरह रोने कि उसका बच्चा न सुन सके। मगर जायसवाल आढ़तवालों का लड़का राजू जायसवाल सँवरू को देखकर न बाकी लोगों की तरह हँसा, न उस बेवकूफ लड़की की तरह रोया, वह कुछ सोचने लगा था। वह उस वक्त अपने पिता से एक जबर्दस्त झगड़े के बाद चाय की दुकान पर बैठा था। उसने साफ कह दिया था कि वे यह उम्मीद न करें कि वह आटे और अनाज की दुकानदारी

में जिन्दगी गर्क कर देगा, और उन्हें हिसाब समझाने लगा था गोरखपुर में एक पिज्जा हट खोलने का या आधुनिक तरीके की एक व्यायामशाला, जिसमें ताइक्वांडो सिखाने की व्यवस्था अलग हो, जिस पर उसके पिता ने उसे अपनी मनहूस शक्ल लेकर कहीं भी चले जाने को कह दिया था। जिस वक्त सेंट थॉमस पब्लिक स्कूल से बच्चे और वहाँ जमा लोग सँवरू को देखकर हँसने लगे थे, और उनके बीच लेखराज सँवरू से बहस कर रहा था कि तुझे दोस्ती की कसम, मेरे साथ अभी मुखलिसपुर चल, जीप तैयार है, वहाँ सब लोग तेरे लिए परेशान हैं, डॉक्टर साहब से मिलने तो कभी भी आ सकता है, उस वक्त मुखलिसपुर में इरशाद हुसैन कुआनो नदी के किनारे गाँव से जरा हटकर एक फूस की लुकी-छिपी भट्ठी में एक के बाद एक पेग चढ़ा रहा था, मगर मस्ती नहीं चढ़ रही थी। छप्पर की छत से धूप के धब्बे उसके सामने की मेज पर गिर रहे थे। वह बहुत पीता था, हर वक्त पिए रहता था, पैंतीस का था मगर लोग कहते थे कि यही रफ्तार रही तो चालीसवाँ शायद ही देख सके, और वह कहता था कि क्या करना है, इतनी उम्र में सब कुछ तो देख लिया। वह अठारह साल की उम्र में मुम्बई भाग गया था, वहाँ उसने न जाने क्या-क्या धन्धे किए थे, पहले कुछ साल 'खँडहर' नाम के एक बीयर बार में ड्रम बजाया था, फिर कई साल एक नामी संगीत निर्देशक की मंडली में शामिल होकर तबला और तमाम अंग्रेजी बाजे, संगीत के शौक ने उसे बहुत भटकाया था मगर उसने काफी पैसा भी बनाया था। एक दिन वह अपनी चाल के तहखाने की कोठरी में हफ्ता-भर छुपा रहने के बाद बाहर आया था, बिना मुड़कर देखे जली हुई चौखट और काली दीवारों को पार कर अपने सन्दूक के संग पुलिस की गाड़ी में बैठ गया था। सुनसान सड़कों पर तेज धूप और समुद्री हवाओं में से गुजरती वह गाड़ी बॉम्बे बी.टी. पहुँची थी, उसके बाद वह एक भीड़भरी गाड़ी में बैठकर वापस आ गया था। यहाँ दूर-दूर तक कोई बैंडवाला नहीं था और आसपास की किसी भी शादी में खलीलाबाद से बैंड बुलवाना महँगा पड़ता था, इसलिए दिमाग लगाकर उसने पुराने बाजे, भोंपू, ड्रम, वर्दियाँ, हंडे और एक लकड़ी का ऊँचा स्टेज खरीदा था, इतने में ही उसके तीस-चालीस हजार लग गए थे, और एक बोर्ड बनवाया था, एक मुस्कुराते मुच्छड़ शहनाई वादक के नीचे बड़े-बड़े अक्षरों में 'हुसैन ब्रॉस बैंड'। सात-आठ लड़के जो उसने जमा किए थे, संगीत में अनाड़ी थे, इधर-उधर भटकती आवाजें निकालते थे और बाजे भी ऐसे थे कि बहुत ताकत लगानी पड़ती थी उनसे थोड़ा-सा संगीत निकालने के लिए, फिर भी धन्धा चल निकला था। केवल ड्रम शानदार था, क्या गरज के साथ बजता था। उसे वहीं पर खबर

मिली कि सँवरू लौट आया है और बस थोड़ी देर में मुखलिसपुर पहुँचनेवाला है। उसने सामने रखा गिलास झटके में खाली किया और तेज कदमों से चलता हुआ दुकान पहुँचा। लड़के उस वक्त किसी फिल्मी धुन का अभ्यास कर रहे थे, उसने हाथ उठाकर उन्हें रोका और वर्दी पहनने को कहा। लड़कों को सवाल न करने की आदत थी, सबने अपनी सफेद वर्दियाँ पहनीं और उसने बैंड मास्टरवाली लाल, ड्रम अपने गले में डाला और लड़कों से बाजों-भोंपुओं समेत दो कतारों में पीछे आने को कहा। जब वे गाँव के किनारे पहुँचे तभी लेखराज की जीप सँवरू समेत दूर से आती दिखाई दी, सँवरू जीप से उतर आया। इरशाद हुसैन एक भावुक आलिंगन में उसे बड़ी देर भींचे रहा, छोड़ ही नहीं रहा था, सँवरू ने ही किसी तरह अपने को छुड़ाया, उसकी वर्दी के पीतल के बटन चुभने लगे थे। फिर इरशाद हुसैन ने मस्ती और नशे में बजाना शुरू किया। सँवरू आगे-आगे चल रहा था और उसके पीछे वर्दियों, टोपियों में चाक-चौबन्द पूरा बैंड, बगैर सोचे-समझे ही चुनी होगी उन्होंने वह तेज रफ्तार धुन जो एक शोरीला प्रयाण संगीत लगती थी, जिसमें ड्रम की आवाज के बीच एक ताकतवर तुरही सबसे अलग सुनाई पड़ती थी। गाँव के सब लोग घरों से निकलकर आने लगे, सँवरू को देखकर हँसने लगे, पहले अलग-अलग, आड़े-तिरछे, फिर एक साथ कोरस में एक विराट हँसी, मगर सँवरू को अभी तक हँसी नहीं आई थी। सड़क पर भीड़ बढ़ती गई। औरतें दूर से देख रही थीं, बस एक सीमा वर्मा, वही सीमा वर्मा, उस वक्त अपनी नर्सवाली सफेद पोशाक में मोपेड पर खलीलाबाद ड्यूटी करने जा रही थी, भीड़ में फँस गई थी, हॉर्न बजाकर किसी तरह निकलने का प्रयास कर रही थी। इस वक्त तक शाम हो चुकी थी। गिरधारीलाल पाहवा ने अपनी ट्रैक्टरों के पुर्जों और सिंचाई पम्पों की दुकान से दूर से देखा एक हँसते हुजूम को नक्कारों जैसी आवाज में धीरे-धीरे आगे बढ़ते, पीछे शोरीला संगीत। वह पहले समझ न पाया माजरा क्या है, फिर उसे भीड़ के बीच सँवरू नजर आ गया। यह फिर आ गया कमबख्त, उसने सोचा और उसका दिल जोर-जोर से धड़कने लगा। उसे डर महसूस हो रहा था और बढ़ते ब्लड प्रेशर के बीच उसके भीतर किसी खतरे जैसी एक हँसी उठती आ रही थी जिसे वह दबाने की कोशिश कर रहा था। जब उसे लगा कि हँसी रोकना असम्भव हो जाएगा, तब वह उठा और भीड़ से आँखें चुराता बगल की गली से होता हुआ तेज कदमों से अपने घर जाने लगा, मगर गली में भी लोग ठुँसे हुए थे जो हँसी में शरीक होने सँवरू के नजदीक, और नजदीक जाने की कोशिश कर रहे थे। उनके बीच फँसा हुआ गिरधारीलाल पाहवा धीरे-धीरे सँवरू के करीब पहुँचने लगा, आँखें मींचे और मन

ही मन कहते हुए मैं नहीं हँसूँगा चाहे कुछ भी हो जाए। जब उसने अपनी आँखें खोलीं, ऐन उसी वक्त सँवरू को उसकी फँसी हुई हँसी आई जो तीन सौ तिरपन में से किसी से भी नहीं मिलती-जुलती थी, वह तीन सौ चौवनवीं थी, उसकी अपनी। गिरधारीलाल पाहवा बेबस हो गया, वह नामुराद ऊँची आवाज में हँसने लगा, फिर अचानक खामोश हो गया। उसे दिल का दौरा तो नहीं पड़ा मगर पेट में वह अल्सर फट गया जो उसी दिन से बनना शुरू हुआ था जिस दिन वह पुराना बी.डी.ओ. सक्सेना, इसका यार और भागीदार, ट्रांसफर होकर यहाँ से गया था, जिसके बाद से ही उसका धन्धा मन्दा पड़ गया था। जिस जीप में बैठकर आया था, अब उसी से पाहवा को खलीलाबाद ले जाया जाना था, पीछे खून की एक लकीर छोड़ते हुए।

...जिस दिन सीमा वर्मा का पति कटी-फटी लाश की शक्ल में घर लौटा था, उस दिन मातमी रोने के बीच उसने अपने मन में सोचा था कि अब वह कभी नहीं हँसेगी, और इस तरह ईश्वर से बदला लेगी जीवन-भर..., हमेशा अपने बूढ़े सास-ससुर के संग अपने घर के कोनेवाले कमरे में, ठंडी दीवारों और अँधेरे के बीच उसी तरह रहती रहेगी बेहँसी और किसी को मौका नहीं देगी कि उसे बेहया, बदचलन कह सके, मगर इसका यह मतलब नहीं था कि वह रोबो हो गई थी, गिरधारीलाल पाहवा वाला वह अजीब हास्यजनक हादसा ऐन उसकी आँखों के सामने हुआ और उसके लिए मुसीबत हो गई। उसने किसी तरह अपने को भीड़ से निकाला और साँझ के छुटपुटे में अपने मोपेड पर खामोशी से खलीलाबाद की तरफ रवाना हो गई, रास्ते में थोड़ा-सा हँसने के लिए थोड़ा एकान्त ढूँढ़ती हुई, मगर खलीलाबाद तक एकान्त नहीं मिला, हर जगह लोग थे, मार तमाम लोग। अस्पताल में पहुँचकर उसने मोपेड को स्टैंड पर खड़ा किया और बरामदे के फर्श पर अपनी सफेद साड़ी लिथड़ाती हुई जल्दी से आई.सी.यू. के ठंडे निर्विघ्न एकान्त में चली गई, बिना गौर किए कि उसके सामने की बेंच पर खाकी वर्दियों में दो पुलिसवाले ऊँघ रहे थे। वह खामोश, साउंडप्रूफ कमरा था जहाँ उसे मालूम था कि उसके हँसने की आवाज बाहर नहीं जाएगी, फिर भी अपने को पूरी तरह सुरक्षित और निरापद महसूस करने के लिए उसने भीतर से चिटखनी लगा ली। उस छोटे वातानुकूलित कमरे के बीच जीरो वॉट की मद्धिम रोशनी में खड़ी होकर उसने हँसना शुरू किया तो फिर रुक न सकी, वह बरसों की रुकी हुई हँसी थी जिसे वह एक उन्मत्त तरीके से हिलते हुए, चीखते हुए हँस रही थी और हँसने की जल्दी में उसने यह भी न देखा कि वहाँ कोने के पलंग पर अँधेरे में लेटा कौन था, गोरखपर का खूनी खेल खेलनेवाला कुख्यात गैंग लीडर, बारूदबाजी का

हँसियाँ, सगीतमय, गायनयुक्त, कलात्मक और बचकानी हँसियाँ इत्यादि, और हर उदाहरण के पूर्व उसके लाभ बताता है कि वह शरीर के किस हिस्से पर झटका देती है और कौन से रसायन की काट करती है, कौन से मस्तिष्क अणुओं में मुस्कान पैदा करती है और किन हड्डियों में हर्षोन्माद जगाती है। वह कहता है कि मस्तिष्क में विचारों का प्रवाह रोक लिया जाए तो हँसना आसान हो जाता है। उसके चेहरे यहाँ को देखते हुए वे सब सुबह के अँधेरे में वैसी ही हँसी हँसने की कोशिश करते हैं, फिर धूप निकल आने पर गम्भीर विचारकों-सा फिक्रमन्द चेहरा लिये और मुर्दों की तरह खामोश अपने-अपने घर लौटते हैं।

मुखलिसपुर में सँवरू को अपनी ही हँसी से डर लगता है, कभी-कभी अपनी कोठरी में अकेले वह हँसता है बस एक फीकी हँसी, मगर मगहर में कोई नहीं हँसता, और न अयोध्या और खलीलाबाद में।

योगेन्द्र की यह कहानी पहली बार साहित्यिक पत्रिका **कथादेश** में सन् 2000 में प्रकाशित हुई। बाद में यह पंजाबी और दूसरी भाषाओं में अनूदित हुई और योगेन्द्र के इसी नाम से आए कहानी-संकलन का हिस्सा बनी।

योगेन्द्र आहूजा (जन्म : 1 दिसम्बर, 1959)

कथाकार, अनुवादक तथा अर्थशास्त्री। योगेन्द्र की कहानियों की बुनियाद हर इनसान में बसी वह आदिम ख़्वाहिश है जिसके तहत वह समाज में प्रेम, स्वीकृति और मान-मर्यादा चाहता है। यह तलाश वर्तमान आत्मा-विहीन सामाजिक-राजनीतिक-आर्थिक तंत्र में कितनी पेचीदा हो चुकी है, इससे सघन सम्बन्ध बनाए रखते हुए भी योगेन्द्र की कहानियों के पात्र अपने चरित्र के बल पर, अपने भीतर समाहित सकारात्मक शक्ति के आधार पर हर मुश्किल से जूझते हुए, हर चुनौती पर खरे उतरते हुए इस छिन्न-भिन्न सामाजिक व्यवस्था में अपने मानदंडों और उसूलों पर चलते हुए विजयी होते हैं। यह पॉजिटिविटी ही योगेन्द्र की कहानियों की सच्ची जमीन है, जिसमें पाठक मोक्ष अनुभव करता है।

योगेन्द्र की कहानियाँ आज अनेक भारतीय और विदेशी भाषाओं में पढ़ी जा सकती हैं। उनकी कहानी 'गलत' दूरदर्शन पर टेलीफिल्म के रूप में भी प्रदर्शित की जा चुकी है। अपनी कहानियों के लिए योगेन्द्र कई महत्त्वपूर्ण साहित्यिक पुरस्कारों से नवाजे जा चुके हैं, जिनमें विजय वर्मा कथा सम्मान, परिवेश सम्मान, रमाकान्त स्मृति पुरस्कार और स्पन्दन कृति सम्मान शामिल हैं।

यह पूछे जाने पर कि उनके लेखन का प्रेरणा-सूत्र क्या है, योगेन्द्र के ही शब्दों में—

> "किसी भी लेखक के लिए यह सबसे डरावना सवाल है कि वह क्यों लिखता है। क्या लिखे बिना उसका गुजारा नहीं हो सकता, और वह लिखने से क्या उम्मीद करता है। इसी के साथ यह कि वह किस प्रकार लिखता है...उसकी रचना की प्रक्रिया क्या है। हेमिंग्वे ने कहा था कि ऐसे सवालों में उलझना लेखक के लिए किसी जुर्म से कम नहीं, इसलिए कि वे रचना की प्रक्रिया को उजागर नहीं, बल्कि बाधित करते हैं। वे राइटर और रचना के बीच एक अवरोध बन जाते हैं, लेखक को लिखने से दूर ले जाते हैं। इन सवालों के कोई अन्तिम उत्तर नहीं होते, हर जवाब कामचलाऊ होता है, और रचना की प्रक्रिया...उसे कभी मुकम्मिल तौर पर नहीं जाना जा सकता। मेरे पास भी कोई भेद भरे जुमले नहीं जो इन प्रश्नों के उत्तर में कह सकूँ। सिर्फ इतना कि एक नाता, अटूट नाता महसूस करता हूँ उपेक्षितों, निर्वासितों, विस्थापितों और उत्पीड़ितों से। पिछली सदी के उन तमाम अदीबों से जिन्होंने युद्धों, गिरफ्तारियों, यातना शिविरों, निर्वासनों और मर्मान्तक पीड़ाओं के बीच शब्द की सत्ता को बचाने के लिए सर्वस्व दाँव पर लगाया था। उन अनाम मृतकों से जिनके जीवन की मर्मान्तक वेदनाएँ हमेशा शब्दों और अर्थों के बाहर रहती आईं और जब मृत्यु आई वह भी वाणीहीन। इन सबके तमाम कर्ज हैं। लिखना मेरे लिए अपने संकुचित स्व की घेरेबन्दी को तोड़ पाने का, उस कर्ज के एक छोटे, बहुत छोटे हिस्से को चुका पाने का एक तरीका है।"